# BRUXA REBELDE

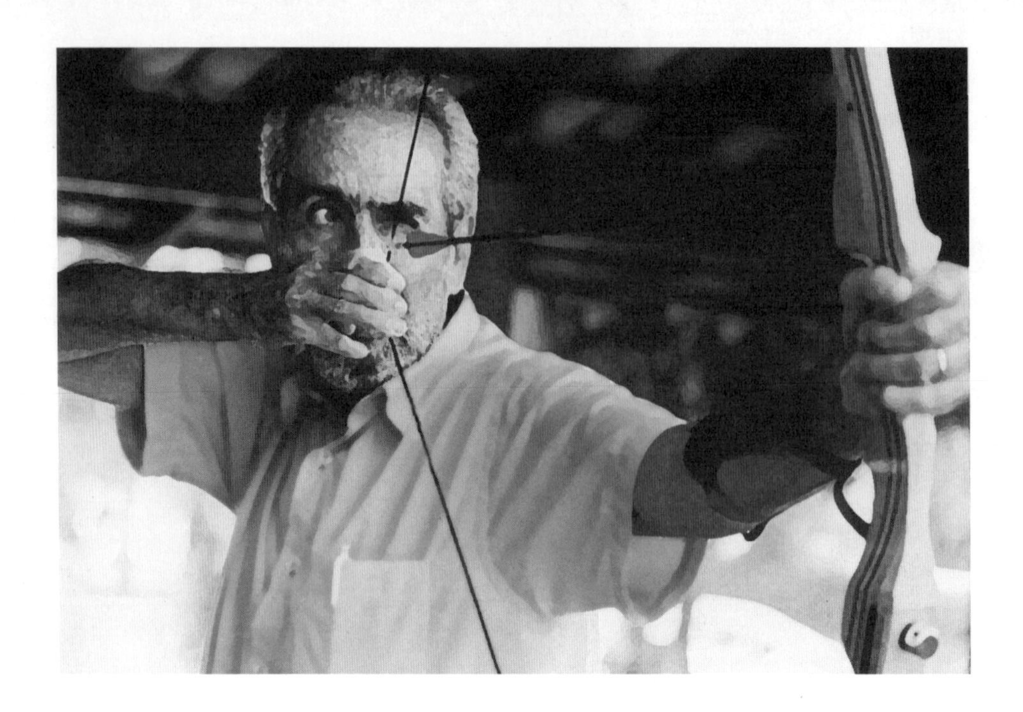

# O Arqueiro

Geraldo Jordão Pereira (1938-2008) começou sua carreira aos 17 anos, quando foi trabalhar com seu pai, o célebre editor José Olympio, publicando obras marcantes como *O menino do dedo verde*, de Maurice Druon, e *Minha vida*, de Charles Chaplin.

Em 1976, fundou a Editora Salamandra com o propósito de formar uma nova geração de leitores e acabou criando um dos catálogos infantis mais premiados do Brasil. Em 1992, fugindo de sua linha editorial, lançou *Muitas vidas, muitos mestres*, de Brian Weiss, livro que deu origem à Editora Sextante.

Fã de histórias de suspense, Geraldo descobriu *O Código Da Vinci* antes mesmo de ele ser lançado nos Estados Unidos. A aposta em ficção, que não era o foco da Sextante, foi certeira: o título se transformou em um dos maiores fenômenos editoriais de todos os tempos.

Mas não foi só aos livros que se dedicou. Com seu desejo de ajudar o próximo, Geraldo desenvolveu diversos projetos sociais que se tornaram sua grande paixão.

Com a missão de publicar histórias empolgantes, tornar os livros cada vez mais acessíveis e despertar o amor pela leitura, a Editora Arqueiro é uma homenagem a esta figura extraordinária, capaz de enxergar mais além, mirar nas coisas verdadeiramente importantes e não perder o idealismo e a esperança diante dos desafios e contratempos da vida.

KRISTEN CICCARELLI

# BRUXA REBELDE

TRADUZIDO POR CAROLINA RODRIGUES

Título original: *Rebel Witch*



Publicado mediante acordo com Taryn Fagerness Agency
e Sandra Bruna Agencia Literaria, SL.



*coordenação editorial:* Gabriel Machado
*produção editorial:* Guilherme Bernardo
*preparo de originais:* Beatriz D'Oliveira
*revisão:* Midori Hatai e Milena Vargas
*diagramação:* Giovane Ferreira
*mapa:* Cartographybird Maps
*capa:* Kerri Resnick
*imagens de capa:* Sasha Vinogradova
*imagens do verso de capa:* rawpixel.com/Freepik
*adaptação de capa:* Miriam Lerner | Equatorium Design
*impressão e acabamento:* Associação Religiosa Imprensa da Fé

CIP-BRASIL. CATALOGAÇÃO NA PUBLICAÇÃO
SINDICATO NACIONAL DOS EDITORES DE LIVROS, RJ

---

C499b
Ciccarelli, Kristen
Bruxa rebelde / Kristen Ciccarelli ; tradução Carolina Rodrigues. - 1. ed. - São Paulo : Arqueiro, 2025.
416 p. ; 23 cm. (Mariposa Escarlate ; 2)

Tradução de: Rebel witch
Sequência de: Caçador sem coração
ISBN 978-65-5565-781-4

1. Romance canadense I. Rodrigues, Carolina. II. Título. III. Série.

25-96352 CDD: 813
CDU: 82-31(71)

---

Meri Gleice Rodrigues de Souza - Bibliotecária - CRB-7/6439


Rua Artur de Azevedo, 1.767 – Conj. 177 – Pinheiros
05404-014 – São Paulo – SP
Tel.: (11) 2894-4987
E-mail: atendimento@editoraarqueiro.com.br
www.editoraarqueiro.com.br

PARA TODAS AS PESSOAS CORAJOSAS
QUE ILUMINAM O CAMINHO

GIDEON
ENCRUZILHADA
CAPITAL
MINISTÉRIO DA SEGURANÇA PÚBLIC
VELHO BAIRRO
DISTRITO DE FORA
DOCAS
NOVA REPÚBLICA

ÁGUAS ABERTAS DO NORTE

BAÍA RASA

MAR INVERNAL

PALÁCIO DAS ROSEBLOOD

PORTO RARO

TEATRO DE ÓPERA

RECANTO DAS AZINHEIRAS

PRAÇA CENTRAL

ZONA PORTUÁRIA

PALACETE DO ESPINHEIRO

ESTREITO DO SEPULCRO

RUNE

# PARTE UM

*No começo, havia escuridão. Até que as Sete Irmãs gargalharam e um mundo passou a existir. As irmãs caminharam por suas ondas e esculpiram seus litorais. Elas deram vida a todas as coisas e uniram o mundo com amor, bondade e beleza.*

*No entanto, elas não podiam ficar para sempre. Antes de partirem, selecionaram algumas pessoas para cuidar do mundo em sua ausência. Para ajudar esses guardiões a amar e a proteger sua criação, as Sete Irmãs lhes deram um dom.*

*O dom da magia.*

*E então, como uma chama que se extingue, elas desapareceram.*

– MITO DA CRIAÇÃO DO
CULTO DOS ANCESTRAIS

# UM

## GIDEON

GIDEON DEU UM LEVE puxão na jaqueta de seu uniforme roubado. O tecido verde-floresta estava rígido, como se não tivesse sido muito usado.

O pobre guarda de quem o roubara estava inconsciente e amarrado em uma despensa no terceiro andar do Palácio Larkmont. Outros quatro guardas não haviam tido tanta sorte. Seus corpos flutuavam nas águas gélidas do fiorde.

Ele não tivera escolha.

Gideon se encontrava nas entranhas do território inimigo. Seria melhor estar morto do que ser descoberto.

Seus pensamentos faziam um contraste sombrio com o salão de baile iluminado. Instrumentos ressoavam conforme os músicos passavam o som, preparando-se para o recital particular prestes a começar. Lustres cintilavam acima enquanto serviçais se moviam por entre os convidados impecáveis no salão de baile do príncipe Soren, oferecendo uma última rodada de bebidas antes que a música começasse.

Parado perto da parede, Gideon observava o salão como os outros guardas, os olhos fixos em seu alvo: a linda garota de vestido dourado.

Rune Winters.

Soren estava ao seu lado, a mão na base das costas dela. O príncipe umbriano usava um terno sob medida, o brasão prateado da família bordado na capa, que pendia de um dos ombros com elegância, e seu olhar ávido descia pelo vestido que Rune usava, convidando os amigos ricos a fazerem o mesmo.

O sangue de Gideon ferveu ao observá-los.

Era um vestido bonito, não podia negar. Feito por algum designer pomposo, provavelmente custara uma pequena fortuna. Mas não *combinava* com Rune. O dourado não caía bem nela, e o corte era severo. O profundo decote em V terminava alguns centímetros acima de seu umbigo e na base de sua coluna, enviando uma mensagem poderosa:

*Olhem para ela. Ela é minha.*

O príncipe queria que seus convidados admirassem a bela bruxa em seus braços. Para Soren, Rune era uma criatura exótica. Um artefato vivo que ele estava determinado a adicionar à sua coleção.

Se a informação de Harrow estivesse correta, uma semana antes o príncipe tinha pedido a mão dela em casamento. E Rune aceitara com uma condição: se Soren a queria como esposa, tinha que dar a Cressida um exército.

Foi por isso que Gideon se ofereceu para aquele trabalho.

Com um exército, Cressida travaria uma guerra contra a Nova República. E, se vencesse, restauraria o Reinado das Bruxas e mais pessoas morreriam.

Gideon não podia permitir que isso acontecesse. Enquanto Rune fosse a peça-chave daquela aliança ímpia entre Cressida e Soren, ele não podia deixá-la viva.

Tinha ordens para matar e ia cumpri-las. Bem ali. Naquela noite.

Esperaria a noite toda pela oportunidade. Postado à parede do salão de baile, suando no uniforme roubado, ele observou Rune flertar com seu noivo. Observou Soren retribuir o flerte: tocando-a com mãos famintas, devorando-a com olhos cheios de soberba.

Isso estava levando Gideon ao limite.

Alex mal fora enterrado e Rune já estava noiva de outro homem. E nada menos que um príncipe.

*Foi isso que ela sempre quis? Um príncipe?*

Ele havia sido um tolo por achar que tivera alguma chance.

Gideon passou os dedos pela arma presa em sua cintura. Estava pronto. Mais do que pronto. Só precisava do momento certo...

– Você sente saudades de casa?

Gideon esquadrinhou o círculo de convidados ao redor de Rune e de Soren até seus olhos pousarem em quem tinha feito a pergunta: uma jovem de cabelo dourado trançado como uma coroa.

Rune riu.

– Dá para sentir saudades de um lugar onde todo mundo quer ver você morta?

Gideon a viu levar a taça de champanhe aos lábios vermelhos e virar o último gole.

Era seu terceiro drinque naquela noite.

Não que Gideon estivesse contando.

– Como era antes da revolução?

– Nós, bruxas, já vivemos como vocês – respondeu Rune, gesticulando para o grande salão onde lustres reluziam e colunas de mármore sustentavam o teto pintado. – Nossas vidas eram cheias de música, beleza, arte...

*Sim*, pensou Gideon. *E seus luxos eram bancados à custa da nossa miséria.*

O zumbido e o som dos violinos cresceram. Gideon deu uma olhada pelo salão, onde os convidados começavam a ocupar as cadeiras diante dos músicos.

– Esse estilo de vida foi roubado de nós na noite em que Gideon Sharpe liderou um grupo de revolucionários até o palácio.

Ao ouvir seu nome vindo dos lábios de Rune, sua atenção se voltou para ela.

– Ele assassinou duas rainhas no leito enquanto seus companheiros matavam o restante de nós nas ruas. Ele também teria deixado que acabassem comigo se Cressida não tivesse me salvado.

Gideon se enfureceu.

*Você está omitindo muitos detalhes dessa história, meu bem.*

– Deve ser muito doloroso – falou o príncipe, enquanto seus dedos acariciavam as costas de Rune, descendo lentamente – estar tão distante, sabendo das coisas horríveis que acontecem lá... Fico feliz por você estar livre.

Os braços de Soren deslizaram ao redor da cintura de Rune, talvez com o intuito de confortá-la, mas parecendo mais um recado: Rune era *dele*.

Gideon remexeu os ombros, obrigando-se a relaxar.

– Bruxas ainda são massacradas pelo único crime de serem o que são – disse Rune, examinando sua taça vazia, dentro do abraço de Soren. – Nunca serei livre até que a última de minhas irmãs esteja livre também.

O som dos instrumentos se aquietou e um anúncio ecoou: o recital ia começar.

O círculo de convidados foi se dispersando um a um, indo na direção dos músicos.

Soren entrelaçou os seus dedos aos de Rune e a puxou para ocuparem seus lugares. Mal tinham dado dois passos quando a primeira música começou e os passos de Rune vacilaram.

Gideon a viu parar de supetão.

– Tudo bem? – perguntou o príncipe, virando-se para ela.

A música foi crescendo e Gideon olhou de relance para os músicos. A canção era familiar, mas não sabia dizer por que a reconhecia.

– P-Preciso retocar a maquiagem. – Rune parecia estar com dificuldade de se recompor. – Volto num minuto...

– Não seja ridícula – disse Soren. – O concerto começou. – Ele completou, baixando a voz: – Esse recital é para *você*, Rune. Para comemorar nosso noivado. Você precisa estar presente.

Ele apertou os dedos dela com força.

Gideon estreitou os olhos, tenso como uma mola ao observar Soren arrastá-la adiante, para mais perto dos músicos. Exatamente do que ela tentava se afastar.

– Eu preciso...

Rune tentou desvencilhar a mão do aperto do príncipe. Quando Soren pareceu segurar com mais força, recusando-se a soltá-la, Gideon se afastou da parede. Os guardas posicionados dez passos mais adiante olharam de relance em sua direção, um lembrete de que estava cercado por inimigos. Não podia chamar atenção.

Além disso, Rune não precisava ser resgatada. Isso ficou claro quando ela parou bem na frente de Soren, bloqueando seu caminho até as cadeiras.

– Prometo não perder muita coisa.

Na ponta dos pés, ela deslizou os braços pálidos ao redor do pescoço do príncipe e roçou os lábios na bochecha dele, demorando-se ali. Quando a mão livre de Soren se acomodou no quadril dela, admirando sua curva, Rune acrescentou:

– Mais tarde, depois que o recital acabar e os convidados forem embora, terei algo especial para você.

Gideon sentiu um aperto no peito com essas palavras. Ao ver Soren erguer a mão e traçar a mandíbula de Rune com os dedos, seu corpo ficou petrificado.

– Algo especial? – murmurou o príncipe, inclinando-se para colar os lábios nos de Rune.

Deslizando a mão pelo cabelo castanho do príncipe, Rune retribuiu o beijo, dando a ele um gostinho do que estava por vir. O príncipe a puxou mais para perto, e Gideon soube que aquela não era a primeira vez. Já houvera outros beijos. Provavelmente mais do que beijos.

Essa compreensão despertou algo dentro dele. Algo trêmulo e doloroso. Algo que se enroscou em seu peito, ameaçando arrastá-lo para o fundo do mar.

*Chega.*

Ele pôs a mão na pistola.

Porém, antes que pudesse ir adiante, Rune escapou do abraço de Soren.

– Acho que você vai gostar da minha surpresa. – Suas bochechas estavam rosadas enquanto ela se afastava, andando de costas. – Tente adivinhar o que é até eu voltar.

Rune piscou. Os olhos do príncipe se turvaram de desejo.

Gideon ia vomitar.

Rune girou nos calcanhares e se afastou, observada por Soren e Gideon, o vestido a deixando inteiramente exposta.

Ela passou rápido pelos convidados que se dirigiam a seus assentos e pelos guardas posicionados ao longo das paredes. Ao se apressar até a porta, quase esbarrou na serviçal que entrava, parando logo antes de colidirem. A jovem equilibrava uma bandeja trêmula cheia de taças em uma das mãos e uma garrafa de uísque na outra.

Gideon observou Rune trocar algumas palavras com a criada, pegar a garrafa com ela e desaparecer pelo salão.

*Aí está.*

O momento que ele estivera esperando.

# DOIS

## RUNE

NÃO CHORE, NÃO CHORE, *não chore.*

As lágrimas faziam os olhos de Rune arderem enquanto ela corria pelo salão, passando por guardas estoicos em seus uniformes verde-escuros. Ainda bem que a aba do chapéu que usavam ocultava seus rostos, impedindo que ela visse o que deviam pensar dela.

Não podia deixar as lágrimas caírem. Não ali. Não diante de todos eles.

Mas não importava quão rápido corresse, não conseguia ser mais veloz do que a música tocando no salão de baile, cada nota uma flecha em seu coração.

*A música de Alex.*

A canção melancólica transportara Rune de volta à Casa do Mar Invernal; lembrou-se de estar à porta da biblioteca, observando seu melhor amigo debruçado sobre as teclas do piano de cauda, as mãos dele lançando um feitiço pelo cômodo.

Alexander Sharpe.

Aquela música – que a fizera fugir – tinha sido a última composta por ele.

Rune tocou o anel dele, ainda em seu dedo, enquanto uma onda de luto a assolava. Procurou por algo que a protegesse contra aquele sentimento terrível, aquela *saudade* horrível, e não encontrou nada.

Por isso precisara sair daquele salão de baile. Antes que explodisse em soluços no meio de uma festa para comemorar seu futuro casamento com um príncipe.

*Estaríamos casados a esta altura.*

Teria preferido Alex a Soren. Alex era seu melhor amigo. Além de sua avó, ele fora a única pessoa no mundo que a amara de verdade. Ela podia não ter sido *apaixonada* por ele, mas, com o tempo, talvez acabasse se apaixonando.

Mas Alex não era a única coisa de que sentia falta.

Para ser bem sincera, Rune sentia falta de sua casa.

*Casa.*

A palavra a queimou.

No salão de baile, a amiga de Soren perguntara se ela sentia saudade da Nova República, e Rune tinha rido.

Mas a verdade?

A verdade era que Rune sentia falta da vista dos jardins de sua avó cintilando com o orvalho. Sentia saudade de cavalgar com Lady pelas áreas mais selvagens de Mar Invernal. Sentia falta do cheiro do mar, das florestas e dos campos. Sentia saudade dos ventos e das tempestades.

Ela gostava de Umbria e sua capital, Caelis. Gostava da arquitetura e da arte, da cultura, da moda, da gastronomia, da ausência do sentimento antibruxa. Gostava de estar ali para visitar ou passar um feriado, mas não pertencia àquele lugar.

Rune não tinha percebido que se sentiria assim quando aceitara se casar com Alex e ir embora da Nova República. Não sabia que, ao deixar a ilha para trás, também deixaria seu coração.

Dava para sentir saudade de um lugar onde todos queriam ver você morta?

Rune apertou o gargalo da garrafa de uísque. *Parece que sim.*

Se não houvesse uma dúzia de guardas observando sua fuga, Rune teria virado o uísque direto. As três taças de champanhe tinham anuviado um pouco sua mente, deixando-a quente por dentro e embaçando os cantos de sua visão. Era assim que ela sobrevivia à maioria das noites agora: em uma névoa ébria.

Porém, para sobreviver *àquela* noite, precisava de mais do que três taças de álcool. Precisava de uma banheira inteira.

A música de Alex foi crescendo, cada vez mais alta, o som melancólico se entranhando em seus ossos. Então Rune ergueu o vestido e correu, olhando por cima do ombro para ter certeza de que Soren não a seguiria.

Soren. Seu noivo.

Rune estremeceu, a pele ainda dormente em todos os lugares onde ele a tocara.

*Mais tarde, depois que o recital acabar e os convidados forem embora, terei algo especial para você.*

Ela sentiu um suor frio se espalhar por sua pele.

*Para que eu fui falar isso?*

Rune não tinha planejado nada. Só precisava fugir.

A ideia de procurá-lo mais tarde, *sozinha*, fez seu estômago revirar. Preferia entrar no mar com os bolsos cheios de pedras.

*Faça com que ele a deseje.*

Foi a instrução que Cressida dera a Rune logo que chegaram a Umbria: fazer-se irresistível aos olhos de Soren Nord, um príncipe umbriano.

Afinal, era nisso que Rune era boa.

Em seduzir homens.

Soren era dono de uma frota de navios de guerra. Como ex-almirante da Marinha, já viajara muito e tinha uma propensão a colecionar coisas belas e exóticas. No entanto, o melhor de tudo era o fato de ser solidário às bruxas e, segundo rumores, estar em busca de uma esposa.

Então, uma noite, após a ópera, enquanto Cressida observava dos bastidores, Rune esperou o príncipe sair de seu camarote e se colocou diretamente em seu caminho. Ele dera bem de cara com ela, derramando vinho no vestido caríssimo de Rune.

O príncipe ficou horrorizado com a própria falta de jeito, e Rune foi muito encantadora e compreensiva. Para compensá-la, ele a convidou para o balé na noite seguinte. E para o teatro, duas noites depois. De repente, estavam juntos todos os dias, dando passeios a pé ou de carruagem. Jantando a sós.

Ele estava encantado e Rune instigou seus afetos, interpretando seu papel com perfeição, até conseguir o que Cressida queria: um pedido de casamento.

No entanto, para surpresa de Soren, Rune recusou.

*Não posso me casar com você*, disse ela, recitando as falas de seu papel. *Não até que a última bruxa esteja a salvo.*

Mais especificamente: ela *não* se casaria com ele... a menos que ele desse a Cressida um exército para travar uma guerra contra a Nova República.

Rune não tinha o menor desejo de se casar com Soren nem estava interessada em cumprir as ordens da rainha bruxa. A ideia de trabalhar para Cressida a enchia de um desprezo vertiginoso por si mesma.

Só que Cressida salvara sua vida, assim como a de Seraphine, e não a queria morta, ao contrário de Gideon e de todo o resto da Nova República. E mais importante ainda: Cressida queria salvar as bruxas que tinham deixado para trás. Meninas que estavam sendo exterminadas bem naquele momento.

Toda semana, nomes de bruxas mortas chegavam aos ouvidos de Rune. A Guarda Sanguínea capturara Aurelia Kantor, uma sibila poderosa – uma bruxa capaz de ver passado, presente e futuro. E agora estavam usando Aurelia para fornecer a localização de cada bruxa escondida. Isso permitiu que caçassem e executassem bruxas com precisão impiedosa. Às vezes até três ou quatro por semana.

Só os Ancestrais sabiam o que eles estavam fazendo com Aurelia para obter aquelas informações.

Em outra época, a Mariposa Escarlate a teria resgatado, mas a Mariposa estava ali, no Palácio Larkmont, do outro lado do Estreito do Sepulcro, meio bêbada de champanhe.

*Olhe só para você*, pensou Rune. *Na farra com um príncipe enquanto suas irmãs são assassinadas.*

Ela abandonara aquelas meninas. E, se Gideon Sharpe não fosse impedido, não restaria uma bruxa viva na Nova República.

Se Rune ainda estivesse na ilha, já teria libertado Aurelia da prisão e a despachado às escondidas para o continente, protegendo outras bruxas no processo. Porém, a única forma de entrar lá era pelo mar, e cada porto estava tomado por caçadores de bruxas e seus cães de caça treinados para farejar magia. Estavam posicionados até mesmo a bordo de navios de viagem que iam e vinham da ilha.

Apenas um navio, o *Arcadia*, se recusava a permitir a Guarda Sanguínea e suas feras a bordo, mas isso não impedia que os caçadores de bruxas viajassem disfarçados. E, uma vez nas águas da Nova República, o navio era revistado por cães que farejavam qualquer bruxa antes mesmo que elas pudessem pisar na ilha.

Ainda que Rune *conseguisse* libertar a sibila, a Guarda Sanguínea nunca pararia de caçar pessoas como elas. Os espiões da Nova República estavam revirando o continente em busca de Cressida Roseblood e sua corte em expansão, e, se tinham uma sibila nas mãos, era só uma questão de tempo até descobrirem o esconderijo delas.

*Eles nunca vão parar de nos caçar.*

A única forma de manter as bruxas seguras era destruir a Guarda Sanguínea e acabar com a Nova República.

E a única forma de fazer isso era devolver o trono de Cressida.

Rune queria vê-la em um trono tanto quanto queria um buraco no peito. A mulher era abominável. Uma assassina desumana. Porém, comparada à alternativa – uma sociedade que queria amarrar garotas como Rune pelos tornozelos, cortar suas gargantas e ver o sangue se esvair de seus corpos –, Cressida Roseblood era o menor dos males.

Pois, sob o governo de uma rainha bruxa, pelo menos as bruxas estariam *a salvo*.

Com o apoio de Soren, Cressida garantiria que nenhuma bruxa voltaria a ser caçada.

Cressida estava na capital, buscando forjar mais alianças, mas estaria de volta a qualquer momento. Assim que retornasse, ela e Soren assinariam o contrato que os advogados dele tinham elaborado, selando sua aliança.

E Rune seria obrigada a se casar com ele.

O toalete feminino surgiu em seu campo de visão. Rune fixou o olhar na porta. Uma vez que estivesse lá dentro, em segurança, ela se permitiria desmoronar. Só por um minuto. E quando esse minuto terminasse...

Rune empurrou a porta com o pé e entrou, deixando-a fechar atrás de si.

Velas iluminavam o aposento escuro, tremeluzindo em arandelas nas paredes e em castiçais alinhados à borda da pia. Ao caminhar até ela, Rune abriu o uísque e tomou um longo gole, direto da garrafa. A bebida lhe queimou a língua e a garganta.

*Achei que tivesse deixado isso tudo para trás.*

Rune presumira que seria fácil. Afinal, estava acostumada a desempenhar papéis. Bancar a "noiva apaixonada" devia ser moleza.

Desde a morte de Alex, no entanto, flertes, tramas e mentiras vinham cobrando seu preço. Por isso seu quase surto na frente dos amigos de Soren e a garrafa de uísque em sua mão.

Depois de fugir da Nova República, Rune fora tola de pensar que finalmente poderia ser ela mesma. Não mais uma socialite bobinha e superficial, mas uma bruxa sem disfarces. A *verdadeira* Rune Winters.

*Mas quem é ela?*, pensou. *Quem é a verdadeira Rune Winters?*

Sufocou a pergunta.

*Não importa.* Cressida precisava de um exército e Soren tinha um. Cabia a Rune garantir aquele exército. O que importava era quem ela *precisava* ser: a garota que acabaria com a Guarda Sanguínea e finalmente permitiria que todas as bruxas ficassem seguras.

*Você consegue. Lembre-se do que está em jogo.*

Na frente da pia, ela tomou mais um longo gole de uísque, estremecendo com o sabor, e olhou para o espelho. O rosto estava marcado por lágrimas. Seus olhos avermelhados a encararam de volta, manchas rosadas surgindo no nariz e nas bochechas.

Seu olhar desceu pelo vestido dourado que Soren lhe dera. Não fazia nem um pouco seu tipo. O dourado deveria ser usado só em detalhes; do contrário, chamava atenção demais. E o corte era, bem, sugestivo. Deixava seu corpo todo à mostra.

Ela o odiava.

Isso a fez pensar em outro vestido. Um que lhe caía bem como nenhum outro. Porque quem lhe dera conhecia os desejos de sua alma, não apenas seu corpo.

Rune espantou aquele pensamento antes que se enraizasse.

*Não* pensaria em Gideon Sharpe. Estava *farta* dele.

Só que, aparentemente, não estava, não.

Como Alex, Gideon pedira a mão de Rune. Não em casamento de fato, mas em uma parceria. Um futuro juntos.

Ela cerrou os punhos.

*Gideon nunca te amou de verdade. Ele amava a garota que pensava que você era. Então o pedido dele não importa.*

Gideon jamais poderia amar uma bruxa.

Rune não sabia o que era mais perturbador: que Alex a tivesse amado ou que Gideon não tivesse.

Ela tivera certeza de que o capitão da Guarda Sanguínea a caçaria sem descanso – como ele jurara fazer. Só que dois meses tinham se passado, e ele ainda não viera.

*Talvez ele tenha decidido que eu não valho a vingança.*

*Talvez ele tenha me superado.*

Rune apertou os punhos.

Quem ligava para a razão? Ele se fora. Saíra de sua vida.

Lágrimas arderam em seus olhos, mais pungentes que o uísque. Rune deu mais um gole, torcendo para se entorpecer o suficiente para voltar ao salão de baile. Com certeza a música de Alex já teria terminado àquela altura.

Os pés dela, no entanto, se recusavam a dar meia-volta e retornar.

Rune olhou para o anel em seu dedo e baixou a garrafa.

*Ele se foi. Nunca mais vai voltar. Você teve dois meses para viver o luto. É hora de seguir em frente.*

Alex teria entendido seus motivos para fazer aquilo. Seus motivos para se casar com Soren. Ele não ia gostar, mas entenderia. Ele a perdoaria.

Mas pensar que Alex – o gentil, bondoso e confiável Alex – a *perdoaria* fez Rune desabar.

Em vez de se recompor, aconteceu o oposto. Algo tentou escapar dela à força. Rune se agarrou à pia de cerâmica, precisando desesperadamente se conter.

Mas não era possível.

A dor irrompeu.

Rune segurou-se na pia e explodiu em soluços mudos e trêmulos enquanto a tristeza a envolvia como uma corrente, puxando-a para baixo com seu peso. Estava tão atordoada pelo sentimento que quase não ouviu a porta abrir atrás de si.

Embora sua visão estivesse borrada pelas lágrimas, ela teve um vislumbre de verde-floresta no espelho.

*Que ótimo. Soren mandou um de seus guardas vir me buscar.*

Será que não tinha direito a cinco minutos sozinha?

Seria assim pelo resto da vida?

Enxugando as lágrimas com as mãos, ela tentou abrir o sorriso que usava como arma. Aquele que mascarava o vazio em seu peito. Estava prestes a usá-lo com aquele guarda desconhecido quando outro relance no espelho a deteve. Rune reconheceria aquela boca cruel em qualquer lugar.

Gideon puxou o chapéu para trás e apontou a arma direto para ela.

Quando seus olhares se encontraram, o coração de Rune disparou como um furacão.

*Achei que você tivesse me esquecido.*

# TRÊS

## GIDEON

**AO ERGUER SUA ARMA** para matar, Gideon cometeu o primeiro erro da noite.

Ele olhou para Rune antes de atirar.

Aqueles gelados olhos cinzentos o encararam. Os mesmos olhos que o assombravam noite após noite. Os olhos de uma mulher que ele queria esquecer.

*Por que ela está chorando?*

Gideon apertou a pistola.

*Não interessa. Não estou nem aí.*

Mas era impossível não ver as lágrimas escorrendo pelo rosto dela. Não tinha como *não* reparar na garrafa de uísque, muito menos cheia do que quando ela a pegara ao fugir do salão de baile.

A imagem dela ameaçou partir algo dentro dele. Era um sentimento perigoso, desestabilizante. Gideon precisava resistir.

– Algumas coisas nunca mudam, não é?

Rune falou com serenidade para o espelho, o olhar fixo nele. Gideon resistiu ao desejo de olhar para os fios dourados de seu vestido.

*Atire nela, inferno.*

– Perseguir uma garota até o toalete feminino com a intenção de matá-la é só um dia de trabalho normal para você. Não é, Gideon Sharpe?

– Engraçado como você não consegue parar de falar meu nome esta noite.

O olhar dela ficou duro como estanho.

– O que seu irmão diria se visse você neste momento?

As palavras foram como um tapa. Ele deu de ombros para afastar a dor, obrigando-se a lembrar que aquela bruxa era mestra em enganar. Ela o enganara, fazendo-o pensar que era só uma jovem inocente. Uma jovem que o amava. Enquanto isso, salvara bruxas em segredo para construir o exército de Cressida. E ainda ficara noiva de Alex.

*Alex.*

– Meu irmão está morto por sua causa.

Ela se virou para encará-lo, e Gideon não conseguiu se conter. Seu olhar desceu pelo indecente decote em V do vestido, agora tão perto dele. Absorveu demais dela.

Reprimiu um suspiro profundo.

– Você está ridícula com esse vestido.

*Mentiroso.*

Rune mordeu a isca, os olhos cintilando.

– Acho que Soren discorda. Ele não consegue tirar as mãos de mim.

Um sentimento venenoso assolou Gideon.

Rune ergueu o queixo e deu um sorriso torto.

Gideon lembrou-se dos dedos dela entrelaçados nos do príncipe. Como ela tinha sido generosa com seus beijos, como ficara perto dele o tempo todo, permitindo que ele a exibisse para os amigos.

Ela nunca fizera essas coisas com Gideon.

Era um lembrete duro de como ela sempre estivera muito fora de seu alcance. Como Gideon tinha se permitido acreditar que ela ficaria com alguém como ele?

Fora um otário desde o início.

– Suas ambições cresceram consideravelmente – disse ele. – Mirando num príncipe.

O rosto dela se enrijeceu em uma máscara, mas nenhuma a que ele estivesse acostumado. Todos os traços da socialite frívola que ela um dia fingira ser tinham sumido. Aquela máscara era inexpressiva como uma pedra.

– Pelo contrário. Ultimamente, meu único requisito para pretendentes é que não me queiram morta. A maioria das pessoas diria que essas são ambições *pequenas*.

– Se você diz... – Ele endireitou os ombros e firmou a mira, precisando acabar logo com aquilo. – Estou feliz que Alex não esteja aqui para testemunhar como você o superou rápido.

As palavras claramente atingiram Rune, que fechou as mãos em punhos.

– Se Alex estivesse aqui, eu não *precisaria* superá-lo.

– Até que ele descobrisse a verdade: que você é uma pequena traiçoeira de...

Rune arremessou a garrafa de uísque na cabeça dele.

Gideon se abaixou. A garrafa passou de raspão, fazendo seu cabelo esvoaçar. O vidro se estilhaçou contra a parede atrás dele e o esguicho do álcool umedeceu seu pescoço. Um borrão dourado passou correndo e Gideon percebeu, quase tarde demais, que Rune estava rumando para a saída.

Ele esperava um feitiço, não uma garrafa voando em sua direção.

Gideon a pegou pela cintura e a empurrou contra a parede. Ouviu o ar escapar dos pulmões dela. Antes que Rune pudesse se recuperar, ele segurou seus pulsos acima da cabeça e enfiou um joelho entre suas pernas, prendendo-a.

Rune ofegou, encarando-o com raiva.

Segurando os pulsos dela com uma das mãos, Gideon apertou o cano da arma contra sua têmpora.

O cheiro dela invadiu seus sentidos, como junípero e água do mar, ameaçando enfraquecê-lo. Ele engoliu em seco, o coração disparado. Era perigoso ficar tão perto assim dela.

– Quem dera Alex não tivesse entrado na frente daquela bala – disse ela. – Era *você* quem deveria estar morto. Eu queria que tivesse sido você!

As palavras foram como uma faca enferrujada em suas entranhas.

Quantas vezes ele desejara o mesmo?

Lembrava-se bem demais de tudo: Cressida exigindo que Gideon fosse com ela, então erguendo a arma e disparando quando ele se recusou. Alex sendo atingido pela bala direcionada para ele.

Ainda podia ouvir o grito de Rune. Ainda a via em sua mente, coberta do sangue do irmão, agarrada a Alex enquanto ele morria.

No entanto, se Rune nunca tivesse ajudado Cressida Roseblood, Alex estaria vivo. Cressida tinha disparado a arma, mas Rune a acobertara. Estivera aliada à maior inimiga de Gideon o tempo todo. Mesmo agora, Rune estava tentando colocar a assassina de Alex de volta no trono.

*É por isso que você está aqui.*

Ele falhara com a República ao se apaixonar por seu alvo. Suspeitara que Rune fosse a Mariposa Escarlate – uma bruxa abominável que ele passara dois anos caçando – e, mesmo assim, tinha se apaixonado por ela.

Rune nunca amara Gideon. Tudo fora parte de uma farsa elaborada. Durante todo o tempo que fingira cortejá-lo, ela estivera apaixonada pelo irmão dele.

O que ela tinha dito, perto do fim?

*Alex é um homem muito melhor do que você jamais será.*

Rune fez Gideon acreditar que alguém como ela era capaz de amar alguém como ele. E tinha sido uma mentira. Ele era indigno dela e sempre seria.

Mas Gideon não quisera enxergar a verdade.

Ele quisera Rune.

*Porque sou fraco.*

Ao se apaixonar por ela, Gideon tinha falhado com a República que ele ajudara a construir, com os amigos e soldados a quem jurara lealdade, com os cidadãos que prometera proteger. Rune tinha enfraquecido Gideon, e essa fraqueza causara a morte de várias pessoas. E continuaria a causar, se ficasse por isso mesmo.

Era por isso que Gideon estava ali. Para arrancar a fraqueza em seu coração ao eliminar sua fonte: *ela*. E, no buraco aberto, ele derramaria aço derretido. Até fechá-lo de volta. Até que ele fosse mais forte e mais frio do que ferro.

Pressionou o cano da arma na têmpora de Rune.

Ela não se encolheu nem desviou os olhos. Apenas sustentou o olhar dele. Como se estivesse esperando por aquele momento. Esperando por *ele*.

– Vá em frente. Atire.

– É o que pretendo fazer.

– É? *Prove.*

Ele tinha se esquecido de como o olhar dela se enfurecia como uma tempestade, na qual ele queria entrar de cabeça.

– Nós dois sabemos o que você quer fazer comigo, Gideon. Bom, essa é a sua chance.

O olhar dele desceu para os lábios dela.

– Você não tem ideia das coisas que eu quero fazer com você.

Ele reparava em tudo, estando tão próximo: os olhos avermelhados e inchados, as manchas rosadas no rosto, as lágrimas secando nas bochechas.

O álcool no hálito dela.

Gideon sabia que de vez em quando Rune se perdia, mas aquilo era bem diferente.

Ele franziu a testa.

– Você fede como uma taberna.

– Palavras de um verdadeiro cavalheiro. – A voz dela era um rosnado rouco.

– Nunca fui um cavalheiro. – Ele se aproximou mais. – Se me confundiu com um, o problema é seu.

Era impossível não estar ciente de cada parte dela. O calor de suas coxas ao redor do joelho dele. Os batimentos agitados de sua pulsação sob a mão dele. Rune era tão pequena e macia quanto ele lembrava. Impecável. *Linda.*

Gideon sentiu um ímpeto desesperado de tomar o rosto dela nas mãos e perguntar o que havia de errado, fazê-la contar a ele por que estava tão triste.

Abafou a tentação.

Era isso que ela fazia com ele: o deixava totalmente irracional.

*Ela é uma sedutora de sangue-frio. Não deixe ela te enganar.*

Rune tinha aberto a boca – provavelmente para insultá-lo ainda mais – quando os gritos de vários guardas fizeram com que ficassem imóveis. O som de botas ecoou pelo corredor. Deviam ter ouvido a garrafa se quebrar e agora procuravam a origem do barulho.

Gideon olhou ao redor. A única saída era a porta atrás dele, que se abria para aquele mesmo corredor. No momento em que a arma disparasse, ele revelaria sua localização. E, sem saída, os guardas o encurralariam.

Ele estaria praticamente morto. *Pior* do que morto. Se o prendessem, ele ficaria à mercê de Cressida. Não podia se tornar prisioneiro dela de novo. Gideon preferiria tirar a própria vida a permitir que isso acontecesse.

Os batimentos no pulso de Rune aceleraram sob o polegar dele. Se ela gritasse, eles sem dúvida o encontrariam.

– Grite por socorro – sussurrou ele, enquanto os guardas se aproximavam, a arma ainda apertada à têmpora dela – e enfio uma bala na sua cabeça.

– Se eu ficar em silêncio, você me mata de qualquer jeito.

Verdade. Mas parecia que Rune queria viver um pouco mais, porque não gritou.

Ele se amaldiçoou por hesitar. Devia ter entrado, atirado nela e ido embora. Sem pensar, só fazer.

Mas sempre tinha preferido a Rune visceral e selvagem àquela que se escondia por trás de uma máscara de estilo e elegância. Se tivesse encontrado aquela Rune no banheiro – uma bela garota que retocara o pó no nariz, sem um fio de cabelo fora do lugar, nem um vinco no vestido –, provavelmente os dois não estariam tendo essa conversa. Ela já estaria morta.

Em vez disso, ele encontrara *essa* Rune.

*Sua* Rune.

Um completo caos.

A parte mais primal dele queria inclinar a cabeça dela para trás e beijá-la até que Rune lhe contasse por que estava chorando.

*Não.* Ele rangeu os dentes. *Isso é o oposto do que eu quero.*

Porém, agora que tinha pensado nisso, Gideon não conseguia *des*pensar, e sua mente o empurrou para caminhos mais perigosos. Na última vez em que ele e Rune estiveram próximos assim, ela estivera em cima dele. Na cama dele. Ele a adorara com a boca, sussurrara coisas deliciosas contra a pele dela. Os dois tinham se entregado um ao outro em um ato que não podia ser desfeito, e agora ele sofria as consequências daquela decisão.

*Essa garota.*

Quisera tanto ser digno dela. Ousara ter esperanças, de tão tolo e estúpido que era.

*Nunca mais vou cair nos truques dela.*

– Me ajude a entender – sussurrou ele, ouvindo os passos se distanciarem, com uma súbita necessidade de saber. – Você devolveria o poder a Cressida apesar de saber do que ela é capaz? Deseja pânico e massacre?

– Para as pessoas que querem me caçar e cortar minha garganta? – Rune franziu as sobrancelhas perfeitas. – O que mais eu poderia desejar para elas?

Gideon estreitou os olhos.

– E, quando tudo acabar e suas preciosas bruxas estiverem a salvo, com a sua tirana mais uma vez sentada no trono sombrio dela, você vai estar casada com um príncipe que a trata como um prêmio. Também quer isso? Ficar sendo exibida como um troféu em uma caixa de vidro?

Ela pareceu hesitar e então inclinou a cabeça, desafiadora.

– Soren vai me fazer mais feliz do que *alguns* homens jamais conseguiriam.

E pensar que ele tinha beijado a boca de onde saíam aquelas palavras.

– Você pode enganar todos eles, mas não a mim. Olha só para você,

Rune. Está se embebedando para conseguir aguentar uma noite com ele. – Isso o fez se lembrar de si mesmo, pouco tempo atrás. E não gostou da lembrança. – Você vai odiar ser a esposa de Soren Nord.

– Você não tem ideia do que eu odeio.

– Tenho alguma ideia, sim.

Os olhos dela faiscaram como um raio.

– Você não me conhece nem um pouco.

– Posso não conhecer *Rune Winters* – sussurrou ele, a boca a centímetros da dela. – Mas conheço a Mariposa Escarlate. E ela não foi feita para viver numa redoma.

Rune se retraiu.

– Pare.

– Tenho pena do homem que cortar as asas dela.

– Pare de falar.

– Diga adeus à sua liberdade, Rune.

– Cala a boca!

Ela se jogou contra ele, e Gideon quase soltou seus pulsos. Tinha se esquecido de como ela era forte, apesar de ter metade de seu tamanho. Recuou o joelho para recuperar o controle.

Seu segundo erro.

Rune deu uma joelhada direto na virilha dele.

A dor explodiu como uma bomba, incendiando-o. O lugar se tornou um clarão branco. Gideon se curvou e caiu no chão enquanto a pressão insuportável em suas bolas fazia o mundo desaparecer. Dobrou as pernas contra o peito para se proteger caso ela tentasse outra vez.

Rune pegou a arma dele.

– Isso é por ter me entregado para ser expurgada.

Gideon gemeu, deitado em uma poça de uísque, vidro quebrado e dor.

A porta se abriu.

O cheiro de sangue e rosas encheu o ambiente quando uma pessoa entrou.

– Ora, Gideon Sharpe – disse uma voz que ainda o assombrava em seus pesadelos –, que surpresa agradável.

A sombra *dela* o cobriu, fazendo o sangue de Gideon gelar. Ele não ergueu os olhos. Sabia quem encontraria: uma bruxa de cabelo branco e olhos gélidos como um mar congelado.

*Cressida Roseblood.*

Gideon fechou os olhos.

*Merda.*

Sempre dissera a si mesmo que era melhor estar morto do que nas garras de Cressida. Que, se algum dia acabasse prisioneiro dela outra vez, encontraria um jeito de dar fim à própria vida.

Ele olhou de relance para sua arma, ainda nas mãos de Rune.

Totalmente fora de alcance.

# QUATRO

## GIDEON

**OS GUARDAS PEGARAM GIDEON** pelos braços, erguendo-o, e algemaram seus pulsos às costas.

Cressida se aproximou. Seu cabelo estava úmido, como se ela tivesse cruzado uma tempestade para chegar ali. E seu olhar era como uma faca cravada no peito dele. A dor de Gideon sumiu, dando lugar a um medo paralisante.

Seu pior pesadelo virara realidade.

Cressida olhou de Gideon para Rune, que segurava a arma, ainda apontada para ele. Uma dúvida surgiu nos olhos da jovem rainha bruxa, mas ela não disse nada. Apenas estendeu a mão para os guardas, exigindo a chave das algemas.

– Ava, preciso de você – disse Cress para a jovem que chegara com ela. – Todo o resto: fora.

Gideon reconheceu a jovem que avançou: Ava Saers. Bruxa e uma antiga artífice de estigmas que trabalhava para as Roseblood. Durante o reinado das Rainhas Irmãs, bruxas ricas empregavam artífices de estigma – talentosas artesãs hábeis em marcar estigmas em belos desenhos na pele de uma bruxa. As irmãs Roseblood gostavam de esculpir os estigmas umas das outras, mas recorriam ao talento artístico de Ava em ocasiões especiais. Ele se lembrou de ver Ava esculpir com uma tranquilidade quase delicada na pele delas.

Ela foi uma das primeiras bruxas que a Mariposa Escarlate resgatou de suas prisões.

O cabelo acobreado de Ava estava preso de modo estiloso para um lado, e seu vestido safira brilhava à luz das velas enquanto a jovem caminhava até sua rainha. Ela devia ser uma das convidadas para o recital daquela noite.

*Quantas bruxas mais Soren está abrigando?*

Ava abriu sua bolsa de lantejoulas e tirou uma pequena faca.

Cressida despiu sua capa e a deixou cair no chão, dando a Gideon uma visão clara de seus braços. Estigmas prateados cobriam cada centímetro de pele, cada um dolorosamente familiar a Gideon. Como um jardim de flores, começavam nos pulsos e subiam na direção dos ombros.

Ava pressionou a faca na pele de Cressida e começou a cortar, adicionando pétalas a um lírio em um padrão botânico.

O cheiro da magia de Cressida dominou o ar: o odor acobreado de sangue se misturou com o aroma doce e enjoativo de rosas.

Quando Ava terminou, Cressida mergulhou os dedos no sangue que escorria. Gideon ficou pálido ao ver a rainha bruxa se agachar, espalhando marcas de feitiço em vermelho-vivo no chão diante dele. A magia deixou o ar mais espesso, nauseando-o enquanto o feitiço tomava forma.

Uma hera densa e invisível rastejou pelas pernas dele, prendendo-o. A magia não parou aí: subiu pelos braços, peito e ombros dele, imobilizando-o.

Gideon fez força contra o feitiço. Tensionou os músculos e travou os dentes, como se sua força de vontade pudesse quebrar os laços da magia dela. Porém, quanto mais se esforçava, mais forte era amarrado.

O feitiço de Cressida o mantinha bem preso.

*Você merece.*

Se não tivesse hesitado ao ver as lágrimas de Rune, se simplesmente tivesse puxado o gatilho, estaria cavalgando de volta para Caelis naquele momento, a missão cumprida.

Cressida ergueu-se e se aproximou de Gideon.

– Rune? – Ela olhou por cima do ombro. – Ouviu o que eu falei?

Gideon olhou para além da bruxa e viu Rune imóvel, parada a alguns passos deles. Parecia paralisada, a pistola nas mãos ainda voltada para ele, os olhos cinzentos indecifráveis.

Seus olhares se encontraram. Uma energia invisível deixou o ar elétrico.

*Acabe com isso. Acabe com meu sofrimento.*

Ela sabia o que Cress fizera com ele no passado. Sabia o que Cress faria com ele agora.

– Rune. – Ele a encarou, implorando. – *Atire.*

O olhar dela era uma tempestade selvagem. Se puxasse o gatilho, não seria por pena, mas por algo muito mais forte.

Cressida se colocou entre os dois.

– Entregue a pistola para Ava.

A ordem pareceu despertar Rune de qualquer pensamento em que estivesse enredada.

– A *pistola*, Rune.

Ela olhou para a arma em suas mãos e então, como um bom soldadinho, entregou-a para Ava.

Ela não olhou mais para Gideon. Apenas se virou e foi embora, esmigalhando cacos de vidro. A porta se fechou em seguida, deixando Gideon sozinho com Cressida e sua artífice de estigmas.

Como se não se importasse nem um pouco.

Ava foi até a pia, colocou a arma dele na borda de cerâmica e então se olhou no espelho enquanto retocava a maquiagem.

– Olhe só para nós. Juntos, enfim.

Ele desviou o olhar da porta por onde Rune tinha saído, voltando a atenção para a inimiga no cômodo. Cressida Roseblood era bela... de um jeito frio e aterrorizante. Como se perder em uma nevasca sabendo que isso o mataria.

Sangue escorria pelo braço dela e sujava seus dedos. Ela parou a meio metro de Gideon, sacou sua faca de conjuração e pressionou o lado liso e em forma de crescente no queixo dele, forçando-o a encará-la.

Correndo a lâmina pelo pescoço dele, perguntou:

– Veio a Larkmont sozinho?

A boca de Gideon ficou seca.

– Sim.

Ela caminhou ao redor dele, deslizando a faca por seus ombros e parando às suas costas. Gideon sentiu Cressida enfiar a chave nas algemas e girar. As correntes caíram com estrépito no chão.

Ele tentou alcançar a faca, alcançar *Cressida*, mas suas mãos livres ainda estavam presas pelo feitiço dela.

A bruxa continuou a andar a seu redor, arrastando a lâmina pelo corpo dele, até voltar a encará-lo. Enganchando a faca na gola da jaqueta que ele roubara, ela fez força para baixo e abriu o primeiro botão. Gideon ouviu a camisa que usava por baixo se rasgar.

Seu coração martelou.

– E qual seu objetivo aqui?

– Assassinar Rune Winters.

Ela foi em frente e arrebentou o botão seguinte, rasgando ainda mais a blusa de baixo.

– Por quê?

Gideon engoliu em seco.

– Para impedir que ela consiga garantir uma aliança entre você e Soren Nord.

– E ela ficou feliz em te ver?

Gideon hesitou, sem entender a pergunta.

Cressida fez um corte rápido para baixo, rasgando jaqueta e camisa. O tecido se abriu e deixou o peitoral de Gideon exposto.

O canto da boca de Cressida se curvou ao descer o olhar pelo pescoço dele. Conhecia aquele olhar. E isso o fez suar frio.

– Você tirou tudo de mim, Gideon.

– Tenho certeza de que foi o contrário.

– Quero te perdoar. Quero mesmo.

*Perdoar?*

– Depois que você matou minhas irmãs, eu quis fazer você sofrer. Tive muito tempo para pensar no que fazer com você, depois que o tivesse sob meu controle outra vez. E percebi... bem, que tenho uma *dívida* com você.

Ele a encarou.

Ela estava maluca?

Cressida segurou seu queixo com força, obrigando Gideon a encará-la. Os olhos de um azul gélido o deixaram arrepiado até os ossos.

– Você me fez perceber como eu não dava o devido valor às minhas irmãs. Como eu *preciso* delas. Elowyn, Analise e eu somos muito mais poderosas juntas. E é por isso... – ela abriu um grande sorriso – que vou trazê-las de volta.

Ela com certeza tinha ficado louca.

– Suas irmãs não passam de ossos sob a terra.

Ele não tinha certeza disso. Os corpos de Analise e Elowyn tinham sumido em meio ao caos da Nova Aurora. Presumia-se que os corpos tinham sido roubados, ou profanados, ou jogados nos túmulos coletivos reservados às bruxas mortas na revolução.

– Ah, Gideon... – Cressida riu. – Você acha mesmo que eu ia deixar minhas irmãs apodrecerem? – Ela balançou a cabeça, fazendo seu cabelo alvo esvoaçar como neve. – Escondi os corpos delas em um lugar seguro. Durante dois anos, mantive as duas preservadas com magia.

– Não é possível.

No entanto, aquela era Cressida Roseblood. Ele sabia exatamente do que ela era capaz.

– Um feitiço de ressurreição exige o sacrifício de um parente próximo... alguém que tenha fortes laços sanguíneos com a pessoa morta. – Ela inclinou a cabeça e estreitou os olhos. – Poderia lançá-lo de olhos fechados.

– Sua família toda está morta – observou Gideon. – Você não tem nenhum parente.

– Ah, acontece que eu tenho.

Ele franziu a testa. *O quê?*

– Uma irmã ou um irmão perdido. – Ela sorriu. – Infelizmente, não sei quem é nem onde essa pessoa está. Todas as sibilas sob meu comando não conseguem vê-la. Alguém a escondeu com um feitiço ancestral... por enquanto.

*Um descendente dos Roseblood?*

O medo deixou o peito de Gideon mais pesado que chumbo. Cressida sozinha era uma coisa. Podia retomar o trono, mas teria dificuldade em mantê-lo por conta própria. Com os expurgos, o número de bruxas tinha sido reduzido drasticamente. As pessoas se lembravam da tirania no fim do Reinado das Bruxas e não acolheriam seu retorno. Ela teria que se utilizar de força e medo... e era por isso que precisava do exército de Soren.

*Rune sabe disso?*

Elowyn e Analise eram as irmãs Roseblood mais poderosas... e mais cruéis. Tinham torturado a mãe de Gideon, e era por causa das duas que seus pais estavam mortos. Se Cressida as ressuscitasse, todas as três rainhas bruxas retornariam. Juntas, elas acabariam com a Nova República.

– Mas já chega desse assunto.

Cressida subiu as mãos pelas lapelas da jaqueta de Gideon, empurrando-a junto com a camisa rasgada por seus ombros e descendo-as pelos braços dele, sem tirar os olhos nem por um momento da marca queimada em seu peito.

O símbolo dela.

– Vamos falar de *nós*. Estou fazendo isso pelo seu próprio bem, Gideon.

– Por algum motivo, duvido muito – respondeu ele, tentando descobrir o que seria *isso*.

– Para poder te perdoar, preciso confiar em você.

Ela se aproximou, até que houvesse apenas um pequeno espaço entre os dois. O corpo inteiro de Gideon ficou tenso com a proximidade, o feitiço dela o mantendo preso.

– E, para poder confiar em você, preciso ter certeza de que você é meu. – Ela passou a faca de conjuração com delicadeza por sua clavícula exposta. – *Só* meu.

Ele não tinha como voltar a ser o Gideon do passado: o garoto patético que rastejava de volta para ela noite após noite, como um cão voltando para seu mestre, na esperança de que talvez daquela vez receberia um carinho em vez de um chute nas costelas.

*Você não é mais aquele Gideon.*

Aquele Gideon não tinha escolha a não ser se subjugar a ela. A vida das pessoas que ele amava estava nas mãos de Cressida.

– Você não tem como escapar de mim – disse ela. – Mesmo quando estávamos separados, assombrei cada passo seu. Invadi cada um dos seus sonhos. Não foi?

Gideon deu um sorrisinho tenso.

– Na verdade, nunca penso em você.

– Mentiroso. – A boca de Cressida se contorceu e ela apertou a faca mais uma vez no pescoço dele. – Um cavalo que já foi domado pode ser domado de novo. Ao amanhecer, você vai estar implorando por mim. Como nos velhos tempos.

Essa ideia era o que mais o apavorava.

Gideon a encarou, tentando esconder seu medo.

– Faça o que quiser comigo. Não vou rastejar atrás de você de novo.

Quando foi que ele aprendera a mentir com tanta ousadia na cara do inimigo?

Talvez tivesse aprendido com Rune.

– Todos que eu amo estão mortos – disse ele enquanto ela pressionava o aço frio da faca em sua pele. – Nada mais me prende a você.

Os olhos de Cressida cintilaram como gelo.

– Se fosse verdade, você teria atirado na Mariposa Escarlate e ido embora de Larkmont antes que alguém desse falta dela.

Ele franziu a testa. *O quê?*

– Eu vejo como você olha para ela, Gideon. Você já me olhou do mesmo jeito.

Gideon quase gargalhou.

– Para *Rune*? Você está enganada.

– Quase nunca. – O tom de voz dela ficou mais sério. – Não sou cega. Rune é linda. Entendo que você fique tentado.

*Tentado?*

– Estou o oposto de tentado. Meus sentimentos por Rune estão tão mortos quanto meus sentimentos por você.

Cressida sorriu.

– Muito bem. Vou entrar no jogo.

Ela pôs as mãos no peito nu de Gideon, que não soube dizer se a pele de Cressida era fria como a de um cadáver ou se era apenas o efeito que ela causava nele.

– Apenas lembre-se: não preciso da sua boa vontade, Gideon. Só preciso da sua obediência. E você *vai* ser obediente...

Cressida pressionou a mão na marca cauterizada no peito dele.

– Deixei algo aqui no dia em que te marquei. – Ela tamborilou a ponta dos dedos na cicatriz: uma rosa dentro de uma lua crescente. O símbolo dela. – Um feitiço que eu pretendia ter ativado há muito tempo, mas nunca tive a oportunidade.

Ela se curvou e tocou a cicatriz com os lábios.

Gideon estremeceu, seu corpo querendo se retrair, mas, não importava o que ela fizesse, ele não conseguia lutar contra.

– Isso vai doer – murmurou ela.

*Doer* foi um eufemismo.

A agonia o inundou como um raio. Incandescente. De um branco intenso. Como se estivesse marcando Gideon de novo. Só que, daquela vez, não havia um ferro em brasa retirado do fogo e cravado em sua pele. Não havia carne queimada.

Mas a dor foi tão intensa quanto se houvesse.

Num momento, Gideon tentava não se encolher. No seguinte, estava berrando.

Pareceu interminável aquele fogo. Queimando-o de dentro para fora, fazendo com que desejasse a morte – ou, ao menos, a pancada cruel do joelho de Rune no meio de suas pernas. Aquela dor não era nada se comparada a isso.

*Rune.*

Ele se agarrou à memória dela. O queixo erguido em desafio. O açoite de suas ofensas. A garrafa de uísque voando em direção à cabeça dele.

Não fazia sentido. Eles se odiavam. Mas, no momento em que Gideon tentou se concentrar em outra coisa, a dor o assolou outra vez, dominando-o.

Então, quando a dor se tornou agonizante, sua mente focou em Rune. O cheiro de sua pele, o álcool em seu hálito, o calor de seu corpo pressionado entre ele e a parede.

Logo, porém, nem mesmo a memória dela foi o bastante, e o fogo se espalhou, consumindo Rune e fazendo-a desaparecer de dentro dele.

Foi só quando Gideon implorou pela morte que o sofrimento passou.

Cressida afastou a mão e a dor se dissolveu. Gideon teria desabado, não fosse o feitiço que o prendia no lugar. O suor empapava sua testa e escorria por suas costas. Seu corpo inteiro tremia por causa da dor.

Na pia, Ava ainda encarava o espelho e retocava a maquiagem.

Cressida se aproximou.

– Diga que sentiu minha falta – sussurrou ela, correndo a ponta do dedo pelo peito dele. – Diga que nunca parou de pensar em mim.

Gideon tentou acalmar seu coração acelerado. Tentou manter a calma. Não importava o que acontecesse, a dor que ela infligisse a ele, não podia ceder. Precisava ser feito de ferro frio e duro dessa vez, não de carne.

Os olhos dela reluziram como lascas de gelo.

– Posso te dar meu amor, Gideon. Ou posso te dar minha ira.

*Tem alguma diferença?*

Deslizando os braços pelo pescoço dele, Cressida apertou-se contra Gideon, erguendo os lábios até os dele.

– O que prefere, querido?

Gideon fitou a parede atrás dela, tentando se preparar para o que viria. Caso se endurecesse, caso se forçasse a não sentir nada – a ser tão impassível quanto a pistola na pia –, o que ela fizesse não importaria.

– Você virá até mim de bom grado ou terei que obrigá-lo?

# CINCO

## RUNE

**NO CORREDOR, RUNE** se apoiou à porta do toalete, os punhos cerrados, a raiva a corroendo.

Tudo o que um dia tinha sentido por Gideon Sharpe desaparecera. *Desaparecera.* O sentimento que a dominava... era o oposto do amor: era um *ódio* ardente e insaciável.

Que tipo de garota se apaixonava por alguém que despreza sua natureza? Que quer vê-la *morta*?

Uma garota patética, que se odiava.

Rune se recusava a continuar sendo essa garota.

*Esqueça-o.*

Havia feitiços para apagar lembranças. Rune queria muito saber algum, para poder sumir com toda e qualquer memória de Gideon Sharpe. Porque, mesmo naquele momento, ele lhe era mais próximo do que sua própria respiração. Rune sentia o capitão da Guarda Sanguínea como se ele ainda a estivesse apertando contra aquela parede. O arranhar de sua barba por fazer. A boca de Gideon a centímetros da dela. O calor de seu olhar, queimando-a por dentro.

Rune queria gritar. Queria se afastar da porta e ir embora, deixando-o para trás para sempre.

Só que Cressida estava naquele cômodo com ele.

Gideon contara a Rune o que a rainha bruxa fizera, mas havia coisas que ele *não* revelara, ela sabia. Coisas repulsivas. Coisas que Cressida faria de novo se um dia ele tornasse a cair em suas garras.

*Ele está nas garras dela agora.*

Rune fechou os olhos com força.

Por isso ele havia implorado para ela atirar: preferia morrer a enfrentar o que Cressida tinha reservado para ele.

*Ele veio aqui para te assassinar*, lembrou ela a si mesma.

Rune não queria se importar com Gideon – ele *com certeza* não se importava com ela. Se fosse o caso, não teria apontado aquela arma para sua cabeça. Não teria ido até ali com a intenção de acabar com a vida dela.

O grito angustiado de Gideon dominou o corredor.

O som a acendeu toda. Como um interruptor sendo acionado.

Rune se virou para encarar a porta do toalete, o coração martelando.

Os gritos de Gideon ficaram mais altos.

Rune cerrou os punhos com tanta força que suas unhas se cravaram na pele. Podia odiá-lo pelo que tinha feito. Ele podia ser seu pior inimigo. Mas isso não impedia que seu sofrimento a dilacerasse.

*O que ela está fazendo com ele?*

Rune deu um passo em direção à porta. Segurou a maçaneta, querendo abri-la de supetão. Queria...

*Fazer o quê?*

Para ajudar Gideon, seria preciso desafiar Cressida. E, embora fosse valiosa para a rainha bruxa, Rune não era *inestimável*. Podia entrar e mandar que a bruxa parasse. Cressida riria na sua cara – ou pior: machucaria Gideon ainda mais.

Mesmo que *pudesse* salvá-lo, Gideon apenas ia tentar matar Rune outra vez – e, na próxima, era provável que fosse bem-sucedido.

*Mas e se eu não fizer nada?*

Quando os gritos de Gideon cessaram, o silêncio se mostrou ainda pior. Pelo menos, com ele gritando, Rune sabia que estava vivo.

*Ele acabou de tentar te matar! Ele não merece sua pena nem sua ajuda.*

Só que algo incomodava Rune. Algo de que não conseguia se desvencilhar.

A vantagem estivera nas mãos de Gideon, lá dentro. Ele podia ter atirado muito antes de ela olhar no espelho e vê-lo. Provavelmente podia ter atirado muito antes de ela sequer ter *entrado* no toalete feminino.

Então por que ele hesitara?

Ela não deveria se importar. Não mesmo. Nem um pouquinho.

– Rune!

Ela se virou e viu Soren correndo em sua direção, sem capa e com o fraque esvoaçando atrás de si. Quatro soldados o flanqueavam.

– Disseram que você foi atacada...

Rune precisava soltar a maçaneta. Seu dever era o príncipe, não Gideon.

– Vou te levar para os meus aposentos. – Soren agarrou o braço dela e a forçou a se virar para ele. Sua expressão era impassível enquanto a avaliava, verificando se estava ferida. – Talvez esse monstro não tenha agido sozinho. Pode haver outros assassinos espreitando nos meus corredores.

Rune olhou de novo para a porta do toalete. *Mas eu não posso abandoná-lo.*

– Não vou permitir que ele te machuque. – Soren a puxou para longe, o cheiro forte do seu perfume fazendo o nariz dela arder. – Você vai ficar nos meus aposentos. Vou colocar meus guardas particulares na porta.

– Mas eu...

– Quero que fique lá até eu dizer que é seguro sair.

Rune olhou por cima do ombro para a porta do toalete, desejando que se abrisse. Desejando que Cressida saísse com Gideon e o entregasse aos guardas do palácio, que o escoltariam para qualquer cela sob Larkmont, onde ele poderia apodrecer sem que Rune se importasse.

A porta, porém, continuou fechada. Foi ficando cada vez menor, e o aperto em seu peito, cada vez maior, e quando Soren a arrastou para virar em um corredor, a porta despareceu por completo de sua vista.

Rune ficou nauseada.

*Preciso fazer alguma coisa.*

Mas o quê?

Não tinha motivos para pedir que Soren desse meia-volta. E Cressida também não ia parar de machucar Gideon só porque Rune queria. Precisaria obrigá-la a isso... o que era impossível. Cressida era uma bruxa muito mais poderosa, apesar dos progressos de Rune sob a tutela de Seraphine nos últimos dois meses.

E Cressida era a única chance de salvar as bruxas que tinham ficado para trás.

Rune não podia desafiá-la.

– Estou começando a entender o perigo que ameaça você – disse Soren. Dois guardas abriram as portas dos aposentos, dando acesso a eles. – Eu poderia *matar* aquele homem.

– Não sei o que você faria com ele... – Rune observou os guardas fecharem a porta. – Mas Cressida vai fazer pior.

Os lampiões estavam apagados, e levou um instante para a visão de Rune se adaptar à luz fraca. O cheiro forte de incenso enchia o ar com canela e sândalo. Quando os detalhes do quarto se tornaram mais nítidos, Rune observou o que havia lá: uma cama com dossel, um guarda-roupa, uma penteadeira.

– Vou trancar você aqui – disse Soren. – Volto quando tiver certeza de que o palácio está em segurança e que você não está mais em perigo.

Rune não estava prestando atenção; ainda pensava em como não tinha poder para impedir Cressida de machucar Gideon. Nenhuma vantagem. Nada para barganhar.

*Mas Soren tem.*

O pensamento a incendiou por dentro.

Soren já tinha se virado na direção da porta. Aquela era a propriedade dele. O *reino* do pai dele. E não só isso: Cressida precisava desesperadamente do seu exército.

Rune não podia pedir que ele salvasse o homem que tentara assassiná-la, mas não precisava disso. Só precisava que ele o afastasse de Cressida.

– Portas e guardas não vão me deixar em segurança – disparou ela.

Soren parou e olhou para trás, assimilando o estado desgrenhado de Rune. Ela sabia como estava sua aparência: as lágrimas marcando seu rosto, as roupas bagunçadas, a imagem de uma vítima. Sob a ira do príncipe – como outro homem ousara tocar na noiva *dele* –, havia o olhar que ela vira antes.

Fome.

Por *ela*.

Em geral, aquela fome fazia Rune se sentir um animal encurralado. Naquela noite, ela a usaria a seu favor.

Rune o puxou para a cama. Afastando o dossel, segurou Soren pelos ombros e o empurrou até que ele estivesse sentado na beirada da cama, suas botas polidas plantadas no chão.

– Nunca estarei segura até que Cressida retome seu trono – disse ela, sustentando o olhar dele. Erguendo o vestido até as coxas, Rune subiu no colo dele, montando em Soren, e passou os braços pelo seu pescoço. – Sempre estarei em perigo até que Cressida, com a ajuda do *seu* exército, dê fim a todos os caçadores de bruxas.

Rune ignorou o súbito volume na calça dele. Se não estivesse preocupada com Gideon, teria sentido repulsa. Mas apenas metade de Rune estava ali; a outra metade se encontrava no toalete feminino.

Era aquele o seu talento: sedução. Fingimento. Teias de mentiras tecidas para capturar sua presa.

– Tenho que confessar uma coisa – sussurrou ela contra a bochecha dele, recém-barbeada. – Eu não tinha certeza desse noivado até hoje à noite. Achei que você só estivesse se casando comigo para me exibir, como uma peça de arte interessante.

As mãos de Rune pousaram sobre as dele, guiando-as até seus quadris.

O olhar de Soren deslizou do vestido dourado, amontoado ao redor de sua cintura, até suas coxas brancas.

– E agora? – sussurrou ele.

Ela se aconchegou mais no colo dele.

– Agora? Acho que o destino interveio, lá na ópera. Acho que queria que você me protegesse.

– Humm – murmurou ele, baixando a boca até o pescoço dela.

Rune inclinou a cabeça para facilitar o acesso. Em geral, teria se encolhido com os beijos dele. Naquele momento, não sentia nada. Já jogara aquele jogo centenas de vezes. Fora assim que salvara tantas bruxas.

Naquela noite, Rune se sentia uma estranha. Como se não fosse ela sentada no colo de Soren, nem suas mãos passando pelos cabelos dele. Como se aquela garota fosse um fantasma, e a verdadeira Rune, de carne e osso, estivesse em outro lugar.

*Você teceu a teia*, disse para si mesma. *Agora posicione a isca.*

Cada minuto desperdiçado era mais um minuto de Gideon à mercê de Cressida.

– Lembra a surpresa que eu mencionei? – perguntou ela, fingindo um pequeno suspiro com o roçar dos dentes de Soren em sua clavícula.

– Como eu ia esquecer? – murmurou ele contra a pele dela.

– É um passeio – disse ela. – Você e eu vamos a Caelis no fim de semana. Já reservei tudo. Os jantares, o balé, o quarto de hotel...

Ao ouvir *quarto de hotel*, Soren recuou. Seus olhos azuis escureceram, as pupilas dilataram. Provavelmente imaginava o que significaria os dois a sós.

Rune foi obrigada a imaginar também.

*Vou ter que passar todas as noites na cama dele.*

Em breve, não seria só um fim de semana. Depois do casamento, seria o resto de sua vida.

A pele dela se arrepiou.

Agora as mãos de Soren vagavam livremente. Subindo por suas coxas, entrando por baixo do vestido.

*Conheço a Mariposa Escarlate. E ela não foi feita para viver numa redoma.* A voz de Gideon roçou a mente dela como um sussurro. *Tenho pena do homem que cortar as asas dela.*

Rune agarrou os pulsos de Soren, detendo o avanço dele.

– Preciso que você faça algo por mim.

A respiração de Soren estava trêmula.

– Sim?

– Sele a aliança com Cressida *esta noite.* E então amanhã podemos comemorar em Caelis.

Soren a segurou pela nuca e virou seu rosto para si.

– Tudo bem – concordou, inclinando-se para outro beijo. – Vou encontrá-la assim que...

– Não. – Rune pressionou o corpo contra ele. – Vá atrás de Cressida *agora.* E não aceite um não como resposta.

– Está bem, está bem. – Soren riu, interpretando equivocadamente as motivações de Rune e apertando as coxas dela. – Considere feito, minha querida.

Afastando-se relutante de Rune e da cama, ele lhe lançou um último olhar faminto antes de ordenar aos soldados que ficassem de guarda na porta.

E então a trancou.

# SEIS

## GIDEON

– **QUEM EU DEVO MACHUCAR** para fazer você obedecer?

Cressida encarava Gideon, sua figura esguia a apenas alguns centímetros dele. Logo atrás, Ava continuava na pia, ajeitando o cabelo.

– Um dos funcionários? – sugeriu Cressida, quando Gideon não respondeu. – Um dos filhos deles?

Ela se calou, ponderando. Suas mãos deslizaram pelo peito dele, descendo até os botões da calça.

– Ou quem sabe Rune Winters?

Ela devia ter interpretado errado a expressão que passou pelo rosto dele, porque continuou:

– As coisas que fiz com você podem ser facilmente infligidas à Mariposa Escarlate. Na verdade... – ela sorriu, desabotoando o primeiro botão de sua calça – você pode até ficar assistindo. Gostaria?

Cada músculo do corpo dele se retesou.

– Acho que seria *muito* divertido...

Ela estava desabotoando o segundo botão quando uma batida os interrompeu.

Cressida olhou por cima do ombro e estreitou os olhos para a porta. Ava se afastou da pia e foi atender.

– Diga para irem embora – ordenou Cressida.

Mal tinha proferido a ordem quando a porta se abriu.

Ava hesitou quando o príncipe Soren entrou, imponente em um fraque azul-marinho, embora um pouco ruborizado. Cressida se virou para encarar o intruso, mas, ao ver o príncipe, dominou a raiva.

– Meu senhor. – Sua voz soou alegremente contida. – Peço perdão pelos problemas que causamos a Larkmont. Assim que...

Soren gesticulou, interrompendo-a. Seu olhar estava fixo em Gideon.

– Esse é o monstro que atacou a Srta. Winters?

– Sim – respondeu Cressida. – Eu o prendi com um feitiço. Ele não pode feri-lo, a menos que eu remova a magia.

Soren se adiantou, parando bem na frente de Gideon, endireitou a postura e pôs as mãos às costas, lembrando-lhe que ele era um almirante, não apenas um príncipe. Tinham a mesma idade, mas o ar marinho castigara o rosto de Soren, fazendo-o parecer mais velho.

Gideon era um pouco mais alto, logo Soren foi obrigado a erguer a cabeça para encará-lo, ainda que estivesse evidente que ele queria olhá-lo de cima.

Encarando o príncipe, só conseguia pensar nas mãos daquele homem por todo o corpo de Rune. Em Rune bêbada, chorando na pia.

Os pensamentos de Gideon seguiram rumos que ele preferia não tomar.

*O que será que Rune deixa esse homem fazer com ela quando estão a sós?*

Sentiu-se em chamas. Seus batimentos soavam como um tambor na base de sua garganta.

Soren fez um esgar, como se estivesse olhando um rato morto.

– Como ousa tocar nela?

Gideon sabia que era melhor não abrir a boca, mas não conseguiu se conter.

– Pelo menos ela gosta quando eu a toco.

O rosto de Soren ficou vermelho.

Os nós dos dedos do príncipe colidiram com sua mandíbula, e a força do soco arremessou a cabeça dele para o lado. O sangue tomou a boca de Gideon, que o cuspiu na gravata branca e imaculada de Soren.

O homem parecia prestes a desferir um segundo soco – ou talvez envolver o pescoço de Gideon com as mãos e sufocá-lo até a morte – quando Cressida interveio.

– Permita que eu lide com ele, Vossa Alteza. Não há motivo para sujar suas mãos.

Parecendo recobrar a compostura – lembrar que era um príncipe e não se rebaixava ao nível de ratos –, Soren recuou e desfez sua gravata agora ensanguentada, deixando-a cair no chão.

– Receio que seus planos para ele precisem esperar. – Ele se virou para Cressida, o rosto ainda vermelho. – Meus advogados elaboraram o contrato. Só faltam nossas assinaturas.

As sobrancelhas de Cressida se ergueram em surpresa.

– Que maravilha. – Dessa vez, não havia nada de cortante em sua voz. – Mas eu realmente preciso cuidar do nosso inimigo. – Ela olhou de relance para Gideon. – Por que não o assinamos durante o café da manhã?

– Rune está impaciente para se casar – disse Soren. – E sei que você está impaciente para recuperar o seu trono. É por isso que insisto que cuidemos do assunto agora. Prefiro não arriscar mais... – ele olhou de relance para Gideon – interrupções.

Gideon observou um nervo saltar no rosto de Cressida. Era evidente que ela odiava a ideia de deixar Gideon, mas estava abaixo na hierarquia. E era aquilo que ela queria: uma aliança para ajudá-la a travar guerra contra a Nova República.

Guardando a faca de conjuração nas dobras de seu manto, Cressida olhou para Ava.

– Leve-o para os meus aposentos.

Ao ouvir aquelas palavras, Gideon sentiu um calafrio.

– Vamos terminar isso lá. Não vou demorar.

Gideon observou a rainha bruxa seguir Soren para fora do toalete, fechando a porta. Quando todos já tinham saído, Ava se desencostou da parede.

– Vamos.

Gideon olhou para sua pistola, abandonada na pia. Restava uma bala carregada – ele usara as outras mais cedo, ao passar pela segurança de Soren. Para levá-lo aos aposentos de Cressida, Ava teria que remover suas amarras mágicas.

Gideon precisava de cinco segundos no máximo.

A bruxa cortou a própria pele com sua faca de conjuração e então tocou o sangue com a ponta dos dedos antes de lambuzar um símbolo vermelho-vivo no peito dele. Os dedos dela fizeram voltas e linhas contra a pele dele e o fedor da magia empesteou o ar, metálico e enjoativo.

*Outro feitiço?*

Ava se afastou, sorrindo, então virou-se e foi até a pia, onde enfiou as mãos em forma de concha sob a água e a despejou sobre os símbolos que

Cressida desenhara no chão. Ela passou o sapato pelas marcas, parecendo quase entediada enquanto apagava o feitiço da rainha bruxa.

Os músculos de Gideon se contraíam à medida que as amarras da magia de Cressida libertavam seu corpo. Primeiro, soltando ombros e braços; depois, pernas e pés.

Quando o feitiço desapareceu por completo, Gideon correu para pegar a pistola.

– Pare!

Foi como dar de cara com uma parede invisível. Seu corpo inteiro foi detido pelo comando de Ava, a coluna ficando ereta como uma espada.

– Vire-se em direção à porta.

Horrorizado, Gideon se viu fazendo exatamente conforme ordenado.

A marca do feitiço em seu peito...

*Me deixa preso às palavras dela.*

Qualquer coisa que ela ordenasse, ele seria obrigado a fazer.

– Fique de quatro no chão, caçador de bruxas.

Contra sua vontade, Gideon se pôs no chão. Diante dele, o vidro estilhaçado reluzia nos azulejos.

– Agora *rasteje*.

Gideon foi avançando por cima do vidro, os dentes cerrados enquanto os cacos cortavam suas mãos e se cravavam em seus joelhos, deixando um rastro de sangue.

Ele fora um tolo de achar que poderia se salvar.

A meio caminho da porta, ouviu passos no corredor. Olhou para cima, observando a maçaneta girar.

*Cressida já está de volta?*

Um medo frio e escuro como o mar o assolou.

Porém, quando a porta se abriu, uma bruxa completamente diferente entrou.

O vestido dourado refletia a luz, o cabelo loiro-acobreado caía em ondas pelos ombros, e os olhos cinzentos fervilhavam como uma tempestade.

*Rune.*

# SETE

## RUNE

**GIDEON ESTAVA SEMINU,** e a marca de um feitiço ardia em seu peito.

A imagem dele *sem camisa* deixou Rune paralisada.

Gideon Sharpe a assombrara nos últimos dois meses, mas a lembrança não era nada comparada ao homem em carne e osso. Cada traço e curva de seu corpo exalava poder e força.

Ele devia ter ouvido o leve suspiro dela, porque ergueu os olhos. O entorno desapareceu quando o olhar de Gideon encontrou o dela, congelando-a como se fosse um feitiço.

Quando Rune olhou para a calça dele, percebeu que estava toda desabotoada.

Aquela visão despertou algo letal em Rune.

– O que está fazendo aqui, Winters? – Ava materializou-se da escuridão.

– Vim... – Rune olhou de relance para a pistola na pia, atrás de Ava. A mesma pistola que Gideon pressionara em sua têmpora havia menos de vinte minutos. – Vim avisar que Cressida tem ordens para você.

– Cressida já me deu ordens.

– *Novas* ordens.

Rune queria muito ter tido tempo para elaborar um plano melhor. Não demoraria para que Cressida assinasse os documentos, e Gideon precisava ter desaparecido antes que ela voltasse.

Rune deu um pequeno passo na direção da pia.

– Ela quer você no escritório do príncipe. Para, hã, servir como testemunha. Devo ficar para vigiar o caçador de bruxas enquanto você estiver fora.

Ava fixou o olhar em Rune.

– *Você* não podia ser a testemunha?

– Ela solicitou você.

Ava estreitou os olhos.

– Por que ela faria isso, se você já estava lá?

Rune geralmente era melhor que isso. *Mais esperta*. Só que fugir do quarto do príncipe – tivera que ir até a sacada e pular – consumira mais tempo e cuidado do que o esperado.

– Havia um conflito de interesses. – Rune deu mais um passo em direção à pia. – Estou para me tornar esposa de Soren. Não posso ser testemunha de Cressida.

– Não acredito em você. – A voz de Ava soou gélida.

Sabendo que perdera, Rune se lançou em direção à pistola.

Ava olhou para Gideon.

– Detenha-a.

Gideon interceptou Rune, agarrando os pulsos dela e torcendo seus braços para trás.

*O que está fazendo?*, ela queria gritar. *Eu vim te ajudar!*

A dor subiu pelos ombros dela e deixou seu mundo vermelho.

As palavras morreram em sua garganta.

– Cressida vai ficar muito decepcionada quando souber da sua sabotagem – comentou Ava. Para Gideon, ordenou: – Mate a Mariposa Escarlate.

Gideon nem hesitou.

Virando-a para encará-lo, ele a segurou pelo pescoço com força e a jogou contra o espelho. O vidro quebrou atrás da cabeça de Rune e a dor lampejou por seu corpo.

E então ele *apertou.*

Os olhos de Rune se arregalaram em choque.

Arranhou as mãos dele, tentando forçá-las a soltarem-na, mas Gideon sempre fora mais forte, e seu aperto era um torno. Cada vez mais apertado, bloqueando seu ar. Ela não sabia bem se a intenção dele era quebrar seu pescoço, estrangulá-la ou as duas coisas.

Os olhos escuros de Gideon perfuravam os dela.

A mente de Rune ardia de pânico.

*Por favor... Estou tentando te salvar!*

Mas por que ele se importaria?

*Foi para isso que ele veio, lembra? Você deu a ele uma segunda chance de completar a missão.*

Ava observava a uma distância segura, os braços cruzados, sem compaixão alguma por Rune. Não haveria empatia ali.

Foi quando ela se lembrou da pistola.

Gideon a tinha empurrado contra o espelho bem ao lado da pia, onde a arma dele continuava. Se conseguisse alcançá-la...

Enquanto os pulmões de Rune queimavam, desesperados por ar, os nós dos dedos dela encontraram a cerâmica fria da pia. Ela tateou a borda, a mão trêmula... mas a arma estava do outro lado.

O cômodo virou um borrão.

O símbolo vermelho-vivo no peito de Gideon preencheu seu campo de visão.

Os pulmões de Rune estavam prestes a explodir. Logo, nada mais importaria, porque estaria morta.

A ponta de seus dedos roçou no metal.

Sentiu uma pontada de esperança quando sua mão agarrou a pistola.

*Um tiro. Faça valer a pena.*

Rune ergueu a arma e atirou.

# OITO

## RUNE

O ESTAMPIDO RESSOAVA em seus ouvidos.

As mãos de Gideon se afrouxaram ao redor do pescoço dela, e ele recuou, olhando-a horrorizado. Atrás dele, Ava desabou no chão. Morta com um tiro na cabeça.

O único ruído no local eram as respirações erráticas de Rune e Gideon.

Rune sacudiu a mão, que ardia pela força do ricochete da pistola, e em seguida baixou o olhar para a marca de feitiço no peito de Gideon. Quase tinha atirado nele. Porém, no último segundo, reconhecera o símbolo.

Atador. Um feitiço que atava a vítima às ordens da bruxa.

Foi um palpite calculado, mas, considerando que as mãos de Gideon não estavam mais ao redor de seu pescoço, fora certeiro. Isso significava que Gideon não necessariamente queria estrangulá-la; apenas não tivera escolha.

Se Ava tivesse conjurado o perpétuo junto com o atador, o feitiço teria se mantido apesar do disparo fatal de Rune, e ela também estaria morta no chão. Afinal, o perpétuo era um encantamento que mantinha o feitiço intacto mesmo além da morte da bruxa que o lançara. Ava, no entanto, não esperava morrer e não viu a menor necessidade de usá-lo.

Seraphine ensinara muitas coisas a Rune desde que tinham fugido da Nova República, e essa tinha sido uma delas.

– Não faça movimentos bruscos – avisou ela, a arma apontada para o peito de Gideon, onde o símbolo vermelho-vivo ainda ardia.

Com Ava morta, Gideon estava livre para tentar matar Rune outra vez. Agora, por vontade própria.

Só que...

Rune olhou para a pia. Será que Gideon a empurrara de propósito contra o espelho bem ao lado dela? Ele *queria* que ela alcançasse a arma para atirar em Ava e interromper o feitiço?

Sua mente revirava com tantos pensamentos ao mesmo tempo.

– Não pense que eu não vou atirar em você também – disse ela, ainda com a arma apontada para ele.

Rune esperava soar confiante. Nunca tinha disparado uma arma até então e acertara Ava por pura sorte.

Gideon olhou para a pistola e depois para ela, os olhos inescrutáveis.

– O tambor está vazio. Você precisa carregar.

*Ele está querendo me confundir?*

– Vá em frente. – Ele assentiu. – Atire.

– Acha que eu não vou?

Ele deu um sorriso torto.

Rune estreitou os olhos. Ótimo. Pagaria o blefe dele.

Baixando a arma alguns centímetros para ferir, não matar – assim esperava –, Rune apertou o gatilho.

A pistola fez um clique, mas não disparou.

Ela apertou outra vez, mas nenhuma bala saiu.

*Argh!* Quem se infiltrava em um palácio protegidíssimo com apenas uma bala na pistola?

Largando a arma, Rune pegou a faca de conjuração amarrada em sua coxa e a segurou diante de si, deixando claro que ainda estava armada e era melhor que ele não tentasse nada.

Gideon olhou para o corpo de Ava no chão, parecendo despreocupado.

– Alguém deve ter ouvido esse tiro.

Rune cruzou o toalete até a porta.

– E esse é só um dos *muitos* motivos pelos quais precisamos tirar você daqui.

Abrindo a porta, ela olhou para o corredor.

A imagem dos guardas correndo na direção deles fez com que rapidamente voltasse a fechá-la.

– Já estão a caminho.

Sem saída, sua única opção era usar o feitiço de invisibilidade, o marcha-fantasma. Mas fazer isso deixaria sua assinatura de Mariposa Escarlate para trás, e todos saberiam que Rune era a responsável por aquilo.

*A menos que eu a esconda.*

Rune vasculhou o toalete, fixando o olhar na porta de um pequeno armário.

Apontando para ele, disse:

- Entre.

Gideon, que estava na pia lavando o sangue de seu corpo, olhou para o armário e depois para Rune. Um olhar desconfiado.

- Não é o melhor plano que você já elaborou.

Ele devia ter abotoado a calça quando ela estava de costas.

- Não posso lançar um feitiço abertamente. - Ela caminhou em direção à poça de sangue que se acumulava ao redor do corpo de Ava. - Cressida vai ver minha assinatura e saber que eu te ajudei. Preciso de um lugar para ocultá-la.

Ele se afastou da pia, balançando a cabeça.

- Você não vai lançar um feitiço em mim.

- É só um ínfero - disse Rune, pegando o sangue de Ava na mão em concha.

Gideon deu outro passo para trás.

- Eu já fui subjugado por *dois* feitiços esta noite.

Rune se levantou para encará-lo.

- Se eu não...

Gritos no corredor a interromperam.

Os guardas estavam chegando.

- Escuta - sibilou ela. - Não vou me importar de me salvar e te abandonar aqui. Mas, se quiser sair vivo dessa, sugiro me deixar fazer isso.

Gideon olhou de relance para a porta e depois para o sangue que pingava dos dedos de Rune. Em vez de responder, andou até o armário, abriu a porta e entrou.

- Não tem espaço suficiente para duas pessoas aqui dentro.

- Então *arrume* espaço.

Guardando a faca, ela entrou atrás dele, tomando cuidado para não deixar um rastro de sangue em seu encalço.

Gideon tinha razão. Não havia espaço suficiente para duas pessoas.

Prateleiras preenchiam o pequeno armário, cheias de toalhas, sabão e produtos de limpeza, o que deixava apenas alguns centímetros para que Rune e Gideon se espremessem. Ele ocupou a maior parte e Rune se viu obrigada a se enfiar entre ele e as prateleiras, deixando menos de um centímetro de ar entre seus corpos.

Misericórdia. Havia se esquecido de como ele era *grande*. Como uma montanha.

A porta do armário estava entreaberta, permitindo que a luz do cômodo o inundasse. Antes que ficassem sem tempo, Rune usou o sangue de Ava para desenhar três símbolos no peito recém-limpo de Gideon.

– Só para deixar claro – sussurrou ela, usando a última gota de sangue no símbolo final –, estou fazendo isso por Alex, não por você.

Então acrescentou, bem baixinho:

– Ele nunca me perdoaria se eu a deixasse te machucar.

Quando Rune ergueu os olhos, Gideon fitava o anel em seu dedo. O anel que Alex lhe dera quando pedira sua mão em casamento.

– Entendido – disse ele, desviando o olhar.

Com o feitiço concluído, a magia fez a garganta de Rune arder, fluindo do corpo dela e o envolvendo. Gideon tremeluziu como uma miragem e teria desaparecido por completo de sua vista se Rune não soubesse exatamente onde ele estava.

O marcha-fantasma não era um feitiço de invisibilidade de fato. Em vez disso, ele desviava os olhares dos outros, permitindo que a pessoa passasse despercebida. Porém, se já soubessem que a pessoa estava ali, o feitiço não tinha como escondê-la.

*TUM TUM TUM.*

Rune deu um pulo.

– Tudo certo aí dentro?

Ela olhou na direção do corpo de Ava, do outro lado do toalete. Ainda precisava desenhar as marcas de feitiço em si, mas usara todo o sangue de Ava em Gideon.

*TUM! TUM! TUM!*

– Quem está aí? – perguntou o guarda em tom autoritário.

Gideon agarrou a porta do armário e a fechou, mergulhando os dois na escuridão. Linhas de luz infiltravam-se pelas fendas.

– Tome. – Ele ergueu a mão. – Use o meu.

Rune baixou os olhos e viu sangue reluzindo na palma dele, escorrendo do que pareciam ser diversos pequenos cortes. Quando ele ergueu a mão para a nesga de luz, Rune viu estilhaços cintilando, cravados na pele de Gideon.

Ele precisava tirá-los antes que os cortes infeccionassem.

– Melhor se apressar – sussurrou ele enquanto a porta do toalete era aberta de supetão e os guardas entravam.

Sem tempo, Rune tocou o sangue na palma de Gideon e desenhou rapidamente os mesmos três símbolos no próprio pulso. Seus dedos tremiam. Se fizesse uma única marca errada, o feitiço não funcionaria, mas se não terminasse a tempo...

O gosto salgado da magia tomou sua língua. Um segundo depois, a pele de Rune formigou enquanto a magia a envolveu, escondendo-a da mesma forma que fizera com Gideon.

Ela ergueu os olhos e viu duas mariposas iridescentes brilhando alguns centímetros acima deles, flamejando em vermelho na escuridão.

Mal tinha acabado o feitiço quando os passos foram na direção deles. Por instinto, Gideon passou o braço em torno da cintura de Rune, puxando seus quadris contra os dele e afastando-a da porta do armário.

Ele emanava calor. Seu cheiro tomou conta do armário – amadeirado, com um toque de pólvora. Um fogo se espalhou pelo corpo de Rune enquanto antigas memórias vinham à tona: olhares de adoração, promessas sussurradas, o toque das mãos, da boca e do corpo dele sobre o dela, pele com pele.

Um dia, os dois tinham compartilhado uma espécie de magia poderosa...

Sinos de alerta ressoaram em sua mente.

*Era mentira.* Ela lutou contra as lembranças, bloqueando-as. *Cada segundo foi mentira.*

A porta do armário se abriu. Um soldado espiou o interior.

Olhando ao redor, o homem mirou diretamente Rune e Gideon... e desviou o olhar. O feitiço fez seu trabalho, repelindo o olhar do homem.

O guarda nem se deu ao trabalho de olhar para cima. Por que faria isso? Era um armário vazio.

Se tivesse olhado, teria visto duas mariposas escarlates ardendo feito chamas.

– Nada aqui! – gritou ele, se afastando.

O aperto de Gideon em Rune afrouxou. Ela suspirou, distanciando-se um pouquinho. Colocando aquele centímetro de espaço entre eles outra vez.

A porta do armário permaneceu aberta.

*É agora ou nunca.*

Rune precisava levá-lo até os estábulos, colocar Gideon em um cavalo e mandá-lo embora. Agarrando o passador de cinto da calça dele, Rune saiu do armário, puxando-o atrás de si.

– O que aconteceu aqui? – Uma voz cortante destacou-se em meio ao clamor dos guardas.

Rune e Gideon pararam.

Cressida caminhou até o corpo de Ava, semicerrando os olhos ao se deter para observar o sangue e o ferimento a bala. Agachando-se, pegou a arma de Gideon, fitando-a.

Ela ergueu os olhos frios. O medo se espalhou por Rune, que não sabia se seus feitiços eram fortes o bastante para resistir à detecção de Cressida. Eram apenas ínferos. E Cressida era uma bruxa muito poderosa.

Cressida vasculhou o cômodo, passando pela porta do armário aberta antes de parar diante de Rune e Gideon.

Rune apertou com mais força o passador do cinto de Gideon.

No entanto, enquanto Cressida se levantava, Soren entrou no cômodo.

– Santo Deus. – Ao ver Ava, seu rosto empalideceu. – O que aconteceu?

– Nosso prisioneiro escapou – disse Cressida, virando-se para o príncipe e dando as costas a Rune e Gideon.

Rune relaxou. Oculta por seu feitiço, atravessou o cômodo com Gideon em seu encalço. Quando chegaram à porta aberta do toalete feminino, Cressida foi até o armário.

– O senhor falou que Rune está trancada em seu quarto, não foi?

Gideon saiu para o corredor e Rune deu uma olhada para trás para ver Cressida espiar o armário... e então erguer o olhar.

*Não.*

Soren assentiu.

– Coloquei quatro guardas na porta. Ninguém entra lá.

Quando Cressida se virou, seus olhos eram duas chamas azuis.

– Talvez devêssemos confirmar.

*Ela sabe.*

Soren balançou a cabeça.

– Garanto a você, Rune está...

Cressida o cortou:

– Gideon Sharpe veio aqui para assassinar Rune Winters. Ele está neste momento à solta pelo palácio. Melhor ter certeza de que não vai encontrá--la, o senhor não acha?

O coração de Rune perdeu o compasso. Se fossem ao quarto de Soren e descobrissem que ela não estava lá...

Cressida passou direto por ela, saindo para o corredor. O príncipe a seguiu.

O pânico vibrava pelo sangue de Rune. As assinaturas dos feitiços a tinham condenado.

*A menos que...*

Se Rune voltasse para o quarto trancado de Soren antes de Cressida chegar lá, talvez a bruxa questionasse o que vira. Afinal, Rune poderia ter conjurado alguns feitiços quando esteve no toalete feminino da primeira vez. Havia uma infinidade de feitiços para melhorar a aparência. Feitiços para arrumar cabelo ou maquiagem. Feitiços para diminuir inchaço nos olhos ou manchas na pele por conta de choro. Rune poderia ter ido até lá exatamente para fazer isso. Para manter Soren encantado.

*Quanto tempo até descobrirem que o quarto dele está vazio?*

Os aposentos do príncipe ficavam do outro lado do palácio, no segundo andar. Rune e Gideon estavam no andar principal.

*Três minutos. Provavelmente menos.*

Não daria tempo. Mesmo que chegasse ao quarto de Soren antes de Cressida, ainda havia uma porta trancada e quatro guardas para encarar. Rune teria que lançar outro feitiço para destrancar a porta. E isso consolidaria a suspeita de Cressida, selando o destino de Rune.

Não tinha jeito.

Não havia como voltar para aquele quarto a tempo.

# NOVE

## GIDEON

**GIDEON NÃO PÔDE DEIXAR** de reparar em como o feitiço de Rune era diferente dos de Cressida e de Ava. As duas tinham usado feitiços poderosos para atar, no intuito de forçá-lo e humilhá-lo, mas o de Rune era tão sutil que ele quase não sentia.

Não o controlava, nem controlava os outros. Parecia apenas *sugerir* que as pessoas lhe dessem as costas, olhassem para além dele ou o ignorassem. Era quase... gentil.

– A entrada para o estábulo fica na ala leste de Larkmont – disse Rune. Por algum motivo, ele ainda conseguia vê-la. Não sabia por que o feitiço não o afetava. – Minha montaria é a égua castanha. Pegue-a e vá para o mais longe possível daqui.

Ele percebeu algo de errado na voz dela, que estava mais tensa do que a corda de um arco.

– Aonde você vai?

– Preciso estar no quarto de Soren – disse ela. – De preferência, antes que Cressida chegue lá. Mas a porta está trancada, e tem quatro homens de guarda, então não posso voltar lá para dentro. Se ela descobrir que eu sumi...

Ela ia saber que Rune o ajudou.

*Por que ela me ajudou?*

Ele se lembrou das palavras dela no armário.

*Eu estou fazendo isso por Alex, não por você. Ele nunca me perdoaria se eu a deixasse te machucar.*

Certo. Alex.

O homem que seria o marido de Rune àquela altura, se Cressida não o tivesse acertado. O anel de Alex ainda estava no dedo de Rune, deixando uma questão muito evidente:

*Ela ainda está apaixonada pelo meu irmão.*

Por que mais salvaria Gideon, um homem que tentara matá-la naquela noite?

– Como você saiu do quarto? – perguntou ele, para se distrair desse fato.

– Pulei da sacada.

– Consegue subir de volta por lá?

Ela balançou a cabeça, seus passos acelerando ao virar em um corredor. As estátuas de mármore alinhadas ali pareciam observar a passagem dos dois, todas indiferentes ao feitiço de Rune.

– As paredes são de pedra lisa. – Ela olhou para ele. – Não se preocupe comigo. Vou dar um jeito. Só vá embora de Larkmont antes que Cressida pense em usar um contrafeitiço que se sobreponha ao meu.

– Ela pode fazer isso?

Rune não respondeu.

Gideon soltou o ar com força e passou a mão pelos cabelos. Cada instante que passava ali aumentava suas chances de ser capturado outra vez. Só que Rune tinha arriscado a vida por ele, e estava prestes a sofrer as consequências. Não podia simplesmente abandoná-la.

– A sacada é baixa o suficiente para eu te levantar?

Os passos dela desaceleraram por um momento.

– Eu... não sei.

Gideon a ajudaria – só daquela vez – por Alex. E depois se colocaria em segurança, onde poderia se reorganizar.

Aquilo era apenas um revés *temporário*.

– Me mostre.

RUNE O GUIOU ATÉ um jardim bem no centro do palácio de Soren. A noite estava úmida e quente, e os grilos zumbiam em um coro baixo e insistente. Paredes de pedra cercavam o jardim por todos os lados, e as sacadas se projetavam do segundo andar.

Gideon supôs que aqueles fossem os aposentos particulares de Soren.

– Qual é o quarto?

Parada em um canteiro de dálias amarelas, Rune apontou para a sacada acima. A luz do lampião emanava de lá, cobrindo-a com um brilho quente. Naquele vestido dourado – que Gideon teve que lembrar a si mesmo que desprezava –, ela parecia uma chama flamejante.

De repente, reparou nos lábios inchados de Rune.

Gideon franziu a testa. Estavam inchados quando ele a encurralara no toalete feminino?

*Não*. Estivera tão perto dela que teria sido impossível não perceber.

Pior do que os lábios eram os hematomas no pescoço de Rune. Não eram hematomas causados pelas mãos de Gideon. Tinham sido feitos por uma boca.

*A boca de Soren.*

O maxilar de Gideon se retesou. Olhou de volta para a sacada do príncipe, lá em cima.

– Você costuma ficar no quarto dele?

Rune observava a mesma sacada.

– Não vejo por que isso poderia ser da sua conta.

Ela tinha razão. Não estava nem aí para quem era o dono da cama que ela aquecia à noite. Gideon estava ali para saldar uma dívida, apenas. Se a estivesse colocando direto nos braços de outro homem, que assim fosse.

Rune não significava nada para ele.

Assim como ele não significava nada para ela.

Então, por que não conseguia calar a maldita boca?

– Você se superou dessa vez. Seduzindo um príncipe.

Rune o ignorou.

– Como esposa dele, vai ter bailes mais chiques, amigos mais chiques e armários mais chiques do que jamais sonhou.

– Está com ciúme? – perguntou Rune, analisando as paredes. – Se queria se casar comigo, Gideon, devia ter avisado.

Gideon percebeu o escárnio na voz dela.

Como se Rune fosse se rebaixar a esse ponto.

– Casar com *você*? – repetiu ele, entrando no jogo. – A garota que planeja ajudar Cressida a ressuscitar as irmãs e reinstaurar um Reinado de Bruxas? Não, obrigado.

O olhar de Rune disparou para o rosto dele.

– Como é?

– Cressida me contou tudo: ela pretende ressuscitar Analise e Elowyn. Será como vocês, bruxas, querem: assassinas psicóticas de volta ao comando.

– Até onde eu sei, assassinos psicóticos *estavam* no comando. – Rune se virou para ele, franzindo a testa. – Está dizendo que Cressida te contou que planeja uma ressurreição?

Rune parecia genuinamente surpresa, mas Gideon sabia que ela era uma mentirosa profissional.

– Está dizendo que não tem nenhum conhecimento sobre esse plano?

Ele a observou, tentando descobrir a verdade.

– É a primeira vez que ouço falar nisso. – Ela continuou a examinar as paredes. – De todo modo, é impossível. Feitiços de ressurreição exigem a troca de uma vida por outra. A vida de um membro da família deve ser tirada para devolver a vida a quem morreu. Cressida não tem família alguma. Ela é a última Roseblood viva.

– Ela parece acreditar que não.

– Então ela está louca – disse Rune, se enfiando ainda mais entre as dálias sob a sacada de Soren. Ao que parecia, considerava o assunto encerrado. – Ou ela estava querendo te atormentar.

*Talvez.*

O tempo estava acabando, então Gideon guardou suas dúvidas para si. Analisou as paredes, buscando uma forma de subir, mas Rune tinha razão: as pedras eram lisíssimas. Não havia como escalar.

Contudo, a sacada *era* baixa o suficiente para ele erguê-la.

Gideon foi até ela, que estava parada em meio às flores. Agachando-se, ele juntou as mãos em concha e as estendeu.

– Segure-se em mim.

Rune o observou, como se estivesse decidindo se confiava nele para levantá-la, mas logo as mãos dela pousaram nos ombros de Gideon com firmeza. Ele segurou a panturrilha de Rune através da seda do vestido, guiando o pé dela até sua palma estendida.

– Vamos deixar uma coisa clara – disse ela, enquanto ele se erguia. – Se nossos caminhos voltarem a se cruzar, não vou ter misericórdia uma segunda vez.

Rune o apertou com mais força ao perder brevemente o equilíbrio.

– Ótimo – disse ele, empurrando-a mais para cima, os músculos se esforçando sob o peso dela. – Porque, da próxima vez que minha arma estiver na sua cabeça, eu *vou* apertar o gatilho.

– *Perfeito* – respondeu ela, pisando nos ombros dele enquanto alcançava a sacada acima. – Que bom que estamos entendidos.

Rune emitiu um grunhido, e seu peso deixou os ombros dele. Ela tinha se agarrado a uma barra de ferro que sustentava a balaustrada da sacada e a usou para se içar.

E então ela sumiu.

Gideon se afastou a tempo de ver as portas da sacada se fecharem e a luz das luminárias se apagarem, deixando-o sozinho com os grilos e as dálias.

*Em que situação eu a deixei?*

Não era da conta dele. Se Rune quisesse ter feito outra escolha, teria feito.

Gideon precisava parar de *sentir*. Estavam em guerra... ou logo estariam. Não podia ser de carne e osso; precisava ser de pólvora e aço. Impenetrável. Inflexível.

Dando as costas para as portas por onde ela havia desaparecido, Gideon saiu dos jardins e então deixou Larkmont.

# DEZ

## RUNE

JÁ VAI TARDE, GIDEON SHARPE.

Fora muita estupidez salvá-lo uma vez, quando ele fora até lá para dar fim à vida dela. Se tentasse matá-la de novo, ela o deixaria com Cressida.

Ao ouvir vozes no corredor, Rune mergulhou depressa na cama. Os lençóis já estavam revirados, à sua espera.

Não houve tempo para tirar o vestido sujo e escondê-lo. Nem para limpar o sangue de suas mãos.

Só houve tempo para borrar as marcas de feitiço em seu pulso, dissolvendo o marcha-fantasma.

Rune mal tinha se coberto e fechado os olhos quando a porta se abriu.

– Viu? – Ela ouviu Soren dizer, seus passos suaves indo até a cama. Rune manteve os olhos fechados, fingindo dormir, enquanto o príncipe tirava fios de cabelo do seu rosto. – Ela está em segurança.

Soren virou-se para dar ordens aos guardas.

– Bloqueiem as saídas de Larkmont. Certifiquem-se de que ninguém saia do palácio. – Sua voz ficava mais fraca à medida que ele saía para o corredor. – Quero que encontrem o sujeito.

Pensando estar em segurança, Rune quase abriu os olhos, mas o som de passos a impediu.

O ar ficou gelado quando uma sombra assomou sobre ela. Fria como o inverno. Rune manteve os olhos fechados e o corpo imóvel. Forçou o coração disparado a desacelerar, temendo que Cressida ouvisse cada batida frenética.

A rainha bruxa se inclinou, seu hálito soprando contra a bochecha de Rune.

– Eu sei o que você fez.

O coração de Rune disparou ainda mais.

*Ela viu minhas assinaturas de conjuração.*

Rune poderia dizer que as marcas eram de feitiços cosméticos. Cressida teria que acreditar nela para se manter em paz com Soren, mas já vira Rune enganar e fingir como a Mariposa Escarlate. Sabia do que ela era capaz.

No fundo, ela sabia a verdade.

*Ela veio se vingar? Ou vai esperar?*

Mesmo que Rune quisesse abrir os olhos e sair correndo, o medo dominou seus membros, transformando-os em pedra.

Havia um predador sobre ela. Caso se movesse, aquele predador atacaria.

– Você acha mesmo que pode ser mais astuta do que *eu*? – A voz de Cressida era como a mordida de uma cobra, enchendo Rune de veneno. – Ele é meu, Rune. Se me desafiar outra vez...

– Está tudo bem?

Alguém entrara no quarto. Rune sentiu Cressida se endireitar e se virar, olhando para a intrusa.

– Como ela está? – A voz de Seraphine foi como um raio de sol, aquecendo os membros congelados de Rune. – Ouvi falar do que aconteceu com Ava. Um horror. Rune está bem?

À presença da amiga, Rune ficou tentada a abrir os olhos, mas continuou como estava.

– Eu fico com Rune – falou Seraphine. – Prometi ao príncipe Soren que ia proteger as portas e as janelas do quarto, para garantir a segurança dela.

– Quanta gentileza. – A voz de Cressida soou dura o bastante para cortar vidro.

– Ainda há uma chance de você capturar o caçador de bruxas. – A voz de Seraphine estava igualmente cortante. – Tenho certeza de que você vai querer tentar.

Um silêncio tenso pesou no ar. Cressida queria punir Rune por sua desobediência, mas queria mais capturar Gideon. E quanto mais tempo desperdiçava ali, aumentava a probabilidade de que ele escapasse.

Segundos depois, a sombra de Cressida recuou.

Quando a porta se fechou atrás dela e seus passos foram sumindo pelo corredor, Rune soltou um suspiro, abriu os olhos e se sentou.

Seraphine estava do outro lado do quarto, as mãos plantadas nos quadris estreitos. Quando Rune jogou as cobertas para o lado e pôs as pernas para fora da cama, Seraphine baixou as mãos, o olhar percorrendo Rune de cima a baixo.

– O que foi que você *fez*?

Rune deu uma olhada em si mesma. O vestido dourado estava arruinado, e seus dedos, sujos de sangue.

– Ava tentou me matar – respondeu ela, colocando os pés no chão. – Não tive escolha. Precisei atirar nela.

– *Você* atirou em Ava? Achei que tinha sido o caçador de bruxas. – Seraphine balançou a cabeça, balançando também seus cachos escuros, e soltou um suspiro pesado. – Ah, Rune. Por que você estava naquele cômodo?

Rune não respondeu. Apenas se levantou e tirou o vestido manchado de sangue, jogando-o no fogo crepitante da lareira. Observou as chamas devorarem o tecido, destruindo a evidência de seu crime. Depois de vasculhar o armário de Soren, encontrou uma camisa de manga comprida e a vestiu pela cabeça.

Seraphine se aproximou.

– Onde ele está?

– Gideon? Não sei.

Rune foi até o banheiro adjacente. *Espero que já esteja bem longe.*

– Soren disse que ele veio aqui para te matar – afirmou Seraphine, seguindo-a.

Na pia, Rune abriu a torneira e enfiou as mãos sob a água gelada.

– Veio, sim.

Seraphine jogou as mãos para o alto.

– Então por que salvá-lo?

Enquanto Rune lavava as manchas de sangue, seus pensamentos voltaram ao toalete e ao grito que ouvira atrás da porta fechada. A camisa rasgada de Gideon no chão. A calça desabotoada.

Talvez não soubesse exatamente o que Cressida tinha feito para causar seu grito, mas sabia o que a rainha bruxa estivera *prestes* a fazer.

– Ninguém merece um destino assim – sussurrou ela, observando a água ensanguentada descer pelo ralo.

Nem mesmo seu pior inimigo.

*Ela pretende ressuscitar Analise e Elowyn.* A voz de Gideon retumbou em sua mente.

Isso assustara Rune mais do que ela tinha deixado transparecer, no jardim.

A rainha Raine proibira feitiços de ressurreição séculos antes, mas Cressida não se importaria com isso.

Ainda assim, Rune queria duvidar de que fosse possível; Analise e Elowyn estavam mortas havia muito tempo, e feitiços de ressurreição exigiam o sacrifício de algum parente próximo à pessoa morta, como um pai, irmão ou filho.

Sem um parente direto para sacrificar, o feitiço não funcionaria. A única Roseblood viva era a própria Cressida.

*Ela parece acreditar que não*, dissera Gideon.

Será que era verdade? Haveria outra Roseblood viva?

Como Rune poderia colocar Cressida no trono depois daquela noite? *Sabendo* o que ela teria feito com Gideon?

Não era a primeira vez que se fazia essas perguntas.

A resposta era sempre a mesma: se não fizesse isso, Gideon – ou outro caçador de bruxas – viria atrás dela outra vez.

*Da próxima vez que minha arma estiver na sua cabeça, eu vou apertar o gatilho.*

As palavras dele eram um lembrete: *Eles nunca vão parar de nos caçar.*

Gideon não voltaria para a Nova República de mãos vazias. Não quando uma bala na cabeça de Rune privaria a rainha bruxa de conseguir um exército. Ele provavelmente estava se reorganizando naquele exato momento, esperando a próxima chance de assassiná-la.

Era por isso que Cressida era a alternativa menos pior. Sem ela, as bruxas seriam massacradas até não restar mais nenhuma. A única forma de deter a Guarda Sanguínea era colocar Cressida no trono.

*Gideon sabe se cuidar sozinho.*

Se Cressida conquistasse a Nova República, Gideon seria mais do que capaz de fugir da ilha e nunca mais olhar para trás. Se ele ia ter esse bom senso, não era da conta de Rune.

Ela não tinha nenhuma razão para se preocupar com o que aconteceria com ele ou com qualquer outro patriota depois que Cressida reconquistasse o poder. Quantos deles tinham entregado garotas como ela? Comemorado enquanto bruxas inocentes eram aniquiladas nas ruas? Quantos as tinham aniquilado pessoalmente?

Eles mereciam o que estava por vir.

*Mas não é isso que eles falam de nós?*

Rune afastou da mente a pergunta.

– Se Cressida desconfia de que você o ajudou a escapar – disse Seraphine –, é só uma questão de tempo até que você seja punida.

Depois de lavar o sangue das mãos, Rune fechou a torneira, encarou a pia e tentou raciocinar.

– Você precisa fugir, Rune.

Ela ergueu os olhos para ver Seraphine levando os dedos até um estigma perto da base do pescoço e dedilhando seu contorno protuberante. Era um hábito que Rune testemunhara diversas vezes nas suas aulas de feitiço. Significava que a bruxa estava muito concentrada em alguma coisa.

Em geral, as roupas de Seraphine ocultavam o desenho do estigma de conjuração, mas as alças finas de seu vestido de gala o deixavam exposto naquela noite. Rune reconheceu a forma de um pássaro, brilhando como prata contra a pele marrom de Seraphine.

Era o mesmo pássaro do selo da avó de Rune. O selo que ela usava para carimbar suas cartas.

Um quiriquiri, ou *kestrel*.

– Se eu fugir – disse Rune, virando-se para ela –, essa aliança vai desmoronar.

Seraphine parou o movimento dos dedos e baixou a mão.

– E daí?

Quem iria salvar as bruxas que tinham deixado para trás?

Ainda havia garotas sendo caçadas como animais na Nova República. Ainda havia uma sibila sob a custódia da Guarda Sanguínea, sendo torturada para ajudá-los a desmascarar sua própria gente. Rune não podia abandoná-las.

Alex diria que ela podia, sim. Que *devia*. Que Rune já tinha feito mais do que o suficiente para salvar bruxas do expurgo.

Mas Alex não estava ali.

Rune estava à deriva sem ele – o garoto que cuidava dela. Alex nunca mais a ajudaria em outro golpe nem a protegeria com outro álibi.

Porém, também não estava ali para dizer a ela que *parasse*, que se aquietasse e não se arriscasse pelas outras.

Rune era livre para fazer o que bem entendesse.

Não havia ninguém para impedi-la.

*Se eu resgatar a sibila*, disse a si mesma, *a Guarda Sanguínea não vai ter como descobrir onde as outras bruxas estão se escondendo.*

Não tinha como protegê-las da mesma forma que Cressida – de um jeito permanente, ao tomar o poder. Mas poderia protegê-las por enquanto.

*Se há um descendente Roseblood perdido, posso encontrá-lo antes de Cressida e também mantê-lo fora de perigo.*

Rune conhecia o feitiço de invocação necessário para encontrar uma pessoa desaparecida. Ele precisava ser realizado em um local ancestral, e o único que ela conhecia era um anel de pedras de invocação, lá na ilha.

– Rune – disse Seraphine, dando um passo em sua direção. – Compre uma passagem de navio e vá para o outro lado do mundo. Esconda-se em algum lugar onde ela nunca vai te encontrar. Corra e não olhe para trás.

Rune tinha uma ideia melhor.

Um plano se formava em sua cabeça. Um plano bem perigoso.

– *Rune*. – Seraphine a segurou pelos ombros. – Me prometa que você vai fugir.

– Tudo bem – respondeu Rune. – Prometo. Vou fugir.

*Assim que concluir uma última missão...*

# ONZE

## GIDEON

GIDEON SHARPE

LARK & CROWN, CAELIS

O NOBRE COMANDANTE QUER SABER SE VOCÊ JÁ ELIMINOU O ALVO.

HARROW

O telegrama esperava por Gideon quando ele voltou para o Lark & Crown, um hotel em Caelis com quartos tão úmidos que parecia até que estava dormindo em um pântano. Os tapetes guinchavam de forma anormal sob suas botas, e o papel de parede estava descascando. Depois de apenas algumas noites ali, Gideon provavelmente já tinha mofo nos pulmões.

A Guarda Sanguínea não era bem-vinda em Caelis, e a maioria dos hotéis recusava-se a atender caçadores de bruxas, mas o Lark & Crown estava desesperado por hóspedes. Então, quando Gideon apareceu, ninguém fez perguntas. Apenas aceitaram o dinheiro e lhe deram um quarto.

Gideon balançou o cabelo para tirar a água da chuva e releu o telegrama de Harrow.

*Não tem nem uma semana que eu parti*, pensou. *Me deem um pouco de tempo.*

Porém, sabia o motivo da fiscalização.

A Mariposa Escarlate o comprometera. Ele havia sido enganado pela própria patife que passara dois anos caçando e, com isso, falhara com a Nova República. Até que provasse sua lealdade, o novo Comandante não poderia confiar de todo nele. Ninguém poderia.

Matar a Mariposa Escarlate não só arruinaria a aliança de Cressida, como também provaria que Gideon não estava mais sob o domínio de Rune.

Ele queria contar a Harrow sobre o plano de Cressida de ressuscitar as irmãs, mas não queria que a informação caísse em mãos erradas. Então, enviou uma resposta vaga.

MESTRA DE ESPIONAGEM
ESCRITÓRIO DO NOBRE COMANDANTE

SURGIRAM NOVAS INFORMAÇÕES. A REPÚBLICA ESTÁ CORRENDO MAIS RISCO DO QUE IMAGINÁVAMOS. RELATO QUANDO VOLTAR.

GIDEON

Em uma hora, Harrow enviou uma resposta:

GIDEON SHARPE
LARK & CROWN, CAELIS

ENTÃO A MARIPOSA ESCARLATE CONTINUA VIVA?

HARROW

Sua reprovação mordaz irradiava do papel.

MESTRA DE ESPIONAGEM
ESCRITÓRIO DO NOBRE COMANDANTE

PRECISO DE MAIS ALGUNS DIAS.

GIDEON

Na manhã seguinte, o último telegrama chegou.

GIDEON SHARPE
LARK & CROWN, CAELIS

O COMANDANTE JÁ NÃO ACREDITA QUE VOCÊ SEJA O MELHOR HOMEM

PARA ESSE TRABALHO. VAI ENVIAR ALGUÉM MAIS QUALIFICADO PARA CONCLUÍ-LO. VOLTE PARA A REPÚBLICA IMEDIATAMENTE.

HARROW

*Alguém mais qualificado?*

Gideon cerrou os punhos, amassando o telegrama e o jogando ao fogo na mesma hora.

Ele dava conta do serviço. Só precisava provar. Se o comandante quisesse puni-lo por sua desobediência quando voltasse à Nova República, que assim fosse. Porque Cressida Roseblood precisava ser detida, não importava a que custo. Ela não podia recuperar o trono e *não podia* ressuscitar as irmãs.

Cressida sozinha era uma coisa; era poderosa e cruel, mas, comparada a Elowyn e Analise, era uma novata.

Gideon levaria aquele trabalho a cabo. Não poderia haver hesitação dessa vez.

Encontraria Rune e a mataria.

E, se uma vozinha dentro dele se opusesse, seria só porque Gideon ainda estava comprometido. Ainda *enfraquecido* por ela. Se pensasse em como Rune arriscara a vida naquela noite para ajudá-lo, hesitaria.

Gideon não podia hesitar.

Se hesitasse, Cressida ascenderia ao poder. Ressuscitaria as irmãs. E, juntas, elas destruiriam a Nova República e trariam um novo reinado de terror, muito pior do que o anterior.

Gideon não tinha escolha. Matar Rune era a única forma de impedir que aquilo acontecesse.

E, se isso o destruísse, que assim fosse.

# DOZE

## GIDEON

**PRÍNCIPE SOREN SE CASARÁ**
**COM HERDEIRA EXILADA!**

O príncipe Soren Nord e lady Rune Winters, uma bruxa que recentemente escapou da Nova República, anunciam seu noivado. O casal tem mantido a data e o local do casamento em segredo, preocupados com sua privacidade, mas deu a entender que a cerimônia ocorrerá este mês. O anúncio vem acompanhado da proclamação do príncipe Nord feita ontem à noite em Caelis, no Balé Real, quando ele deixou claro que apoia a reivindicação da rainha Cressida ao trono Roseblood e que fará o que for preciso para ajudá-la a obtê-lo.

Então os pombinhos estavam na capital.

Se havia uma coisa que Gideon sabia a respeito de Rune Winters era que ela amava moda. Como aristocrata, Rune sempre fizera questão de acompanhar quaisquer que fossem os estilos em voga.

E, se tinha uma coisa que ele sabia a respeito de Soren Nord, era que ele gostava de ostentar suas posses.

Suspeitando de que o príncipe quisesse mimar a nova noiva – e, com isso, exibi-la para as altas classes de Caelis –, Gideon foi até o distrito comercial mais abastado de Caelis para caçá-los. Lá, posicionou-se contra a parede de uma alfaiataria e aguardou, observando das sombras a multidão do fim de semana.

Não demorou muito para avistá-los, e logo seguia o casal a uma distância segura. Ele observou Soren acompanhar Rune a uma loja enquanto os guarda-costas do príncipe assumiam posição à porta. Na vitrine, manequins sem rosto usavam vestidos de noiva com bordados de renda e pérolas.

Será que deveria esperar Rune sair para fazer o disparo? Ou era melhor pegá-la sozinha? Atacá-la em algum lugar discreto e escapar despercebido?

No fim das contas, Soren escolheu por ele. Alguns minutos depois de entrarem na loja, o príncipe saiu sem Rune. Talvez considerasse um tabu vê-la usando um vestido de noiva antes da cerimônia. Ou talvez tivesse a intenção de comprar o próprio traje matrimonial enquanto Rune experimentava o dela.

Qualquer que fosse o motivo, o príncipe saiu, ordenou algo para os guarda-costas e seguiu pela rua, levando um guarda consigo. O outro ficou para proteger Rune, atento aos mercadores de rua e seus fregueses.

Gideon relaxou. Era mais fácil lidar com um guarda do que com dois.

*Hora de acabar com isso.*

Ele foi na direção da loja. Temendo ser reconhecido, surrupiou um chapéu fedora do mostruário de uma chapelaria e o colocou na cabeça, torcendo para que combinasse com a roupa que usava.

Puxou a aba para baixo no intuito de esconder o rosto e passou direto pelo guarda, entrando pela porta.

Um sininho tilintou acima dele.

O guarda o olhou brevemente e então voltou a observar a rua.

– Posso ajudar?

A proprietária da loja saiu de trás do balcão, segurando uma bengala, enquanto a porta se fechava atrás dele. Seu cabelo grisalho estava preso em um coque extravagante.

– Bom dia, madame.

Gideon esquadrinhou a loja e a encontrou vazia. *Rune deve estar experimentando algum vestido.* Ele assentiu na direção dos fundos, onde havia um espelho com provadores dos dois lados.

– Estou procurando minha noiva. Ela está experimentando um vestido.

A proprietária analisou de cima a baixo o traje de Gideon e estreitou os olhos, acentuando as rugas ao redor deles.

O terno pertencera a seu pai; seus pais tinham sido conhecidos como o Dueto Sharpe, famosos estilistas empregados pelas rainhas bruxas. Seus trajes eram raros e, portanto, valiosos – ou pelo menos era o que Rune lhe explicara uma vez.

Porém, a proprietária da loja parecia discordar. Ou talvez não reconhecesse o estilista. Pelo sorriso que se desenhou em sua boca, achava que o terno de Gideon era material de brechó.

– Você deve ter errado de loja. Só há uma jovem experimentando vestidos agora.

O tom dela dizia: *E ela está bem acima do seu nível.*

Gideon flexionou os nós dos dedos, tentando controlar a irritação.

– Tenho certeza de que estou na loja certa.

Ele fez menção de contorná-la.

A proprietária se moveu para bloqueá-lo, estendendo a bengala como um cetro. Para uma mulher em idade tão avançada, ela se movia de forma anormalmente rápida.

– Escute, garoto. Não tolero ladrões.

Um nervo se retesou na mandíbula de Gideon. *Ladrão, eu?*

– Se não sair de uma vez, vou chamar o brutamontes lá na frente da porta.

Gideon deu uma olhada na loja. As cortinas dos provadores estavam todas abertas, exceto uma... onde Rune experimentava vestidos. Para além da área dos provadores, devia haver uma porta. Aqueles prédios sempre tinham acesso ao beco dos fundos.

Ele considerou recuar até o beco, encontrar a porta e usá-la para entrar de forma furtiva, só que provavelmente estaria trancada pelo lado de fora.

– Está me ouvindo, garoto?

O sininho acima da porta tilintou outra vez e um grupo de jovens elegantes entrou, falando animadamente, as luvas de seda agitando-se enquanto conversavam. A proprietária libertou Gideon de seu olhar de águia e afastou a bengala, voltando a se apoiar nela.

A mulher cumprimentou as jovens com um sorriso alegre. Não queria ser vista no meio de uma discussão com Gideon. Confusão era ruim para os negócios.

As jovens se dirigiram em bando para os vestidos à mostra.

*Fora*, disse ela para Gideon só com o movimento dos lábios.

Ele inclinou seu fedora para ela, deu um passo para trás e se dirigiu à porta da frente até que as batidas da bengala da mulher se afastassem para o outro lado da loja.

– No que posso ajudá-las, queridas? – Ele a ouviu dizer.

Gideon abriu a porta. O sininho tornou a tilintar. Porém, em vez de sair, com a atenção da proprietária focada nas novas clientes, Gideon voltou depressa e foi direto para o único provador ocupado. Tocou a arma em seu casaco, mas não a sacou. Era cedo demais.

*Não pense dessa vez. Apenas atire.*

Assim que fizesse isso, dispararia até a porta dos fundos e a usaria para fugir pelo beco. Agarrando a cortina do provador, ele a puxou.

Rune estava lá dentro, usando um vestido de renda branco. Gideon não tivera tempo de puxar sua arma, porque ela mesma já estava com uma.

Apontada diretamente para a testa dele.

# TREZE

## GIDEON

**– ENTRE – DISSE RUNE,** o dedo no gatilho. – E mantenha as mãos onde eu possa ver.

Ela estivera esperando por ele.

Rune usava um vestido de noiva com mangas de renda justas que cobriam seus braços do ombro até o pulso. Aquela imagem era um lembrete perfeito: ela estava destinada a ser noiva de outra pessoa.

Gideon engoliu em seco.

Sem desejar ser baleado – ou visto pela proprietária da loja –, ele fez o que Rune mandou. Entrou no provador apertado e puxou a cortina para fechar a passagem atrás de si, tirando-os de vista. Então, encarou Rune com as mãos erguidas.

O cabelo loiro-acobreado estava cacheado. Gideon nunca o vira assim. Fazia Rune parecer uma boneca.

*Uma boneca letal.*

Ele olhou para a arma nas mãos dela. Era um revólver de cavalheiro, usado basicamente para duelos.

– Tem certeza de que está carregada desta vez?

Rune desarmou a trava de segurança.

– Soren a carregou para mim.

Gideon ficou irritado. Que tipo de homem dava a uma jovem uma arma carregada sem lhe ensinar como usar?

A menos que ele tivesse ensinado.

*A garota à sua frente não é uma garota*, lembrou a si mesmo. *É uma bruxa manipuladora.*

E o príncipe, enfeitiçado por ela, claramente estava envolvido naquele plano. Soren e uma porção de guardas deviam estar esperando nas duas saídas.

Gideon havia caído numa armadilha.

– Você está enferrujado – provocou Rune. – Achou que eu ia desfilar pelas ruas de Caelis *sabendo* que você estava aqui, esperando para me matar?

– Podemos pular a parte da vingança e passar logo para a parte em que você acaba com o meu sofrimento? – perguntou Gideon.

– Eu não vou te matar.

– Não, vai chamar o guarda-costas do seu noivo para fazer isso por você.

Para sua surpresa, Rune abaixou a arma.

– Estou aqui para propor uma trégua.

– Uma *o quê*? – Gideon baixou as mãos.

Aquilo era um truque?

– Uma trégua *temporária* – emendou ela. – Se me ajudar, desmancho o noivado com Soren, anulando a aliança dele com Cressida. É isso que você quer, não é? É por isso que veio me matar.

Ela fincara um anzol no peito dele e agora estava enrolando o carretel. Porque, sim, aquele *era* o motivo por que fora matá-la.

– Por que você desmancharia seu noivado?

Rune desviou o olhar.

– Você tinha razão. Não quero ser esposa dele.

A verdadeira Rune nunca admitiria que Gideon estava certo. Será que estava mentindo?

Duas noites antes, ela estava totalmente comprometida com seu papel na aliança de Cressida. Era evidente que tinha alguma carta na manga.

Ele a observou, cauteloso.

– Que tipo de *ajuda* você quer de mim?

Rune sentou-se em um pequeno banco, recostando-se na parede. Colocou a arma ao lado, ao alcance, e pegou um par de sapatos do chão, calçando o primeiro. Mantendo as mãos ocupadas, ela demonstrava o risco que estava disposta a correr em nome daquela trégua.

Afinal, Gideon também tinha uma arma.

Só que ele estava intrigado, e ela sabia disso.

– Quero que você me leve em segurança para a Nova República e que me entregue a sibila que estão mantendo refém. – Ela ergueu os olhos para ele, calçando o outro pé. – Se me matar, Soren vai travar uma guerra com a República para me vingar. Então é do seu interesse me ajudar.

*Ela está blefando.*

A menos que não estivesse.

Gideon correu a mão pelo cabelo, pensando. Soren era um príncipe umbriano: possessivo, arrogante, acostumado a ter as coisas do seu jeito. Homens como ele não lidavam nada bem com perdas. Se Gideon executasse Rune, era possível que Soren fizesse exatamente o que ela dissera: dar um exército a Cressida de qualquer forma, para vingar a noiva... e o orgulho ferido.

Gideon provaria sua lealdade matando a Mariposa Escarlate, mas, se Rune não estivesse blefando, sua morte não impediria uma guerra, e sim *incitaria* uma.

Ele não podia correr esse risco.

*Mas uma trégua justamente com a bruxa que me traiu?*

Ele também não podia correr esse risco.

*A não ser que eu a traia primeiro.*

Uma ideia surgiu na mente de Gideon.

*E se houver um jeito de usá-la a meu favor?*

– Preciso de alguma garantia de que você não vai me trair de novo – disse ele.

– *Eu* traí *você*? – De pé, Rune fechou a cara. – Foi o contrário.

– Vamos concordar em discordar.

As narinas de Rune inflaram.

– *Você* pode *me* dar alguma garantia? Estou colocando em risco minha segurança. Cressida já desconfia que ajudei você a escapar! O que você está arriscando?

– Ao ajudar você a entrar na República? Meu trabalho. Minha dignidade. Possivelmente minha vida.

Ser simpatizante de bruxas agora era crime punível com a morte na República. Ela devia saber isso, porque desviou os olhos, mordendo o lábio.

Gideon não podia confiar nela. Nunca. Porém, uma vez que estivessem na ilha, ele não precisaria fazer isso. Nem sequer importaria se Rune estivesse mentindo para ele.

*Ela não pode me trair se eu a trair primeiro.*

Gideon sabia o que tinha que fazer.

Aceitaria os termos de Rune. Ele a levaria escondido até a Nova República e, no momento em que chegassem ao porto, ele mesmo a prenderia.

Quando Rune estivesse sob a custódia da Guarda Sanguínea, viva e ilesa, Gideon poderia barganhar com Soren. Seria *ele* quem definiria os termos: Soren poderia ter a preciosa noiva de volta... se e quando Cressida fosse eliminada.

Gideon não estava nem aí para como Soren faria isso, contanto que Cressida e seu exército de bruxas estivessem mortas antes que ela destruísse a Nova República. Depois que Soren cumprisse sua parte, Gideon entregaria Rune. A Guarda Sanguínea não precisaria mover um dedo. Tudo que deveriam fazer seria manter Rune como refém até que seus termos fossem cumpridos.

Se conseguisse concretizar isso, Gideon destruiria duas ameaças de uma só vez. Conseguiria tudo o que desejava: Cressida morta, sua reputação restaurada e a paz restabelecida na ilha.

O único fator imprevisível era Rune.

Aquilo podia ser uma trama elaborada para acabar com ele – e com a República. Se ela estivesse mentindo, porém, bastaria ele estar um passo à frente dela.

– Quando estiver na ilha, o que você vai fazer? – perguntou ele, entrando no jogo.

Rune ergueu a arma até o peito dele.

– Se acha que vou te contar meus planos só para você sabotá-los, então é mais burro do que parece.

Gideon olhou de relance para o revólver, reparando que o cão estava desarmado. Ele considerou ficar calado, esperando para ver até onde ela levaria a questão, se puxaria mesmo o gatilho, e então dominá-la quando Rune percebesse seu erro.

Só que não conseguiu resistir.

– Você tem que engatilhar antes de atirar.

As bochechas dela coraram.

– Maldito – murmurou ela, armando então a pistola e mantendo a mira.

Porém, sua postura ainda estava errada. Era óbvio que Rune tinha pouca ou nenhuma experiência com armas de fogo. Ele considerou a falta de prudência de Soren. Se Rune fosse noiva *dele*, a primeira coisa que Gideon faria seria ensiná-la a segurar, apontar e atirar da maneira certa com uma arma.

*E então ela me mataria com essa arma.*

Mas ela ainda não o matara.

Ele a analisou.

Não apenas seu cabelo estava perfeito, mas também a maquiagem. Seus olhos estavam delineados de preto, os lábios e as bochechas tinham sido pintados de vermelho com ruge, e até seus cílios estavam mais escuros do que o habitual.

Ele queria borrar aquilo tudo. Desfazer os cachos, despi-la até achar a Rune que havia ali embaixo.

– O que fez você mudar de ideia de verdade? – perguntou ele. – Porque eu não acho que foi Soren.

Os olhos dela cintilaram com uma emoção turbulenta, como um navio em um mar revolto. Isso o deixou ainda mais curioso.

– Chega de responder perguntas. Você aceita ou não meus termos?

– Você está me pedindo para ir contra minhas ordens. O que te impede de sair correndo assim que eu cumprir a minha parte na barganha? Você já me traiu, lembra?

– Você também não é a pessoa mais confiável do mundo – retrucou ela. – Você me entregou para ser morta assim que descobriu quem eu era.

*E vou fazer isso outra vez.*

– *Você* me fez acreditar que estava apaixonada por mim. – Ele se aproximou mais, o cano da arma pressionado bem no meio de seu peito. – *Você* me usou para conseguir informações confidenciais. O tempo todo estava brincando comigo, recrutando bruxas para o exército de Cressida.

– Eu não sabia que ela era Cressida!

Rune se retraiu ao perceber que tinha falado alto demais. Ela olhou para a cortina que os ocultava do resto da loja.

– Achei que fosse Verity – disse ela, baixinho. – Pensei que ela fosse minha amiga. Eu não *sabia.*

Era tão difícil ler aquela garota.

– Não consigo distinguir o que é verdade e o que é mentira com você – disse Gideon.

Rune não respondeu, apenas deixou a arma de lado.

Confiar nela era impossível. O que ela pedia de Gideon ia exigir que ele fosse contra tudo com que havia se comprometido, contra todos que *confiavam* nele. Estaria traindo todos se fizesse aquele acordo com Rune.

*A menos que eu a traia primeiro*, lembrou a si mesmo.

Rune sem dúvida planejava a mesma coisa. Ele não cogitava nem por um segundo que ela fosse se manter leal àquela trégua. Claro que ela escondia algum truque na manga. Assim que ele realizasse sua parte no acordo, ela desapareceria sem cumprir o que prometera – ou o trairia de maneira ainda pior.

*Preciso estar três passos à frente dela desta vez.*

– E então? – perguntou Rune.

– Tudo bem – respondeu ele. – Aceito uma trégua *temporária.*

Seus ombros relaxaram, como se tivesse estado tensa todo aquele tempo, certa de que ele ia recusar. Ela acionou o dispositivo de segurança da pistola outra vez.

– Ótimo. Eis o plano: tem uma porta nos fundos, depois dos provadores. Se...

– Querida? – chamou a voz de Soren do lado de fora do provador. – Como estão as coisas?

Gideon congelou. Rune arregalou os olhos.

Era óbvio que não esperava que o noivo voltasse tão cedo.

Ela empurrou Gideon e passou por ele. Com a pistola às costas, deu uma espiada por trás da cortina do provador.

– Ainda não estou vestida, meu amor. Por que não espera lá fora? Eu te encontro em um minuto.

– Não tem por que ficar tímida. – Soren soou bem mais próximo. Menos de cinco passos. – Em breve, vou vê-la despida...

Gideon não gostou de como Rune ficou tensa com essas palavras.

Em alguns segundos, Soren puxaria a cortina, tentando entrar de fininho. E, quando fizesse isso, encontraria Gideon já lá dentro.

– Soren. – Rune tentou de novo. – Você sabe que dá azar ver...

O príncipe agarrou a cortina.

Gideon pegou a pistola de Rune e a pressionou em sua cabeça. Ela se enrijeceu contra ele.

Soren puxou a cortina para o lado. Ao ver o que havia dentro do provador, o sorriso confiante em seu rosto se derreteu em choque.

– Faça exatamente o que eu digo – rosnou Gideon. – Ou meto uma bala na cabecinha da sua *querida.*

# CATORZE

## GIDEON

– VOCÊ. – SOREN CURVOU a boca num esgar ao ver Gideon.

Porém, ele ladrava mais do que mordia. Gideon tinha o que Soren queria, portanto quem estava no controle ali era ele.

– Isso mesmo. – Gideon deslizou o braço ao redor da cintura de Rune, apertando-a mais contra si. Uma calma espantosa assentou-se como um cobertor sobre ele. – A menos que queira ver o cérebro da sua futura esposa espalhado na parede, faça o que eu mandar.

O príncipe, atônito, olhou de Gideon para Rune e para a arma.

– Tranque a porta da frente – ordenou Gideon.

As palavras foram assimiladas. Soren saiu de seu estado de choque e fez o que Gideon mandou, indo até a porta da frente e trancando-a, sem fazer nenhum movimento que alertasse os guardas lá fora.

Gideon empurrou Rune para fora do provador, sem tirar a arma da cabeça dela.

– Todos vocês. – Ele acenou com a cabeça para Soren, a proprietária da loja e o grupo de freguesas, que agora parecia um bando de pássaros assustados. – Para trás do balcão.

Depois que eles obedeceram, Gideon foi andando de costas até os fundos da loja, levando Rune consigo.

Em voz baixa, Rune murmurou:

– *À esquerda*. A porta fica à sua *esquerda*.

Ela não lutou quando ele a fez de refém. Como se tivesse entendido seu plano no momento em que ele o pôs em prática. Como se estivesse entregando as rédeas a Gideon, permitindo que ele os tirasse daquela situação.

Gideon encontrou a porta e a empurrou com os ombros.

– Se vier atrás de nós – gritou ele para Soren –, vou matá-la.

Empurrando a porta, Gideon arrastou Rune para fora. A porta bateu atrás deles.

O sol forte o cegou por um instante.

– Tenho um quarto de hotel – disse Gideon, soltando Rune. Tirou o fedora e o enfiou em uma lixeira ali perto. – Podemos ir para lá até que eu pense em um plano.

– Eu já tenho um plano.

Rune se desvencilhou do aperto dele e se virou para a lixeira, onde havia duas malas escondidas.

– Devolva a minha arma – disse ela. – Você vai precisar das duas mãos para carregar isso aqui.

Gideon franziu a testa ao vê-la arrastar as malas. Rune tinha feito as malas e as colocara ali? Mas isso significava que...

– *Agora*, Gideon. Eles vão vir atrás da gente em segundos.

– Essa é a mala do *príncipe*?

– Eu explico tudo no caminho.

Rune tomou a arma da mão dele e a enfiou no corpete. Como tinha espaço ali, ele não fazia ideia. Em seguida, ela puxou uma capa cinza e a jogou por cima dos ombros, escondendo o branco cintilante do vestido de noiva. Depois de puxar o capuz por sobre a cabeça e esconder seu cabelo acobreado, começou a correr.

– Vamos!

Um apito agudo ressoou, do tipo usado pela polícia caelisiana, que significava prisão iminente. Não havia tempo para pensar. Gideon pegou as malas – uma sob cada braço – e correu atrás de Rune.

Talvez as malas pesadas o deixassem mais lento, mas Rune era surpreendentemente rápida, mesmo usando um vestido volumoso. Ele levou um minuto para alcançá-la enquanto avançavam pelos becos dos fundos, afastando-se do distrito comercial e indo em direção à água.

Era quase como se ela tivesse mapeado e memorizado aquele trajeto de antemão.

– Acelere o passo! – gritou ela. – Ou vamos nos atrasar!

– Se você não tivesse me feito de burro de carga – falou Gideon, ofegante, apertando ainda mais as malas –, eu estaria...

*Espera aí.*

– Atrasar para quê?

Um tiro súbito ecoou. Os dois se abaixaram. Gideon virou a cabeça e avistou um soldado duas ruas antes, fazendo mira outra vez. Com os dois braços ocupados, ele não tinha como sacar sua arma. Estava prestes a soltar as malas quando um tiro foi disparado. Alto e muito perto de sua cabeça.

Ele se desviou, mas sentiu a quentura do disparo contra o rosto. Ao olhar para cima, viu Rune mirando o revólver na direção dos soldados atrás deles.

Gideon segurou a arma, puxando-a para baixo e mirando o chão.

– Você quase me acertou – sibilou ele.

– *Sinto muito.* – O tom de Rune sugeria que ela sentia mais por ter errado.

Mais tiros soaram atrás deles, seguidos por gritos e ameaças. Dessa vez, os dois se abaixaram atrás de uma lixeira.

– Precisamos encontrar uma rua cheia de gente – sugeriu ele, ouvindo as balas ricochetearem em metal e tijolo.

Realmente seria mais fácil despistar seus perseguidores no meio de uma multidão.

Rune assentiu.

– Por aqui.

Ela os conduziu na direção da água. Gideon sentia os bíceps arderem enquanto tentava não soltar as malas de Rune e manter o ritmo dela.

Logo o beco chegou a uma enseada, onde o distrito de entretenimento atraía tanto moradores quanto turistas. Na calçada movimentada, passando por galerias de arte e cafés, Rune diminuiu o passo, se misturando à multidão. Gideon colocou as malas no chão para dar um alívio aos braços, depois as pegou pelas alças.

Agora, ele e Rune pareciam turistas comuns, recém-chegados à cidade, procurando seu hotel.

– Para onde vamos? – perguntou ele, esquadrinhando a multidão em busca de uniformes.

– Para o *Arcadia.*

Gideon conhecia sua reputação: era o único navio de passageiros que proibia o embarque de caçadores de bruxas e seus cães.

– Comprei nossas passagens. Ele parte à uma hora.

Gideon engasgou.

– Uma hora?

Era *bem agora.*

– Do contrário, vamos ter que esperar seu retorno, na semana que vem. Toda a polícia caelisiana, sem falar em Cressida, vai estar atrás de nós ao anoitecer. Não podemos nos dar ao luxo de esperar tanto assim.

Misericórdia. *Ela* estava três passos à frente *dele.*

*Ela previu que eu ia concordar com o plano antes mesmo de eu aparecer.*

Gideon *estava* enferrujado.

– São três dias de viagem. – Não muito atrás deles, Gideon viu policiais abrindo caminho pela multidão. – Todas as minhas coisas estão no hotel.

– Já cuidei de tudo. – Rune assentiu na direção da mala mais leve. – É do Soren. Você vai ter que se virar com as roupas dele.

Ele teria que usar as roupas do príncipe? Pelos próximos três dias?

– De jeito nenhum.

– Ah, seda e brocado são chiques demais para você?

Por baixo do capuz, Rune revirou os olhos.

– Não vão caber em mim! – gaguejou ele.

– Homens com armas estão nos perseguindo, Gideon. Roupas bem ajustadas são o menor dos seus problemas.

Rune tinha razão.

Ele ficou de mau humor.

Preso atrás de um grupo de turistas que admirava a arquitetura, Gideon os contornou pelo meio da rua, para que ele e Rune não perdessem terreno para a polícia em seu encalço. À frente, assomava o *Arcadia.* Era um navio a vapor de passageiros, e sua longa prancha de embarque se estendia do cais até o convés superior, onde alguns retardatários aguardavam na fila para embarcar.

Para além do *Arcadia*, no porto, uma frota de navios de guerra de Soren vinha surgindo em meio à névoa da manhã. As nuvens cinzentas de suas chaminés sufocavam o céu.

*A Marinha do príncipe deve estar se preparando para navegar até a Nova República.*

– É melhor você estar certa quanto a isso tudo – disse Gideon, olhando de relance para trás.

Os policiais revistavam civis a apenas vinte passos deles, fazendo perguntas.

Seu corpo estava tenso feito uma mola. Como Rune conseguia ficar tão calma?

– E se alguém reconhecer seu nome? Ou seu rosto?

– As passagens estão no seu nome – disse ela assim que chegaram à prancha de embarque e começaram a subir.

Um grupo de quatro pessoas estava na fila à frente deles. Pelas roupas elegantes, Gideon imaginou que fossem turistas em Caelis ou estivessem ali a negócios.

– E pretendo mudar meu rosto – acrescentou Rune.

Gideon não gostou de ouvir isso.

– Próximo! – gritou uma voz, perfurando o silêncio.

Os dois ergueram os olhos quando os passageiros à frente desceram da prancha e entraram no navio. O cobrador de passagens usava um uniforme naval impecável. Quando seu olhar entediado recaiu sobre eles, o homem hesitou, olhando do vestido de Rune para o terno de Gideon.

– Ora, que bela visão. É tão revigorante ver um jovem casal se unindo, em vez de espalhando suas sementes por aí! Parabéns pelas núpcias.

Gideon estava prestes a corrigir o equívoco quando Rune entrelaçou um braço ao dele e se aproximou. A pressão do corpo dela o surpreendeu.

– Foi uma linda cerimônia – disse ela ao cobrador, sorrindo abertamente. – Fugimos para nos casar.

Ah. Não.

*Não, não, não.*

Gideon olhou para o vestido de casamento de renda de Rune e para o próprio terno, percebendo que era *exatamente* isso que parecia: dois recém-casados.

– Eu sonhava com um casamento nas montanhas umbrianas desde que era garotinha.

Rune deu um sorriso doce para Gideon. Tão doce que fez seu estômago doer.

*No que foi que eu me meti?*

Aquilo não fazia parte do plano. Não podia fazer. Mas a polícia caelisiana estava lá embaixo, procurando prender o caçador de bruxas que sequestrara a noiva do príncipe Soren. Um passo em falso e tudo iria por água abaixo. Se avistassem Gideon, se os encurralassem, ela o jogaria aos leões. Seria atirado na prisão, e Rune ficaria livre e encontraria outra maneira de entrar furtivamente na Nova República.

Gideon precisava evitar ser preso. As autoridades caelisianas não teriam a menor empatia com um caçador de bruxas. E, depois que o colocassem em uma cela, Cressida saberia exatamente onde encontrá-lo.

– Bem-vindos a bordo do *Arcadia*, Sr. e Sra. Sharpe.

As palavras foram como a explosão de um trovão, deixando Gideon em alerta. Rune estremeceu ao lado dele, igualmente abalada.

Os dois agradeceram em um sussurro.

Entregando os canhotos das passagens, Rune subiu no navio. Gideon a seguiu, puxando as bagagens pelo tombadilho.

– Não foi esse o acordo – disse ele, baixinho, esquadrinhando o convés em busca de rostos conhecidos.

A tripulação corria de um lado para outro, na preparação para zarpar, enquanto passageiros passeavam ou acenavam para entes queridos. Gideon não reconhecera ninguém na viagem até Caelis e torcia para que o mesmo acontecesse na volta.

– Você prometeu me levar em segurança até a Nova República – disse Rune, desentrelaçando seus braços. – Devia estar me agradecendo por te ajudar nisso.

– Te *agradecendo*?

A audácia.

Enquanto a seguia até as escadas que levavam aos níveis inferiores, Gideon virou-se para olhar o cais, onde a polícia ainda parava e revistava civis. Pelo menos tinham conseguido embarcar. Torcia para que o *Arcadia* zarpasse do porto antes que pensassem em revistá-lo também.

– Precisamos encontrar nossa cabine – disse Rune, chegando à escada logo adiante.

Gideon desacelerou o passo.

– Cabine? – Suas mãos apertaram mais as alças de couro das malas enquanto ele desviava de outros passageiros com bagagens, muitos sorrindo ao ver o vestido de Rune e parabenizando Gideon. – *Uma* cabine? Compartilhada por nós dois?

– Comprei as passagens de última hora – disse ela por cima do ombro. – Só restava uma, na terceira classe.

Gideon parou no início da escada, atordoado.

As cabines da terceira classe eram pequenas e apertadas. Mal comportavam uma cama pequena. Ele duvidava de que Rune soubesse disso. Provavelmente nunca tinha viajado na terceira classe.

A farsa deles estava consolidada. Depois de se declararem recém-casados, precisavam atuar dessa forma. Por três dias seguidos.

– Anda! – A voz de Rune ecoou até ele. – Você está ficando para trás!

Um baita de um eufemismo.

Havia esquecido como ela era inteligente? Gideon não estava apenas lamentavelmente despreparado... Naquele ritmo, jamais conseguiria alcançá-la.

# QUINZE

## RUNE

QUANDO ABRIU A PORTA da cabine, Rune se perguntou se não tinha cometido um grave erro.

O quarto era menor do que um canil. Espremida entre as paredes, havia uma cama que mal acomodava duas pessoas. Entre a porta e a estrutura da cama, havia um espaço para deixar as malas, e pouco mais que isso.

Não havia armário nem cômoda, e a única luz entrava por uma janelinha acima da cama.

– Morri e fui para o inferno – disse Gideon atrás dela.

Ele soltou as bagagens no chão e fechou a porta. Com duas pessoas em um espaço tão pequeno, a temperatura já estava subindo. De pé, Rune desamarrou as borlas de sua capa e a jogou na cama.

– Podia ser pior – comentou ela, na defensiva.

Embora nem pudesse imaginar como.

Rune quase ouviu os pensamentos rosnados de Gideon enquanto ele examinava o quarto em que ficariam confinados pelas duas noites seguintes.

Resignado, ele tirou o paletó – Rune reconhecera na mesma hora o estilo do Dueto Sharpe quando ele aparecera no provador – e o jogou na cama. Enquanto Gideon desabotoava os punhos da camisa, Rune percebeu como ele estava elegante no terno do pai. Gideon o ajustara para que servisse nele, e seu estilo clássico complementava de maneira inesperada o vestido com inspiração vintage dela.

*Parecemos mesmo recém-casados.*

Ela sentiu o estômago afundar, mas, antes que pudesse banir aquela sensação estranha, uma batida soou no corredor. Gideon olhou na direção da porta, arregaçando a segunda manga. Ao ouvir a urgência nas vozes, Rune abriu-a e espiou lá fora.

Policiais uniformizados andavam pelo corredor, batendo às portas e interrogando os hóspedes.

O pulso dela acelerou.

– A polícia está aqui.

Só havia uma saída daquele corredor – a escada –, e ficava do outro lado dos policiais.

*Estamos encurralados.*

Antes que a vissem, Rune fechou a porta e se virou para Gideon.

– Tire a roupa.

Ele ergueu uma sobrancelha.

– Seria fácil para a proprietária da loja descrever um terno vintage para a polícia – explicou ela.

Parecendo concordar, Gideon desabotoou a camisa e acenou com a cabeça para o vestido dela.

– Eles também não vão estar procurando uma garota com um vestido de noiva roubado?

Rune olhou para o vestido que usava, e que a entregaria na hora.

Enquanto Gideon tirava a camisa, Rune esticou as mãos para as fitas nas costas do vestido. A proprietária da loja a ajudara na hora de vesti-lo, e tinha amarrado os cordões bem apertados. Agora, quanto mais ela puxava, mais justos ficavam.

As batidas ficaram mais altas.

*Mais perto.*

Rune olhou para Gideon, que estava sem camisa e mexendo nos botões da calça.

– Hum... Gideon?

Ele se virou para encará-la, oferecendo-lhe uma visão de seu abdômen definido.

Rune girou depressa, apontando as fitas nas costas do vestido.

– Você só pode estar brincando – disse ele.

Gideon foi até ela. O que, com menos de um metro de espaço para se deslocar, precisou de apenas meio passo.

– Pode acreditar – disse ela, entre os dentes. – Eu preferia não ter que pedir sua ajuda.

– Pode acreditar – rosnou ele em resposta –, eu preferia não ter que ajudar.

Gideon remexeu nos nós até um afrouxar, então ele *puxou*, sacudindo Rune junto. Ela teve que apoiar as mãos na parede de tábuas e se inclinar contra elas para não se desequilibrar como uma boneca de pano enquanto ele puxava com força.

– Da próxima vez – disse ele, desfazendo os laços –, você vai me contar o plano todo *logo de cara*.

Rune fez uma careta para a parede.

– Se eu tivesse te contado o plano todo, você não teria concordado.

– Exatamente – respondeu Gideon, sua irritação crescente evidenciada na aspereza de suas palavras.

– *Foi por isso que eu não te contei.*

Os laços foram se soltando à medida que ele descia, expondo a pele de Rune. Expondo as costas dela ao olhar dele, dos ombros até os quadris.

Ao se dar conta disso, Rune sentiu seu corpo todo ficar quente.

– Se você tivesse me contado, não estaríamos nessa...

Antes que ele pudesse puxar o vestido de vez, as batidas chegaram à porta deles.

– O que é? – rugiu ele, transferindo a raiva que sentia dela para a voz.

– Polícia! Abra!

Os dois ficaram paralisados.

Rune assentiu para que ele fosse atender. Gideon hesitou, mas acabou indo até lá, enquanto ela se desvencilhava de sua roupa. Jogando o vestido e o terno dele no chão, ela chutou as duas peças para debaixo da cama.

Rune precisava criar uma ilusão para si, e rápido.

Gideon abriu a porta em um ângulo que escondesse Rune, que agora estava apenas de roupa íntima.

Desembainhando a faca da coxa, ela enfiou a lâmina afiada na panturrilha, onde diversos estigmas de conjuração prateados cintilavam, cuidadosamente moldados na imagem de mariposas voando. Começavam no tornozelo e subiam pela batata da perna.

Rune acrescentou um corte à mais recente mariposa, ainda pela metade.

– Sim? – A irritação transbordava da voz de Gideon.

Rune pressionou os dedos na ferida, de onde o sangue começava a brotar.

– P-Perdão por incomodar, senhor – disse a voz de uma mulher.

Rune não a invejava. A imagem de Gideon sem camisa era suficiente para deixar qualquer mulher paralisada.

Com o sangue, ela desenhou a marca do feitiço miragem em seu tornozelo.

– Vocês são os Sharpe?

O nome soou como um sino dissonante nos ouvidos de Rune. *Os Sharpe*. Seria o casal que ela e Alex teriam formado. Ouvir isso se referindo a ela e Gideon...

– Isso mesmo – respondeu Gideon. – O que vocês querem?

Finalmente, o gosto de magia explodiu na língua de Rune quando a ilusão tomou forma. Rune torceu para que fosse o suficiente.

– Temos algumas perguntas.

Sabendo que precisava fazer uma aparição, Rune falou:

– Quem é, bombonzinho?

Rune quase pôde sentir Gideon se encolher diante do apelido carinhoso.

– Ninguém importante, *moranguinho*. – Havia um tom cortante na voz dele, como o rosnado de um lobo. Gideon voltou sua atenção para os policiais. – Como podem ver, estamos um pouco ocupados. Tenho certeza de que entendem.

Ele começou a fechar a porta, mas um policial se adiantou, impedindo-o.

– Vai levar só um minuto.

Apenas de roupa íntima, Rune olhou de relance para sua mala. Será que dava tempo de encontrar algo para vestir? Estava prestes a tentar quando o policial escancarou a porta, procurando a Sra. Sharpe.

*Droga.*

Sua assinatura de mariposa escarlate flamejava no ar, bem diante dela.

*Droga, droga.*

Rune rapidamente entrou na frente dela, escondendo a evidência do feitiço.

Pela porta aberta, seus olhos se encontraram com os do policial. Ela viu o olhar dele descer lentamente por seu corpo, como se ele tivesse todo o direito de olhar.

Uma raiva incandescente se acendeu no peito de Rune, mas não havia nada que pudesse fazer. Naquele momento, estava à mercê dele. Os dois estavam.

De repente, Gideon se meteu entre os dois, tirando Rune das vistas do policial. Pegando a camisa que tirara poucos instantes antes, ele gentilmente a passou pela cabeça dela. Perplexa, Rune enfiou os braços pelas mangas, e a barra da camisa parou em suas coxas, cobrindo tudo, menos suas pernas.

Ela ergueu o olhar para encontrar um fogo ardente nos olhos de Gideon.

Ele a estava protegendo dos outros.

Ou, mais provavelmente, protegendo a prova de sua magia: o sangue escorrendo pela panturrilha dela, a marca do feitiço em seu tornozelo, a assinatura flutuando bem atrás dela.

Se a mudança em sua aparência o surpreendeu, ele não demonstrou.

– Podemos andar logo com isso? – A voz de Gideon soou ameaçadora quando ele se virou mais uma vez para os policiais. Ele deu um passo em direção à porta, obrigando-os a sair para o corredor. – Minha esposa e eu acabamos de nos casar e gostaríamos de ficar a sós.

– É claro – disse o policial. – Nós, hã, queremos saber se vocês viram essa garota...

Houve uma breve pausa e então:

– Não.

– E sua esposa? Sra. Sharpe, já viu essa jovem?

Gideon deu um passo para o lado, um passo bem pequeno, permitindo que Rune respondesse. Na soleira, um policial segurava um medalhão, do qual pendia uma corrente dourada, e ela o reconheceu na hora.

Rune o dera de presente para Soren duas semanas antes. Era idêntico a um medalhão que ele dera a ela.

E o rosto *dela* estava pintado ali dentro.

– Nunca vi essa garota na minha vida – disse Rune, contente por ter tido a chance de criar uma ilusão para si.

– Aí está. Terminamos? – A voz áspera de Gideon deixava seu papel de recém-casado impaciente bem convincente. Antes que os policiais respondessem, ele falou: – Ótimo. Adeus.

E bateu a porta na cara deles.

O quarto parecia ter encolhido desde que tinham entrado ali. Ainda encarando a porta, Gideon suspirou. Rune ficou olhando as costas nuas dele, incapaz de impedir que seus olhos seguissem os músculos definidos de seus ombros e braços.

– Obrigada – sussurrou ela.

– Em qualquer outra circunstância – ele se virou para encará-la, o olhar recaindo sobre a enorme camisa que lhe dera, larga em seu corpo pequeno –, eu teria arremessado o policial para longe.

Incapaz de encontrar a voz, Rune apenas assentiu.

O espaço de menos de meio metro entre os dois parecia bem pequeno enquanto estavam seminus, parados um diante do outro.

Rune tentou sustentar o olhar dele e fracassou, baixando o olhar para assimilá-lo por inteiro. Ouviu o suspiro que ele deixou escapar, como se os dois estivessem jogando sem perceber um jogo chamado *Quem resiste por mais tempo?* e, agora que Rune perdera, Gideon também pudesse se permitir ceder. Os olhos dele desceram pelo corpo dela quando o policial se permitiu fitá-la do mesmo jeito que ela agora fazia com ele.

O ar parecia pesado. Rune tinha medo de se mexer, de súbito muito consciente da cama atrás de si.

– Você vai...

– Eu devia...

A voz deles cortou a tensão.

Gideon recuou na direção das bagagens. Virando-se para a mala de Soren, ele a abriu, enfiou a mão lá dentro e puxou a primeira coisa que encontrou: um suéter de tricô cinza. Ele o vestiu e disse:

– Vou ver se há outras cabines disponíveis.

Ele saiu para o corredor.

A porta se fechou logo atrás.

Rune afundou na cama, soltando o ar com força. Não haveria outras cabines. Já tinham relutado em lhe dar aquela ali, que costumava ser reservada para a tripulação. Ela podia ter dito isso a Gideon, mas, na verdade, queria que ele saísse para poder controlar o ritmo de seu coração.

*Duas noites*, disse a si mesma. *São só duas noites.*

Duas noites na cama com Gideon Sharpe.

Rune apertou os olhos, tentando não pensar em todas as maneiras como aquilo poderia dar terrível e desastrosamente errado.

# DEZESSEIS

## GIDEON

NÃO HAVIA CABINES SOBRANDO.

Ofereceram a Gideon um beliche no alojamento da tripulação, mas aceitá-lo arruinaria a imagem de recém-casados que já estava muito bem estabelecida.

Gideon teria apenas que reunir forças e seguir pelo caminho que Rune o obrigara a tomar.

*Você já fingiu estar apaixonado por ela. Pode fazer isso de novo.*

Só que havia aquela voz dentro dele, baixinha e insistente, discordando:

*Você estava fingindo mesmo?*

Se Gideon fosse sincero, Rune sempre o encantara. Ele tinha 15 anos quando a conhecera, e seu coração fora parar na garganta. Desde então, passara o tempo todo insistindo que *não* se sentia atraído por ela, em nome do irmão e do próprio orgulho, porque alguém como ele jamais seria merecedor de alguém como Rune. Ela mesma dissera isso, dois meses antes, quando ele revelara a todos quem era a Mariposa Escarlate.

Parado diante da mureta do convés superior, observando o continente desaparecer ao longe, Gideon soltou um suspiro ofegante. Faltavam só dois dias para chegarem ao porto. Dava para manter a farsa.

Depois disso, Rune estaria à sua mercê. Assim que atracassem, ele prenderia a Mariposa Escarlate e a entregaria.

Isso restauraria sua posição como patriota e provaria sua lealdade.

Queimaria toda a fraqueza que havia dentro dele.

A maresia pinicava em suas bochechas enquanto seus pensamentos se voltavam para a cabine. Para aquele policial se esbaldando com a visão de Rune seminua. Apesar do ar frio, a raiva que aquilo despertara ainda ardia dentro dele.

Depois de tudo que Rune o fizera passar, seu primeiro instinto era protegê-la. Ela era como um ímã que deixava as setas de sua bússola moral girando sem rumo. Fazia Gideon se esquecer de quem era e de tudo com que havia se comprometido.

E isso nem era o pior.

Ao desfazer os laços do vestido dela, Gideon tinha tentado não admirar o desenho de suas escápulas ou o relevo de sua coluna. Tentara ignorar o ímpeto de tocar sua pele lisa como porcelana, de deslizar o vestido por seus ombros e braços. De deixar a peça toda cair no chão.

Gideon cerrou os punhos.

*Não.*

Não cairia nas garras dela outra vez. Precisava ser impenetrável se queria estar um passo à sua frente. Precisava manter distância. Quanto mais separados ficassem, mais clara ficaria sua mente. E, quanto mais clara sua mente, melhor poderia se concentrar no próprio plano.

Mas como manter distância naquela cama minúscula?

Só de pensar nisso – em se deitar ao lado dela –, Gideon sentia coisas que não queria sentir. Coisas que tentara muito esquecer.

Ele esfregou o rosto frio com as mãos.

*Misericórdia.* Em que confusão se metera.

O sol estava se pondo no horizonte. Dali em diante, ficaria cada vez mais frio. Com um calafrio, ele se virou para seguir até o convés inferior, mas vozes familiares o fizeram estacar.

– Se a Srta. Winters estiver no *Arcadia*, eles não vão simplesmente prendê-la.

Mais adiante no convés, encostados lado a lado na mureta e observando o mar, estavam os policiais que haviam interrogado Rune e ele. Gideon se aproximou de uma coluna ali perto, mantendo-se escondido.

– Acha que vão matá-la?

– As bruxas são executadas na hora, na Nova República. O espião deve ter recebido as mesmas ordens.

*Tem um espião no* Arcadia?

Gideon lembrou-se do telegrama de Harrow: *o comandante já não acre-*

*dita que você seja o melhor homem para esse trabalho. Vai enviar alguém mais qualificado para concluí-lo.*

Claro que Harrow plantaria um espião a bordo do único navio que embarreirava o trabalho dos soldados da Guarda Sanguínea e seus cães caçadores de bruxas. Ele devia ter desconfiado.

Sob qualquer outra circunstância, ele teria aprovado a medida, mas, se havia um espião entre eles, não poderia deixar que descobrissem Rune, que dirá que a matassem. Precisava dela viva para negociar.

Pior ainda: se o espião a bordo fosse enviado por Harrow, era bem provável que reconhecesse Gideon. Pareceria muito suspeito se a mestra de espionagem do Nobre Comandante recebesse um relatório contando que Gideon retornava com uma esposa secreta depois de fracassar na missão de assassinar a Mariposa Escarlate. Harrow ia presumir o pior: que Gideon caíra *mais uma vez* nas garras de Rune.

Ele não podia – *não ia* – deixar isso acontecer.

Assim que descobrisse quem era o espião, Gideon contaria a ele seu plano e impediria sua interferência. No entanto, se a pessoa descobrisse Rune antes disso e a matasse, não só Gideon ficaria de mãos abanando como pareceria ter se aliado a uma criminosa. Seria visto como um traidor.

Gideon precisava impedir que isso acontecesse a qualquer custo.

E Rune...

*Rune.*

Ele sentiu um aperto no peito. E se o espião já a tivesse encontrado?

# DEZESSETE

## RUNE

**AO PÔR DO SOL,** a embarcação já estava em alto-mar, e Gideon ainda não tinha voltado. Faminta e cansada de ficar confinada na cabine apertada, Rune colocou um vestido de noite verde-pastel e um par luvas cor de creme e saiu atrás de um jantar.

O *Arcadia* tinha seis conveses e, depois de pedir ajuda à tripulação, Rune acabou encontrando o caminho até o salão de jantar da terceira classe, no convés inferior. Pelas portinholas, o mar se agitava sob um céu que escurecia. O porto de Caelis ficara bem distante no horizonte.

O salão estava tomado pelo som de conversas e o tilintar de talheres. O salão estreito era suavemente iluminado pelas velas queimando em arandelas nas paredes, e não havia mesa de recepção, o que obrigou Rune a escolher um lugar por conta própria. Porém, todas as mesas estavam apinhadas de comensais, e a maioria lançou olhares em sua direção.

*Estou arrumada demais*, ela percebeu.

Arrumada demais e atraindo atenção indesejada.

Ela encontrou uma mesa vazia do outro lado do salão e a ocupou.

Havia dois cardápios sobre o tampo. Pegando um, ela fingiu examiná-lo enquanto esquadrinhava o salão.

*Pelo menos é o* Arcadia.

O *Arcadia* seguia as leis caelisianas, por isso Rune o escolhera. A segurança que ele garantia, somada à ilusão que disfarçava suas feições, dava a ela cobertura suficiente para relaxar, pelo menos por um tempo. O feitiço desapareceria mais tarde naquela noite e precisaria ser refeito na manhã seguinte.

No momento em que pisasse na Nova República, porém, Rune estaria desprotegida. Assim que chegassem ao porto, caçadores de bruxas e seus cães subiriam a bordo e verificariam cada cabine. Só depois que todos fossem contabilizados e devidamente revistados, permitiriam o desembarque dos passageiros.

Rune nunca passaria pelos cães, que detectariam na mesma hora sua magia. Se Gideon não conseguisse contê-los, estaria tudo acabado.

Ela estava completamente à mercê dele.

*O que foi que eu fiz?*

– Por que uma jovem bonita como você está jantando sozinha?

Ao erguer os olhos, Rune viu um jovem parado diante dela, a boca curvada em um sorriso amigável, os olhos cintilando à luz das velas. Seu cabelo lembrava o de Alex – um castanho-dourado. Em uma das mãos, ele segurava uma garrafa de vinho e, na outra, duas taças.

– Meu... hum... marido está enjoado – mentiu ela.

Ele não usava o uniforme da tripulação, indicando que era um passageiro.

– Que pena. – Ele pôs as taças na mesa e começou a servir o vinho. – Gostaria de companhia para ajudar a passar o tempo?

– Ela já tem companhia.

A voz familiar foi como um tremor causado por um terremoto, reverberando por Rune.

O jovem ergueu os olhos no meio do gesto de servir o vinho. Rune, relutante, seguiu seu olhar.

Gideon havia colocado um terno verde-escuro saído da bagagem de Soren. O paletó estava apertado demais, as costuras esticadas ao limite, mas o corte desfavorável só deixava Gideon mais impressionante, chamando a atenção para seus ombros bem definidos e a força em seus braços.

– Presumo que você seja o marido enjoado?

Gideon olhou de relance para Rune, que lhe deu um sorrisinho fraco.

– O próprio. – Ele voltou a atenção para o jovem. – E *você* já estava de saída.

Percebendo que não tinha como vencer a disputa, o homem se retirou em silêncio, deixando o vinho e as taças. Gideon se acomodou no banco diante de Rune e apoiou na mesa o copo de água que trouxera consigo.

Era um espaço pequeno demais para alguém tão grande quanto ele.

Debaixo da mesa, suas pernas apertavam-se contra as dela, obrigando Rune a enfiar os joelhos entre os dele.

– Precisava ser tão grosseiro? – indagou ela, observando o rapaz se afastar.

– Você é bem ingênua se acha que tudo o que ele queria de você era sua companhia.

Rune revirou os olhos.

– Nem todo mundo tem segundas intenções, Gideon. Algumas pessoas são apenas *legais*. Você devia tentar um dia.

– Pode acreditar. – Gideon observou o suposto pretendente procurar outra mesa. – Eu sou homem. Sei o que ele quer.

Ela riu com sarcasmo.

– Você é ridículo. Todos os homens têm um radar interno que revela os pensamentos de outros homens?

– Algo do tipo.

Ele ergueu os olhos para ela. Por um instante, o silêncio borbulhante da cabine voltou. Rune ficou muito ciente da vela queimando lentamente na arandela da parede ao lado deles. De como a mesa dos dois era pequena, escura e afastada dos outros comensais. Da imagem que ela e Gideon exibiam para todos na sala: um casal jantando junto.

Aquele era um jogo que ainda não haviam jogado.

Ela pigarreou e mudou de assunto.

– Deu sorte em encontrar outra cabine?

Ele balançou a cabeça.

– Estão todas ocupadas.

Assim como ela dissera quando embarcaram. Rune traçou a borda da taça de vinho com a ponta do dedo enluvado.

– Você ficou fora tanto tempo que achei que talvez tivesse pulado no mar e nadado de volta até o litoral.

– E por que eu faria isso? – Ele levou o copo aos lábios. – O Estreito do Sepulcro é congelante nessa época do ano.

– Talvez menos intimidante do que compartilhar uma cama comigo.

Gideon engasgou com a água e a olhou nos olhos ao colocar o copo na mesa.

– Por que eu ficaria intimidado? – Ele baixou a voz. – Já sobrevivi a camas de bruxas.

*Ele está se referindo a Cressida? Ou a mim?*

Às duas, percebeu Rune.

Por algum motivo idiota, ser colocada no mesmo nível de Cressida, como se fossem a mesma coisa, a magoou profundamente. Em geral, tentava não pensar na noite que passara na cama de Gideon, mas agora estava pensando.

– Foi isso que aconteceu entre nós? – Ela baixou os olhos para seu vinho. – Algo a que você precisou sobreviver?

– Que ironia, vindo de você. – Gideon se recostou e cruzou os braços. Uma energia inquieta emanava dele. – Durante todo o tempo que passou me seduzindo, você estava apaixonada pelo meu irmão. Então, não finja que está magoada.

Rune ergueu os olhos.

*Como é?*

– Ah, fala sério. Vai bancar a inocente para cima de *mim*? – A boca de Gideon se retorceu como se ele tivesse comido algo podre. – Não tem mais por que fingir. Eu a enxergo claramente, mesmo com essa ilusão. – Ele baixou a voz e assentiu para o rosto modificado de Rune. – Ver você com Soren deixou bem evidente sua habilidade na arte da sedução. Vê-lo tão convicto do seu amor por ele foi como me ver, dois meses atrás. – Rune notou o desgosto na voz dele. – Você pode ter me enganado uma vez, mas não vai enganar de novo.

Ela desviou o olhar.

Tinha fingido sentir algo por Gideon, no começo? *Sim.* Tinha tentado seduzi-lo para obter informações internas valiosas? *Claro que sim.* Era a única maneira de resgatar Seraphine.

Em algum momento, porém, tinha parado de fingir.

Em algum momento, a mentira se tornara verdade.

Gideon não tinha razão para acreditar que os sentimentos de Rune tinham sido sinceros. Então não devia ter ficado surpresa por ele acreditar que ela estava apaixonada por Alex. Afinal, ainda usava o anel de noivado do irmão dele.

*Não há por que explicar isso a ele.*

Gideon nunca acreditaria nela. E, mesmo que acreditasse, não mudaria nada. Ela era uma bruxa. Nada que Rune fizesse mudaria sua opinião; Gideon desprezava a *essência* inerente e imutável dela.

Ela terminou o vinho em um só gole.

– Pobre e inocente Gideon. Enganado por uma bruxa. – Como estava de estômago vazio, o álcool a afetou depressa; seu rosto ficou quente e o burburinho ao redor, abafado. – Não passa de uma vítima.

Com a raiva avivada, Rune estendeu a mão para a garrafa de vinho, servindo-se de mais uma taça.

– É *claro* que enganei você. Se você soubesse a verdade desde o início, teria me executado!

Gideon olhou de relance pelo salão.

– Fale baixo.

Seguindo o olhar dele, Rune analisou o salão, mas não viu ninguém os observando. Por sorte, o barulho de conversa combinado à distância dos outros comensais dificultaria para alguém bisbilhotar.

Ainda assim, Rune e Gideon deveriam parecer recém-casados em lua de mel. Deveriam parecer loucamente apaixonados. Em vez disso, pareciam mais adversários em um duelo verbal.

Gideon devia ter pensado a mesma coisa, porque estendeu a mão pela mesa e entrelaçou os dedos nos de Rune.

Ela encarou suas mãos com perplexidade.

*É fingimento*, lembrou a si mesma. *Ele está interpretando o papel de marido apaixonado.*

Puxando-a mais para si, Gideon virou a palma dela para cima e, lenta e delicadamente, acariciou a mão enluvada, fingindo afeto e passando as pontas dos dedos por sua palma.

Ela se lembrou de como as mãos de Gideon a veneraram naquela noite, na cama dele. Antes que ele descobrisse quem ela era.

Rune queria tirar as luvas, sentir a pele dele na sua.

*Não. Isso é a última coisa que você quer.*

Precisava se manter alerta. Nunca, jamais, poderia confiar naquele rapaz. Não importava o que acontecesse, não podia baixar a guarda.

– Como eu poderia ter sido eu mesma com você? – sussurrou ela, deixando que o rancor em sua voz extravasasse seus verdadeiros sentimentos enquanto ele acariciava com delicadeza sua mão. – Você *caça* pessoas como eu. Teria me executado pelo crime de existir e comemoraria enquanto meus inimigos cortavam minha garganta.

Os dedos dele pararam o carinho e uma emoção sombria inundou seus olhos. Porém, assim como surgiu, desapareceu antes que ela pudesse decifrá-la.

– Então, sim, eu menti para você. Menti para *todo mundo*.

– Não para Alex – rebateu ele, enquanto tocava o lugar que o anel ainda ocupava no dedo de Rune, escondido sob a luva.

– Não – sussurrou ela, puxando a mão e pousando-a no colo. – Não para Alex. Seu irmão não odiava o que eu era.

– E, por causa disso, ele está morto.

As palavras fizeram os olhos de Rune arderem.

– Quer saber? Melhor não fazermos isso. – Ela olhou para a sala mal iluminada e lotada de comensais. – Temos que nos aturar por mais alguns dias, mas, depois de conseguirmos o que queremos, nunca mais precisaremos nos falar. Então vamos só... nos ater ao plano.

– Por mim, tudo bem – respondeu Gideon, cruzando os braços outra vez e se recostando.

– E por falar em planos. – Rune deu mais um gole no vinho, indo direto ao assunto. – Quais são os seus, exatamente? Como vamos passar pelos cães de caça, quando chegarmos ao porto?

Gideon evitou o olhar dela enquanto girava o copo d'água entre o polegar e o indicador.

– Às vezes, os cães se enganam – disse ele.

Rune estreitou os olhos.

– Como assim?

– Eles conseguem farejar magia em alguém que tenha, sem saber, entrado em contato com uma bruxa ou um feitiço, mas que não seja em si bruxa. – Ele passou a mão pelo queixo, como se ainda estivesse elaborando a questão. – Quando estiverem a bordo, os cães vão farejar sua magia... Não tem nada que você possa fazer em relação a isso. Mas, antes de te prender, a Guarda vai puxá-la de lado para fazer perguntas e ver se você tem estigmas. Como você é uma mentirosa excepcional e não tem estigmas, eles vão achar que foi engano.

Rune se retraiu.

– Na verdade...

Ele a encarou enquanto tomava outro gole de água.

– Na verdade o quê?

Uma tempestade de emoções conflitantes atravessou o rosto dela. Vergonha, raiva, medo.

– Eu tenho estigmas.

Gideon baixou lentamente o copo.

– Está brincando.

Rune ergueu o queixo, desafiadora. *Isso te causa nojo?*, queria perguntar. Quando não tinha estigma nenhum, pelo menos ele podia fingir que ela não era a coisa que ele mais odiava.

– Onde estão?

– Não vou mostrar para você.

– Talvez precise mostrar.

– Você é um capitão. Sem dúvida pode fazer aqueles guardas...

– Um capitão *desacreditado*.

– Você tem um posto mais alto do que qualquer oficial da Guarda Sanguínea de prontidão em qualquer porto da Nova República.

– Um posto mais alto, talvez, mas não posso negar permissão para revistarem você.

– Não? – Ela se inclinou, sustentando o olhar dele e falando em voz baixa. – Se eu fosse sua esposa de verdade, você permitiria que as mãos imundas deles me deixassem nua enquanto eles me comiam com os olhos?

O olhar que cruzou o rosto dele foi selvagem. *Visceral*. Como se ela tivesse deixado um animal à espreita escapar dentro dele.

– É claro que não – rebateu ele. – Nunca permitiria que eles tirassem a roupa da garota que eu amo e buscassem estigmas em seu corpo... mas essa não é a questão. Estamos falando de *você*. – Os olhos dele ficaram gélidos como o mar. – Você não é uma garota. É uma bruxa.

As palavras machucaram mais do que um tapa. Rune desviou o olhar para esconder a dor.

– Tenho uma ideia melhor – continuou ele. – Quando chegarmos à ilha, eu te prendo, te algemo e digo aos oficiais da Guarda Sanguínea de prontidão no porto que tenho ordens de levar você viva até o Nobre Comandante.

– E aí você se recusa a soltar as algemas e me entrega *de verdade*. – Rune bebericou o vinho, evitando o olhar dele. – Não, obrigada.

A atenção dela foi subitamente capturada pelo policial de Caelis, que a olhara descaradamente na cabine e que agora se acomodava a uma mesa a bombordo, encarando Rune enquanto se sentava.

Calafrios percorreram a pele dela.

*Por que ele ainda está no navio?*

Antes que ela entrasse em pânico, Gideon pressionou os joelhos contra os dela por baixo da mesa. Rune olhou para ele e o viu encarar o policial com raiva. Gideon não parecia surpreso por vê-lo, quase como se soubesse que o homem permanecera a bordo.

– E por falar em confiar um no outro...

Gideon estendeu a mão para uma mecha solta do cabelo de Rune, enroscando-a nos dedos e a colocando atrás da orelha dela. Foi tão delicado, tão doce, que Rune quase esqueceu como ele era perigoso. Quase esqueceu que estavam sendo observados.

Sentiu o estranho ímpeto de inclinar o rosto contra a mão dele.

Culpando o vinho, Rune voltou a encará-lo.

– Se vou desobedecer às minhas ordens – disse Gideon – e contrabandear uma criminosa condenada pela República, preciso ter certeza de que você não vai ajudar Cressida lá de dentro. Me conte seus planos.

Rune balançou a cabeça.

– Não foi esse nosso acordo.

– Nem isso aqui – argumentou ele, colocando a mão no joelho dela por baixo da mesa. – Eu não me ofereci para ser seu marido de mentirinha.

– Não – disse ela com amargura. – Nós dois sabemos o quanto você odeia essa ideia.

Mais uma vez, algo sombrio dominou o rosto de Gideon. Como se tomasse as palavras dela como um desafio, ele colocou a outra mão debaixo da mesa e enganchou-as sob os joelhos de Rune, puxando-a para si e só parando quando ela estava aninhada em segurança entre suas pernas. Rune agarrou a beirada da cadeira para não ser puxada por completo para baixo.

*O que ele está fazendo?*

As mãos de Gideon eram tão grandes que ele quase conseguia fechá-las ao redor de suas pernas. Um lembrete de como seria fácil para ele subjugá-la.

– Que tal um trato? – ofereceu ele. – Dou um jeito de você passar pelos cães caçadores de bruxas *se* me contar seus planos.

– Você já prometeu me fazer passar pelos cães.

– Isso foi antes da sua gracinha de recém-casados. Estou repensando minha oferta.

Antes que Rune pudesse protestar contra a injustiça, ele pôs as mãos em suas coxas, logo acima dos joelhos. O calor das palmas de Gideon atravessou o vestido, penetrando na pele. Rune segurou com mais força seu assento quando ele começou a acariciá-la com os polegares, com delicadeza e um pouco de possessividade.

O coração dela disparou.

*Isso é fingimento*, disse a si mesma. *Ele está tentando me fazer baixar a guarda.*

Ele não fez movimento algum para soltá-la, e Rune não se mexeu para forçá-lo.

Em vez disso, examinou as feições austeras do rosto dele. Aquele homem era inescrutável. Provavelmente estava tramando sua ruína.

Entretanto, se assim fosse, o que o faria mudar de ideia?

Rune sabia que a desconfiança de Gideon era justa. Ele não tinha motivo para confiar nela. Não depois de tê-lo enganado. Não depois de ter ajudado Cressida, tanto consciente quanto inconscientemente.

Manter seus planos em segredo só aumentaria suas suspeitas.

Será que tinha como dizer só o suficiente para fazê-lo confiar nela?

Se Gideon confiasse nela, não teria razão alguma para traí-la.

– Você me contou que existe um descendente Roseblood desaparecido – disse Rune, meio sem fôlego por conta das carícias dele. – Se é verdade, eu... eu vou encontrar essa pessoa. Só quero uma chance de avisá-la sobre os planos de Cressida.

*E de deixá-la o mais longe possível dela.*

Gideon estreitou os olhos.

– Segundo Cressida, essa pessoa está escondida por um feitiço poderoso – revelou ele. – Nenhuma sibila consegue vê-la.

*Interessante.*

Ele não tinha mencionado aquilo.

As pernas de Gideon ainda pressionavam as dela, prendendo-a como a uma mariposa em um quadro de cortiça.

– Vai levar meses, senão anos, para encontrar essa pessoa.

– Para você, talvez, mas eu conheço um feitiço capaz de invocar essa pessoa para um local específico.

Ele parou a carícia.

– Que local?

– Acha que eu vou te contar?

Ela lançou um olhar arrogante para Gideon e deu mais um gole no vinho. A névoa familiar da embriaguez começava a surgir, borrando tudo além da mesa deles e turvando os pensamentos de Rune.

– Se eu te der essa localização, você vai colocar seus caçadores de bruxas de prontidão para nos emboscar.

Rune não era ingênua: se Gideon encontrasse o parente Roseblood perdido, ele o mataria. Não haveria hesitação. Matar essa pessoa daria um fim concreto aos planos de ressurreição de Cressida.

– E por que eu acreditaria em você? – perguntou ele. – Você poderia invocar essa pessoa e entregá-la a Cressida.

– Eu estou tentando *fugir* de Cressida, não quero ajudá-la.

– Achei que estivesse tentando fugir de Soren.

Rune se retraiu. *Certo*. Soren era o motivo que dera a Gideon para aquela trégua.

– Estou fugindo dos dois – concluiu ela, terminando a segunda taça de vinho.

O calor da bebida se espalhou por suas coxas. Ela realmente precisava comer.

– Como vou saber que você não está mentindo? – perguntou Gideon. – Para me convencer a te ajudar a passar pelos cães?

Irritada, Rune enfiou a mão no bolso do vestido e puxou um medalhão de ouro igual ao que os policiais tinham levado ao quarto deles. Só que ali dentro havia um retrato de Soren.

E mais uma coisa.

Segurando-o com as mãos em concha para evitar olhares curiosos, ela abriu o medalhão.

Gideon espiou.

– O que é isso?

Rune pegou o fio de cabelo branco e o segurou contra a luz.

– O cabelo de Cressida. Para invocar o Roseblood desaparecido, preciso de cabelo, sangue ou lascas de unha de algum parente direto.

Cabelo era o mais fácil de obter. Rune usara o marcha-fantasma para se esgueirar até o quarto de Cressida na noite anterior e roubar um fio enquanto ela dormia.

Guardando o cabelo dentro do medalhão outra vez, ela o fechou com um estalo.

Os olhos de Gideon se ergueram para o rosto dela e Rune pensou ver admiração neles.

*Deve ser um truque da luz.*

– Assim que eu estiver com a sibila, assim que eu encontrar e alertar esse parente perdido, você nunca mais vai me ver. Cansei de tudo isso. Vou fugir para o mais longe que conseguir.

– Você poderia usar a sibila para encontrar as bruxas que restam na ilha e recrutá-las para a guerra de Cressida. Para atacar de dentro *e* de fora. É o que eu faria.

– Mas eu *não* vou fazer isso.

Eles se encararam. O olhar dele era pesado, os olhos repletos de cálculos. Gideon estava tentando decidir se acreditava nela.

– Em algum momento, você vai acabar tendo que confiar em mim.

– Sim – murmurou ele. – Esse é o problema. Não é mesmo?

Uma movimentação próxima fez os dois olharem na direção do policial. Sua parceira de mais cedo se juntara a ele, sentando-se à mesa. O policial fez um movimento na direção de Rune e Gideon.

– Não sei se ele está convencido da nossa farsa – comentou Rune.

– Não – respondeu Gideon. – Acho que não está.

Até então, Gideon vinha fazendo todo o trabalho de jogo de sedução dos dois. Talvez estivesse na hora de Rune participar.

Ela se virou e o viu observando os policiais, as sobrancelhas franzidas e a boca austera. O que seria necessário para fazer aquela boca sorrir, mesmo que só um pouco?

Inclinando-se por cima da mesa, Rune pressionou a ponta do polegar no lábio inferior dele. O olhar de Gideon voltou-se para o dela enquanto Rune traçava lentamente sua boca.

Em vez de sorrir, Gideon estremeceu.

Isso a fez ficar sóbria. Rune se lembrou do dia em que ele descobriu que ela era uma bruxa. De quando não deixou dúvidas de como ela o enojava.

*Não sei o que me dá mais nojo: o que você é ou o fato de que caí na sua armação.*

Gideon estava só fingindo se sentir atraído por ela para desviar a atenção do público que os observava. No fundo, não suportava a ideia de tocá-la.

Isso fez Rune gelar.

Até onde ele levaria aquela situação, antes que seu nojo falasse mais alto?

Ela encontrou o olhar sombrio dele, querendo saber.

Servindo-se de uma terceira taça de vinho, ela deu um longo gole e então deslizou a mão enluvada para debaixo da mesa, colocando-a por cima de uma das mãos dele. O vinho agora zumbia alto em seu sangue, embotando suas inibições enquanto ela puxava a mão dele mais para cima em sua coxa.

Gideon respirou bem fundo.

– Rune...

*Viu?*, pensou Rune. *Eu também sei jogar esse jogo.*

Ele não fez menção de recuar.

– O que está fazendo?

– Interpretando um papel. Como você. – As bochechas dela estavam quentes do vinho. – Somos recém-casados, não somos? Vamos fazer com que acreditem nisso.

A mão dele apertou mais forte a coxa dela.

– É assim que você se comportaria com um marido de verdade?

Rune lançou a ele um olhar sedutor.

– Acho que depende do marido.

As sombras nos olhos de Gideon escureceram. *De nojo?*

Não. Não exatamente.

Na verdade, Rune pensou ver desejo ali.

E o desejo ecoou de volta dentro dela.

– *Rune...*

Ela gostou de como ele disse seu nome. Meio desesperado. Um pouco enlouquecido.

– Sim, Gideon?

Ele se inclinou tanto para ela que podia beijá-la, se quisesse. Seus lábios se entreabriram, como se ele estivesse prestes a contar algum segredo, quando uma voz de mulher os interrompeu:

– Capitão Sharpe? É você?

# DEZOITO

## GIDEON

**GIDEON LEVOU UM INSTANTE** para se desvencilhar do feitiço embriagante de Rune e erguer os olhos.

Uma jovem familiar estava parada diante da mesa deles, seus cachos ruivos puxados para trás em um coque meticuloso e suas bochechas exibindo covinhas enquanto sorria para ele. Da última vez que Gideon a vira, ela estava usando um uniforme vermelho com uma arma no quadril.

*Abigail Redfern.*

Abbie era uma patriota que Gideon conhecera em encontros dos revolucionários. Aprenderam juntos a recarregar uma arma e atirar. Lutaram lado a lado na Nova Aurora. Abbie acreditava na Nova República tanto quanto Gideon.

Talvez até mais.

Depois da revolução, eles ficaram ainda mais próximos. Como duas pessoas saindo juntas da escuridão, procurando uma pela outra para ter certeza de que estavam, de fato, vivas. Tinha sido fácil com Abbie. *Bom.* Desabar na cama dela depois de um turno longo ou levá-la para a sua própria cama. Acalentar as feridas um do outro com beijos, se abraçar para afastar os pesadelos.

Não estava destinado a durar muito, no entanto. E, quando Abbie foi trabalhar no Tribunal – uma função que pagava bem mais –, Gideon perdeu contato com ela. Não vira nem falara com a mulher desde então.

– Abbie? O que... O que está fazendo aqui?

Ela tinha trocado o uniforme do Tribunal pelo traje da Marinha usado pelos tripulantes do *Arcadia*, e em sua mão havia um papel e uma caneta, o que deu a Gideon alguma ideia.

Ele se afastou da mesa e se levantou.

– Eu trabalho aqui – respondeu Abbie, jogando os braços ao redor de Gideon e o apertando em um abraço. – Na cozinha, principalmente, mas às vezes ajudo a servir mesas.

Gideon a abraçou de volta. Ela cheirava a canela e pão.

– Não acredito que é você! – Abbie se afastou e então o segurou pelos ombros. Diferentemente de Rune, ele não precisava se curvar para olhar nos olhos dela. – Não vejo você há... o quê? Mais de um ano? – Quando o olhar dela desceu pelo corpo dele, Abbie deu um passo atrás, inclinando a cabeça. – Você ficou chique.

Gideon olhou para o traje de Soren.

– Pode ter certeza de que estou me sentindo um pavão.

Abbie gargalhou.

– É. Esmeralda *não* é sua cor.

– Concordo. Ele fica melhor de vermelho ou de preto.

Gideon paralisou ao ouvir a voz de Rune. Abbie virou-se para olhá-la e então voltou-se rápido para ele.

Gideon coçou a nuca.

– Essa é... – Por algum motivo, não conseguia falar. – Abbie, conheça...

– Eu sou Kestrel – disse Rune, com um sorriso animado.

Um pouco animado demais.

Ele se lembrou das três taças de vinho que ela tinha tomado.

– Kestrel Sharpe.

Gideon estremeceu ao som de seu sobrenome junto ao nome falso dela.

O sorriso de Abbie vacilou.

– Ah. Ah, vocês dois são...

Ela olhou para Gideon, que encarava um nó escuro no veio da mesa.

– Casados – completou Rune. – Na verdade, recém-casados.

*Ela está falando engrolado?*

– Ah! Nossa. Parabéns. – O sorriso de Abbie voltou, mas não tinha mais tanto entusiasmo. Ela se virou para Gideon. – Vão estar ocupados amanhã ao pôr do sol? Alguns amigos vão jogar umas partidas de Tiro Simples no Convés C. Juntem-se a nós. Tem... muito assunto para colocarmos em dia. – Ela olhou para Rune. – Ao que parece.

Colocar as novidades em dia com Abbie, uma garota que um dia ele tinha cortejado, enquanto bancava o marido de Rune?

Não, obrigado.

– Acho que não v...

– Adoraríamos – respondeu Rune.

Gideon franziu o cenho para sua falsa esposa, que *definitivamente* estava falando arrastado.

– Tiro Simples é um jogo de cartas? – perguntou Rune. – Nunca joguei.

Abbie arqueou uma sobrancelha para Gideon e então deu tapinhas no peito dele.

– Vou deixar você explicar para ela.

Alguém a chamou e Abbie olhou para o outro lado do salão.

– Preciso voltar ao trabalho. – Ela recuou de costas, os olhos castanhos em Gideon. – Seis da tarde. Convés C. Não esqueça. – O canto de sua boca se curvou. – Espero que não tenha parado de praticar.

E então ela se foi.

– Ela parece legal.

Gideon olhou com raiva para Rune enquanto se sentava outra vez.

– O que está fazendo?

– *Sendo simpática* – respondeu ela. – Sei que é difícil para você. – Ela se virou para observar Abbie caminhando por entre os comensais. – Quem é ela?

– Uma velha amiga – respondeu Gideon.

Rune lançou-lhe um olhar cético.

– Velhos amigos não se abraçam desse jeito.

Gideon franziu a testa.

– Do que está falando?

Com os cotovelos na mesa, Rune apoiou o rosto nas mãos.

– Ela mal conseguia manter as mãos longe de você.

Gideon balançou a cabeça.

– Você está bêbada.

Olhou de relance para a silhueta de Abbie se afastando.

*Por que ela está trabalhando no* Arcadia?

A grana não podia ser *tão* boa assim.

Gideon se lembrou da conversa que entreouvira no convés superior e as peças se encaixaram.

*Será ela a espiã?*

Ele olhou de Abbie, que estava no bar, passando instruções ao garçom, para Rune, no meio do ato de servir sua quarta taça de vinho.

– Opa – disse ele, detendo a garrafa e pegando a taça.

Gideon já tinha visto Rune virar três. E ela era *pequena*. Já se encontravam em uma situação bastante delicada e não podia deixar que ela ficasse bêbada e fizesse ou dissesse algo que os entregasse.

– Ei! – Ela esticou a mão para a taça. – É minha!

Gideon tirou a taça e a garrafa do seu alcance.

– Acho que você já bebeu o suficiente.

Ela enrugou o nariz.

Gideon só vira Rune meio embriagada uma vez antes: na primeira vez em que ela tentou seduzi-lo – e falhou – no próprio quarto. Mas essa segunda vez só provava o que ele já tinha achado naquela ocasião: Rune ficava terrivelmente adorável sob a influência do álcool.

– Você não quer fazer algo de que vai se arrepender – disse ele.

Ela estreitou os olhos.

– Como *o quê*?

*Como entregar toda a nossa farsa*, quis responder.

– Vamos compartilhar uma cama, lembra?

Um rubor subiu pelo pescoço dela.

– Se acha que vou tentar me aproveitar de você...

Gideon soltou uma risada.

*Ah, Rune. Se você soubesse...*

O rosto dela ficou ainda mais vermelho.

– Qual é a graça?

– Pensar em você. Se aproveitando de mim.

Ela cruzou os braços.

– Porque eu sou tão repulsiva que você nem ficaria tentado?

Gideon riu ainda mais.

– Você *está* bêbada. Vem, moranguinho. Vamos embora.

Pegando-a pelo pulso enluvado, ele se levantou e a puxou atrás de si.

– Mas eu nem pedi o jantar...

– Vou pedir para entregarem no nosso quarto.

Entrelaçando os dedos nos dela, Gideon olhou na direção dos policiais sentados perto das janelas e encontrou os assentos vazios. Esquadrinhou o salão de jantar, mas eles não estavam em lugar nenhum. Torcendo para que ele e Rune tivessem despistado os dois com aquela demonstração de desejo lascivo, Gideon a conduziu para a saída, olhando para trás apenas uma vez e vendo Abbie os observando.

Ele acenou para ela, pensando na situação em que Rune os havia metido. A última coisa que queria era se comprometer por inteiro com aquela farsa sob os olhos atentos de Abbie. *Principalmente* se ela fosse a espiã. Mas recuar agora pareceria suspeito.

Ao chegarem à cabine, Gideon trancou a porta. Rune sentou-se na cama. A lua estava cheia e reluzia pela janela, iluminando-a.

– Está tudo rodando – sussurrou ela.

– Você precisa beber água. – Ele se agachou diante dela e tirou seus sapatos. – Comer também vai ajudar.

Rune recostou-se no edredom.

– Pena que você nos levou para longe da comida.

– É. Pena que não ficamos mais tempo para você nos entregar para todos a bordo.

– Gideon? – Ela se ergueu nos cotovelos e franziu as sobrancelhas. – O que você está fazendo?

Gideon, que tinha subido o vestido dela e tirava sua meia, estacou na mesma hora.

*O que* ele estava fazendo?

*Ajudando-a a tirar a roupa.* Como faria se ela realmente fosse sua esposa embriagada. Para poder colocá-la para dormir.

Ele olhou para os próprios pés e deu um passo atrás.

*Pare com isso.*

Aquela era *Rune.* A Mariposa Escarlate. A bruxa que planejava traí-lo com tanta certeza quanto ele planejava traí-la.

Ele foi até a porta.

– Vou arrumar água para você.

– E comida! – gritou Rune, largando-se na cama. – Estou faminta.

QUINZE MINUTOS DEPOIS, GIDEON tinha uma jarra de água e um copo vazio. A refeição deles estava sendo preparada e seria entregue em até uma hora.

– Más notícias – disse ele, entrando na cabine. – O jantar não vai...

Um ressonar suave o calou.

Rune dormia em cima das cobertas, banhada pela luz branca da lua. Sua ilusão havia desaparecido, proporcionando a Gideon uma visão perfeita de seu cabelo loiro-acobreado espalhado pelo travesseiro. O vestido formava um montinho no chão e Rune usava a camisa dele, que a cobria inteira, exceto pelas pernas.

A cena fez Gideon sentir um aperto no peito.

Ela não tinha nenhuma roupa de dormir adequada?

A boca de Rune estava entreaberta e sua respiração fazia esvoaçar um fio de cabelo preso em sua bochecha. Ela parecia só uma garota, deitada ali. Inocente. Vulnerável.

O olhar dele desceu pelas pernas claras dela, detendo-se nos estigmas prateados entalhados em sua panturrilha. Atraído como um ímã, Gideon largou a água e se sentou na beirada da cama pequena. Os estigmas formavam um padrão de mariposas voando. Os animais delicados começavam na base do tornozelo dela e subiam pela panturrilha, parando um pouco abaixo do joelho.

Ele queria odiá-las.

Mas não conseguiu.

Em vez disso, sentiu uma estranha necessidade de tomar as pernas dela em suas mãos e traçar as linhas prateadas. Memorizá-las com os dedos.

Ou com a boca.

Gideon fechou os olhos. *Qual é o meu problema?*

Aquela garota o traíra da pior forma possível. E iria traí-lo de novo. Ele seria um tolo se achasse que não.

*E ela ainda está usando o anel de Alex.*

Sentiu a punhalada da culpa.

Ele se odiava pelos pensamentos que tinha, por flertar com ela durante o jantar, por *tocá-la* como tinha feito. Como se Rune fosse dele. Lembrava-se vividamente de Rune puxando sua mão para cima na própria coxa e do desejo ardente que o invadira. Aquela era a garota que o irmão dele amara. A garota que estaria casada com Alex àquela altura, se Gideon não tivesse fracassado em protegê-lo.

Devia ser Alex a compartilhar uma cama com ela. Agora ele se fora, e Gideon, que sempre tentara ser um bom irmão mais velho, precisava seguir em frente. Mesmo que fingindo.

Gideon soltou um suspiro entrecortado, recuou e observou-a dormir, obrigando-se a lembrar que ela não era uma jovem inocente.

Era a Mariposa Escarlate.

Uma bruxa rebelde.

Gideon se lembrou da conversa deles no salão.

*Você me contou que existe um descendente Roseblood desaparecido. Se é verdade, eu vou encontrar essa pessoa. Só quero uma chance de avisá-la sobre os planos de Cressida.*

Ela podia estar mentindo. Podia estar planejando secretamente ajudar Cressida de dentro da República.

No entanto, Gideon não se importava muito com isso. O que o incomodava era que ela tinha atrapalhado os planos dele. Agora precisava se decidir entre prender Rune assim que o *Arcadia* atracasse no porto... e esperar uma alternativa melhor.

E tinha sido Rune que lhe dera a ideia.

*Se eu te der essa localização, você vai colocar seus caçadores de bruxas de prontidão para nos emboscar.*

Se Gideon cumprisse o que prometera – ajudar Rune a passar furtivamente pela Guarda Sanguínea e seus cães, e entregar a ela a sibila –, talvez houvesse uma chance de acabar de vez não só com Cressida e seu exército, mas também com aquele descendente Roseblood. Porque, mesmo que Cressida fosse destruída, ainda haveria outras bruxas prontas para assumir a causa.

As irmãs dela ainda poderiam ser ressuscitadas por outra pessoa.

Rune não precisava lhe dar a localização. Bastava que ela o levasse até lá de forma inconsciente. E, uma vez que ela invocasse o parente Roseblood perdido e Gideon eliminasse essa pessoa, seguiria com o plano de tomar Rune como refém e usá-la para negociar com Soren.

Havia só um problema.

Os cães caçadores de bruxas.

Gideon não tinha ideia de como fazê-la passar por eles.

# DEZENOVE

## RUNE

**ELES ESTAVAM NA SALA** de máquinas.

O calor deixava o ar condensado, cacheando o cabelo dela e o grudando em sua pele suada. E *ele* estava na sua frente.

Os dois discutiam. Algo a respeito de uma gravata. Rune queria que ele a usasse, e ele se recusava.

A névoa girava ao redor. Ele a fez andar para trás, irritado. Os ombros dela se chocaram contra a parede, encurralada. Ela o empurrou. Ele a pegou pelos pulsos. Os dois se olharam com raiva. Os olhos dele se fixaram nos lábios dela. Os olhos dela seguiram o exemplo.

Estavam discutindo outra vez – só que não com palavras. A boca de Gideon cobriu a dela, quente e insistente; a dela estava faminta, insaciável, voraz.

*Não quero mais caçar você*, grunhiu ele no ouvido dela.

*O que você quer fazer comigo?*

As mãos dela puxaram o cabelo dele.

Os dedos dele desabotoaram a camisa dela.

*Isso*. Ele a prendeu contra a parede e murmurou seu nome contra sua pele. *Rune, Rune...*

– Acorde.

A cabeça de Rune latejava. Sua boca estava seca e o quarto girava.

– Rune, *acorde*.

Ela abriu os olhos, estreitando-os na escuridão.

– Você está bem?

Ela ergueu o olhar para o rosto de Gideon. O Gideon de verdade, não o do sonho. Ele estava debruçado sobre ela, sem camisa, a pele reluzindo de suor. Atrás dele, o teto de carvalho da cabine.

– Você não parava de se debater. Eu não sabia mais o que fazer.

Rune se sentou e olhou para si. Os lençóis tinham se enrolado em suas pernas e a camisa de algodão branca dele estava grudada em sua pele suada. Até seu cabelo estava úmido e pegajoso.

Ela olhou de novo para Gideon, sentado em uma faixa de luar. Um quê de barba por fazer sombreava seu queixo, e o sono tinha bagunçado seu cabelo escuro.

*Que as Ancestrais me ajudem.*

Ela tivera um sonho erótico com Gideon Sharpe. *Enquanto dormia bem do lado dele.*

Mortificada, Rune se afastou, encostando-se na parede e encolhendo os joelhos contra o peito. Puxou a bainha da camisa até os pés para ocultar seu corpo.

A única roupa de dormir que colocara na mala tinha sido lingerie. Uma lingerie escolhida para uma escapada romântica com Soren. Não havia a menor possibilidade de usar aquilo para dormir ao lado de Gideon.

Por isso a camisa dele. No corpo dela.

– Por que está tão quente aqui?

– Tentei abrir a janela, mas está lacrada.

Ela pensou em seu sonho. No calor, no suor e no...

– Eu... falei alguma coisa? – A voz dela soou tensa aos próprios ouvidos. – Ou... fiz alguma coisa?

Ela se retraiu só de pensar.

*Por favor, me diga que eu não fiz nada constrangedor!*

Por um mero instante, Gideon hesitou. Então balançou a cabeça e foi até a beirada da cama, onde ela o ouviu servir algo.

– Tome. – Ele lhe entregou um copo d'água. – Para sua dor de cabeça.

Rune o pegou.

– Vou voltar a dormir.

Ela observou Gideon se ajeitar de novo em seu lado da cama e se deitar, olhando para o outro lado. O colchão era tão pequeno que, se ele deitasse de costas, ocuparia a cama toda.

Rune tomou um gole de água, a cabeça latejando, sem confiar em si para se deitar ou fechar os olhos.

Quando ele voltou a dormir, ela se vestiu e saiu em silêncio do quarto.

*Chega de vinho*, disse para si mesma. *É oficial, já deu de álcool para você. Para sempre.*

# VINTE

## RUNE

**RUNE SE ESGUEIROU PARA** a biblioteca da primeira classe, onde as poltronas eram acolchoadas e confortáveis, encolheu-se em uma delas e dormiu até a manhã seguinte, quando o bibliotecário chegou.

Depois disso, Rune evitou a cabine, torcendo para também conseguir evitar Gideon. Em vez disso, explorou o navio. Como o *Arcadia* era um ambiente acolhedor para bruxas e Rune precisava de uma embarcação confiável para tirar secretamente da Nova República a sibila, a si mesma e, possivelmente, o descendente Roseblood, queria saber se o *Arcadia* poderia ser usado para esse propósito.

Não poderiam embarcar como passageiros, pois nunca conseguiriam passar pelos caçadores de bruxas e seus cães no porto. Porém, um navio grande como aquele sem dúvida tinha vários porões de carga e, se Rune conseguisse encontrar um deles ou ao menos descobrir como e quando eram carregados, aquela poderia ser uma forma de sair da ilha.

Ela tentou diversas vezes descer até os níveis mais inferiores da embarcação, mas, com a roupa que usava, não dava para se disfarçar como alguém da tripulação, e, cada vez que conseguia passar de uma porta, um funcionário a avistava e a levava de volta, achando que estava perdida.

Rune considerou usar feitiços para destrancar portas, mas isso significava deixar um rastro de marcas de feitiço sangrentas e assinaturas de Mariposa Escarlate em seu encalço, o que levaria aqueles dois policiais direto até ela.

No fim da tarde, não estava mais próxima de seu objetivo do que pela manhã.

Precisava de alguém que a atravessasse por aquelas portas. Alguém que pertencesse ao outro lado e, com isso, a ajudasse a passar despercebida.

– PROPONHO UMA NOITE sem álcool – disse Gideon, enquanto seguiam até o Convés C para encontrar Abbie e seus amigos.

Ele usava o terno mais casual de Soren e deixara o paletó desabotoado.

– Nunca mais chego perto de uma bebida – murmurou Rune, estremecendo ao ar fresco.

*Eu devia ter trazido um xale.*

No dia seguinte, atracariam no maior porto da Nova República. O que significava que Rune só tinha aquela noite para encontrar uma forma de chegar até os porões de carga. Sua melhor chance era conquistar a estima dos amigos de Abbie, que ela supunha que trabalhassem a bordo do *Arcadia*, e convencê-los a levá-la em um tour pelos conveses inferiores.

No momento em que saíram ao ar livre, Rune ouviu o estampido de um tiro. Assustada, estendeu a mão para o braço de Gideon, sem saber no que estavam se metendo, quando o som de porcelana quebrando, seguido de risadas, a fez parar.

*Hã?*

Ao virarem a esquina do convés, ela viu a fonte do disparo – e da risada.

– Sharpe! – gritou um jovem, do outro lado do convés, usando uma boina vermelha e com as mangas arregaçadas até os cotovelos. – Eu confesso: não acreditei quando Abbie disse que você estava a bordo. Veio fazê-la passar vergonha?

Ao lado do jovem estava Abbie, seus cachos soltos do coque. Ela segurava um rifle enquanto outra jovem atirava um prato branco no ar.

*BANG!*

O prato se estilhaçou, os cacos caindo no oceano.

– Ela está dando uma surra em todo mundo.

– Como sempre – disse Abbie, baixando o rifle e lançando um sorriso torto para Gideon. – Fique à vontade para tentar bater meu recorde.

Rune de repente se deu conta do que era o Tiro Simples.

– Nós... estamos... fazendo tiro ao alvo? – perguntou ela, estremecendo de novo quando uma rajada de vento gelado a atingiu.

Gideon não a escutou.

– Duvido que eu tenha que me esforçar muito! – gritou ele para Abbie enquanto tirava o casaco e o jogava nos ombros de Rune.

O calor de Gideon se espalhou pela pele dela, e Rune não conseguiu evitar se aninhar no tecido, grata. Os olhares dos amigos de Abbie seguiram o casaco de Gideon, pousando em Rune.

– Uau. Quem é a aristocrata?

– Esposa dele – respondeu Abbie, que tinha parado de sorrir ao passar o rifle para Gideon.

Alguém deu um assobio de admiração.

Foi então que Rune se deu conta de que estava em território desconhecido. Em um salão de baile, em um vestido de gala e com um quarteto tocando uma valsa, Rune sabia exatamente quem era e como deveria se comportar. Ali, no entanto, no convés inferior de um navio, com pessoas que estilhaçavam porcelana por diversão e assobiavam para garotas que achavam bonitas... Rune estava perdida.

– Está óbvio que vale a pena ser o herói de uma revolução.

– Já chega – rosnou Gideon, armando o rifle.

Os assobios pararam.

Rune se aproximou do grupo o máximo que se atreveu, ficando alguns passos atrás enquanto Gideon disparava três vezes seguidas, estilhaçando os três pratos. Ao longe, o sol ia se pondo em um céu vermelho.

– Isso não é um pouco de... desperdício? – disse ela.

Abbie lhe lançou um olhar que dizia que Rune era a criatura mais boba que já tinha encontrado.

– Só usamos porcelana quebrada – disse uma voz no ouvido dela. – Quando o mar fica bravo e o navio balança a ponto de fazer os móveis tombarem, é difícil manter a louça protegida. Muitas acabam lascadas ou quebradas por caírem no chão.

Rune ergueu os olhos e deu de cara com o jovem que tinha gentilmente levado vinho para ela, antes de ser afugentado por Gideon. Ele agora usava o uniforme da tripulação do *Arcadia*, e a brisa do mar soprava seu cabelo dourado para trás enquanto ele a observava com um sorriso divertido.

– Aliás, meu nome é William.

– Kestrel – respondeu ela, estendendo a mão para ele. – Peço desculpa pelo comportamento de Gideon ontem à noite.

Ele segurou os dedos enluvados de Rune.

– Sem problemas. Também fico rabugento quando fico enjoado.

Certo.

– Então – disse o rapaz de boina vermelha, que os cumprimentara quando chegaram. Assim como Gideon, ele tinha o físico de um soldado. – Como uma garota elegante feito você acabou sujando as mãos com um homem como Gideon?

*Sujando as mãos.*

A expressão fez Rune se lembrar de seu sonho erótico na noite anterior. Quase sentia o calor das caldeiras e as mãos de Gideon em sua pele.

Gideon ergueu o rifle e disparou, trazendo-a de volta à realidade.

Cinco de cinco.

– O amor não suja – disse ela. – O amor purifica.

Bem, pelo menos o amor verdadeiro.

Gideon parou como se fosse olhar na direção dela, mas acabou só recarregando a arma.

– É mesmo? – O jovem sorriu, como se estivesse se divertindo *muito*.

– *Singh* – rosnou Gideon, já fazendo mira de novo. – Deixa ela em paz.

– Você parece conhecer meu marido – disse ela, observando Gideon. – Lutaram juntos durante a Nova Aurora?

O jovem a quem Gideon se referiu como Singh tirou a boina.

– Sim, senhora. Eu e Abbie lutamos junto com ele.

Essa era uma informação nova. Rune tentou assimilá-la enquanto observava Abbie, que parecia ameaçadora ao vento, os cachos castanho-avermelhados esvoaçando em seu rosto, a camisa em parte desabotoada e as mangas meio arregaçadas enquanto observava Gideon atirar.

– Como vieram parar no *Arcadia*? – perguntou Rune. – Achei que não permitiam caçadores de bruxas a bordo.

– Ah, não somos caçadores de bruxas – disse ele. – Na minha opinião, a revolução foi longe demais. Algo precisava mudar, não me entenda mal. Ninguém deveria se encolher diante da mão do governo. Mas a República se tornou o que queria corrigir: uma nação governada pelo medo. É o Reinado das Bruxas sem as bruxas. – Ele olhou de relance para Gideon. – Sem querer ofender, Sharpe.

Gideon não respondeu. Apenas fez outro disparo, estilhaçando um prato ao vento.

Rune gostou daquele rapaz.

– Nada de política – falou Abbie. – Você sabe as regras.

Ele deu de ombros, mas lançou um sorriso para Rune.

– Meu nome é Ash, aliás. Ash Singh.

– Kestrel – respondeu ela. – Kestrel Sharpe.

Gideon errou o tiro seguinte e entregou o rifle para Abbie.

– Nove seguidos. Qual o seu recorde?

– Onze. – Recarregando a arma, Abbie se virou para Rune. – Quer tentar?

– *Isso* – Gideon interceptou a arma – é uma péssima ideia. A menos que você queira levar um tiro. Kestrel atira como...

Rune arqueou uma sobrancelha.

– Como o quê?

Gideon se calou.

*Garoto esperto.*

Rune se livrou do casaco dele, pegou o rifle – que era bem mais pesado do que esperava – e o ergueu. Já vira Gideon atirar várias vezes. Não podia ser tão difícil assim.

– Estou pronta! – gritou ela para a jovem que lançava a louça.

Um prato de sobremesa branco foi disparado no ar. Rune fechou um olho, apontou a arma e então puxou o gatilho.

O tiro passou longe. A garota que lançava os pratos se abaixou, cobrindo a cabeça, enquanto o prato caía no mar.

– Boa tentativa – disse Abbie, dando um tapinha no ombro de Rune.

Havia escárnio na voz dela?

Em vez de devolver o rifle a Gideon, Rune continuou tentando.

Os amigos de Abbie lhe deram conselhos. Ash e William a incentivavam. Ela estava começando a relaxar quando, depois do sexto disparo errado, reparou que nem Gideon nem Abbie estavam por perto.

Baixando a arma, ela os viu a alguns metros de distância, junto da amurada. Abbie apoiara o quadril no guarda-corpo, fitando Gideon, enquanto ele se inclinava em direção a ela, totalmente absorto no que ela dizia. Abbie se iluminava sob a atenção dele, como um girassol se aquecendo ao sol.

*Uma velha amiga*, foi como Gideon a descrevera na noite anterior.

Rune duvidava.

Ela fez mais um disparo. Mais uma vez, passou longe. Ash e William estavam perdendo o entusiasmo. Os outros se dispersaram em busca de um esporte mais interessante. Rune, porém, estava decidida a acertar um prato. Apenas um prato. Enquanto fazia mira outra vez, viu Gideon e Abbie se afastando pelo convés, saindo do alcance dos seus ouvidos. E entrando em seu campo de visão.

Abbie deu um soquinho de brincadeira no braço dele. Gideon riu.

*Do que eles estão falando?*

Havia algo fácil entre os dois. Nenhuma tensão, atrito ou discussão fervilhando sob a superfície.

Será que era aquele tipo de garota que Gideon desejava?

*Será que no fim é com ela que ele vai ficar?*

Algo doeu no peito de Rune quando Abbie passou a mão pelo braço de Gideon, puxando-o mais para perto, mordendo o lábio enquanto o olhava sedutoramente – todos os truques que a própria Rune já usara para seduzir homens.

Rune puxou o gatilho sem olhar para onde estava mirando.

*BANG!*

Gideon agarrou Abbie, tirando-a da linha de tiro e puxando-a para seu peito.

*Ops.*

Rune baixou a arma. Gideon fixou os olhos nela com raiva.

– Desculpe! – gritou ela. – Desculpe mesmo!

– Eu te avisei – disse ele para Abbie, deixando-a para trás enquanto seguia na direção de Rune.

Ele era uma força sombria, como uma tempestade de raios alastrando-se pelo convés.

Rune deu um passo atrás.

Gideon agarrou o rifle em sua mão. Em desvantagem, ela deixou que ele o pegasse.

– Queria matar aquele príncipe por ter te dado uma arma sem te ensinar a usá-la.

*O quê?*

Em vez de sair de forma intempestiva e levar o rifle embora, ele pegou o braço de Rune.

– Venha aqui – disse Gideon, posicionando-a diante dele.

– O-O que você está fazendo? – sussurrou ela, enquanto a mão dele descia até sua cintura, puxando-a mais para si.

A respiração dele aqueceu o pescoço dela.

– Estou te ensinando a usar uma arma.

– Não precisa fazer isso – respondeu ela, sentindo-se quente, apesar do ar frio.

– Pelo bem de todos no convés, preciso, sim. – Ele colocou a mão dela no cano do rifle. – Segure a empunhadura com firmeza. Assim. – Ele apertou de leve para demonstrar. – Agora, apoie a coronha no seu ombro.

Ele guiou o rifle para trás até deixá-lo pressionado com firmeza no ombro de Rune, entre o braço e a clavícula.

– Agora, coloque o dedo no gatilho.

Ele guiou a mão dela para que a ponta do dedo enluvado – bem na dobra da primeira articulação – pousasse no gatilho.

– Mantenha os cotovelos para baixo e para dentro. – Os lábios dele roçaram na orelha dela. – E tente relaxar.

*Relaxar.* Sim, bem fácil fazer isso quando ele estava *por todo lado*. Obrigando-a a se lembrar de como era grande, quente e forte. Como conseguiria relaxar quando o braço dele envolvia sua cintura e o calor do peito dele aquecia suas costas?

O coração de Rune disparou. Ela fechou o olho esquerdo, tentando se concentrar.

– *Não* feche os olhos – ordenou ele. – Preste atenção na sua respiração. – Gideon pressionou a mão livre no torso dela, logo abaixo dos seios. – Respire daqui. Inspire e só quando você soltar o ar é que vai puxar o gatilho.

O corpo de Rune estava em chamas em todos os lugares que ele a tocava.

– É... é muita coisa para lembrar.

– Você não precisa acertar de primeira.

– Está bem – respondeu ela, respirando bem fundo.

E então atirou.

O prato caiu no mar, perfeitamente intacto.

A voz dele ficou mais suave.

– Muito bom.

– Eu errei.

– Sim, mas sua mira melhorou. Tente de novo.

E Rune tentou. Errou todos os disparos que fez, mas não grosseiramente. Eles entraram em um ritmo tranquilo. Rune atirava. Gideon corrigia sua postura, lembrando-a de respirar ou de ir até o fim ao puxar o gatilho.

Quando ela enfim relaxou, ele roçou a bochecha áspera na dela.

– Com o que você estava sonhando ontem à noite? – Sua voz soou baixa ao pé do ouvido dela. – Quando chamou meu nome.

O tiro de Rune passou longe.

*O quê?*

Ela tinha chamado por ele?

A humilhação a dominou.

Manteve o olhar fixo na garota com o prato, tentando se concentrar, mas lampejos das imagens febris da noite anterior não paravam de lhe vir à mente.

– Não foi nada. Só um sonho.

O braço dele se apertou ao redor dela, prendendo-a.

– Não pareceu ter sido nada.

Rune perdeu o controle da respiração, baixou um pouquinho o rifle e virou o rosto para ele. Suas respirações se misturaram no espaço entre os dois.

– Pode acreditar – disse ela, o olhar descendo até a boca de Gideon –, você não vai querer saber o que era.

– Ah, é? – Ele arqueou as sobrancelhas. – Agora você *tem* que me contar.

Ela balançou a cabeça e ergueu o rifle outra vez, repassando em sua mente cada conselho dado. Relaxe. Respire. Olhos abertos. Cotovelos para baixo e...

– *Rune.*

– Você está me distraindo.

– Estou? – Ele a puxou para mais perto ainda.

Rune engoliu em seco.

– Estávamos discutindo. Por causa de uma gravata.

– Você está mentindo.

*Só em parte.*

– Me conte a verdade.

A garota do outro lado do convés lançou o prato seguinte no ar. Rune disparou. Dessa vez, a porcelana explodiu.

Rune observou os cacos brancos caírem no mar como estrelas cadentes.

– Eu acertei – sussurrou ela, sem acreditar, baixando a arma e colocando-a a seu lado. – Gideon! Você viu? Eu acertei!

O orgulho brotou, inflando seu peito. Ela se virou para encará-lo.

– Sharpe! – interrompeu Abbie. – Estamos indo lá para dentro, onde está mais quente. Que tal um jogo de cartas?

– Sempre – respondeu Gideon, soltando Rune. Sem mais nem menos.

Ele foi em direção a Abbie, como metal atraído por um ímã. O frio a invadiu, fazendo Rune se abraçar. Ash e os outros já estavam na escada. Quando Abbie virou Gideon na direção de seus amigos, ele sorriu de algo que ela disse, esquecendo-se de Rune.

Eles pareciam tão naturais juntos.

Era um lembrete: Gideon precisava que Abbie e os amigos acreditassem que seu casamento falso era real. E que melhor maneira de fazer isso do que flertar com sua esposa de mentira enquanto a ensinava a manusear uma arma?

– Ele é sempre assim?

Rune desviou lentamente os olhos de Gideon e Abbie para encontrar William e seu cabelo dourado ao lado dela, franzindo o cenho para a dupla.

– Como assim?

– Atencioso com outras mulheres, às suas costas.

– O quê? Ah... não. Não é nada disso. Ele e Abbie são velhos amigos.

William não disse nada. Apenas observou Rune com algo parecido com pena.

Se William visse o mesmo que Rune via ao observar os dois juntos, talvez seu instinto estivesse certo. Abbie estava apaixonada.

E Gideon?

*Não interessa. Eu não me importo.*

Mesmo que Rune se importasse – hipoteticamente falando –, não havia como competir. Abbie não era bruxa, e sim uma garota normal. Algo que Rune jamais seria.

Ela sentiu um peso afundar dentro de si. Como uma pedra em cima dela.

Acima, o céu escurecia. Rune estremeceu com a brisa gélida. Olhou para o casaco de Gideon, ainda jogado no convés aos seus pés.

– Sei de um bom lugar para se aquecer. – William lhe ofereceu o braço. – Se quiser se juntar a mim.

Os olhos dele cintilaram ao sorrir para ela.

O olhar de Rune pousou na identificação branca do uniforme dele: William era parte da tripulação do *Arcadia*. Lembrando-se das portas pelas quais não conseguira passar e dos porões de carga que precisava encontrar, Rune disse:

– Eu adoraria. Obrigada.

Aceitou o braço de William e os dois seguiram os outros para dentro, deixando o casaco de Gideon no chão atrás deles.

# VINTE E UM

## GIDEON

– **DIGA AÍ, SHARPE:** como convenceu aquela pobre e doce jovem a se casar com você?

Eles estavam abaixo do convés, no Corredor da Tripulação, uma longa passagem destinada ao uso dos funcionários, no segundo nível mais inferior do navio. Ao redor deles, camareiros, garçons e funcionários de restaurante passavam apressados.

*Pobre* e *doce* não eram bem as palavras que Gideon usaria para descrever Rune.

– Na verdade... – disse ele, pensando na pistola apontada para sua cabeça enquanto Rune ditava suas condições, no provador da loja de vestidos de noiva. – Ela me convenceu.

– Rá! – Ash riu. – Essa é boa.

Estavam tão perto do motor ali que Gideon sentia a vibração sob seus pés. O som de suas batidas ecoava pelo corredor como um coração gigante.

– Juro que é verdade.

*Ela me coagiu.*

Gideon ainda estava pensando no modo como Rune se encaixava em seu peito: macia, quente e pequena. Não sabia por que tinha perguntado a ela sobre o sonho, porque era melhor esquecer o jeito como ela o chamara no escuro, na noite anterior. Ela nunca tinha pronunciado seu nome daquele jeito antes: um meio grito, meio gemido.

O que exatamente estavam fazendo, no sonho dela?

Ele virou a cabeça para Rune, vindo mais atrás, acompanhada por William.

Gideon relutara em deixá-la com aquele rapaz, cujo olhar faminto o entregava, ainda que Rune estivesse decidida a não enxergar isso. Só que Gideon precisava saber se Abbie era a espiã de Harrow. Mesmo que não fosse, talvez soubesse quem era. A única maneira de descobrir era se aproximando dela.

Mas precisava ser cuidadoso. Se Abbie fosse uma espiã da Nova República e houvesse simpatizantes de bruxas entre eles – Ash praticamente admitira ser um deles, mais cedo –, Gideon não queria que ela fosse reportada.

– Você costumava desprezar aristocratas – disse Abbie ao lado dele. – Recusava os convites e evitava as festas deles.

Gideon ainda fazia isso. Preferia ter as costelas quebradas em um ringue de boxe a travar conversas educadas em um salão de baile.

– Ela também não faz seu tipo em outros aspectos.

Ele ergueu uma sobrancelha. Para alguém que ele não via fazia um ano, ela estava sendo bem ousada.

– Eu não sabia que tinha um tipo.

– O Gideon que eu conhecia gostava de ser desafiado. – Os olhos castanhos dela encontraram os dele, como se o desafiassem a contradizê-la. – Gostava de ter que ficar alerta. O Gideon que eu conhecia encarava a escuridão e a carregava com ele.

Dois membros da tripulação passaram apressados, obrigando Abbie a sair do caminho e se aproximar mais de Gideon.

Ela baixou a voz para que apenas ele pudesse ouvi-la.

– Ele nunca seria feliz com alguém que não conseguisse encarar a escuridão também.

– E Kestrel não consegue?

Abbie o encarou.

– Ela é uma graça, mas não é como você. É o tipo de garota que se importa mais com uma bainha enlameada do que com conseguir acertar um alvo em movimento.

Gideon tossiu para disfarçar uma risada, tentando imaginar a Mariposa Escarlate preocupada com sujeira nas roupas.

– Eu pensava assim também.

Agora sabia a verdade. Rune tinha camadas profundas que ele talvez nunca compreendesse.

Gideon olhou para trás outra vez e pegou os olhos de Rune fixos nele. Seus olhares se encontraram. O que William estava dizendo a ela?

Não gostava de deixá-la sozinha com aquele cara. Deveria ir até lá buscá-la.

Só que fora até ali para descobrir mais sobre Abbie e contar a ela o que estava planejando, para que, caso ela fosse a espiã de Harrow, pudesse convencê-la a não o denunciar.

– Da última vez que nos falamos, você estava trabalhando no Tribunal. O que aconteceu? Como veio parar... – ele deu uma olhada para os alojamentos apertados do Corredor da Tripulação – ... aqui?

Uma batida diferente ressoou pelo corredor, competindo com o som do motor. Algo mais melódico e selvagem.

Música.

– Cansei da burocracia.

Eles foram se aproximando dos sons da festa e Abbie o conduziu por uma porta, para o interior de uma sala escura, quente e barulhenta, cheia de gente. Alguns estavam nos cantos, bebendo, outros jogavam cartas, e havia gente dançando. Abbie teve que gritar para ser ouvida por cima da música.

– Foi Harrow quem me sugeriu trabalhar em navios. Se você entra no navio certo, pode acordar em um porto diferente a cada manhã. Comecei no *Arcadia* para ganhar experiência, mas, no fim dessa semana, meu contrato acaba e posso pedir transferência para um navio maior.

Gideon a analisou. Será que havia mencionado o nome de Harrow de propósito? Ou tinha sido coincidência?

– Quando foi a última vez que você e Harrow se falaram? – perguntou ele, enquanto o grupo chegava a uma mesa de jogatina vazia.

– Na última vez em que atracamos na capital.

O que devia ter sido mais ou menos uma semana antes.

*Você está trabalhando para ela?*, ele queria perguntar, mas não ousava, em meio a tantas pessoas. *É você a espiã?*

Abbie ocupou um assento à mesa. Caso se juntasse a ela, Gideon não teria como fazer a pergunta. E precisava fazê-la porque, se ela fosse a espiã, ele precisava lhe contar seus planos antes que ela o reportasse ou – se tivesse ordens para matar – antes que ela ferisse Rune.

Gideon olhou para as pessoas rodopiando e dançando.

– Abbie?

Ela se virou e ele lhe estendeu a mão.

– Dança comigo?

O canto de sua boca se curvou para cima ao aceitar a mão dele.

Enquanto a conduzia até a pista de dança, Gideon olhou ao redor para se certificar de que Rune ainda estava à vista. Ela e William não estavam à mesa de jogatina com o resto dos amigos de Abbie. Gideon esquadrinhou o ambiente, mas não havia sinal dela. Dando-se conta de que nem sabia se Rune os acompanhara até ali, ele parou de andar.

– Está tudo bem? – perguntou Abbie.

– Eu... – Ele deu uma volta completa, esquadrinhando paredes, mesas, dançarinos. – Viu minha esposa?

– Ela parecia estar de amizade com William – falou Abbie. – Tenho certeza de que ele está cuidando dela.

Havia algo de sutil na voz dela. Como se suas palavras tivessem outro significado.

Gideon franziu a testa, lembrando-se de como William tentara se sentar à mesa de Rune na noite anterior, oferecendo vinho a ela. Ela era uma bela garota, sentada sozinha. Gideon não tinha ilusões quanto ao que William queria, mesmo que Rune tivesse.

Mas a própria Rune era uma mestra na arte da sedução. Com certeza perceberia o jogo dele.

Certo?

Gideon hesitou.

Se estivesse errado, se Abbie não estivesse trabalhando para Harrow, então o espião ainda estava por aí enquanto Rune perambulava pelo navio, alheia ao perigo.

Ele soltou a mão de Abbie.

– Sinto muito. Preciso encontrá-la...

*Antes que outra pessoa encontre.*

# VINTE E DOIS

## RUNE

– **EU DISSE QUE** era mais quente aqui embaixo! – gritou William por cima do barulho do motor.

Ele saiu do passadiço de aço e desceu a escada em espiral, levando Rune ainda mais para o interior da sala de caldeiras. O vapor emanava até eles, umedecendo a pele de Rune enquanto o som do motor rufava bem alto.

– Cuidado para não escorregar!

Rune se agarrou ao corrimão, querendo pôr o máximo de distância entre ela e Gideon. Rune e William tinham deixado o salão onde a tripulação do navio fazia uma festinha depois do trabalho e onde ela se deparara com Gideon tomando a mão de Abbie e levando-a para uma dança.

A imagem foi como um punho esmagando seu coração.

Gideon chamara Abbie de *velha amiga*. Então por que parecia algo mais?

E por que isso incomodava tanto Rune?

E por que ele não tinha chamado *ela* para dançar?

*A senhorita nunca seria vista em uma festa assim, dançando com a plebe em locais duvidosos*, ele lhe dissera certa vez.

*Como ele sabe, se nunca me chama?*

Suspirando, ela voltou sua atenção para William.

– Você lutou ao lado deles na Nova Aurora? – Ela ergueu a voz para ser ouvida enquanto desciam. – De Ash, Abbie e Gideon, quero dizer.

Ele balançou a cabeça, ajudando-a na descida.

– Cresci no Continente. Só conheci Ash e Abbie aqui, a bordo do *Arcadia*. Mas, por todas as histórias que eles contam, às vezes sinto que *estive* lá.

Havia mais uma pergunta na ponta da língua, mas Rune estava com medo de fazê-la. Obrigou-se mesmo assim.

– Gideon e Abbie não eram apenas amigos naquela época, não é?

William parou por um instante no meio da descida e ergueu os olhos para o rosto dela, então balançou a cabeça.

Rune assentiu, baixando o olhar para o degrau seguinte e continuando a descer.

*Por que ele mentiria?*

Mas Gideon mentira desde o início: fingindo estar apaixonado por ela para capturar a Mariposa Escarlate.

Ao chegar à base, Rune desceu da escada e se viu diante de uma fileira de caldeiras pretas, as bocas vermelhas incandescentes, abrindo e fechando enquanto os foguistas jogavam carvão.

– Tente não ficar no caminho – disse William, apoiando a mão na base das costas de Rune e guiando-a por entre os homens suados e sujos de carvão que mantinham o fogo alto.

O corredor entre a antepara e as caldeiras estava tomado de carvão nas beiradas, e acima deles havia o passadiço de aço por onde haviam descido poucos momentos antes.

*Estamos quantos níveis abaixo?*, ela se perguntou, olhando para cima através do labirinto de escadas e encanamentos.

Rune conhecia navios: herdara o negócio de transporte marítimo de sua avó. Mas os navios de Kestrel eram movidos a vento, não se pareciam em nada com aquele.

Por um instante, ela esqueceu Gideon e Abbie e o aperto no peito, maravilhada com a atividade fervilhando à sua volta. Ali estava ela, caminhando pelo coração de uma máquina gigantesca que era mantida em flutuação por centenas de milhares de peças, e todas elas funcionavam graças às pessoas que trabalhavam sem parar.

Ela nunca se sentira tão pequena e insignificante.

– Incrível, não é? – berrou William enquanto caminhavam.

Ela sorriu para ele, ainda que estivesse ficando preocupada. Porque, sob as luvas de seda, as mãos de Rune começaram a suar.

Precisava tomar cuidado. Havia uma marca de feitiço desenhada com sangue em sua coxa, mantendo seu disfarce. Se sua pele ficasse úmida demais, a marca poderia borrar, e a ilusão, evaporar, deixando-a exposta.

Rune não podia ficar muito tempo ali embaixo.

– O que mais tem aqui embaixo? – perguntou ela.

– Tem um porão de carga neste nível – respondeu William, se esquivando para sair do caminho dos foguistas. – Fica do outro lado das caldeiras.

*Um porão de carga.*

Rune tentou conter a empolgação.

Era exatamente pelo que ela estava torcendo. Se conseguisse dar uma olhada lá dentro – o que era pouco provável, já que os porões do navio deviam estar trancados –, talvez pudesse determinar se havia espaço para transportar algumas bruxas.

– É o único? Ou há outros? – Com receio de que suas perguntas pudessem levantar suspeitas, ela acrescentou: – Minha avó era dona de uma empresa de transporte marítimo. Sou *fascinada* por navios.

Ele sorriu, querendo agradar a ela.

– Existem outros porões, mas só dá para acessá-los por fora.

No final da linha de caldeiras, eles viraram em um pequeno corredor que levava à sala seguinte de fornalhas.

Uma gota de suor escorreu pela coluna de Rune. Precisava sair dali, e logo.

– Quando esses porões são carregados?

Era algo de que precisava saber: quando a equipe entrava e saía dali.

– Algumas horas antes da partida. Os porões são lacrados depois que os cães caçadores de bruxas verificam as bagagens.

Rune franziu a testa.

– Como assim, lacrados? Os porões são trancados? Com uma chave?

– São lacrados com escotilhas – respondeu ele. – Que são aparafusadas e vedadas.

Ora, *isso* era uma infelicidade. Rune podia destrancar uma porta com magia, mas não tinha como desaparafusar uma escotilha sem que as pessoas percebessem.

– Mas o porão deste nível é usado só para carvão e suprimentos do navio, então não é aparafusado.

Para surpresa de Rune, ele pegou sua mão e a colocou no próprio braço.

– Devemos investigar? Ou prefere voltar para o seu marido?

William acariciou com o polegar os nós dos dedos dela. Surpresa com o gesto íntimo, Rune ergueu os olhos e encontrou nos dele uma pergunta silenciosa.

*Pode acreditar.* A voz de Gideon ecoou em sua cabeça. *Eu sou homem. Sei o que ele quer.*

Gideon estava certo? Será que William a levara até ali embaixo para seduzi-la?

Rune encarou a mão dele na dela, sentindo-se desconfortável.

Mas se isso lhe desse acesso ao porão de carga...

*Talvez eu não tenha outra chance de investigar.*

Que escolha tinha? Se quisesse transportar bruxas escondidas a bordo do *Arcadia*, precisava ver o interior do porão de carga. E, para fazer isso, precisava entrar no jogo.

Não seria difícil; ela era excelente nesse jogo.

Rune olhou para ele de forma sedutora.

– Tenho certeza de que meu marido nem percebeu que fui embora.

O canto da boca de William se ergueu.

– Então vamos...

Atrás deles, uma voz rugiu como um trovão, mais alta do que o barulho do motor.

– O que você *pensa* que está fazendo com a minha esposa?

William se encolheu.

Rune se virou para encontrar Gideon materializando-se em meio à névoa do vapor, andando furioso na direção deles. Sua figura imensa ocupava todo o passadiço estreito e seus olhos estavam escurecidos de fúria.

Gideon partiu para cima de William, agarrando as lapelas do paletó dele e o empurrando contra a parede da antepara. William fez uma careta com o impacto.

– Pare! – Rune segurou o braço de Gideon antes que ele causasse mais danos. – Ele só estava...

– E *você*. – Sem soltar William, Gideon lançou um olhar carrancudo para ela. – Onde estava com a cabeça? Vir aqui embaixo sozinha? Com *ele*?

*Eu te avisei sobre esse cara* era sua acusação cheia de fúria.

Mas que direito ele tinha de estar com tanta raiva? Rune não era sua esposa de verdade. Gideon deixara bem claro que a mera ideia de estar casado com ela o horrorizava.

E ele flertara com Abbie a noite toda.

O último pensamento fez Rune cerrar as mãos.

– Você precisa ser tão brutamontes? – Rune segurou o braço de William e o puxou do aperto de Gideon. – Qual é o seu problema? Ele só estava me mostrando o navio.

– É verdade – disse William, erguendo as mãos com inocência. – Vou levá-la de volta assim que acabarmos. Prometo.

– Você não vai levá-la a lugar nenhum. – As mãos de Gideon estavam cerradas ao lado do corpo, como as de Rune. – Ela vai voltar comigo.

Rune cruzou os braços.

– Não vou a lugar algum com um homem que se comporta de maneira tão abominável quanto você.

– Como seu *marido*, eu insisto. – Ele andou até ela de forma ameaçadora, estendendo-lhe a mão.

– Pode insistir o quanto quiser – respondeu Rune, desvencilhando-se de seu alcance. – Eu me recuso.

Ele estava assomando sobre ela, a cabeça baixa, a apenas centímetros. Os olhos dele se fixaram nos dela enquanto os dois trocavam olhares fulminantes.

– Escute aqui, sua praga: vou te carregar daqui, se for preciso, e você sabe disso.

– É exatamente disso que estou falando!

William pigarreou.

– Não acho mesmo que isso seja...

Gideon desviou o olhar de Rune e encarou o homem ao lado deles com raiva.

– Dê o fora daqui antes que eu te arremesse em algo pior do que uma parede.

Rune revirou os olhos, mas olhou para William.

– Vá. Subo em um minuto.

Gideon o observou partir. Foi só quando William já tinha desaparecido em meio à névoa que ele direcionou sua raiva de volta para Rune.

O calor dessa raiva a queimava.

– Você perdeu essa sua cabeça carcomida de magia? O que está fazendo aqui embaixo? – Ele olhou ao redor, parecendo assimilar o ambiente pela primeira vez. – Eu falei para não confiar naquele...

Os olhos dele se estreitaram quando chegou a uma conclusão.

– Pela misericórdia dos Ancestrais. Isso é parte do seu plano, não é? Você vai usar o *Arcadia* para transportar suas bruxas para fora da República. É por *isso* que está aqui embaixo.

Rune sentiu um aperto no peito. Era tão previsível assim?

*Para ele? Parece que sim.*

– Você é inacreditável. – Gideon deu um passo atrás, passando a mão bruscamente pelo cabelo. – E eu aqui achando que ele estava tentando se aproveitar de você. Mas é o contrário, não é? *Você* o atraiu até aqui para usá-lo para seus próprios interesses.

Certo, *aí* ele tinha ido longe demais.

Rune se abraçou, tentando se proteger contra a raiva dele.

– Sim, Gideon. Eu sou assim: *uma grande sedutora.*

Para Rune, já bastava daquela conversa. Movendo-se para contorná-lo, Rune começou a seguir William de volta para a festa.

Gideon parou diante dela, bloqueando seu caminho pelo passadiço estreito.

– Você fala como se não fosse verdade.

Uma onda de raiva a dominou. Queria empurrá-lo, mas nem toda sua força adiantaria contra ele. Só a faria parecer patética.

– Me deixe passar!

Dessa vez, quando ele esticou a mão para ela, Rune não foi rápida o bastante para se esquivar. Gideon a puxou para perto, o aperto firme em seu pulso.

– Eu fiquei *preocupado* com você. Com medo de que caísse nas garras de algum canalha, mas eu devia ter imaginado. – O olhar dele vagou rápido pelo rosto dela. – A Mariposa Escarlate apenas finge ser a presa. Na verdade, ela é a predadora.

As palavras a magoaram, mas era óbvio que era assim que ele a enxergava. Não via que Rune só fazia o necessário para sobreviver a pessoas como ele. Para Gideon, Rune era uma bruxa cruel. Uma sedutora perigosa. Uma mestra da manipulação.

*Exatamente como Cressida.*

A voz dele soou baixa e áspera.

– Você me fez de idiota de novo.

Presa no aperto dele, Rune desistiu de tentar se soltar e desviou os olhos, sem conseguir mais sustentar o olhar de Gideon. Não importava que não fosse verdade, que tivesse sido William a levá-la até ali... Gideon só veria o que queria ver.

Ele chegou mais perto, dominando todo o ar, aumentando a temperatura já febril de Rune.

– Não tem nada a dizer em sua defesa, Rune?

Por que algo tão simples – ele mencionar seu nome – ameaçava estilhaçá-la em mil pedacinhos? Odiava o efeito que ele tinha sobre ela. Queria poder reverter isso. Queria que ele sentisse metade da agonia que ela sentia.

– Feri seu orgulho, capitão Sharpe? – indagou ela, torcendo para magoá-lo de volta. – Não foi pessoal. Como você disse, eu uso todo mundo.

Ela tentou livrar seu pulso da mão dele, mas Gideon a manteve presa.

– Às vezes, acho que poderia te perdoar por isso... por ter me usado para salvar suas preciosas bruxas. Eu poderia entender. Mas o que não consigo perdoar, o que nunca vou entender, é como pôde fazer eu me apaixonar por você quando o tempo todo estava apaixonada pelo meu irmão.

Rune ergueu os olhos para ele. O olhar de Gideon era intenso, uma tempestade de emoções. Não era a primeira vez que ele a acusava disso, mas, naquele momento, presa como estava a ele, Rune não podia deixar passar em branco.

– Não foi assim.

– Você ainda está usando o anel dele!

Gideon emanava raiva, o que surpreendeu Rune, que sentia que ele estava refreando a pior parte, ainda mais profunda: mágoa. Mágoa *de verdade*.

Rune franziu a testa, confusa. Não era possível magoar alguém que não se importava com você... certo? E Gideon não se importava com Rune – não com a verdadeira Rune. Não com a bruxa.

Ele ergueu a mão livre, como se fosse tocá-la, então cerrou o punho, baixando-o.

– Odeio suas malditas mentiras.

As mentiras *dela*? E as mentiras *dele*?

– Você quer a verdade? – A mágoa dela borbulhou, como o vapor de um vulcão prestes a entrar em erupção. – *Esta* é a verdade: eu teria me casado com você sem pensar duas vezes se você tivesse pedido. Eu teria me casado com você *sabendo* que você me entregaria para meus assassinos ou que me mataria com as próprias mãos no instante em que descobrisse quem eu era. Sou patética nesse nível, Gideon! Esse é o tanto que eu queria desesperadamente ser sua!

Ele franziu a testa enquanto esquadrinhava o rosto dela.

– Então por que aceitou o pedido do meu irmão?

– Porque ele me amava! Porque ele não queria me ver morta! Eu não ia receber uma oferta melhor que essa!

Dessa vez, quando tentou se livrar do aperto dele, Gideon a soltou. Rune cambaleou vários passos para trás, olhando a própria mão enluvada, a mão que carregava o anel de Alex.

Tivera medo de tirá-lo. Como se, ao removê-lo, fosse desonrá-lo.

*Eu queria que fosse seu*, Rune queria dizer a Gideon. *Queria que* você *tivesse me dado esse anel.*

Dizer isso, porém, seria uma traição profunda a Alex.

– Eu amava seu irmão, mas só como amigo, um amigo querido. Talvez pudesse ter se tornado algo mais. E talvez isso não fosse justo com ele, mas...

Sentia-se culpada só de pensar, mas às vezes ficava na dúvida se Alex se apaixonara por uma versão de Rune que não existia.

*Conheço a Mariposa Escarlate. E ela não foi feita para viver numa redoma.*

Era isso que Alex não entendera: ele queria dar a Rune uma vida calma e confortável. E, por um instante, Rune achou que quisesse isso também. No fundo, porém, ela sabia que o futuro pacífico que talvez tivesse com Alex nunca ia satisfazê-la. Não por inteiro.

Parte da alma de Rune – talvez a maior parte – desejava aventuras. Ansiava por um desafio. Gostava de um pouquinho de perigo.

Para o bem ou para o mal, Rune precisava dessas coisas para se sentir viva. Ao querer que ela levasse uma vida segura e fácil, Alex desejara – sem se dar conta – que Rune fosse *menos ela mesma*.

Ela tirou a luva. Deslizando o anel pelo dedo, andou até Gideon, pegou sua mão e botou o aro prateado na palma dele. No momento em que os dedos dele se fecharam ao redor da aliança, ela foi inundada por alívio. Como se tirasse um fardo das costas.

– Para Alex, eu era apenas uma garota. – Ela deu um passo atrás, tornando a pôr a luva. – Alguém a ser amada, querida, alguém por quem lutar. Foi por isso que eu disse sim a ele.

Gideon cerrou a mandíbula.

– Você não me vê apenas como uma garota, não é? Me vê como uma bruxa, e sempre verá. Algo a ser odiado e caçado. Não querido ou protegido. Não *amado*.

Rune esperou que ele negasse, que ele a contradissesse.

Mas ele apenas ficou ali, rígido e mudo, confirmando o que ela já sabia.

*Eu sou uma tonta.*

Dando a volta por ele, Rune correu até a escada.

# VINTE E TRÊS

## GIDEON

RUNE TINHA RAZÃO em uma coisa: ela não era só uma garota. Não aos olhos dele.

Ela era muito mais do que isso.

Rune era uma parceira de ringue. Alguém com quem lutar e a quem admirar. Alguém a quem *se equiparar.*

Rune era uma força, uma força que Gideon mal conseguia acompanhar.

Queria ir atrás dela e dizer tudo isso. O problema era que... bom. Havia uma porção de problemas.

Gideon ergueu o punho e o abriu para revelar o anel em sua palma. A aliança de casamento de sua mãe.

*Eu teria me casado com você sem pensar duas vezes, se você tivesse pedido.*

Que as Ancestrais o ajudassem.

Ele queria que fosse verdade, mas não fazia sentido. Mesmo que não fosse um caçador de bruxas, mesmo que os dois não fossem inimigos jurados, Gideon não tinha nada a oferecer a Rune. Ele era um soldado; ela era uma herdeira. Ela era da *nobreza.*

*E ela já me enganou no passado.*

Rune poderia facilmente estar fazendo o mesmo agora. Da última vez que ele acreditara nela, suas mentiras o machucaram profundamente.

*E se ela não estiver mentindo?*

Ele passou a mão pela testa.

Mudava alguma coisa?

Mudava *tudo*?

No calor das caldeiras, Gideon afrouxou o colarinho e arregaçou as mangas, tentando pensar, repassar todos os motivos para desconfiar dela. Até mesmo odiá-la.

*Ela me enganou ao esconder sua identidade como Mariposa Escarlate.*

Mas Gideon nem tinha como culpá-la por isso. Teria feito a mesma coisa, no lugar dela.

E Gideon também a enganara.

*Ela ficou noiva de Alex.*

Porque Alex não a odiava por quem ela era. Porque estar com Gideon teria sido uma sentença de morte. Ele deixara isso claro no momento em que a entregara para o expurgo.

*Ela ajudou a ascensão de Cressida.*

Só que, de acordo com Rune, ela não sabia que sua amiga Verity era, na verdade, a rainha bruxa disfarçada. Será que estava mentindo? Era possível. Só que Gideon conhecia Cressida muito bem, e ela sem dúvida era mais do que capaz daquilo.

As evidências que tinha contra ela estavam ruindo como um castelo de cartas.

Então o que restava?

*Ainda que Rune despreze Cressida, tem motivos para apoiá-la.*

Cressida ia restaurar um mundo onde bruxas como Rune não seriam mais caçadas. Ela tinha todos os motivos para querer um novo Reinado das Bruxas. Poderia estar trabalhando secretamente para Cressida e mentindo descaradamente para Gideon.

E se Rune e Cress tivessem feito um acordo? E se, uma vez que Cressida tivesse o trono, as irmãs ressuscitadas e a ilha sob seu comando, ela se livrasse de Soren, acabando com a necessidade de Rune se casar com ele? A coisa toda poderia ser um estratagema elaborado.

*Eu teria me casado com você sem pensar duas vezes, se você tivesse pedido. Esse é o tanto que eu queria desesperadamente ser sua.*

Ele pensou em Rune em meio ao vapor, os olhos brilhando, o rosto corado, o cabelo desgrenhado. Tudo que ele mais queria era tomá-la nos braços e beijá-la. Dizer a ela com os lábios e as mãos o que não conseguia exprimir com palavras.

Gideon cerrou os dentes e apertou os punhos contra a parede.

*Não.*

Amar Rune foi o que permitira que ela o enganasse, da primeira vez.

Se não extirpasse aquele desejo ingênuo de acreditar nela – de acreditar que ela o amava, de acreditar que um dia poderia ser digno dela –, Gideon nunca impediria Cressida de levar o mal de volta ao poder na Nova República.

Ele e Rune eram inimigos na guerra. Rune era a chave para destruir Cressida, e Cressida precisava ser destruída. Ele precisava dela como refém para negociar. Precisava seguir seu plano.

Nada mais.

Não podia deixar Rune enfraquecê-lo de novo.

MESMO QUE QUISESSE.

Gideon foi ficando irritado à medida que se aproximava da festa. O ritmo alegre e contagiante dos violinistas e os dançarinos barulhentos e sorridentes não combinavam com seu humor sombrio. Só o fazia cerrar os dentes. Por um segundo, considerou voltar para a cabine em vez de se juntar de novo à algazarra.

Mas ainda havia um espião à solta. E ele precisava encontrar essa pessoa antes que ela o encontrasse – ou pior, encontrasse Rune.

Então entrou no salão.

Gideon a viu logo de cara, como uma bússola que sempre encontra o Norte. No instante em que seus olhos pousaram em Rune, ela ergueu o olhar no meio da multidão, onde dançava com um jovem de suspensório.

Em um lampejo, Gideon lembrou-se de Rune bêbada e chorosa no toalete feminino, um olhar vazio assombrando seus olhos cinzentos. Ela não estava bêbada nem chorosa agora, mas o olhar ainda era o mesmo.

Gideon foi capturado pela armadilha do olhar dela. Os olhos de Rune sempre o faziam pensar em uma tempestade. Como trovão e raio se mesclando.

Só que...

*Espere aí.*

Um momento antes, os olhos dela tinham estado azuis, e o cabelo, cor de trigo.

Agora, seus olhos estavam cinzentos, e o cabelo reassumia seu tom acobreado natural.

O feitiço estava se desfazendo. E ela nem desconfiava.

Gideon lembrou-se dos policiais batendo de porta em porta, mostrando a cada passageiro a bordo do navio um medalhão com o retrato de Rune.

Qualquer um naquele lugar poderia reconhecê-la.

Gideon avançou em direção a ela, embrenhando-se na multidão de pessoas dançando, sendo acotovelado, empurrado e xingado.

– Com licença – disse ele ao chegar, intrometendo-se. – Preciso da minha mulher por um momento.

O jovem começou a protestar, deu uma olhada em Gideon e recuou com um gesto que dizia: *É toda sua.*

– O que está fazendo? – perguntou Rune.

Gideon passou os dedos pelo cabelo dela.

– Sua ilusão...

Rune olhou para a mão dele, onde fios acobreados escorriam pela palma, e ficou pálida.

Ele entrelaçou os dedos nos dedos enluvados de Rune. Precisavam sair dali antes que alguém percebesse.

*Isso se alguém já não tiver percebido...*

Gideon olhou ao redor do salão, avistando Ash e William e o resto dos amigos de Abbie entretidos em um jogo ao redor de uma mesa de cartas. Abbie não estava com eles.

*Onde ela está?*

Continuou vasculhando o salão, empurrando Rune em direção à saída. Mas, quando sua atenção se fixou na porta, ele estacou.

Rune congelou atrás dele.

Os mesmos policiais que tinham interrogado todos os passageiros no navio, perguntando se reconheciam o rosto de Rune, estavam entrando no salão naquele momento.

*Merda.*

Gideon se virou para Rune, tirando-a das vistas deles.

– Não posso refazer o feitiço com tanta gente em volta.

Rune apertou com mais força a mão dele enquanto Gideon a puxava de volta ao caos de pessoas dançando e rodopiando.

Ele assentiu, os pensamentos a mil, tentando bolar um plano. Esquadrinhou o salão outra vez, buscando uma saída diferente e não encontrando.

– Eles se dividiram – disse Rune, olhando por cima do ombro dele.

*Isso não é nada bom.*

Gideon não teria como proteger Rune das vistas dos dois. Seu olhar se fixou em um canto escuro, do outro lado do cômodo. Se conseguisse levá-la até lá, Rune poderia refazer o feitiço.

A música chegou ao fim.

Sem fôlego e rindo, as dançarinas pararam e suas saias rodopiantes sossegaram. Todos começaram a se dispersar, deixando Rune e Gideon expostos.

Os dois tinham segundos antes que ela fosse vista e reconhecida pelos policiais. Quando isso acontecesse, Gideon seria preso. O navio daria meia--volta. Ele seria levado diretamente para uma prisão caelisiana – ou, mais provavelmente, para Cressida.

Mais importante: Rune ficaria exposta ao espião enviado para matá-la. Uma pessoa que ela nem sabia que estava atrás dela.

De algum jeito, Gideon precisava fazer todos naquele salão acreditarem que não estavam vendo Rune Winters, a bruxa sequestrada de Caelis, e seu captor, um caçador de bruxas que a queria morta. Precisava fazer todos enxergarem apenas um casal de recém-casados.

Rune virou a cabeça, o olhar indo de um policial para outro.

– Gideon...

*Dane-se.*

Tomando o rosto de Rune nas mãos e atraindo o olhar dela para o seu, Gideon fez o que queria fazer havia dias. Desde que a encontrara chorando no toalete feminino.

Ele deslizou as mãos pelo cabelo dela e a beijou.

Rune ficou tensa como um cervo na mira de um caçador.

*Não resista, meu bem.*

Ele traçou o polegar pela mandíbula de Rune para acalmá-la. Precisava que ela o ajudasse a fazer o momento parecer verdadeiro. Pelo menos até a próxima música começar e eles poderem escapar para as sombras.

Ou a carícia funcionou ou Rune compreendeu o plano, porque ela relaxou. E então o beijou de volta, os lábios se abrindo sob os dele.

Foi como se a traição dos últimos meses nunca tivesse acontecido.

Gideon, de repente, não entendia por que eles tinham parado de fazer aquilo.

Sentia falta do cabelo dela em suas mãos. Sentia falta de seus lábios quentes e doces. Sentia saudade de como ela se derretia feito manteiga sob seu toque. Todo o seu ser ansiava por ela. Cada toque dos lábios, cada pressão do corpo de Rune o deixava mais perto de um fogo letal. Um fogo que o queimara antes, e ele desconfiava que o queimaria outra vez.

Envolvendo o pescoço de Gideon com os braços, Rune se arqueou contra ele, dizendo-lhe como o sentimento era recíproco, que ele não estava sozinho em seu desejo.

Se aquilo era fraqueza, ele queria ser fraco.

Se aquilo era pecado, que ele fosse condenado ao inferno.

Beijar Rune era como um realinhamento. Havia o antes, quando tudo estava fora do eixo. E havia o depois, quando tudo estava calmo e *certo*.

Quando a música seguinte começou, Gideon usou a multidão como cobertura para guiá-la de costas, beijando-a enquanto passava em meio às pessoas dançando, rumo àquele canto escuro, e a encostou na parede.

Ali, Rune estava escondida, na escuridão. Ele precisava se afastar e deixar que ela refizesse o feitiço.

Em vez disso, ele inclinou a cabeça dela para trás e a beijou com mais intensidade.

*Isso é sincero?*, sua boca perguntava. *Posso confiar em você?*

Porém, se a boca de Rune tinha uma resposta, ele não conseguia decifrá-la.

As mãos febris de ambos deslizavam pelo corpo um do outro, como se os dois tivessem perdido completamente o controle. As coisas que ele queria fazer com ela...

Queria levá-la de volta até a cabine.

Queria deitá-la na cama.

Queria...

*DOR* explodiu dentro dele. Quente, aguda e excruciante. Começando na cicatriz e ricocheteando para todo lado, como uma bomba detonada.

Gideon ofegou.

*Preciso ter certeza de que você é meu.* A voz de Cressida ecoou como um pesadelo estilhaçando um sonho. *Só meu.*

# VINTE E QUATRO

## GIDEON

O CHEIRO DA MAGIA de Cressida queimava no ar. Gideon se lembrou nitidamente de quando a bruxa puxou o tição do fogo e marcou sua pele com ele; lembrou-se do momento em que ela ativara a maldição oculta em sua pele.

Gideon arregalou os olhos.

Não era Rune contra a parede, sob as mãos dele; era Cressida. Os lábios de Cressida inchados por seus beijos; o cabelo de Cressida desgrenhado por suas mãos.

Gideon recuou, afastando-se bruscamente dela. Seu coração latejava na garganta enquanto ele estremecia. Quase pôs a mão na arma enfiada em seu cinto, mas se deteve bem a tempo.

Porque, no momento em que cortou o contato, a dor sumiu e, com ela, sumiu também a garota que abusara dele.

Piscou, e ali estava Rune, parada diante dele outra vez, a ilusão totalmente desfeita. Os lábios abertos, em choque. Os olhos cinzentos repletos de mágoa.

Mas era verdade? Por um instante, ele não soube. *Poderia* ser Cressida parada ali diante dele? Não seria a primeira vez que ela roubava a identidade de uma jovem.

Rune o empurrou e passou por ele, desaparecendo em meio à multidão.

*Não*. Ele passou a mão trêmula pelo cabelo, voltando a si. Era impossível confundir Cressida e Rune. Eram tão diferentes quanto um veneno e seu antídoto.

Gideon *saberia*. Disso ele tinha certeza.

Lembrando-se do espião no navio, ele foi atrás de Rune, mas logo a perdeu em meio ao tumulto. Ao chegar do outro lado, esquadrinhou o salão. O único sinal dela era o mais ínfimo aroma de magia. Era um cheiro que ele reconhecia agora: como uma brisa vinda do mar.

A magia de *Rune*.

Ele foi até o corredor, mas não havia ninguém.

Sua marca latejava. Seu corpo todo tremia com o choque da dor. Ele esfregou a cicatriz dolorida por cima da camisa, tentando se lembrar das palavras de Cressida.

*Deixei algo aqui no dia em que te marquei. Um feitiço que eu pretendia ter ativado há muito tempo, mas nunca tive a chance.*

Gideon se lembrou das vezes que tinha tocado em Rune desde então. Segurando sua mão enluvada, desamarrando seu vestido, tirando seus sapatos.

Não tinha havido contato de pele com pele... até aquela noite.

Naquela noite, ele segurara o rosto dela nas mãos. Correra os dedos por seu rosto. Beijara sua boca.

De repente, ele soube o efeito da maldição de Cressida.

E a odiou mais do que nunca.

# VINTE E CINCO

## RUNE

**RUNE SE AGACHOU SOB** uma mesa de jogatina abandonada, do outro lado do salão, o coração descompassado, o rosto brilhando de calor. Uma assinatura de mariposa escarlate pairava no ar perto de sua cabeça, o único vestígio de seu feitiço marcha-fantasma.

Viu Gideon abrir caminho entre as pessoas dançando e jogando cartas, procurando por ela. Não localizou os policiais, mas presumia que ainda estivessem por ali. Contanto que ninguém olhasse embaixo das mesas, estaria a salvo. Só torcia para que o feitiço não se desfizesse antes que os funcionários guardassem a mobília, no fim da noite.

Aquele beijo...

Tinha começado como uma forma de manter a farsa, mas logo se aprofundara em algo mais. Rune perdera o controle, fora dominada.

As coisas que ele fazia com ela, só de tocá-la...

Por um breve instante, pensou que Gideon sentia o mesmo. Que ele a desejava tanto quanto ela o desejava. Mas então algo mudou. Enquanto Rune derretia, Gideon ficou tenso. Não havia dúvida. Era *inegável.* Gideon se afastara com nojo – ela vira isso escancarado no rosto dele.

*Porque eu sou uma bruxa.*

E, embora pudesse sentir atração por ela, no momento em que se lembrou de quem Rune era, ele não conseguiu ignorar sua repulsa. Não importava o quanto parecesse gostar de beijá-la... ela lhe dava nojo.

De todos os homens no mundo, por que ela tinha que se apaixonar justamente por aquele que nunca, jamais, a amaria de volta?

Por que não conseguia aniquilar aqueles sentimentos?

De seu esconderijo, viu Gideon sair para o corredor. Assim que ele se foi, ela respirou com um pouco mais de tranquilidade.

Até que Abbie o seguiu.

Os olhos de Rune acompanharam a jovem. Sabendo agora que os dois velhos amigos tinham sido tudo menos isso, ela sentiu um aperto no peito. Como eram incapazes de ficar longe um do outro, Rune concluiu que um deles, ou os dois, queria ser mais do que amigos outra vez.

Ela fechou os olhos. Talvez não fosse capaz de aniquilar aqueles sentimentos, mas podia fugir deles.

E foi o que fez.

Saindo de baixo da mesa, Rune se arrastou pela sala barulhenta sem ser notada. Iria para as salas das caldeiras terminar o que havia começado. Daquela vez, sem Gideon para impedi-la.

# VINTE E SEIS

## GIDEON

RUNE NÃO ESTAVA NA CABINE deles. Gideon só podia presumir que ela usara seu feitiço de invisibilidade para escapar dele. Se não quisesse ser encontrada, ele não a encontraria.

Ele se virou para o espelho na parede de tábuas, cuja superfície a ação do tempo deixara turva. Tirou a camisa e encarou a marca no peito. A cicatriz ainda ardia em vermelho-incandescente e estava quente ao toque.

Gideon lembrou-se do som baixinho que Rune fizera quando os dedos dele desceram acariciando seu pescoço. Cada músculo em seu corpo ficou tenso só de pensar naquele som. No pescoço dela. *Nela.*

Nunca poderia ficar com Rune, mesmo que quisesse.

Cressida tinha garantido isso.

Ele queria enfiar o punho no espelho. Pegar um caco afiado e arrancar a marca de sua pele. Estava prestes a sair procurando a faca de conjuração de Rune pelo quarto e fazer justamente isso quando uma batida à porta o deteve.

Pensando que pudesse ser Rune, ele a abriu.

Era Abbie.

Seus cachos ruivos estavam soltos ao redor dos ombros, e sua camisa branca estava metade para fora da calça.

Não era uma boa hora, mas Abbie tinha sido a primeira pessoa que ele procurara depois de discutir com Rune. Agora que ela estava ali, era melhor aproveitar a oportunidade para perguntar se ela era a espiã de Harrow.

Abbie entrou no quarto e fechou a porta, obrigando Gideon a dar um passo para trás.

– Precisamos conversar – disse ela.

Ele assentiu, desejando – não pela primeira vez – que o quarto fosse bem maior.

– Concordo.

– Isso tem que ser mais do que uma coincidência, não? Eu e você. No *Arcadia*. Minha última semana antes de ser transferida e *você* aparece. Não é estranho?

Aquilo era bom. Finalmente podiam ser sinceros um com o outro. Porém, antes que ele pudesse perguntar se ela estava trabalhando para Harrow, Abbie continuou:

– Eu preciso te dizer umas coisas, Gideon. E, se não disser agora, vou me arrepender para sempre.

Ele franziu o cenho.

– Hã?

– Não me importa por que você se casou com ela... se foi para se livrar de um problema, retificar um escândalo... eu posso te ajudar. Vou tirar você dessa situação. Estou economizando há anos e... eu tenho recursos. Posso cuidar de qualquer dívida que tenha te colocado nessa confusão.

Gideon franziu ainda mais a testa. *Dívida?*

– Do que você está falando?

Abbie diminuiu a distância entre os dois e pegou a mão dele.

– Você não precisa mentir para mim.

Ele baixou os olhos e viu os dedos dela entrelaçados aos seus.

– Abbie, o que...

De repente, ela se pôs na ponta dos pés.

E pressionou os lábios nos dele.

Uau. Certo. Não era *esse* o rumo que Gideon pensara que a situação ia tomar.

Ele estava prestes a se afastar e se desculpar por qualquer coisa que tivesse feito para iludi-la... mas havia uma pergunta ardendo no fundo de sua mente.

A maldição seria ativada?

*É só Rune que a dispara? Ou qualquer uma?*

Ele segurou Abbie pela nuca e correspondeu ao beijo.

Os segundos passaram. Velhas lembranças do período pós-revolta lhe vieram à mente. Os dois juntos. Mas as imagens estavam turvas. Como um livro que ele tinha lido uma vez, mas do qual esquecera quase tudo.

Gideon não sentiu nada: a cicatriz não ardeu, não houve qualquer dor lancinante.

Deveria ter sido um alívio, mas não foi. Porque ele também não sentiu mais nada. Nenhuma sede insaciável. Nenhuma fusão de almas. Beijar Abbie nem se comparava a beijar Rune. Só fazia com que ele a quisesse mais.

*Será que é assim que vai ser?*

Rune o havia arruinado por completo?

*Chega.*

Gideon segurou os braços de Abbie e a empurrou. Ela abriu os olhos, parecendo atordoada.

– Você é a espiã que Harrow plantou neste navio?

Abbie franziu a testa.

– O quê?

– Há um espião a bordo atrás de uma bruxa chamada Rune Winters. Essa pessoa está trabalhando para Harrow.

– Eu... – Ela balançou a cabeça. – Eu te falei: eu fugi de tudo aquilo.

Ela parecia atordoada demais para estar mentindo. Porém, se não era ela, quem mais poderia ser?

– Tem alguma ideia de quem é o espião? Você disse que conversou com Harrow da última vez que o *Arcadia* esteve no porto.

– Nós não conversamos sobre trabalho. – Abbie se afastou. – Você não prestou atenção em nada do que eu falei? Sobre nós dois?

Gideon respirou fundo. Estava sendo rude.

– Abbie, a relação que tivemos ficou no passado.

– Então por que me beijou de volta?

Gideon tocou a cicatriz.

– Desculpe. Eu precisava de uma resposta.

– Mas... por que você se casaria com ela, a não ser por obrigação? – perguntou ela, a voz trêmula.

*Não é um casamento de verdade.*

Era o que ele deveria ter dito. Só que estava pensando em Rune na sala das caldeiras, abrindo o coração para ele.

– Por quê, não é mesmo? – murmurou ele.

Abalada, ela deu mais um passo atrás antes de se virar e fugir do quarto.

Gideon passou as mãos pelo rosto. *Pela misericórdia das Ancestrais.* Como tinha se metido naquela confusão?

Ah, sim.

Rune.

*Rune* tinha metido Gideon naquela confusão. Rune, que ainda estava desaparecida. Enquanto seu feitiço de invisibilidade a ocultasse, ela estaria a salvo. Porém, sua primeira ilusão tinha se dissolvido. Aquela também poderia se desfazer. E se sua assinatura de mariposa escarlate fosse encontrada...

Ele andou de um lado para outro no espaço apertado da cabine, as tábuas do piso rangendo sob seu peso. Se ele fosse um espião cercando uma bruxa, será que manteria distância, esperando o momento certo de atacar? Ou se aproximaria, talvez se fingindo de amigo, até ela baixar a guarda?

Ele parou, lembrando-se do jovem que rondara Rune como uma águia desde que eles tinham embarcado.

William.

E se Gideon estivesse enganado a respeito dele?

Talvez não tivesse sido Rune a atrair William até as caldeiras. Talvez tivesse sido o contrário. Gideon não perguntara, só presumira.

E se William estivesse cercando Rune não por ser um canalha que a desejava em sua cama, e sim por ser um assassino que a queria na cova?

# VINTE E SETE

## RUNE

RUNE FINALIZOU SEU FEITIÇO rompe-tranca e abriu a porta do porão de carga. O som do motor foi ficando mais baixo à medida que adentrava aquela escuridão. Depois de tatear pela área, encontrou a correntinha do lampião a gás mais próximo e puxou.

A sala se iluminou.

Pilhas altas de carvão preto se estendiam ao longo de duas paredes e pelo meio do local, como pequenas montanhas. A outra parede estava cheia de caixas de madeira – provavelmente com suprimentos para o navio.

Não havia bagagem naquele porão, logo não havia motivo para os cães de caça o verificarem antes da partida.

Era exatamente o que ela precisava para ajudar algumas bruxas a escaparem.

A luz do lampião a gás piscou enquanto Rune contornava as pilhas de carvão e cruzava a sala, tentando estimar quanto tempo precisariam passar escondidas ali. Como o *Arcadia* tinha empatia pela causa delas, não importaria se fossem encontradas depois de desatracarem da Nova República. Só haveria problema enquanto o navio ainda estivesse dentro das fronteiras da República. Se conseguissem se esconder até a embarcação alcançar mar aberto, estariam a salvo.

A porta se fechou atrás de Rune, fazendo-a ter um sobressalto.

– Tive o pressentimento de que ia encontrar você aqui.

Ela se virou para encontrar William ali no porão com ela, desabotoando o casaco. Seu coração disparou. Será que ele podia vê-la porque o marcha-fantasma tinha se desfeito? A pele de Rune estava pegajosa de suor por causa do calor na sala das caldeiras. Junto com o vapor, as marcas de feitiço do marcha-fantasma já deviam ter desbotado.

Ou será que ele podia vê-la porque estivera esperando vê-la ali?

– William! – Com os batimentos disparados, Rune conseguiu sorrir. – Você me assustou.

– Assustei?

O canto da boca do rapaz se curvou enquanto ele despia o casaco e o colocava em cima de uma caixa.

Uma sensação de inquietação fez o estômago dela se revirar.

– É melhor eu voltar – disse ela, começando a caminhar em direção à saída. – Antes que Gideon venha atrás de mim.

William bloqueou seu caminho.

– Ah, não se preocupe com isso. Seu marido está bem ocupado. Ele e Abbie estão na sua cabine. Tenho certeza de que vão demorar um tempo.

Rune parou de súbito, o coração afundando como uma pedra.

Ele deu um passo lento em direção a ela.

– Você merece alguém que a enxergue, querida. Um homem que corresponda à sua adoração.

Rune deu um passo atrás, tentando manter alguma distância entre eles.

– Acho que você me entendeu mal.

– Ah, é? – disse ele, chegando mais perto.

– Eu... sou apaixonada pelo meu marido.

A parte de trás das pernas de Rune bateu em algo duro. Ela olhou por cima do ombro e viu uma caixa, com várias outras empilhadas atrás. Quando ela se virou para ele outra vez, William já estava bem na sua frente.

– Isso é que é triste, não?

Ele ergueu a mão e passou as costas dos dedos pelo rosto dela.

Rune enrijeceu sob o toque.

– É evidente para qualquer pessoa que você ama um homem que não te quer. – Ele colocou um cacho solto do cabelo atrás da orelha dela. – Ao contrário do seu marido, eu soube, desde o momento em que te vi, que você era especial.

Através do tecido do vestido, Rune verificou a faca que mantinha presa à coxa. Ela a usaria se necessário.

Mas apenas se necessário.

– Fico lisonjeada – respondeu ela. – De verdade. Só que muitos homens passaram pela minha vida nos últimos tempos. Estou tentando diminuir um pouco...

Ela passou por baixo do braço de William, virando-se para encarar as costas dele enquanto seguia na direção da porta. Já conseguira o que queria ali.

O espaço era grande o suficiente para esconder três bruxas – ela, a sibila e o descendente desaparecido –, ainda que fosse apertado.

– Você gosta de jogar cartas? – perguntou ela.

William não se deu ao trabalho de ir atrás dela. Apenas se virou para lhe lançar um olhar que deixou Rune arrepiada. Quando enfim colocou distância suficiente entre eles, ela se virou na direção da porta e lhe deu as costas.

– Podemos subir e jogar uma partida de...

– Eu estava torcendo por algo mais íntimo.

O clique de uma pistola sendo engatilhada paralisou Rune.

– Vire-se, Mariposa Escarlate.

Ela soltou o ar, trêmula.

*Ele sabe quem eu sou.*

Rune olhou para a porta, considerando sair correndo. William a deixara entreaberta.

As roupas dele farfalharam enquanto se aproximava.

– Vire-se, *bruxa*, ou eu atiro.

Rune soltou o ar devagar e obedeceu.

O cano da arma estava apontado para a cabeça dela.

Então era isso. Seus jogos de flerte enfim tinham dado errado.

*Só que eu nunca flertei com ele.*

William dera atenção a Rune sem ser instigado. Agora ela sabia o motivo.

– Gideon Sharpe não age como seu marido porque ele *não é* seu marido, certo? Pode me explicar por que um capitão da Guarda Sanguínea está contrabandeando uma bruxa fugitiva de volta para a Nova República?

O olhar de Rune disparou para os dois lados, buscando algo com que se defender. Não havia nada além de carvão e caixas imensas. E, até que pegasse a faca sob o vestido, ele já teria colocado três balas em seu corpo.

Era o fim. E Gideon nem sabia onde ela estava.

*Tampouco se importa.*

O lampião a gás tremeluziu outra vez, mudando as sombras atrás de William.

– Vamos fazer um acordo, Rune Winters. – William chegou mais perto. – Se for comigo até o meu quarto, não atiro em você.

Não havia a menor dúvida quanto à insinuação do que ele faria com ela naquele quarto.

Rune ergueu o queixo, olhando-o de cima.

– Prefiro que atire.

– E se eu não te der escolha?

As sombras se moveram de novo. Só que, daquela vez, não foi por causa das luzes tremeluzindo.

Alguns passos atrás de William, alguém surgiu de trás da torre de caixas, silencioso como um lobo. Arma em punho. O pulso de Rune disparou quando o olhar furioso dele encontrou o dela por cima do ombro de William.

*Gideon.*

Vê-lo fez uma chama se acender dentro dela.

Quando ele tinha entrado ali?

William deu mais um passo em direção a Rune, alheio ao homem atrás de si.

Antes que chegasse um centímetro mais perto, Gideon disse:

– Ela disse não, *William*. Seus pais não te ensinaram que quando uma garota diz não é não?

A voz dele era como um barril cheio de pólvora, pronto para ser aceso.

William ficou imóvel como uma estátua.

– Você não faz o tipo dela – continuou Gideon. – É isso que ela vem tentando dizer. Você devia ter aceitado a derrota e a deixado em paz.

William umedeceu os lábios, encarando a porta por cima do ombro de Rune.

– E *qual é* o tipo dela, capitão Sharpe?

Rune analisou o caçador de bruxas nas sombras. *Ao que parece, brutamontes idiotas.*

– Largue a arma – disse Gideon.

William estreitou os olhos, apontando com mais firmeza na direção de Rune.

– *Largue. A. Arma.*

A voz de Gideon era um rosnado perigoso.

A pistola caiu no chão aos pés de William.

– Chute-a na direção de Rune.

A pistola foi deslizando até ela. Rune se abaixou para pegá-la. O metal ainda estava quente da mão de William.

– Volte para a cabine, Rune. Vou dar um fim nesse assunto.

Rune franziu a testa.

– O que você vai fazer?

O olhar furioso de Gideon cintilou ao encará-la.

– Mandá-lo para o fundo do oceano. Não vai demorar. Encontro você no nosso quarto.

# VINTE E OITO

## GIDEON

**TUDO QUE GIDEON MAIS** queria era lançar aquele inseto ao mar. O jeito como ele falara com Rune, como *olhara* para ela, lhe causava calafrios.

Infelizmente, precisava de William vivo.

– Com todo o respeito, capitão Sharpe – falou ele, de costas para Gideon, com as mãos para cima. – Você tinha ordens para matar a Mariposa Escarlate. Então por que ela está viva, fingindo ser sua esposa?

– Pode abaixar as mãos – ordenou Gideon, mantendo o espião na mira da arma.

Com a saída de Rune, ele precisava convencer William de seu plano. E não havia muita chance de ser bem-sucedido se continuasse a importuná-lo.

William abaixou os braços.

– Harrow sabia que você não daria cabo da missão. – Ele se virou lentamente para encarar Gideon. – Foi por isso que me mandou para fazer seu trabalho. Mas agora você está interferindo nas *minhas* ordens de matar. Quantas vezes planeja trair a República?

– A única pessoa que planejo trair é Rune. – Gideon abaixou a arma, mas a manteve engatilhada. – E é por isso que preciso da sua ajuda.

William franziu a testa.

– Preciso da Mariposa Escarlate viva.

William cruzou os braços, analisando Gideon.

– Sou todo ouvidos.

– Foi um erro pensar que a morte dela impediria a guerra. Isso não vai nem mesmo adiá-la. Soren vai dar a Cress um exército de qualquer jeito, como vingança pela noiva morta. O plano estava errado desde o início.

– E você tem o plano certo?

– Cressida não está apenas tramando uma guerra. Ela está planejando trazer suas irmãs de volta à vida.

William arregalou os olhos.

– Nosso principal objetivo – continuou Gideon – deveria ser destruí-la antes que ela possa colocar seus planos em ação. E a melhor forma de destruir Cressida é usar Rune como moeda de troca. Para isso, preciso levar Rune para dentro da Nova República, para poder criar uma armadilha para ela e para o descendente Roseblood desaparecido que ela pretende invocar.

Gideon agora tinha a atenção completa de William.

– E é aí que você entra: preciso que convença Harrow a confiar em mim.

– Você não está exatamente em posição de pedir confiança.

– Ainda assim, estou pedindo que reporte tudo isso a ela. Só preciso de uma semana. Se, em uma semana, esse parente Roseblood não estiver morto e eu não tiver entregado a Mariposa Escarlate para a Guarda Sanguínea, Harrow pode me matar pessoalmente.

William ficou em silêncio, ponderando.

– Tudo bem. Vou reportar o que você me contou.

– Mais uma coisa.

– Estamos abusando da sorte, não acha?

Gideon ergueu a pistola, mirando diretamente na testa de William, lembrando a ele quem era o sortudo ali – sortudo de ainda estar vivo.

– Preciso que Rune passe pelos caçadores de bruxa e seus cães, quando chegarmos ao porto. Se eu conseguir realizar meus planos, vou garantir que o Nobre Comandante saiba que você me ajudou. Isso significa uma promoção e um aumento de salário. Mas primeiro você precisa me fazer esse favor e garantir que nenhum cão de caça sequer chegue perto deste navio antes do nosso desembarque amanhã. Pode fazer isso?

– Acho que sim. Sim.

– Ótimo. – Gideon baixou a arma e a travou. – Fique fora de vista. Preciso que Rune pense que você está morto.

– Tudo bem – concordou William, virando-se para sair.

– E diga a Harrow que, da próxima vez que seus espiões se meterem no meu trabalho, não vou ser tão gentil – reclamou Gideon para as costas dele.

William parou antes da porta, que permanecia entreaberta, revelando uma sala de caldeiras nevoenta mais além.

– Para alguém que já gastou tantas chances, você faz ameaças demais. Não esqueça qual é a punição de ser simpatizante de bruxas. Não é mais apenas entalhar um símbolo na sua testa e mandar você seguir seu caminho.

Com Cressida à solta, eles não tinham como ser tão tolerantes. Agora, simpatizantes eram levados para os fundos e executados.

– Se você estragar tudo – disse William –, vai ser o seu fim. E, quando isso acontecer, vou atrás da sua mariposinha.

Gideon precisou reunir todas as forças para não erguer a arma e disparar.

# VINTE E NOVE

## RUNE

**NUVENS DE VAPOR ENVOLVIAM** Rune enquanto ela ouvia os passos de William se afastando do porão de carga. A parede de metal estava quente contra suas costas, mas a raiva em seu coração queimava ainda mais.

As palavras de Gideon ressoavam em sua mente: *A única pessoa que planejo trair é Rune.*

Ela já desconfiava. Claro que sim. Só tivera esperança de estar enganada.

*Esperança é para tolos.*

Quantas vezes precisava aprender essa lição?

O coração de Rune disparou quando Gideon passou por ela, seguindo William para ir embora. O vapor a ocultava em grande parte, mas, se ele quisesse encontrá-la, poderia. Era só se virar e *olhar.*

Gideon, no entanto, não olhou, apenas seguiu William pelas caldeiras e para o nível superior. Os passos dos dois ecoaram no passadiço de metal acima de Rune enquanto ela esperava o coração se acalmar.

*Isso é bom*, disse a si mesma. *É um lembrete.*

Gideon era seu inimigo mais perigoso. Sempre a entregaria àqueles que a queriam morta. Tudo o que ela admitira para ele naquela noite não fazia diferença; ele não dava a mínima. Só o que interessava para Gideon era deter Cressida.

O plano dele foi como um balde de água fria, despertando-a.

Rune não podia baixar a guarda de novo. Se quisesse continuar viva para cumprir seu plano, precisava cortar aqueles sentimentos letais pela raiz. Se Gideon planejava traí-la, ela precisava traí-lo primeiro.

Rune se afastou da parede. O vapor girava ao seu redor enquanto fazia o caminho de volta pelas salas das caldeiras, tentando encontrar uma forma de passar a perna no capitão da Guarda Sanguínea.

Ao voltar para a cabine, encontrou-a vazia e lembrou-se do que William dissera sobre Gideon e Abbie.

*Será que ele foi para o quarto dela?*

Rechaçou o pensamento.

*Abbie que fique com ele.*

Não queria dormir com a camisa de Gideon outra vez, mas também não podia vestir a peça de seda que colocara na mala para um fim de semana com Soren. Então, deitou-se na cama de vestido.

Quando a porta enfim se abriu – minutos ou horas depois, Rune não saberia dizer –, Gideon entrou no quarto e a fechou atrás de si.

*Onde você estava?*, queria perguntar, mas fingiu estar dormindo. Será que queria mesmo saber?

Ela sentiu a atenção dele, firme e intensa. Sob os olhos dele, a garganta de Rune ficou seca como areia. Queria desesperadamente engolir, umedecer a boca, mas temia que mesmo esse ruído baixinho a entregasse.

Manteve os olhos fechados e o corpo imóvel, mas não conseguiu impedir que seus batimentos disparassem ao ouvir o som do cinto dele se abrindo e o farfalhar das roupas sendo tiradas, peça por peça, e largadas no chão.

Quando ele puxou o lençol que a cobria, Rune tentou pensar em outra coisa – qualquer coisa – que não fosse Gideon, seminu, deitando-se na cama com ela. Não fazia muito tempo, Gideon e Abbie tinham ficado a sós naquele quarto, e só as Ancestrais sabiam o que os dois tinham feito. O colchão afundou sob o peso dele. Rune se enrijeceu para não afundar junto e escorregar para ainda mais perto dele.

O quarto ficou em silêncio.

– Rune?

Ela engoliu em seco.

Com menos de dez centímetros de espaço entre eles, o calor de Gideon ondulava em sua direção. Seu cheiro familiar enchia o ar. Cada nervo do corpo de Rune incendiava-se com a proximidade.

Rune se agarrou a seu lado da cama.

*Ele odeia você.*

– Aquele beijo...

A lembrança lampejou na mente dela: as mãos dele em seu cabelo, os lábios dele em sua boca, o calor do corpo dele apertando-a contra a parede.

– Por favor – sussurrou ela. – Vamos esquecer que aconteceu.

Gideon respirou fundo e ficou em silêncio por um bom tempo.

– Se é o que você quer – disse ele, por fim.

– É.

O silêncio voltou. Logo, a respiração dele ficou lenta e ritmada.

Como ela poderia dormir, com ele deitado bem ao lado? Só conseguia pensar em como Gideon planejava traí-la e em como ele e Abbie comemorariam juntos quando a Mariposa Escarlate recebesse o que merecia.

Várias horas depois, ela desistiu de tentar.

Sem fazer barulho, ela deixou Gideon para trás, saindo para uma caminhada ao longo da passarela do convés superior, tentando clarear a mente. O sol surgia no horizonte, tingindo o céu de rosa e destacando a silhueta da ilha ao longe.

Na época do governo das Rainhas Irmãs, o país insular chamava-se *Cascadia*. Rune se lembrava do antigo mapa que ficava pendurado na Casa do Mar Invernal, com *CASCADIA* impresso em letras garrafais no topo, saudando os visitantes na chegada.

Porém, quando Nicolas Creed, o antigo Nobre Comandante, ascendeu ao poder, ele o renomeou. Nos mapas, agora lia-se: *A República da Paz Rubra*. Tudo o que ostentava o antigo nome passou a ser considerado contrabando e destruído na revolução. Até as moedas foram derretidas e refundidas.

Rune guardara o antigo mapa de avó como um ato de rebeldia e o escondera nos porões da Casa do Mar Invernal.

– Sente saudades?

Rune endireitou a postura, o corpo reconhecendo um predador.

Só que não havia ameaça nas palavras dele. Alguns segundos depois, Gideon se aproximou, vestindo uma camisa e uma calça de Soren, as costuras quase arrebentando enquanto tentavam conter seu corpo musculoso. Ele se inclinou na amurada, olhando na direção da ilha à frente.

Pelas manchas escuras sob seus olhos, parecia que ele tinha dormido tanto quanto ela.

Rune o encarou por um longo instante, vagando pelos traços do rosto de Gideon antes de desviar o olhar em direção ao lar dos dois.

– Sim – sussurrou ela. – Com todo o meu coração.

# PARTE DOIS

*Minha prima pretende distorcer esse propósito com mentiras cruéis. Sinto-as se espalhando por minha corte como um veneno, um pouco mais a cada dia, contaminando até minhas conselheiras mais próximas.*

*Temo não conseguir mais detê-la. O pior está por vir.*

*Esta noite, irei até as pedras e pedirei ajuda à Sabedoria.*

– DO DIÁRIO DA RAINHA ALTHEA,
A BONDOSA

# TRINTA

## RUNE

– COMO VOCÊ CONSEGUIU? – Rune tentava não escorregar enquanto caminhavam pela prancha de desembarque escorregadia por causa da chuva. – Não há nenhum cão caçador de bruxas à vista.

Ela sabia como ele tinha conseguido, claro. Só não queria dar a Gideon uma razão para desconfiar que ela tivesse ouvido seu acordo com William.

Acima, o céu estava fechado. Nuvens carregadas jaziam em um horizonte cinza, evidenciando a tempestade recente, e que talvez caísse outra, se fosse o desejo delas.

– Botei alguém para cuidar disso – respondeu Gideon, ao lado dela, carregando as malas dos dois.

*Certo*, pensou Rune. *Assim como vai cuidar de mim muito em breve.*

Porém, quando saiu do hangar e pisou no cais, os pensamentos sombrios de Rune se dissiparam. Sentiu-se em um navio jogando a âncora depois de meses à deriva em um oceano de ondas tormentosas. A ilha sob seus pés era estável, segura.

Ela respirou fundo e, com o ar salgado, veio o cheiro de mar e chuva. De florestas de líquen e zimbro.

Lágrimas fizeram seus olhos arderem.

*Cheiro de casa.*

Só que, para Rune, casa significava perigo. Aquele era um território de caça às bruxas e, ali, sua vida estava em risco. Não podia andar pelas ruas da Nova República sendo quem era. Sem falar que o plano de Gideon agora estava em ação.

Ela precisaria ter mais cuidado ainda.

Rune lançara o marcha-fantasma antes de desembarcar, para o caso de estarem indo em direção a uma armadilha. Fora ideia de Gideon, por mais estranho que parecesse. Como se ele, em parte, esperasse uma armadilha.

Porém, se era esse o caso, a arapuca ainda não tinha sido acionada.

– Pode me emprestar seu cavalo? – perguntou Rune.

Ela precisava chegar à Casa do Mar Invernal, tanto quanto precisava de ar para respirar e água para beber.

A Casa do Mar Invernal era segura. A Casa do Mar Invernal era *dela*.

Se Gideon não lhe emprestasse o cavalo, teria que alugar um nos estábulos da cidade. Rune levara dinheiro suficiente para se manter por cerca de uma semana. Não queria ficar ali por mais tempo que isso.

– Aonde está pensando em ir? – perguntou ele.

– Para casa – respondeu ela enquanto caminhava pelo cais rumo às ruas da cidade. – Para a Casa do Mar Invernal. Quando você estiver com a sibila, leve-a para mim. Nesse meio-tempo, eu...

– Rune... você não pode fazer isso.

*Não posso?* Rune bufou. Se ele achava que ela ficaria ali na cidade com ele...

– A Casa do Mar Invernal agora é a residência de Noah Creed.

Rune estacou onde estava.

*O quê?*

– Ele a reivindicou depois que você foi embora.

*Foi embora.* Como se tivesse tido escolha. Rune não *fora embora*. Ela tinha sido obrigada a fugir para se salvar.

Cerrou os punhos. Todas as suas coisas agora pertenciam ao filho do Nobre Comandante? Seus livros, suas roupas, seu conjuratório; Lady, sua amada égua; os jardins de sua avó e o caminho de agulhas de pinheiro através da floresta até a praia...

Tudo de Noah.

– Para onde eu vou? – sussurrou ela.

– Para o meu apartamento – respondeu Gideon, virando-se para a rua e seguindo na direção do Velho Bairro.

Rune fitou as costas dele, sentindo que talvez fosse cair no choro.

Mas que escolha tinha?

**DA ÚLTIMA VEZ QUE** estivera naquele prédio, Gideon a entregara para a Guarda Sanguínea.

Na vez antes dessa, ela se entregara para ele de corpo e alma, quando os dois fizeram amor na cama dele.

Ao entrar pela porta, lembranças a atingiram como um vendaval: a boca de Gideon roçando sua coxa, sua voz gélida ordenando que os soldados a prendessem.

Um embate de emoções rugia dentro dela. Rune sentiu-se tonta com todas elas.

Embora já tivesse ido algumas vezes à alfaiataria dos pais dele, no primeiro andar, Rune só fora ao apartamento de Gideon uma vez: na noite que passara em sua cama. Estava escuro, apenas o luar cintilante entrando pelas janelas iluminava as coisas.

Agora, a luz do dia deixava tudo exposto.

A sala principal não tinha muitos móveis. De um lado, ficava uma pequena cozinha com um fogão a lenha; do outro, uma área de estar com um sofá e prateleiras. O sofá estava gasto, mas não em estado precário. O assoalho sob os pés de Rune estava empenado e arranhado, mas firme. E ela até avistou uns livros nas prateleiras.

Ao se aproximar para ler os títulos, uma pequena estatueta de madeira, quase do tamanho de sua palma, chamou sua atenção. Alguém havia esculpido a madeira clara na forma de um cervo. Suas curvas suaves atraíram Rune, que a pegou.

– Era de Tessa – disse Gideon, fechando a porta. – Meu pai fez para ela.

Rune não sabia quase nada sobre a irmãzinha de Alex e de Gideon, a não ser que ela morrera muito jovem. Assassinada por Cressida.

Passou os dedos pelo cervo, que emanava uma espécie de calidez, apesar de ser feito apenas de madeira.

Sua avó lhe comprara dezenas de brinquedos quando Rune era pequena. Em excesso, provavelmente. Mas ninguém jamais *fizera* um brinquedo para Rune. Ela encontrou fragmentos de Levi Sharpe na superfície esculpida, onde o homem havia habilidosamente raspado a madeira para revelar a forma por baixo. Ele deixara suas marcas, algo que mostrava que estivera ali, que amava a filha.

Rune reparou que os nós de seus dedos estavam ficando brancos e relaxou o aperto no cervo.

– Vou tomar um banho – disse Gideon atrás dela. – E depois preciso me reportar ao Comandante. Está com fome? Não tenho muita comida, só umas maçãs e uns biscoitos duros embaixo da pia, mas tem um mercado a algumas ruas daqui onde você pode comprar comida para cozinhar.

Cozinhar?

*Ela?*

Rune baixou a mão com o cervo e encarou Gideon.

– Claro. – Ele esfregou a nuca, olhando para o teto. – Você não sabe cozinhar.

– Tenho criados para isso – comentou Rune, na defensiva.

Ou melhor, *tivera* criados para isso. Agora, não tinha nada.

Ele suspirou.

– Deixa para lá. Não quero que você coloque fogo no prédio. Espere até eu voltar, e aí faço o jantar para a gente.

Rune o observou desaparecer pelo corredor. Quem teria ensinado Gideon a cozinhar? Sua mãe? Seu pai?

Ela olhou a estatueta de cervo em sua mão, perguntando-se como seria ter uma mãe e um pai. Ser ensinada a cozinhar.

Rune não teria trocado a avó por nada no mundo, mas isso não significava que não tivesse curiosidade. Como teria sido crescer em uma família como a de Gideon? Com pais, irmãos. Uma casa repleta de gente, cheia de vida. A solidão em seu encalço havia anos de repente a alcançou, cravando os dentes em Rune.

*BUM! BUM! BUM!*

O estrondo dispersou seus pensamentos.

Rune foi até a janela e olhou para fora.

Meia dúzia de soldados em uniformes vermelhos estavam parados na porta lá embaixo. Ela recuou, saindo de vista e ofegando.

Será que Gideon havia chamado a Guarda Sanguínea? Tinham ido prendê-la?

Não fazia sentido. Se ele a quisesse presa, deveria ter deixado que a descobrissem no *Arcadia*. Poderiam tê-la levado direto de lá para a prisão.

– O que...

Gideon emergiu do corredor, com a camisa meio desabotoada e descalço, olhou para Rune e foi até a janela.

Sua boca formou uma linha apertada e séria.

– Droga.

As batidas aumentaram.

– Como eles sabem que estou aqui?

Rune recuou e quase tropeçou na mesa de centro.

– Eles não vieram atrás de você – respondeu ele, voltando a abotoar a camisa e andando a passos largos pela sala para ver pelas janelas do outro lado. – Vieram atrás de mim.

– Por quê? O que você fez?

– O que eu *não* fiz. – Gideon destravou a vidraça e a abriu. – Eles vão querer revistar o apartamento.

Rune se juntou a ele diante da janela aberta, espiando um beco vazio lá embaixo.

– Eu te ajudo a subir.

Ela franziu a testa.

– Subir para *onde*?

– No telhado.

Ele a segurou pelos quadris e a ergueu até a vidraça. Sem escolha, Rune firmou os pés e segurou-se ali. O telhado estava logo acima, um pouco inclinado, mas não a ponto de ser íngreme.

– Aqui. Leve isso aqui também.

Gideon saiu e voltou com sua mala, enquanto o estrondo na porta lá embaixo ficava cada vez mais insistente. Agarrando as alças de couro, Rune a ergueu até as telhas e arrastou-a lá para cima também.

– Fique aí até eu voltar.

– E se você não voltar?

– Então você está por conta própria – disse ele, antes de fechar a vidraça.

*Que maravilha.*

Um instante depois, vozes abafadas entraram no apartamento logo abaixo. Rune tirou os sapatos para ter certeza de que não ia escorregar e manteve-se abaixada enquanto se apressava até o topo do telhado, de onde despontavam chaminés. Escondida, espiou a rua lá embaixo, observando dois soldados da Guarda Sanguínea escoltarem Gideon para fora com as mãos amarradas à frente.

Obrigaram-no a montar um cavalo e então partiram na direção do palácio.

Ela ouviu passos de botas dentro do apartamento enquanto os soldados restantes revistavam o local. Foi só depois que eles também partiram, levando seus cavalos, que Rune relaxou. Recostando-se em uma chaminé, deixou-se afundar nas telhas aquecidas pelo sol e soltou um suspiro.

Sentindo uma textura áspera sob a palma, ela ergueu a mão. Três nomes estavam riscados nas telhas: *Tessa. Alex. Gideon.* Os irmãos Sharpe deviam ter brincado ali quando crianças.

*É por isso que Gideon sabia onde me esconder.*

Sua avó a teria matado se Rune algum dia tentasse subir em um telhado.

Ela passou os dedos pelos nomes, demorando-se no dele. Imaginando em que tipo de encrenca ele estava e se retornaria... ou se seria obrigada a descobrir como descer e resgatá-lo.

# TRINTA E UM

## GIDEON

**NOS ÚLTIMOS TEMPOS,** era sempre chocante entrar no escritório com iluminação a gás do Nobre Comandante. O cômodo em si não tinha mudado. Os conhecidos livros encadernados em couro forravam as paredes, e havia uma mesa de mogno maciço em cima do tapete, com uma cadeira de espaldar alto atrás dela.

A visão era quase reconfortante.

O homem sentado atrás da mesa que não era.

Deveria ser Nicolas Creed naquela cadeira. Uma figura paterna, mentor e amigo. Gideon ainda se lembrava da mão calejada de Nicolas botando uma pistola em sua palma antes de tomarem o palácio à força durante a Nova Aurora. Nicolas fora o primeiro a acreditar em Gideon. Fora ele quem ensinara Gideon a acreditar em si.

Mas Nicolas estava morto. Mais uma vítima de Cressida Roseblood. Gideon cavara pessoalmente o túmulo do homem, depois de cavar o do seu irmão.

E a pessoa atrás da mesa era seu filho, Noah.

O novo Nobre Comandante.

Noah usava o uniforme preto do pai com uma capa escarlate presa em um dos ombros. Tinha os cotovelos apoiados na mesa e os dedos entrelaçados enquanto ouvia a jovem que estava na sala, diante da mesa, prestando contas.

Mesmo de costas, era fácil reconhecer a mestra de espionagem do Nobre Comandante. Seu cabelo preto estava preso em um coque alto. A metade inferior da cabeça era raspada rente ao couro cabeludo, chamando a atenção para uma orelha ausente – arrancada por bruxas a quem ela servira durante o reinado das Rainhas Irmãs.

Ao ver Gideon entrar, a mandíbula do Nobre Comandante se contraiu – um movimento tão sutil que Gideon ficou na dúvida se era coisa da sua cabeça.

Noah ergueu a mão, interrompendo as palavras de sua mestra de espionagem.

– Chegou na hora certa, Sharpe. Harrow estava me informando sobre problemas no Continente. E aqui está você: a fonte de todos eles.

Noah acenou para que os soldados trouxessem Gideon à frente.

Com as mãos algemadas, Gideon se deixou empurrar na direção do Comandante. Ao parar do lado de Harrow, os olhos dourados dela se fixaram nos dele. Não fazia muito tempo, Harrow havia sido informante de Gideon, levando de livre e espontânea vontade informações para ajudá-lo em suas caçadas às bruxas.

Agora, Harrow prestava contas ao Nobre Comandante, que disseminava as informações dela como bem entendia. Gideon não podia culpá-la pela mudança de lealdade; falhara com Harrow – falhara com todos eles. E era exatamente por isso que precisava convencê-los a apoiar seu novo plano. Precisava consertar as coisas.

– Conte do começo, Harrow. – Noah olhou Gideon de cima a baixo, como se inspecionasse cada vinco de sua camisa e cada mancha de sujeira em sua calça. – Falo com você em um minuto, Sharpe.

Tornando a olhar para Gideon, Harrow falou:

– Tenho um contato infiltrado nas fileiras da rainha bruxa.

Gideon franziu a testa, interrompendo-a:

– Para se infiltrar nas fileiras de Cressida, o contato teria que ser uma bruxa.

– Está correto.

– Tem certeza de que podemos confiar nela?

– É por isso que estamos trazendo a sibila – respondeu Noah. – Para verificar.

Ele assentiu para Harrow continuar.

– Meu contato diz que Soren deu um exército a Cressida e vai navegar com ela para sitiar a Nova República em questão de dias.

– Eu poderia ter te contado isso se você tivesse esperado pelo meu relatório – disse Gideon.

Harrow lançou-lhe um olhar cortante.

– Soren também *dobrou* os recursos iniciais para a guerra por causa do sequestro de sua noiva.

– Não interessa – rebateu Gideon. – Há uma forma de contornar essa guerra *e* destruir Cressida. Mas vai exigir manter a Mariposa Escarlate viva.

Harrow estreitou os olhos, voltando toda a atenção para ele.

– Você é suspeito, camarada.

Gideon ignorou a acusação.

– *Você* não está pensando de maneira estratégica. Nenhum de vocês está. – Ele examinou o cômodo, que, além dos soldados, abrigava uma porção dos ministros de Noah. – Matar a Mariposa só vai servir para enfurecer o príncipe. Acham ruim ele ter dobrado os recursos iniciais para a guerra? Se sua noiva estiver morta, ele não vai poupar esforços. Vocês só vão piorar a situação.

Harrow cruzou os braços, mas estava prestando atenção.

Só que não era ela que Gideon precisava convencer. Era o novo Comandante.

Gideon se virou para Noah, que o encarava detrás da mesa do pai, os olhos frios como gelo cintilante.

– Cressida acredita que tem um parente desaparecido há muito tempo. Um descendente Roseblood, que ela pode usar para ressuscitar as irmãs.

Murmúrios de surpresa correram pela sala.

– Ressurreição é um mito – respondeu Noah.

– Tem certeza? Porque não podemos nos dar ao luxo de nos enganarmos.

Gideon ignorou o profundo desgosto que emanava de Noah e prosseguiu:

– Rune está caçando esse parente Roseblood. Quando encontrar essa pessoa, pretende levá-la escondida de volta para o Continente. Meu plano tem duas etapas. Primeira: fazemos uma emboscada. Vou descobrir quando e onde Rune está planejando iniciar sua fuga e garantir que a Guarda Sanguínea esteja de prontidão.

Segunda: depois que os cercarmos, executamos esse descendente Roseblood e prendemos Rune, a quem vamos usar para negociar com Soren. Tudo que o príncipe precisará fazer, se quiser sua preciosa noiva de volta, é cooperar conosco. E a única coisa que vamos exigir dele é o seguinte: depois que provarmos que Rune está sob custódia, ele deverá ordenar que seus soldados se voltem contra Cressida, que será pega desavisada, e que a matem junto com todas as bruxas no exército dela. Se ele não concordar, Rune morre. Se ele *concordar*, devolvemos Rune para ele, ilesa.

Gideon olhou ao redor, encontrando o olhar de cada oficial e soldado.

– Evitaremos uma guerra que não sabemos ao certo se podemos vencer *e* nos livraremos de Cressida e de qualquer chance de ressuscitar a ela ou a suas irmãs.

A sala foi dominada pelo silêncio.

– E se você não cumprir o prometido?

Gideon se virou para Noah.

– Se eu falhar, vamos para a guerra e perdemos. – Ele relanceou o olhar para Harrow. – Se eu falhar, Cressida não só vai reivindicar seu trono, como vai ressuscitar Elowyn e Analise e dar início a um novo Reinado das Bruxas...

Gideon se calou quando os guardas do palácio escoltaram uma jovem algemada para dentro da sala. Cilindros de ferro cingiam suas mãos, impedindo-a de lançar feitiços, e seu cabelo ruivo caía em mechas oleosas às costas.

Era Aurelia Kantor: uma bruxa que estavam usando para rastrear outras de sua espécie. Como sibila, ela via passado, presente e futuro. Essa Visão permitia que soubesse a localização exata de cada bruxa na ilha – informações que a Guarda Sanguínea estava obrigando Aurelia a revelar, uma a uma.

– Quero ver minha filha. – A voz de Aurelia soou rouca, como se ela tivesse passado muitos dias sem água. – Já faz duas semanas. Nem sei se ela ainda está viva.

A filha em questão era uma menina de 2 anos, sob os cuidados de uma guardiã, do outro lado da cidade. Seu nome era Meadow. Mantida a sete chaves, Meadow era a única coisa que garantia a obediência de Aurelia.

– Pergunte a ela – disse Gideon. – Deixe que ela comprove tudo o que eu relatei.

A sibila virou a cabeça, como uma águia, para encarar Gideon. Seus olhos de esmeralda se estreitaram ao analisar suas algemas, questionadores.

– Cressida Roseblood está planejando ressuscitar as irmãs? – perguntou Noah.

Ela fechou os olhos e desviou o rosto, comprimindo os lábios finos.

– É possível? – perguntou ele.

Ela continuou sem responder. Gideon estava se preparando para negociar com ela. Refeições melhores, mais visitas da filha... essas coisas costumavam funcionar. Porém, antes que pudesse fazer isso, Noah falou de trás de sua mesa:

– Tragam a criança.

Gideon não via a menina desde que as duas tinham sido capturadas juntas. A ameaça tácita à segurança de Meadow sempre fora o suficiente para fazer a sibila obedecer.

Um soldado levou a menina até a sala e a sentou em uma poltrona que a fazia parecer minúscula. Estava evidente que ela era muito mais bem cuidada do que sua mãe. Fitas brancas prendiam seus finos cabelos ruivos em marias-chiquinhas, e o vestido limpo que ela usava parecia mais caro do que qualquer coisa no armário de Gideon.

Seus olhos, no entanto, estavam arregalados e repletos de medo.

– Mamãe? – O queixo da menina tremeu ao ver a mãe, acorrentada e ajoelhada no chão, a vários passos de distância. A menina estendeu as mãozinhas para Aurelia, sussurrando: – Mamãe, mamãe! Quero ir pra casa.

Gideon observou a bruxa lutar para conter a emoção na voz enquanto as lágrimas escorriam pelas bochechas da filha.

– Eu sei, meu amor. Logo, logo. Vamos para casa logo, logo.

Era mentira. Aurelia sabia muito bem que nem ela nem a filha voltariam para casa.

Noah levantou-se da cadeira.

– Cressida Roseblood está planejando trazer suas irmãs de volta dos mortos?

– Não sei – respondeu Aurelia.

– Tragam a criança aqui – ordenou Noah. – E segurem a mão dela em cima da mesa.

*O quê?*

Gideon se virou para ver Noah tirar a espada do falecido pai da parede. Um medo sombrio fez seu estômago se contrair.

Não era assim que ele teria lidado com a situação.

*Porque você é fraco*, disse uma voz dentro dele. *E sua fraqueza faz com que pessoas acabem mortas.*

O Nobre Comandante estava demonstrando como um líder forte deveria agir.

Mas aquilo ali...

– Não! Por favor! – A voz da bruxa tremeu enquanto ela olhava para Gideon. – Não deixe que ele a machuque!

– Ele não vai fazer isso – respondeu Gideon, torcendo para que fosse verdade. – Se você responder à pergunta.

Noah segurou a espada com as duas mãos e a criança tentou recuar. Um guarda segurou seus braços enquanto o outro agarrava seu pulso, prendendo sua mãozinha na mesa.

Meadow começou a chorar, desesperada.

Nenhuma mãe deveria ser colocada naquela situação. Nenhuma *criança* deveria ser colocada naquela situação.

Gideon deu um passo à frente. Mas o que poderia fazer? Suas mãos estavam atadas. Ele era tão prisioneiro ali quanto a bruxa e a criança.

Noah ergueu a espada, a lâmina reluzindo sob a luz do lampião.

– Pare! – Aurelia cambaleou para a frente, as correntes tilintando. – Eu falo o que você quer saber! Só não a machuque! Por favor!

– Então responda à pergunta: Cressida é a última Roseblood viva?

Os ombros da bruxa desabaram quando ela percebeu a escolha que se apresentava: a rainha das bruxas – que a mataria por traição – ou a filha. Lágrimas escorreram por suas bochechas ao encarar a criança aterrorizada.

– Perdão, minha rainha...

Gideon viu os olhos verdes da bruxa se anuviarem, assumindo uma cor branca-leitosa. A respiração dela desacelerou à medida que o corpo ia ficando imóvel, mais estátua do que carne.

– A mãe de Cressida, a rainha Winoa, teve uma quarta criança com seu segundo marido – disse ela, por fim. – Mas a criaturinha doente morreu durante o parto. A rainha nunca se recuperou totalmente do luto. Por anos, ouvia o choro da criança à noite e vagava pelos corredores do palácio em busca dela.

Gideon conhecia a história. Cress a contara mais de uma vez. Sua mãe tinha se casado outra vez depois da morte do primeiro marido. Cressida e as irmãs odiavam o padrasto – que, segundo todos os relatos, era um homem de uma crueldade indizível – e o culpavam por ter virado a mãe contra as filhas depois do parto da criança morta.

– Todo mundo achou que ela tinha enlouquecido – disse ele.

Até Cressida.

– Mas a criança não morreu – esclareceu Aurelia. – Ela foi roubada durante a noite.

Gideon franziu a testa.

– Por quê?

– Para ficar a salvo das brigas internas da família real? Para cumprir uma profecia ou impedir que outra se realizasse? – Ela balançou a cabeça. – Não está claro.

– E essa pessoa... está viva? Se sim, quem é? Onde posso encontrá-la?

Os olhos de Aurelia ficaram ainda mais brancos. Sua testa se enrugou enquanto ela se concentrava profundamente.

– A pessoa está viva, mas...

Levou vários minutos até que as nuvens em seus olhos se dissipassem. Quando isso aconteceu, ela ofegou, respirando fundo, e desabou no chão.

– Não consigo vê-la. – Aurelia se curvou como um cachorro enquanto os guardas mantinham a mão de sua filha na mesa. – Algo está bloqueando minha Visão.

Noah levantou a espada outra vez.

– Ela está dizendo a verdade! – gritou Gideon, avançando para intervir. – Cressida explicou que um feitiço impede as sibilas de verem essa pessoa. Como se alguém quisesse mantê-la escondida.

Relutante, Noah abaixou a espada e encarou a sibila.

– Essa criança Roseblood... pode ser usada para ressuscitar Elowyn e Analise?

Aurelia soltou um suspiro.

– Pode.

– Se essa pessoa for encontrada e morta – indagou Gideon –, Cressida poderia usar o próprio sangue para lançar o feitiço?

Aurelia balançou a cabeça.

– É um feitiço arcano... demanda o sangue de um membro próximo da família. Um pai, um filho ou um irmão. Mas não é apenas o sangue que é exigido, é a *vida*. O feitiço demanda que a vida do parente seja sacrificada em troca da ressurreição dos mortos.

– Então, se Cressida usar a si mesma como o sangue do sacrifício, ela morre no processo.

Aurelia assentiu.

– Em outras palavras: se essa pessoa desaparecida for aniquilada antes que Cressida a encontre, ela não terá como lançar o feitiço de ressurreição.

– Correto.

Gideon olhou para Noah. Aurelia acabara de deixar claro que o plano de Gideon era o melhor a seguir. Noah não tinha escolha a não ser admitir o fato.

O Nobre Comandante assentiu para os guardas que ainda continham Meadow. No momento em que a libertaram, a menina correu para a mãe, envolvendo os bracinhos ao redor do pescoço da bruxa. Apesar das correntes, Aurelia abraçou a filha apertado, formando uma concha protetora ao redor dela.

Harrow deu um passo à frente, andando lentamente ao redor da bruxa acorrentada.

– Sabemos que Soren deu um exército a Cressida. Precisamos de números. Quantos navios, soldados e artilharia ela tem à disposição?

Gideon se lembrou dos navios a vapor entrando no porto de Caelis.

– Onze encouraçados, nove canhoneiras e sete navios de tropas – relatou Aurelia. – Além de milhares de soldados bem armados.

Era mais do que o suficiente para tomar a capital de assalto.

Harrow olhou para o Comandante e assentiu, como se a sibila estivesse, de fato, confirmando as informações passadas por seu contato.

– E quais são os termos da aliança? – perguntou Noah.

– Depois que o exército de Soren ajudar Cressida a tomar a capital, o príncipe se casará com Rune Winters. Se o casamento não acontecer conforme combinado, Soren vai bater em retirada com seus homens, artilharia e navios, deixando Cressida para lutar sozinha.

Gideon observou Aurelia cantarolar uma canção de ninar familiar junto ao rosto da filha, tentando acalmá-la. Era a mesma canção que sua mãe cantava para ele e seus irmãos, espantando os pesadelos, reconfortando-os quando estavam doentes.

Afastou esse pensamento.

Aquela bruxa não se parecia em nada com a mãe dele.

Um soldado se agachou diante de Aurelia, que apertou os braços ao redor da filha. A canção em sua garganta silenciou e seus lábios se curvaram em um rosnado, como uma loba pronta para rasgar a garganta do sujeito, se ele chegasse mais perto.

– Capitão Sharpe. – A voz de Noah cortou o silêncio, obrigando o olhar de Gideon a se voltar para o Comandante. – É possível que os navios de Soren já tenham partido do Continente. Se for o caso, vão chegar aqui em três dias. Para que seu plano funcione, precisamos enviar uma mensagem ao príncipe e ter a Mariposa Escarlate pronta para ser entregue assim que ele chegar. Portanto, dou a você dois dias para cumprir suas promessas. Se a Mariposa Escarlate escapar por entre seus dedos outra vez, vou ser obrigado a presumir que é intencional. *Dois dias.* Entendido? Se fracassar, será acusado de simpatizar com bruxas e colocado em uma cela para aguardar a execução.

*Execução.*

A palavra ressoou em Gideon como um tiro.

Será que daria conta de tudo em dois dias?

Tinha escolha?

Gideon se recompôs.

– Você deve me deixar trabalhar sem impedimentos. Preciso da sua confiança total, mesmo que pareça que estou comprometido. Para obter as informações de que precisamos, vou ter que convencer Rune de que estou do lado dela. Nada de enviar soldados para revistar meu apartamento ou me prender. Nenhuma interferência, seja qual for.

A Mariposa Escarlate não podia desconfiar de uma emboscada ou passaria a perna neles.

Noah estreitou os olhos.

– Tudo bem. De acordo.

– Ótimo – respondeu Gideon, categórico. – Agora, se alguém puder se dar o trabalho de me soltar... – Ele estendeu os punhos acorrentados. – Eu levo a sibila de volta. Ainda tenho algumas perguntas para ela.

– **MINHA CELA NÃO** é por aqui – disse Aurelia.

Desde que a filha tinha sido levada embora, os olhos da bruxa haviam se tornado sombrios.

Gideon a conduziu pelos corredores iluminados a gás do palácio, as botas ressoando pesadamente no chão de mármore.

– Não estou te levando para sua cela.

Ela ergueu o olhar para ele.

– Então para onde está me levando?

Gideon não pôde deixar de comparar a criatura selvagem a seu lado com a mulher aristocrática que ele prendera. Dois meses na prisão do palácio podiam mudar drasticamente uma pessoa.

– Depende das suas respostas às minhas perguntas.

Ela estreitou os olhos.

– Onde Cressida está escondendo os corpos de Elowyn e Analise?

Aurelia desviou o olhar, fingindo observar as paredes de mármore como se fossem tapeçarias intrincadas em vez de pedras simples.

Ele parou, obrigando-a a parar também.

– Me diga onde estão e tiro você daqui.

Ela inclinou a cabeça, analisando-o com cautela.

– Por que eu deveria confiar em você?

Gideon deu de ombros.

– Não tem como confiar. – Ele olhou para trás e depois para a frente. O corredor estava vazio, todo branco. – Mas pode negociar comigo: as respostas de que preciso em troca da sua liberdade.

Ela se empertigou, afiada como uma faca recém-amolada. Seus olhos verdes flamejavam.

– Não vou a lugar nenhum sem Meadow. E não vou te contar mais nada até que ela esteja segura em meus braços.

Virando-se nos calcanhares, ela começou a caminhar em direção à prisão do palácio.

– Quer respostas? Liberte minha filha primeiro. Aí podemos conversar.

# TRINTA E DOIS

## RUNE

**RUNE AGUARDAVA GIDEON** no telhado do prédio do apartamento dele, entocada entre duas chaminés, as telhas aquecidas pelo sol esquentando seus pés descalços enquanto observava o Velho Bairro. Fumaça subia do distrito das fábricas até o céu azul, enquanto o cheiro de carvão se misturava à maresia.

Rune observava o vaivém das pessoas na rua, algumas empurrando carrinhos, outras conduzindo um rebanho, outras correndo com mensagens ou indo realizar tarefas.

Antes da revolução, sua avó a proibira de visitar aquele lado da cidade. Era sujo e perigoso, dizia ela. Não era para pessoas como *elas*.

Rune encolheu os joelhos contra o peito e descansou o queixo nos braços, observando a cidade abaixo. Como teria sido crescer em um lugar assim, em vez de na Casa do Mar Invernal? Teria se tornado alguém diferente ou seria exatamente a mesma pessoa?

*E quem eu sou?*

Quem era ela, no fundo? Para além da bruxa. Para além da aristocrata. O que a tornava *ela mesma*?

Uma pessoa mudava dependendo de suas circunstâncias? Ou havia algo de permanente em cada um? Algo imutável e verdadeiro, *apesar* das circunstâncias?

Rune não sabia a resposta, e isso a incomodava.

Sua barriga roncou, fazendo-a se lembrar de que não tinha comido nada desde o dia anterior.

*Tem um mercado a algumas ruas daqui onde você pode comprar comida para cozinhar*, dissera Gideon. De onde estava, Rune procurou o tal mercado.

Podia aprender a cozinhar. Não tinha como ser tão difícil, certo?

Rune pegou os sapatos e estava prestes a descer pela beira do telhado quando se virou e deu de cara com um soldado da Guarda Sanguínea subindo até ali pela janela.

Rune inspirou com força.

O jovem ergueu o rosto.

– Gideon – disse ela, soltando o ar.

Estivera tão ocupada devaneando que não vira Gideon vindo pela rua.

Rune o observou subir até onde estava sentada. Ele tinha trocado as roupas de Soren pelo uniforme escarlate e as algemas com as quais fora levado haviam desaparecido.

Na verdade, ele parecia completamente ileso – para não dizer impassível.

O que eles queriam?

*E o que Gideon deu a eles para ser liberado?*

Rune já sabia. Tinha entreouvido cada palavra do plano dele lá no porão de carga.

Sob o braço de Gideon havia um uniforme dobrado da Guarda Sanguínea, que ele estendeu para ela.

– O que é isso? – perguntou Rune, pegando o casaco e a calça.

– Para você. – Ele se sentou ao lado dela. Seus quadris se tocaram quando ele se acomodou, mas Gideon não recuou. – Preciso da sua ajuda.

Rune arqueou uma sobrancelha.

– É?

– A sibila tem uma filha. Uma garotinha chamada Meadow. Temos usado a menina como incentivo para fazer a bruxa falar.

Rune sentiu um nó no estômago. Uma *criança*.

Tinha presumido que a Guarda Sanguínea estivesse fazendo algo terrível com Aurelia Kantor para obter informações. Do contrário, por que uma bruxa forneceria a localização de outras, sabendo que elas seriam caçadas?

Era por *isso*.

Estavam com a filha dela.

– Ela se recusa a deixar a prisão a menos que eu liberte Meadow antes.

*Um resgate?*

Gideon queria realizar um resgate. Com *Rune*.

Ela não deveria, mas ficou empolgada.

– Acho que posso ajudar.

Ela passou as mãos pelo vestido, tentando não parecer contente por ser necessária.

– Ótimo – disse ele, já se levantando e indo até a beirada do telhado. – Então vista esse uniforme e vamos nessa. Tem botas para você lá dentro.

– Espere aí... *agora*? – disse Rune, pegando seus sapatos e descendo descalça atrás dele, com o uniforme roubado debaixo do braço. – Podemos pelo menos comer alguma coisa primeiro? Estou morrendo de fome.

GIDEON COMPROU O JANTAR de um vendedor de rua. A avó de Rune teria ficado escandalizada de ver a neta devorando uma torta de frango com os dedos e lambendo a gordura, mas Rune estava tão faminta que não se importava.

Gideon tentou não rir ao oferecer a ela o resto da própria torta.

Depois, pegaram no estábulo o cavalo dele, Comrade, e cavalgaram até o lado leste da cidade, onde a maior parte da aristocracia morava em bairros residenciais à margem das águas, longe da agitação da cidade.

Antes de ir, Rune conjurou uma ilusão em si mesma, porque conhecia bem a área. Muitas amigas de sua avó tinham morado ali antes de serem expurgadas pela Guarda Sanguínea, que redistribuíra as casas delas entre os revolucionários. O bairro ficava perto de um porto tranquilo onde os mais abastados deixavam seus barcos atracados. Alex tinha deixado um ali antes de morrer.

Ela esperou enquanto Gideon prendia Comrade. A casa em que precisavam se infiltrar ficava recuada da orla e Rune queria inspecioná-la antes de entrarem.

Olhou para as águas calmas, onde vários veleiros estavam ancorados. Sua avó lhe ensinara a velejar quando Rune era pequena. Como seus pais biológicos haviam morrido no mar, a avó estava determinada a fazer com que a neta jamais tivesse medo dele. Rune chegara a velejar algumas vezes no barco a vela de Alex, em que cabiam duas pessoas.

Enquanto esperava Gideon voltar, ela leu os nomes pintados em cada barco, até que um, dolorosamente familiar, a fez perder o fôlego.

*Melodia da Aurora.*

O que o veleiro de Alex ainda estava fazendo ali?

– Aqui – disse Gideon, interrompendo os pensamentos dela.

Rune desviou o olhar do barco para vê-lo segurando duas casquinhas de sorvete.

– O que é isso?

– Eu não sabia qual sabor você preferia. Para ser sincero, todos são bons.

– Você comprou... para mim?

– Um é para você. O outro é meu. Eu fico com o que você não quiser.

Rune observou as casquinhas – uma de chocolate, outra de baunilha – e então olhou para Gideon em seu uniforme vermelho-escarlate. Já estava acostumada a vê-lo com roupas comuns – se é que dava para chamar de *comuns* as roupas de um príncipe. De uniforme, ficava mais difícil ignorar o que ele era.

Um soldado.

Um caçador de bruxas.

Seu inimigo.

Ainda assim, ali estava ele, comprando sorvete para ela.

*Ele está querendo que eu baixe a guarda de novo?*

Rune esticou a mão para o de chocolate, e ele o entregou.

– O que estava olhando ali? – Ele apontou na direção da água. – Você parecia perdida em pensamentos.

– Ah, hã... – Ela se virou e olhou para o *Melodia da Aurora*. – Aquele é o barco de Alex?

Agora que Gideon sabia que ela planejava contrabandear bruxas a bordo do *Arcadia* – e tinha a intenção de impedi-la –, Rune precisava de um novo plano de fuga.

*Será que um veleiro daria conta?*

Não seria sua primeira escolha. O Estreito do Sepulcro era conhecido pelas águas turbulentas, e Rune sozinha conseguia manejar apenas um barco pequeno, que seria facilmente jogado de um lado para outro – ou emborcado – em uma tempestade forte.

Porém, se não tivesse opção...

Gideon seguiu o olhar dela até a água.

– É o barco de Alex, sim. – Sua voz ficou mais gentil. – Não consegui me desfazer dele depois que... – ele se interrompeu, balançando a cabeça.

– Imagino que não vá poder ficar aí para sempre. Vou ter que vendê-lo em algum momento. As Ancestrais sabem que *eu* não sei navegá-lo.

Rune, que estava tramando seu novo plano de fuga, disse sem pensar:

– Eu poderia te ensinar.

Gideon olhou para ela.

– Me ensinar a velejar?

Seus olhares se encontraram.

Por que dissera isso? Eles não eram amigos. Se conseguisse levar o plano adiante e escapar com vida, Rune nunca mais o veria.

E aquele era o cenário mais *otimista*.

– Esqueça. Foi bobagem. – Desesperada para mudar de assunto, ela acenou para o sorvete. – Obrigada pela sobremesa.

Gideon hesitou, como se não estivesse pronto para deixar o assunto de lado.

Sem querer se alongar a respeito do barco de Alex, para o caso de deixá-lo desconfiado, Rune forçou uma mudança de assunto:

– Então, essa é sempre a sua estratégia de conquista? Você leva a garota que está cortejando para tomar sorvete e dar uma caminhada pela orla?

A boca de Gideon se curvou em um sorriso.

– Estamos nos cortejando? Eu não fazia ideia.

*O quê?* Um calor surgiu nas bochechas de Rune.

– Não foi isso que... não. Eu não quis dizer...

Ele olhou por cima do ombro em direção à sorveteria.

– Na verdade – disse ele, interrompendo seu gaguejar –, eu venho aqui sempre que sinto saudade da minha família.

*Ah.*

– Meus pais trouxeram a gente aqui pela primeira vez no aniversário de 10 anos da Tessa – contou ele, fazendo um gesto para que Rune caminhasse com ele, deixando para trás a visão do barco de Alex. – Foi a primeira vez que tomamos sorvete. Os designs da minha mãe estavam ganhando fama e, de repente, havia dinheiro sobrando para gastar em coisas que não eram itens de necessidade.

Eles caminharam lado a lado pela orla, tomando o sorvete. Quando grupos de mulheres ou outros casais passavam, aproveitando o ar marinho e a luz do sol, Gideon abria caminho para lhes dar espaço e depois se juntava a Rune de novo.

– Tessa amava chocolate e Alex adorava baunilha. O favorito da minha mãe era pistache.

– E do seu pai?

– Ele não gostava de açúcar.

*Não gostava de açúcar?* Rune lambeu sua casquinha, gelada e doce. *Humm.*

– Não consigo imaginar não gostar de açúcar. Ou passar a infância sem tomar sorve...

As palavras saíram antes que pudesse segurá-las.

Por que tinha dito isso?

*Que coisa mais insensível de se dizer!*

Mas Gideon não reparou – ou, se reparou, não pareceu se importar. Apenas olhou de relance para a fileira de casas adiante, todas de frente para a orla. Em qual delas a filha da sibila estava sendo mantida cativa?

– Nunca me incomodei com a vida que a gente levava. Eu não tinha nada melhor com que comparar. Não até... – Ele a encarou e sua boca formou um sorrisinho. – Tem sorvete no seu rosto.

Morta de vergonha, Rune limpou o queixo com a mão.

Gideon balançou a cabeça.

– Não, é...

Tirando a luva de montaria, ele roçou o polegar pelo lábio de Rune. Quando recuou a mão, a ponta de seu dedo estava lambuzada de chocolate. Gideon ficou olhando, como se não soubesse o que fazer.

Ele o ofereceu de volta a ela.

Rune não hesitou. Afinal, era chocolate.

Pôs o polegar dele na boca, chupando o sorvete.

Quando seus dentes roçaram a pele dele, Rune ouviu Gideon engolir em seco. O som a fez erguer o olhar para encontrá-lo a encarando, os olhos escurecendo. A última vez que ele a olhara assim fora logo antes de beijá-la, no *Arcadia*.

Logo antes de lembrar que tinha nojo do que ela era.

Rune se afastou, soltando o polegar dele. Seu coração martelava nos ouvidos enquanto se virava depressa e continuava andando.

– Qual é a casa? – perguntou, a voz trêmula.

Gideon pigarreou.

– A amarela.

Mais à frente, erguia-se uma casa amarelo-limão de três andares. Tinha portões por todos os lados e hera verde-escura subia pelas barras de ferro, obscurecendo o jardim.

Rune diminuiu o passo, assimilando tudo. Com o portão que dava para a orla trancado, não teriam como entrar nem sair por ali.

O que deixava a porta da frente como a única opção.

Através da hera, Rune contou quatro guardas uniformizados no jardim dos fundos. Haveria mais segurança na frente e no interior da casa.

Ela olhou para a pistola no quadril de Gideon, a mão indo até o revólver que Soren lhe dera, preso em sua cintura. Duas armas que ficariam rapidamente sem munição caso eles se vissem em apuros.

– Vou precisar do seu casaco – disse Rune, dando as costas para a casa e começando a caminhar de volta na direção de onde tinham vindo.

– Para quê?

– Você vai ver.

# TRINTA E TRÊS

## RUNE

– **É SEMPRE MELHOR** prevenir do que remediar – disse Rune enquanto saíam do parque arborizado.

Gideon ficara de vigia enquanto ela se escondia entre as árvores para encantar as jaquetas dos dois com um feitiço reverso chamado couraça da bruxa.

*É para repelir qualquer mal*, dissera a ele, citando o livro de feitiços onde aprendera a realizá-lo. *Como uma couraça, as marcas de feitiço vão desviar uma faca atirada contra seu peito ou fazer balas ricochetearem.*

O que Gideon *não* sabia era que Rune também desenhara as marcas de um feitiço de encantamento na parte interna do próprio pulso, oculta pela manga do uniforme.

O cativante não era um feitiço tão coercitivo como o conta-fato. Era um simples feitiço de miragem, que Cressida mostrara a Rune quando ela ainda se passava por Verity. Segundo Seraphine, a avó de Rune também usava o cativante com frequência durante negociações, para ajudar na persuasão. O feitiço não obrigava alguém a concordar com seus desejos, mas ajudava a instigar a pessoa. Basicamente, ele tornava difícil resistir à conjuradora, embora não fosse impossível.

Não funcionaria em alguém como Gideon, por exemplo, que adorava se opor a Rune. Mas com jovens guardas querendo impressionar uma garota bonita? Com eles talvez desse certo.

Eles se aproximaram da casa amarela. Os portões da frente estavam abertos, revelando estátuas de duas Ancestrais flanqueando os degraus da entrada: Paciência e Justiça. Paciência ostentava uma ampulheta nas mãos, e Justiça carregava uma bandoleira cruzada no peito.

Havia um único guarda diante da entrada. Rune chutou que ele devia ter uns 19 ou 20 anos. Era hora do jantar, e Gideon sabia que metade da equipe estava no intervalo. Isso fazia parte da estratégia deles: a quantidade de segurança estaria reduzida pelos próximos trinta minutos, mais ou menos, o que aumentava suas chances não só de entrarem, como também de saírem.

Ao ver Rune e Gideon, o guarda se empertigou. Talvez por causa dos uniformes vermelhos ou por reconhecer o capitão da Guarda Sanguínea.

Gideon assentiu em uma saudação silenciosa.

– Oi – disse Rune, deixando o sorriso ainda mais radiante, como a chama de um lampião.

O guarda era alto e forte, embora não tanto quanto Gideon, e seu cabelo castanho-claro brilhava em tons de cobre onde batia a luz do sol.

Seu olhar se fixou em Rune, descendo por seu uniforme. O traje era exatamente do tamanho dela, porque Gideon sabia suas medidas. Ele mesmo as havia tirado, não muito tempo antes.

– Posso ajudar? – perguntou o guarda, sua atenção ainda em Rune.

– Estamos aqui para pegar a filha da bruxa – disse Gideon, interrompendo o exame minucioso do guarda. – O Comandante precisa dela no palácio.

O guarda desviou o olhar de Rune e se endireitou diante do tom imponente de Gideon.

– A criança já esteve no palácio hoje de manhã. Você tem os documentos?

Rune lançou um olhar a Gideon. *Documentos?* Ele tinha mencionado que precisariam de documentos?

– Não houve tempo para redigi-los – respondeu Rune. – É uma solicitação de última hora do escritório do Comandante.

– Sinto muito, mas preciso ver os documentos antes de deixá-los entrar.

*Hora de improvisar.*

– Eu disse que isso ia acontecer, capitão. – Rune se virou como se fosse embora. – Devíamos ter insistido para que... Ai! – Rune se encolheu, segurando o tornozelo como se estivesse doendo. – Acho que eu... – Fingindo perder o equilíbrio, ela cambaleou para trás e caiu diretamente em cima do guarda. – Ops!

Ele a segurou pela cintura, firmando-a.

– Você está bem?

Estava tão perto do jovem que dava até para sentir o cheiro da loção de barbear em sua pele.

Rune se inclinou na direção do rapaz, ainda segurando o tornozelo enquanto se equilibrava em uma perna.

– Me desculpe... É meu tornozelo ruim. Às vezes dá problema.

Ela olhou de relance para Gideon, cujos olhos estavam se estreitando.

*Bem, você não estava nos levando a lugar algum.*

– Não coloque peso nele – disse o soldado, passando um braço por baixo das pernas dela e levantando-a. – Vou levá-la até a sala de visitas. Você pode descansar lá enquanto encontro alguém para buscar um médico.

Ela envolveu o pescoço dele com os braços.

– É muito gentil da sua parte, mas não quero incomodar...

A marca do feitiço cativante ficou quente no pulso de Rune enquanto ela corria um dedo ao longo da gola da jaqueta dele. O guarda observou seus movimentos, fascinado.

Engolindo em seco, ele disse:

– Não é incômodo algum.

Rune o encarou de forma sedutora.

– Qual é o seu nome?

Ele a carregou, passando pelas portas, e entrou em uma pequena sala de estar.

– Ed. – Ele balançou a cabeça. – Quero dizer, *Edmund*. Meus amigos me chamam de Ed.

– Edmund – sussurrou ela.

Por cima do ombro do guarda, Gideon a fulminava com o olhar.

– Vou pedir à governanta que chame o médico. – Edmund a colocou no sofá. – Fique aqui.

– Claro. – Rune lhe deu outro sorriso radiante. – Não vou me mexer.

Assim que ele se foi, Rune se levantou do sofá. Gideon estava parado como uma nuvem carregada diante da porta, ainda fulminando-a com o olhar.

Ignorando-o, ela esticou o pescoço para espiar o corredor e observou Edmund desaparecer em uma curva.

– Vamos encontrar o quarto da criança antes que ele perceba que a gente sumiu.

Quando a barra estava limpa, Rune saiu para o corredor vazio.

Gideon a seguiu.

Até as paredes eram amarelas ali, como manteiga derretendo ao sol.

Passaram por empregados domésticos cumprindo suas tarefas: uma mulher com uma cesta cheia de roupas para lavar; um homem trazendo lenha recém-cortada. Rune sorriu para cada um, agindo como se pertencesse àquele lugar e torcendo para que o cativante funcionasse com eles também.

Quando enfim ficaram sozinhos, Gideon resmungou:

– Precisava mesmo daquilo?

– Do quê?

Ela encontrou um lance de escada e começou a subir. O quarto da criança ficava no terceiro andar. Rune havia reparado nele do calçadão da orla: uma janela aberta voltada para o porto, onde um móbile com nuvens estava pendurado sobre um berço.

Era para lá que precisavam ir.

– Não precisava ter flertado com ele.

Rune se irritou. *Sério?*

– Flertar com ele nos colocou aqui dentro. Você deveria me agradecer.

Só que Gideon estava o oposto de grato. Estava mais carrancudo do que nunca.

– Aquele rapaz não tem a menor chance com você – disse ele ao chegarem ao segundo andar, onde a escada terminava. – Você sabe. E eu também sei. Mas *ele* não sabe. Encorajar o garoto a pensar de outro jeito é crueldade.

– *Crueldade*?

Rune lançou a ele um olhar irritado enquanto seguia por um corredor com piso recém-lavado e papel de parede de narcisos. Ela olhou ao redor, procurando a escada para o terceiro andar.

– Que engraçado, vindo de você... um homem que tem como trabalho caçar garotas.

– *Bruxas* – corrigiu ele. – Eu caço bruxas.

Uma porta se abriu mais à frente. Ao ouvirem a voz que ecoava de lá, os dois hesitaram.

– Eu a deixei na sala da frente – disse Edmund, o soldado que ela enganara, saindo do cômodo. – Ela não conseguia andar. Acho que pode ter quebrado...

Edmund estava prestes a se virar e avistar os dois quando Gideon agarrou a manga do uniforme de Rune e a puxou para um cômodo vazio, fechando a porta.

Rune suspirou, agradecida a contragosto pela rapidez de raciocínio dele.

Olhou ao redor. Estavam em uma espécie de biblioteca particular, com estantes cheias de livros, uma escrivaninha e janelas que davam para o mar.

Rune abriu uma fresta da porta para espiar lá fora. Edmund continuava no fim do corredor, falando com outro funcionário e bloqueando o caminho deles à frente.

Estavam presos ali até que o soldado fosse embora.

Gideon encostou-se na parede, ouvindo o som abafado da conversa. As palavras que tinha dito um pouco antes ainda perturbavam Rune.

– Talvez você não acredite – sussurrou ela, olhando para o guarda do lado de fora –, mas nem todo mundo sente nojo de mim.

Gideon a encarou.

– Quê?

– Só porque você sente repulsa ao pensar em mim, não significa que os outros também sintam – reclamou ela, mantendo a voz baixa. – Algumas pessoas *gostam* quando eu flerto com elas.

– Do que você está falando?

Irritada por Edmund ainda estar conversando com o funcionário, ela fechou a porta e se virou para Gideon, que a encarava.

– Aquela noite no navio, quando nos beijamos. Você se afastou como se eu fosse...

Ela desviou o olhar, lembrando-se da expressão horrorizada dele, como se não pudesse acreditar no que acabara de fazer.

Rune queria não se importar com isso. Mas se importava.

– Como se você fosse *o quê*? – rosnou ele, mantendo a voz baixa.

Ela fixou o olhar nas tábuas polidas do chão sob seus pés.

– Como se eu fosse um monstro horripilante.

Gideon passou a mão pelo cabelo.

– Não foi isso...

Ele ficou em silêncio, observando Rune, como se ponderasse uma questão.

Então desabotoou a jaqueta.

Ela o encarou enquanto ele tirava a peça e puxava a camisa de dentro das calças.

– O que você está fazendo?

– Encerrando esse assunto. Agora mesmo.

Vê-lo se despir fez a temperatura de Rune subir.

– Encerrando o *quê*?

– Essa ideia absurda de que você me dá nojo.

– Mas eu te *dou* nojo. – Os olhos dela encontraram os olhos escuros de Gideon. – Você mesmo falou isso.

– *O quê?* – Os dedos dele pararam no botão de cima da camisa. – Quando?

Rune abriu a porta com cuidado e deu uma espiada lá fora. Edmund estava voltando na direção deles.

Ela fechou a porta.

Agarrando o braço de Gideon, Rune o arrastou por entre as estantes de livros e atravessou a biblioteca, até onde seria menos provável que a conversa deles chegasse ao corredor.

– No dia em que você me entregou para o expurgo – sussurrou ela enquanto o puxava pelo corredor em meio às estantes. – Você disse que não sabia o que te dava mais nojo: eu ser bruxa ou você ter caído na minha armação.

– *Rune.*

Ele estacou, obrigando-a a parar. Rune olhou para trás e o encontrou encarando o teto, como se estivesse rezando para ter paciência.

Soltou o braço dele.

– Você me traiu da pior maneira possível. – O olhar dele desceu para o rosto dela. – Eu tinha acabado de descobrir que você era a criminosa que eu passei dois anos caçando. Isso sem contar que você estava noiva do meu irmão em segredo. Eu estava magoado! Você me disse que Alex era um homem muito melhor do que eu jamais seria!

– Porque você estava me entregando para a morte! – sibilou ela, virando-se completamente para ele.

Gideon correu a mão pelo rosto e suspirou.

– Tudo bem. – Baixando a mão, ele ficou em silêncio, analisando-a. – Já que estamos dando voz aos nossos ressentimentos: me deixa maluco ver você seduzindo outros homens.

– Porque é crueldade. Já entendi.

Ela se virou, indo na direção da escrivaninha, no canto da sala mais distante do corredor.

Gideon segurou seu pulso, detendo-a.

– Não é por isso.

Rune virou-se para encará-lo.

– Ver você flertar com eles me faz... – Ele fez um som baixinho. – Me faz querer ir até o campo de tiro e disparar cem vezes, imaginando que estou atirando *neles*.

Rune o fitou. O que Gideon estava dizendo? Que ficava com *ciúmes*?

– Odiei ver você flertando com Abbie. – As palavras saíram antes que pudesse detê-las. – Odeio que você tenha mentido para mim sobre ela.

Ele a soltou e recuou.

– *Eu* menti?

Vozes no corredor fizeram os dois se calarem e olharem para a porta. Quando a passagem não se abriu e as vozes seguiram em frente, ela tornou a sussurrar.

– Você me disse que Abbie era uma velha amiga, mas não é verdade. É mais do que isso.

A postura dele ficou sombria, como a chegada de uma tempestade.

– Foi William que te contou isso?

*William, o espião?*, ela quis gritar, mas Gideon não sabia que ela entreouvira a conversa deles, e Rune pretendia manter as coisas assim.

– William viu você indo para a nossa cabine com Abbie. *Sozinhos.* Por que você faria isso, senão para... – Ela reprimiu a última parte da frase.

Por que estava perguntando? Realmente queria saber?

– Para fazer o *quê*? – rosnou ele.

Rune cerrou os punhos e o encarou com raiva.

– *Me diz você.*

Ele deu um passo em direção a ela. Rune recuou.

– Para beijá-la? – Sua voz ecoou pelo cômodo enquanto ele continuava avançando e ela, recuando. – Para reacender um antigo romance? É *isso* que você quer ouvir?

Isso pareceu enfurecê-lo. Rune não fazia ideia de por quê. Ele podia ficar com raiva dos envolvimentos românticos dela, mas ela não podia questionar os dele?

Rune esbarrou na mesa atrás de si. Gideon a encurralara contra o móvel.

– Quer saber? Está bem. – Ele chegou mais perto, dominando todo o ar. – Sim, *eu a beijei.*

Esse mero pensamento – da boca de Gideon junto da de Abbie – foi como uma bala em seu coração.

Isso não fazia o menor sentido.

Ele planejava matar cada uma das bruxas que Rune fora salvar. Estava tramando contra ela naquele exato momento. Era um brutamontes insensível. Abbie que ficasse com ele!

Só que a cabeça e o coração de Rune se recusavam a chegar a um acordo. Estavam em dois navios que seguiam rotas diferentes.

Seu coração se rebelara fazia muito tempo.

Gideon parecia estar esperando outra farpa. Como se estivessem em um ringue de boxe e ele quisesse que Rune desferisse outro soco. Qualquer resposta, porém, seria inútil. Ele já vencera a luta ao admitir aquele beijo.

Rune assentiu de modo brusco, deixando claro que queria sair do ringue. Para ela, a conversa tinha terminado. Tentou deixar o espaço entre ele e a mesa. Se Edmund enfim tivesse ido embora, precisavam procurar a criança.

– Ainda *não* terminamos. – Gideon espalmou as mãos na mesa, uma de cada lado de Rune, impedindo-a de sair. – Eu tive que ver você beijar aquele príncipe idiota. Acha que foi divertido?

*Soren?*

Era completamente diferente!

Rune nem se deu o trabalho de tentar sair da redoma que os braços dele formavam.

– Acha que eu gostei de beijar *Soren*?

Gideon assomava sobre Rune, o rosto a centímetros do dela.

– Com você, é difícil saber.

Será que Gideon achava que Soren Nord era o que ela queria?

*Idiota.*

– Eu odiei. – As palavras tinham gosto de cinzas na boca de Rune. – Eu o beijei porque precisava.

Não era óbvio?

Mas não. Para Gideon, Rune não era uma garota lutando para se manter viva. Ela era uma aristocrata acostumada a conseguir o que queria. Era uma bruxa que fazia as pessoas se curvarem à sua vontade.

– Você não tem ideia do tipo de coisa que já precisei fazer para sobreviver – disse ela.

O olhar dele endureceu.

– Tenho ideia, sim.

Por causa de Cressida, ela se deu conta. Gideon ficara à mercê da rainha por muito tempo. Ele também fizera coisas que não queria para sobreviver.

– Sei que passar tanto tempo vivendo uma mentira destrói uma pessoa – comentou ele.

Os olhos de Rune arderam e ela desviou o olhar, mas claro que não antes de Gideon ver suas lágrimas. Porque ele ergueu as mãos enluvadas até seu rosto, virando-o para si. Ela precisou reunir toda sua força de vontade para não se inclinar contra o toque dele.

Gideon roçou o polegar por sua mandíbula, desenhando seu contorno. Era tão injusta a maneira como apenas um toque dele a fazia ansiar por mais.

– Rune, a verdade é que... – Ele engoliu em seco. – Durante todo o tempo em que eu estava beijando Abbie... eu desejei que fosse você.

*O quê?*

Rune franziu a testa.

– Então por que ficou tão horrorizado ao me beijar?

Ele desceu a mão até o cinto dela e enganchou um dedo em um dos passadores da calça. Ao puxá-la mais para perto e se curvar, a respiração dele roçou o pescoço dela.

– Você se importa se eu demonstrar?

O coração de Rune disparou e ela olhou para a porta, do outro lado do cômodo.

*Eu deveria dar uma olhada no corredor.*

Mas não fez isso.

Aquela era realmente a pior coisa a respeito de Gideon: ele a fazia se sentir invencível. Como se não houvesse perigo do qual não pudesse escapar. Rune sentiu isso pela primeira vez como Mariposa Escarlate, ao passar as noites sendo mais esperta que Gideon. Agora, sentia outra vez, de um jeito novo.

Muito em breve, Edmund descobriria a sala de estar vazia e sairia à procura deles. Mas não importava, porque, contanto que Gideon estivesse a seu lado, contanto que fossem um time, não havia nada que não pudesse fazer.

Era irracional. Até mesmo loucura.

Isso a assustava tanto quanto a empolgava.

Rune olhou para os lábios dele.

– Me mostre.

De repente, a boca de Gideon buscou a dela, que correspondeu. Seus lábios colidiram. O sangue de Rune ferveu. Ele apoiou a mão na base de suas costas e a puxou ainda mais, fazendo uma chama faminta dominá-la. Gideon insistia, deixando evidente o quanto *não* sentia nojo dela.

Os beijos se tornaram desesperados. Como se a vida de ambos dependesse de jamais parar para respirar. Os batimentos de Rune martelavam quando ele pôs as mãos em sua cintura e a colocou em cima da mesa. Quando Gideon se encaixou entre suas pernas, puxando-a para si, um som baixinho escapou do fundo de sua garganta.

Estava preparada para dar àquele homem qualquer coisa que ele quisesse, contanto que ele prometesse *nunca parar*.

*Estou condenada*, ela se deu conta. *Gideon Sharpe vai ser o meu fim.*

Com a boca ainda a devorando, ele guiou a mão dela por baixo de sua camisa até seu peito e a pressionou contra a cicatriz. Rune sentiu a pele proeminente sob seu toque. Cressida o marcara anos atrás, como se Gideon não passasse de um animal, e agora a marca estava quente sob a mão dela, e esquentando cada vez mais.

*Quente.*

Quanto mais quente ficava, mais Gideon se retesava, mais os músculos se tensionavam. Igual a quando ele a beijara no *Arcadia*.

Só que, daquela vez, Rune reconheceu o que ele de fato estava sentindo.

*Dor.*

Rune tentou se afastar, mas ele a prendeu na mesa. E embora houvesse algo errado – isso estava evidente –, Gideon envolveu suas coxas com as mãos e a puxou ainda mais para si, como se não quisesse soltá-la.

Ou talvez ele não quisesse que *Rune* o soltasse.

– Rune...

Ele a inclinou para trás para deitá-la na mesa. Não havia nada que Rune desejasse mais do que se deixar levar, só que o corpo todo de Gideon tremia, como se ele tentasse conter algo excruciante.

– Gideon, espere. – Ela pôs as mãos no peito dele. – O que está acontecendo? Eu sinto como se estivesse... machucando você.

As palavras dela pareceram despertá-lo. Ou foi isso, ou ele não conseguiu mais aguentar a dor. Gideon se livrou do abraço dela e cambaleou para trás, a marca em seu peito brilhando em brasa através da camisa branca. Como se um ferro escaldante estivesse marcando sua pele.

Rune soltou um suspiro trêmulo.

*O que* Cressida tinha feito?

Gideon esbarrou na lateral de uma estante de livros e se agarrou a ela, usando o móvel para se firmar enquanto seu corpo inteiro tremia.

Rune desceu da mesa, querendo se aproximar, mas sem saber se deveria.

– É uma maldição – disse ele. – Foi por isso que beijei Abbie. Para descobrir se qualquer uma a ativaria ou... só você.

Rune abriu a boca, mas nada saiu. *Eu.*

– Acontece quando eu te toco. Pele com pele.

Ela sentiu o sangue latejar em seus ouvidos.

– Só eu?

Ele assentiu.

Atordoada, ela apoiou uma mão na mesa, para se sustentar.

– Então você e eu, nós nunca...

Ele balançou a cabeça.

*Nunca.*

A palavra foi como um eco em uma caverna vazia.

Rune se afastou da mesa, começando a andar de um lado para outro, e cerrou os punhos enquanto uma tempestade se formava dentro dela.

Gideon a observava, uma expressão conflituosa franzindo sua testa.

Rune queria matar Cressida com as próprias mãos. Como ela podia ter feito aquilo? Era tão *cruel.*

E de modo mais egoísta: significava que Rune jamais poderia tê-lo.

Não que pudesse tê-lo de qualquer forma. Estar com Gideon era algo impossível.

*Mas ele não sente nojo de mim.*

E odiava vê-la flertando com outras pessoas.

E se agarrara a ela como se Rune fosse um bote salva-vidas em um redemoinho.

Rune parou de andar, ergueu o queixo e respirou bem fundo e com calma. Decidida.

*Se houver um jeito de quebrar a maldição dele, eu vou encontrá-lo.*

# TRINTA E QUATRO

## RUNE

– VOCÊ ESTÁ BEM? – A voz de Gideon ecoou atrás dela.

*Bem?*

Estava furiosa.

Os dois se encontravam no terceiro andar, espiando pelas portas abertas em busca do quarto da criança. Edmund já partira havia um tempo e provavelmente àquela altura já descobrira que eles tinham sumido. Precisavam se apressar.

Gideon a alcançou, suas passadas largas mantendo o ritmo dos passos furiosos dela.

– Isso te incomoda? – perguntou ele.

– O quê?

– O fato de uma maldição impossibilitar que a gente fique junto?

*Fique junto.*

Como se, apenas talvez, fosse o que ele queria.

O pensamento foi uma centelha que acendeu uma chama, aquecendo Rune de dentro para fora.

– Por que me incomodaria? – Ela continuou olhando para a frente, sem querer que Gideon visse a verdade em seus olhos. – Nunca poderíamos ficar juntos, mesmo que você não estivesse amaldiçoado. – Ela seguiu andando. Havia apenas mais três portas antes do fim do corredor. – Você caça a minha espécie, lembra?

*Está nos caçando agora mesmo. Só está fingindo me ajudar para poder matar Cressida, seu exército e o descendente Roseblood.*

Gideon segurou seu braço, fazendo-a parar e se virar para encará-lo.

– No *Arcadia* – disse ele, observando-a com atenção –, você disse que teria se casado comigo, se eu tivesse pedido.

Ela viu a pergunta tácita em seus olhos: *Ainda é verdade?*

Rune cerrou os punhos. Nunca deveria ter admitido aquilo. A única coisa que a salvava da humilhação de ter feito essa confissão era o fato de Gideon parecer não acreditar nela.

*Não diga a verdade. Faça o contrário. A verdade só vai fazer com que acabe assassinada.*

Rune já cometera o erro de baixar a guarda com Gideon – e o resultado tinha sido ir parar na plataforma de expurgo. Não podia repetir o erro. Só porque Gideon não sentia nojo dela, não significava que a amasse.

Ele podia *desejá-la*, mas não era amor. Quem amava não tramava trair a pessoa amada. Não tentava caçá-la ou exterminar sua espécie.

Ela livrou o braço do toque dele.

– Acho que a gente devia se concentrar em...

Mais adiante no corredor, uma criança começou a chorar. Rune e Gideon olharam na direção do som: a última porta à direita. Rune acelerou o passo, com Gideon em seu encalço. Ao encontrar a porta aberta, ela entrou no quarto.

Uma jovem estava perto da janela que dava para o porto, se balançando, tentando acalmar a criança ruiva em seus braços. *Meadow*, dissera Gideon.

No momento em que avistou Rune, a babá parou.

– Quem são vocês? – A mulher apertou mais a criança. O choro aumentou.

– Este é o capitão Sharpe. – Rune fez menção de se aproximar. – E eu sou... Não importa. Temos ordens para levar a criança até o palácio.

A babá deu um passo para trás, colocando mais distância entre ela e Rune.

– Vocês vão ter que resolver isso com a minha patroa. Ela é a guardiã legal da criança.

Rune inclinou a cabeça. *Guardiã legal?*

Era uma prática que fora iniciada depois da revolução: tomar crianças de bruxas e entregá-las para serem criadas por não bruxas. Em geral, para sempre, nos casos em que a mãe estava morta ou foragida.

Rune sentira uma raiva abrasadora quando essa lei fora decretada.

A mesma raiva abrasadora que sentia agora.

– Nossas ordens vêm do próprio Comandante – disse Rune, continuando a avançar.

A mulher recuou outra vez, direto contra o parapeito da janela. O berço estava a seu lado, o móbile de nuvens girava suavemente com a brisa.

– N-não posso entregá-la a vocês sem permissão.

Rune, sabendo que estavam ficando sem tempo, sacou sua arma.

– Essa criança não pertence a você.

Quase dava para ouvir a carranca de Gideon. Rune estava acabando com o disfarce deles.

Não se importava.

– Sua patroa é uma ladra, e o lugar dessa criança é com a mãe dela.

Os olhos da babá se arregalaram diante da arma e relancearam para Gideon, que se postou ao lado de Rune.

– Melhor seguir as ordens dela. – Gideon estendeu as mãos, dando um passo à frente para pegar a criança, que observava a todos com seus olhos azuis assustados, o choro cada vez mais alto. – Ela é imprevisível com essa coisa.

Rune lançou um olhar de raiva para ele antes de engatilhar a arma, tornando a encarar a mulher.

– Você tem três segundos antes que eu atire.

Relutante, a babá entregou Meadow a Gideon, que enfiou a menina dentro de sua jaqueta, para que o feitiço couraça da bruxa a protegesse. Enquanto ele recuava até ficar atrás de Rune, ela o ouviu fazendo sons baixinhos de "shh".

No momento em que Rune o seguiu para o corredor, a criada berrou por ajuda.

– Invasores! – A voz dela estilhaçou o silêncio. – Socorro! SOCORRO!

Rune ficou tensa.

Logo, logo, aquele andar estaria tomado por guardas.

Em vez de voltar por onde tinham vindo, Gideon foi em direção à escada usada pelos criados. Rune o seguiu, lançando um olhar por cima do ombro, antes de descerem.

Homens uniformizados estavam vindo na direção deles.

– Vá! – disse ela, empurrando para que acelerasse.

Gideon desceu a toda. A escadaria dava no porão, perto da cozinha – ou era o que Rune pensava, a julgar pelo barulho de panelas batendo e pelo aroma de cebola cozida.

Torcendo para que Gideon soubesse o caminho que estava tomando, Rune correu atrás dele, passando por funcionários assustados enquanto os guardas desciam a escada com estrépito em seu encalço. Gideon atravessou um par de portas e, juntos, chegaram aos tropeços a uma imensa sala de jantar. Luz do sol entrava pelas janelas altas, iluminando dezenas de mesas com toalhas brancas. Dois criados empurrando carrinhos cheios de pratos estacaram ao vê-los.

– Ali – disse Rune, indicando uma porta que levava à frente da casa.

Porém, enquanto corriam até lá, ignorando os criados, a porta se abriu e vários guardas entraram. Gideon parou. Rune se virou apenas para se deparar com mais perseguidores entrando pelas portas por onde os dois haviam acabado de passar.

Gideon e Rune olharam para as janelas, mas, ainda que conseguissem alcançá-las e abri-las, seriam abatidos antes mesmo de pularem. As balas já estavam voando, zunindo perto de suas cabeças.

Uma delas atingiu o ombro de Rune. A força do impacto a fez dar um passo atrás. A bala ricocheteou, deixando apenas uma ardência – e provavelmente um hematoma – onde acertou.

Pelo menos a couraça da bruxa estava funcionando.

Rune disparou de volta, mas não soube dizer se tinha acertado alguém. Estava ocupada demais seguindo Gideon até as janelas.

Aninhando com uma mão a criança escondida dentro da jaqueta, Gideon usou a outra para tombar uma mesa de lado, estilhaçando um vaso de vidro cheio de flores no chão e protegendo os três contra os guardas de um lado. Ele fez a mesma coisa com outra mesa, posicionando-a na direção do outro grupo de guardas.

Gideon agarrou o braço de Rune e a puxou para o chão, protegendo-a dos disparos. Estavam seguros temporariamente, mas encurralados. Com guardas armados nas duas saídas, não podiam correr em direção às janelas.

– Aqui – disse ele, com calma, tirando Meadow de dentro da jaqueta e a entregando para Rune. – Me dê sua arma.

Rune lhe entregou seu revólver e puxou a criança para seu colo, apertando-a contra si e sussurrando baixinho, do mesmo jeito que Gideon fizera, sob a chuva de balas.

Quando o tiroteio parou, Gideon se ajoelhou para olhar, então ergueu a arma e disparou nas duas direções, abaixando-se logo depois.

O contra-ataque veio rápido e feroz. Apavorada, Meadow tremia. Rune a abraçou com força, cantarolando uma canção – uma canção de Alex –, enquanto Gideon usava seu corpo para protegê-las. Rune fechou os olhos, ouvindo o som de balas estilhaçando madeira e ricocheteando nas paredes, tentando pensar em um feitiço que os tirasse dali.

Sua mente, porém, era uma superfície de gelo; o medo a deixara em branco.

Com a chegada de reforços, o tiroteio se intensificou. A mão enluvada de Gideon pousou na cabeça de Rune, pressionando o rosto dela contra seu ombro. Ele manteve a cabeça de Rune baixa e fora de perigo enquanto protegiam a criança entre seus corpos.

– Logo, logo você vai estar com a sua mãe – disse ele a Meadow, cujos bracinhos estavam ao redor do pescoço de Rune.

A voz de Gideon era cálida e firme, apesar de tudo ao redor estar desmoronando. Como se ele soubesse a maneira exata de acalmar crianças assustadas, mesmo estando assustado também. Como o mais velho de três irmãos, ele provavelmente sabia mesmo.

– Não vou deixar que te machuquem. Eu prometo.

Mas como ele podia prometer uma coisa dessas? Eram presas fáceis, ali. Se conseguissem escapar, seria em grilhões.

Mas o calor de sua voz, a *certeza* de suas palavras, derreteram o medo de Rune.

*Maldição, por que ele tem que ser tão heroico?*

Isso fez Rune imaginar, por um instante, como Gideon seria com os próprios filhos.

Ao pensar nisso, algo estranho aconteceu. Uma imagem surgiu diante de seus olhos, como um sonho vívido. Ela viu Gideon muito mais velho, brincando com crianças. Viu com tanta nitidez que perdeu o fôlego.

Em sua visão, Gideon tinha talvez uns dez anos a mais e corria atrás de três crianças. Rune soube que eram os filhos dele porque dois tinham seus olhos, e o terceiro, sua boca austera. As crianças corriam por um campo cheio de flores silvestres, dando gritinhos e rindo, tentando escapar de Gideon enquanto ele fingia não conseguir pegá-los.

A maneira como o Gideon do futuro sorria fez o coração de Rune se apertar. O som contagiante de sua risada deu um nó em sua garganta. Ela só o vira feliz assim uma vez antes, por um instante fugaz, na noite que passaram juntos na cama.

Se a visão foi fruto de sua imaginação ou se estava vendo o futuro, assim como algumas bruxas viam, Rune não sabia. Nunca tinha acontecido.

Com quem ele tinha se casado? Quem era a mãe daquelas crianças?

Se havia uma esposa, Rune não a viu.

A visão se dissipou como um vendaval repentino soprando para inflar as velas de outros navios, deixando Rune desorientada e à deriva na sala de jantar, o *bang! bang! bang!* das balas fazendo seus ouvidos doerem, o cheiro acre de pólvora fazendo seu nariz arder, enquanto os gritos dos inimigos os cercavam pelos dois lados.

– Seria sempre assim – disse ela, dando-se conta, o punho agarrando a lapela da jaqueta de Gideon enquanto pressionava a testa contra o ombro dele.

Ele inclinou a cabeça em sua direção.

– O quê?

– Eu e você. Uma bruxa e um caçador de bruxas. – Ela se afastou para esquadrinhar o rosto dele, ainda apertando Meadow ao peito. – Se eu e você ficássemos juntos, seríamos caçados até os confins da terra. – Ela baixou os olhos para a criança indefesa em seu colo e falou mais baixo: – Junto com quaisquer filhos que tivéssemos.

As balas zuniam acima deles e Gideon ficou em silêncio, encarando-a, a mão ainda na nuca de Rune.

– Você quer ter filhos? – A voz dele soou estranhamente calma, em contraste com a algazarra.

O estômago de Rune se revirou.

*Por que eu falei isso?*

Na verdade, nunca tinha pensado muito no próprio futuro. Nunca havia acreditado que teria um. Sempre esperara ser pega e mandada para o expurgo, se não hoje, então amanhã. E, se não amanhã, em algum ponto mais adiante.

Ainda esperava isso.

Mas a pergunta dele a abalou.

Que tipo de futuro *queria*? Envolveria filhos? Uma família?

Parecia um absurdo cogitar isso. Ela era muito jovem. Sem contar que era caçada o tempo inteiro. O mundo era um lugar perigoso demais.

*Mas e se não fosse?*

E se ela fosse mais velha e o mundo fosse diferente?

– Eu...

Gideon de repente pôs a mão em seu queixo, atraindo o olhar dela para si. Ele franziu a testa, analisando seus olhos.

– Rune... você viu alguma coisa?

– O quê?

– Seus olhos...

Uma bala zuniu e se cravou na mesa de madeira atrás deles. Gideon se afastou como se tivesse sido atingido, sibilando de dor.

Rune ergueu o olhar e viu sangue se espalhando pela camisa dele, perto do ombro.

– Gideon!

Ele tocou o sangue com a luva, cerrando os dentes.

– Foi só de raspão. Vou ficar bem.

Rune estava prestes a dizer que não parecia ter sido de raspão quando um movimento a fez olhar por cima do ombro dele. Edmund – o soldado com quem flertara mais cedo – estava alguns passos atrás de Gideon, com a arma em punho.

Rune ergueu a pistola e atirou primeiro, acertando uma bala na perna de Edmund, que grunhiu e segurou o ferimento. Ela disparou de novo, obrigando-o a sumir de vista.

– Eles são muitos.

Gideon assentiu.

– Você consegue usar aquele feitiço de invisibilidade para tirar Meadow daqui?

– E você?

Rune franziu a testa ao ver o sangue dele se espalhar pela camisa, torcendo para que Gideon estivesse falando a verdade e não fosse nada sério.

– Vou distrair os soldados enquanto você foge. Se todos nós desaparecermos, eles vão saber que ainda estamos aqui e vão atirar livremente. Mas, se eu não permitir que se aproximem o suficiente para ver que estou sozinho, vão achar que meus disparos são para te dar cobertura. Vão concentrar a mira em mim enquanto você escapa pelas janelas.

Ele estava dizendo para Rune seguir sem ele.

– Mas como você vai sair dessa?

Gideon tirou uma bolsinha de couro do bolso.

– Não se preocupe com isso.

Ele enfiou a mão ali dentro e pegou um monte de balas, que tilintaram e rolaram quando as despejou no chão, tornando mais fácil pegá-las e carregar a arma.

– Pegue Comrade e vá para o Velho Bairro. Me espere lá.

– Mas...

– A chave do meu apartamento está no bolso do meu peito – disse ele, carregando a arma enquanto fogo inimigo zunia acima deles.

Não tinha a menor chance de Gideon conseguir passar por todos aqueles guardas sozinho.

– Não posso deixar você aqui!

– Rune. – O nome dela fez com que Rune o olhasse nos olhos. – Ao menos uma vez na vida, não teime comigo.

O olhar inflexível dele não admitia discussão. Rune o fitou com raiva, sabendo que ele tinha razão: era a única maneira de tirar Meadow dali.

Mas...

Rune passou os braços ao redor do pescoço dele, abraçando-o apertado.

– Prometa que vai sair vivo.

Quando ela o soltou, Gideon parecia surpreso.

– Vou ficar bem.

Era o máximo que ela ia arrancar dele. Então Rune pegou a chave no bolso de Gideon. Precisava confiar nele. Gideon era um capitão da Guarda Sanguínea; não o matariam.

*Certo?*

O som de madeira se quebrando explodiu nos ouvidos dela. Logo as balas atravessariam as mesas que lhes serviam de escudo.

Segurando Meadow contra o peito, Rune pegou sua faca de conjuração e fez dois cortes pequenos perto do tornozelo. Usando o sangue que gotejava de sua pele, desenhou os símbolos do marcha-fantasma, primeiro na nuca de Meadow, depois no próprio pulso.

– *Vá* – disse Gideon quando o feitiço fez efeito.

Ele se levantou e começou a atirar com as duas armas.

Rune abraçou Meadow com força enquanto partia na direção das janelas, mantendo-se abaixada. Ao chegar à mais próxima, esperou Gideon recarregar as armas e começar a atirar antes de destrancar e abrir a janela.

Com toda a atenção da sala fixa no capitão da Guarda Sanguínea, ela ergueu Meadow até o caixilho e foi logo atrás.

Depois de descer para os jardins, Rune cruzou os portões da frente com Meadow, passando despercebida pelos guardas da casa, agora em alerta máximo, enquanto o som dos tiros ecoava lá dentro.

Foi em direção à água, onde o cavalo de Gideon aguardava, olhando por cima do ombro para a casa amarela apenas uma vez.

*É melhor que você saiba o que está fazendo.*

Rune desamarrou Comrade, montou e, em seguida, esporeou o cavalo até que estivesse a galope, deixando seu coração para trás naquela sala de jantar junto com o jovem que arriscava a vida para que ela e uma criança pudessem escapar.

# TRINTA E CINCO

## GIDEON

**GIDEON DISPARAVA, RECARREGAVA** e voltava a disparar. Uma vez atrás da outra. Tentando ganhar o máximo de tempo possível para Rune enquanto se esquivava de fogo inimigo.

O ar estava enevoado pela fumaça dos disparos, sufocando o cheiro da magia de Rune.

Antes de saber que ela era uma bruxa, Gideon não era capaz de identificar aquele aroma. Ao contrário da magia de Cressida – que tinha um cheiro forte de sangue e rosas –, o cheiro da magia de Rune se misturava ao da ilha. Cheirava a maresia, fumaça de lenha e zimbro recém-cortado.

Por alguma razão, pensar na magia de Rune fez Gideon pensar em sua boca. Na maneira como ela tinha se entregado a ele na biblioteca. Nas coisas que quase admitira.

Ele estava pensando em como, agora que não podia tê-la, ela era tudo o que queria. Talvez estivesse destinado a desejar coisas sempre fora de seu alcance.

*E os olhos dela, ainda há pouco...*

Quando Rune tinha olhado para ele, um momento antes, seus olhos estavam parecidos com os de Aurelia logo após uma visão. Enevoados e pálidos.

*Mas poderia não ter sido isso. Poderia?*

Ainda pensava em Rune quando ficou sem munição. Sem mais nenhum projétil, Gideon jogou as armas no chão e levantou as mãos, erguendo-se da barricada que tinha armado.

– Eu me rendo! – gritou ele para a sala cheia de fumaça.

O tiroteio parou. Ouviu alguém dar uma ordem e, segundo depois, vários guardas surgiram em meio à penumbra.

– Onde está sua parceira? – perguntou um deles, a arma apontada para Gideon enquanto olhava atrás da barricada. – E a criança?

Gideon deu de ombros.

– Não faço ideia.

Ele não ofereceu resistência ao ser preso.

**LEVARAM-NO DIRETO PARA** o quartel-general da Guarda Sanguínea, que havia sido realocado depois de Cressida explodir o prédio original, dois meses antes. Agora, estava situado em uma antiga cidadela de pedra junto aos penhascos, com vista para o porto.

Enquanto os guardas conduziam Gideon por passagens escuras, as chamas das tochas tremeluziam, lutando contra o vento e a umidade do mar.

Foi levado até a antiga sala de guerra, com janelas de vitral que se estendiam por toda a parede de ambos os lados. Uma jovem de uniforme estava do outro lado da longa mesa de pedra.

Laila Creed.

Ela era a capitã interina na ausência de Gideon.

Harrow estava a seu lado. A mestra de espionagem tinha as mãos apoiadas na mesa, fitando fixamente algo que Laila estava olhando.

Quando Gideon entrou, as duas ergueram os olhos.

– Sharpe? – Ao ver as mãos algemadas de Gideon, as sobrancelhas escuras de Laila se franziram. Ela olhou para o guarda que o escoltara até ali. – O que é isso?

– Ele foi pego por invasão, sequestro e por disparar contra a segurança. Uma segunda oficial da Guarda Sanguínea estava com ele, mas fugiu com a refém.

Mesmo do outro lado da sala, Gideon viu o músculo na mandíbula de Laila retesar.

– Que refém?

– Meadow Kantor. A filha da sibila.

– Obrigada – disse Laila, sua expressão ficando sombria.

– Quer que a gente o leve até...

– Não. Deixem-no aqui, junto com a chave dessas algemas. E depois podem ir.

Um dos guardas se adiantou e deslizou a chave pela mesa de pedra até Laila, que esperou o som dos passos dos homens desaparecer pelo corredor antes de voltar toda a atenção para Gideon.

– Que inferno, Sharpe. *De novo?*

– Preciso falar com Noah.

– Noah está na Casa do Mar Invernal. Você vai ter que lidar comigo.

Uma tensão estranha tomou conta do ambiente. Sempre fora Gideon a dar as ordens e Laila a obedecer. Agora estava tudo invertido, e a postura rígida dela mostrava que Laila estava mais constrangida com a situação do que ele.

– Então preciso que você me solte – disse ele, erguendo os pulsos algemados. – E me libere.

– *Gideon* – interveio Laila, entre os dentes. – Disseram que você invadiu uma casa! E ajudou a sequestrar uma criança! Quem estava com você? Ou nem preciso perguntar?

Gideon se esquivou.

– O que você precisa é confiar em mim.

Laila comprimiu os lábios e cruzou os braços.

– Por que alguém aqui deveria voltar a confiar em você?

Gideon estremeceu. Fora por causa dele que o pai de Laila, o antigo Nobre Comandante, tinha sido morto por Cressida. Fora por causa de Gideon que a rainha bruxa tinha retornado e os ameaçava com uma guerra. O motivo de todos estarem em perigo. Se não tivesse sido enganado por Rune, se não tivesse se apaixonado por ela, poderia ter eliminado Cressida muito antes.

– Sou o culpado por toda essa situação – admitiu ele. – E é por isso que preciso consertar as coisas. Só que não posso fazer isso acorrentado... ou com você contra mim.

– A Mariposa Escarlate estava com você, não estava?

A pergunta veio de Harrow. Gideon se obrigou a encará-la. Se a confiança entre ele e Laila estava abalada, já não existia nenhuma entre ele e Harrow.

– A oficial que escapou com a refém – insistiu ela. – Foi Rune, não foi?

Ele desviou o olhar.

Após um momento, Laila disse:

– Responda à pergunta, Sharpe.

– Sim – sussurrou ele. – Foi Rune.

Laila apertou as palmas contra os olhos.

– *Gideon*. Por que você tem um fraco tão grande por essa garota? Rune Winters é problema! Se ela te manipulou uma vez, pode apostar que...

– Sei muito bem disso.

Por mais que quisesse, Gideon seria um tolo de confiar em Rune de novo, assim como ela seria uma tola de confiar nele.

– Eu usei Rune para pegar a criança.

Laila o fulminou com os olhos, do outro lado da mesa de pedra, claramente cética, mas não falou nada. Então Gideon continuou:

– Noah prometeu não interferir nos meus planos.

– Sim, bem, Noah não viu você cair nos encantos de uma bruxa manipuladora há poucos meses. Ele não percebe que...

– Prometi ao Comandante que entregaria Rune à Guarda Sanguínea – interrompeu ele –, *depois* de matar o descendente Roseblood. A única maneira de fazer isso é saber quais são os planos de Rune. Preciso que ela acredite que estou do lado dela. Preciso que ela confie em mim.

– E se você estiver caindo direitinho na armadilha dela? – questionou Harrow, com as mãos nos quadris, parecendo totalmente descrente. – Foi ela quem falou que veio aqui para encontrar esse descendente. E se for mentira? E se Cressida a enviou para recrutar mais bruxas em prol de sua causa e nos atacar de dentro?

Laila olhou para Gideon, esperando sua resposta, mas ele não tinha nada a dizer. Já se fizera as mesmas perguntas.

– Se tiverem um plano melhor, eu adoraria saber – sugeriu Gideon.

A julgar pelo silêncio, elas não tinham.

– Cressida matou minha família toda – disse ele. – Não tenho a menor empatia pela causa dela. Quero que ela seja detida. Eu a quero *morta*. – Ele fez força contra as algemas. – Discutir comigo só está me impedindo de conseguir isso. Prometi a Noah que entregaria o tal descendente *e* Rune Winters à Guarda Sanguínea. Agora, me solte para que eu possa cumprir a promessa.

Laila mordeu o lábio.

– E se Harrow estiver certa e Rune estiver te enganando? E se você cair na armadilha dela?

– Se eu cair – disse ele, sorrindo –, você vai me resgatar.

Ela estreitou os olhos, e os dois se encararam por um bom tempo.

Laila foi a primeira a desviar o olhar. Suspirando, pegou a chave na mesa.

– *Está bem.* Mas me mantenha a par dos seus planos. Quer ficar livre dessas algemas? Conte o que está planejando para podermos te ajudar... ou, no mínimo, impedir que você seja preso da próxima vez.

Então Gideon contou.

# TRINTA E SEIS

## RUNE

RUNE FICOU ESPERANDO GIDEON por três horas. Quando o sol se pôs e ainda não havia sinal dele, ela ninou Meadow até a menina dormir e a colocou em sua cama. Depois, encontrou o armário onde Gideon guardava várias armas extras e caixas cheias de balas. Carregou duas pistolas e as colocou na mesa, a rápido alcance, para o caso de a Guarda Sanguínea aparecer.

*Foi uma péssima ideia.* Ela tamborilou os dedos na perna enquanto andava de um lado para outro. *Onde ele estava com a cabeça?*

Onde *ela* estava com a cabeça?

*Eu não devia tê-lo deixado para trás.*

E se ele não saísse de lá vivo?

Quando mais meia hora se passou e o apartamento ficou escuro, Rune acendeu diversas velas para enxergar. Pensou em deixar Meadow dormindo na casa de um vizinho para ir descobrir o que tinha acontecido com Gideon e resgatá-lo, se necessário.

Passos na escada a deixaram paralisada. Rune pegou uma das pistolas carregadas e apontou para a porta, o corpo retesado enquanto ouvia o som de uma chave na fechadura.

Rune segurou com mais firmeza a arma.

Porém, quando a porta se abriu, Gideon surgiu na soleira.

Vê-lo desfez cada nó do corpo de Rune. Ela soltou o ar, olhando de relance para o sangue seco na jaqueta dele.

O olhar de Gideon percorreu o corpo dela, parando na pistola ao lado de seu corpo.

– Você está bem?

– Se *eu* estou bem? – Rune avançou na direção dele, atraída como um ímã, querendo passar os braços à sua volta e abraçá-lo apertado. – Você está ferido? Como...

Uma mulher apareceu atrás dele.

Rune parou abruptamente.

As roupas da mulher pendiam de seu corpo magro, como se ela não comesse havia semanas, e seu cabelo escorria em fios sem vida pelas costas e pelos ombros. Por baixo da sujeira, Rune supôs que seu cabelo fosse de um intenso ruivo-acobreado. Os olhos fundos da mulher esquadrinharam a sala freneticamente.

– Onde está Meadow?

*Ah.*

Era Aurelia Kantor.

– Está dormindo – respondeu Rune. – No quarto.

Ela apontou para o quarto de Gideon. A sibila passou por ela às pressas, desaparecendo no interior do aposento.

Quando Gideon fechou a porta, Rune foi até ele.

– Como conseguiu escapar?

– Eu me rendi.

Ele observou a camisa e a saia comprida que Rune havia vestido, próprias para viagens longas. No estado de ansiedade em que se encontrava, Rune se esquecera de abotoar os punhos das mangas. Reparando nisso, Gideon tirou as luvas de montaria, guardou-as no bolso e abotoou os punhos da manga dela – primeiro um, depois o outro.

– Fui levado até Laila. Depois disso, foi só uma questão de convencê-la a me libertar.

*Simples assim?* Claro, aquilo tudo provavelmente era parte do plano dele de traí-la. Antes que pudesse pressioná-lo, as tábuas do assoalho rangeram atrás dos dois.

Rune se virou e se deparou com Aurelia saindo do quarto com Meadow no colo.

– O capitão disse que você queria me ver – falou Aurelia.

Rune se deu conta de como ela e Gideon estavam próximos e deu um passo rápido para trás, virando-se de costas para ele, mas era tarde demais. A expressão da sibila dizia que ela tinha percebido exatamente o que Rune não queria que ela visse.

Rune deu um pigarro.

– Queria mesmo.

Ela deixou a pistola na mesa e parou. Não tinha carregado duas? Rune esquadrinhou a sala, procurando a segunda arma.

– Quem é você?

– Meu nome é Rune Winters. Nossos inimigos – Rune olhou para Gideon – me chamam de Mariposa Escarlate.

– *A Mariposa Escarlate?* – Aurelia arqueou as sobrancelhas. – Bom, se é para entrar na brincadeira, então eu sou a própria rainha bruxa.

Ela não acreditava em Rune.

Não teria importância, se Rune não precisasse da confiança da mulher. E de sua ajuda. Então ela pegou a faca de conjuração da bainha na coxa, sob a saia, fez um cortezinho na pele e desenhou o símbolo do feitiço tocha em sua palma aberta. Uma chama se acendeu alguns centímetros acima de sua mão e, poucos segundos depois, sobre a cabeça de Rune, uma marca de conjuração surgiu no ar, na forma de uma mariposa vermelha como sangue.

– Isso basta como prova para você?

A expressão cética no rosto de Aurelia desapareceu.

Rune cerrou a mão, borrando o símbolo, e a chama se extinguiu.

– O que quer de mim? – perguntou Aurelia, alternando o olhar entre ela e Gideon.

– Preciso da sua ajuda para fazer um feitiço de invocação.

O feitiço era um súpero, o que significava que Rune precisava do sangue de outra pessoa – oferecido de bom grado – para realizá-lo. Só o dela não seria suficiente.

– E por que eu deveria ajudar? – perguntou Aurelia, beijando a bochecha de Meadow, segurando-a com firmeza quando a criança se agarrou a ela.

– Para compensar todas as mortes pelas quais você foi responsável? – sugeriu Rune.

Os olhos da sibila faiscaram.

– E porque, se me ajudar, posso tirar você e Meadow desta ilha em segurança.

Ela viu Aurelia raciocinando em silêncio. Era uma oferta boa demais para recusar, e ambas sabiam disso.

– Em quanto tempo?

– Depende de você, eu acho. O feitiço só pode ser conjurado em um local e vai levar horas para chegar lá.

– Estou pronta quando você estiver – disse Aurelia.

Rune assentiu.

– Então vamos.

Entretanto, quando Aurelia se virou para a porta, segurando Meadow com força, Gideon se pôs no caminho com os olhos fixos na sibila.

– Você está se esquecendo de uma coisa.

Aurelia lhe lançou um olhar fulminante.

– E o que seria?

– Prometi entregar sua filha em segurança e você me prometeu respostas.

– Não acha que já me atormentou o suficiente? – indagou ela, tentando passar por ele.

Gideon cruzou os braços, bloqueando seu caminho.

– Nós fizemos um acordo, Aurelia.

Rune olhou de um para outro. Era por *isso* que ele tinha ajudado a resgatar Meadow? Não porque era a coisa certa a fazer, mas porque tinham lhe prometido algo em troca?

Rune retorceu a boca.

– Se acha que eu te devo *alguma coisa...*

– Que acordo? – interrompeu Rune.

Gideon a encarou. Foi o bastante – um segundo de distração – para Aurelia agir. A bruxa puxou a arma que tinha sumido e pressionou o cano sob o queixo de Gideon.

Ele ficou paralisado quando ela engatilhou a pistola. E foi aí que Rune se deu conta de que ele estava desarmado. Aurelia só precisava puxar o gatilho – e, por sua expressão, faria isso com todo o prazer.

– Vou lhe dar um minuto para se despedir, capitão.

Com o cano da arma ainda apertado sob o queixo, Gideon sustentou o olhar de Rune, a mandíbula cerrada.

O próximo passo de Aurelia estava óbvio no rosto da bruxa. Ela ia atirar em Gideon e deixá-lo para morrer. Era mais seguro assim. Se ele estivesse morto, não teria como ir atrás delas.

Rune concordava com a lógica de Aurelia. E, se fosse qualquer outro caçador de bruxas bloqueando a porta, teria feito isso sozinha.

Mas era Gideon.

Mesmo que ele tramasse traí-la, mesmo que tentasse ir atrás delas – Rune sabia que ele faria isso –, não podia deixar que ele morresse.

Ele era irmão de Alex.

Tinha sido torturado e amaldiçoado por uma rainha bruxa cruel.

E o mais importante: ela o amava, apesar dos milhões de motivos para não amar.

Então, antes que Aurelia disparasse, Rune pegou a outra arma, ainda em cima da mesa, e mirou diretamente a bruxa.

Aurelia lançou um olhar perplexo para Rune.

– Sua idiota! – Os olhos dela ardiam como uma chama verde. – Não sei do que ele te convenceu, mas não é verdade. – Aurelia aninhou Meadow em um braço, ainda segurando a arma sob o queixo de Gideon. – Ele vai te trair. Não tem escolha. Se ele deixar você partir, vão executá-lo.

*Executá-lo?*

As palavras reverberaram em Rune.

Ela sabia que as leis haviam mudado. Não havia mais tolerância alguma para quem simpatizava com bruxas. Mas *execução*?

Aurelia apertou a arma com mais força, forçando Gideon a erguer o queixo.

Rune levou a outra mão à própria arma, segurando-a com firmeza e mantendo-a apontada para Aurelia. Para Gideon, ela disse:

– Afaste-se da porta.

Com as mãos erguidas, Gideon olhou para Aurelia como se desconfiasse de que ela fosse atirar nele de qualquer jeito. Mas a filha dela estava na linha de fogo. Aurelia não podia arriscar. Ou assim Rune esperava.

Devagar, Gideon saiu da frente da porta.

Para Aurelia, Rune falou:

– Desça com Meadow e me espere lá fora.

Aurelia demonstrou sua desaprovação com uma carranca, abriu a porta com o quadril e então saiu, deixando Rune e Gideon a sós.

Rune baixou a arma.

– Ouvi sua conversa com William, no porão de carga – disse ela. – Sei o que está tramando. Você vai me seguir, matar o descendente Roseblood e depois me prender para poder barganhar com Soren. Você nega?

Gideon passou as mãos pelo cabelo, deixando-o todo desgrenhado.

– Não – disse ele, suspirando. – Não nego.

– Esse ainda é o seu plano? – perguntou ela. *Depois de tudo?*

Ele deixou as mãos penderem ao lado do corpo.

– O que você quer que eu faça, Rune? Que deixe você fugir? Se estivesse no meu lugar, você estaria planejando a mesma coisa.

Ela balançou a cabeça.

– Não é verdade.

– Não? – Ele deu um passo na direção dela. Com sua aproximação, um sininho disparou um alarme: *perigo, perigo.* – Então me fale, *o que* você faria?

Rune recuou.

– Eu já te disse. Vou encontrar o último Roseblood vivo e levar essa pessoa para longe de Cressida. Depois vou romper o noivado com Soren e acabar com a aliança.

– E se isso não der certo? E se Soren decidir que quer guerra de qualquer jeito, apesar de suas promessas quebradas? E se Cressida caçar você e esse Roseblood e arrastar vocês de volta?

– Eu...

A presença dele deixava os pensamentos dela confusos.

– Eu... não sei.

– Porque você não *precisa* saber – rosnou ele. – Se as três rainhas bruxas voltassem ao trono, seria uma bênção para você, não horror e sofrimento. Se for um Reinado de Terror para todo mundo mais, que diferença faz para você? Não é, Rune?

Aquilo não era verdade nem justo.

– O que eu deveria fazer? Ficar do *seu* lado? – Ela ergueu a arma de novo, engatilhada e pronta para disparar. Como ele tinha ensinado a ela. – Você quer me ver morta, assim como todos os soldados da Guarda Sanguínea.

Ele abriu a boca para responder, mas ela o interrompeu:

– Nem toda bruxa é um monstro, Gideon. A maioria não é.

Ele deu mais um passo. Rune estreitou os olhos. Se ele chegasse mais perto, seria obrigada a atirar.

– E mesmo assim – rosnou ele –, você não fez nada enquanto as pessoas sofriam diante de bruxas como Cressida. Nenhuma de vocês fez nada.

Rune engoliu em seco. Era verdade. Ela podia até não saber o tipo de crueldade sofrido por pessoas como Gideon e tantos outros nas mãos de bruxas poderosas, mas sua avó sem dúvida sabia, assim como as amigas delas, e Rune admirara todas.

Muitas bruxas não tinham feito nada quando deveriam ter se colocado contra tudo aquilo.

– Devo me entregar em penitência? – perguntou ela. – Dar a você a honra de me conduzir até a plataforma de expurgo?

Gideon desviou o olhar, como se lembrasse de que tinha feito exatamente isso.

Aurelia estava certa. Não podia confiar nele. Ele ainda planejava traí-la.

Estava envolvido demais naquilo tudo para não seguir adiante.

Se permitisse que Rune salvasse as bruxas, se deixasse Rune escapar, Gideon trairia tudo em que acreditava: seus amigos e companheiros soldados, os cidadãos que jurara proteger, a República pela qual tanto lutara.

Ela não era burra. Ele não escolheria *Rune* acima de tudo aquilo.

Se escolhesse, seria executado.

Não importava o que ele tivesse admitido na casa amarela. Nada daquilo importava. Rune sabia que ele nunca a escolheria. Não *podia*. Nem mesmo se quisesse.

O pensamento a deixou mais focada. Mais *dura*.

*Está quase acabando.*

Ela só precisava ficar alguns passos à frente por mais algumas poucas horas.

Rune manteve a arma apontada para o peito dele.

*É aqui que seguimos caminhos diferentes.*

– Não tente me seguir – disse ela.

Gideon não respondeu, mas Rune o decifrava com tanta facilidade quanto ele fazia com ela, e seu olhar dizia: *Quem dera eu pudesse dizer que não vou.*

# TRINTA E SETE

## RUNE

JÁ PASSAVA DA MEIA-NOITE quando chegaram ao imponente círculo de pedras.

Rune e Aurelia haviam roubado dois cavalos dos estábulos da cidade, ocultando-os com o feitiço marcha-fantasma, na esperança de que isso impossibilitasse que Gideon as seguisse.

O olhar dele quando ela partiu a assombrou durante todo o caminho.

As silhuetas sombrias das pedras assomavam sobre Rune como gigantes, tampando as estrelas. O ar ali cheirava a magia. Profunda e primitiva. Rune se arrepiou; era como se as Ancestrais tivessem ocupado aquele lugar havia poucos momentos. Como se *aquela* fosse a porta por onde elas haviam saído do mundo.

Não que Rune acreditasse nesse tipo de coisa.

Mas algumas pessoas acreditavam. O Culto das Ancestrais, por exemplo – um grupo de religiosas fanáticas –, acreditava que aquele círculo de invocação um dia tinha sido usado para atrair as Ancestrais, na época em que era *possível* invocá-las. Segundo elas, as Ancestrais – ou as Sete Irmãs, como o culto às vezes se referia a elas – haviam partido fazia tanto tempo, para um sono tão profundo que não podiam mais atender ao chamado de ninguém.

Era uma boa história para ninar crianças, mas, se as Ancestrais fossem de verdade, se algum dia tivessem caminhado pelo mundo que criaram, Rune já teria visto provas de sua existência àquela altura.

Não. Se aquelas pedras antigas lhe causavam sensações, era porque bruxas comuns conjuravam feitiços poderosos ali havia séculos. O que Rune sentia naquele lugar era apenas o eco da magia delas, não os resquícios da presença de divindades.

Em uma colina próxima, jaziam as ruínas de um templo do Culto das Ancestrais que antes fora magnífico. Havia sido destruído durante a revolução, e suas sacerdotisas e acólitas foram mortas ou fugiram da perseguição. De onde se encontrava, entre as pedras de invocação, Rune só conseguia ver uma parede desmoronada.

Rune e Aurelia não perderam tempo. Conjuraram o feitiço de invocação sob o luar enquanto Meadow dormia em uma cama de musgo. Rune aprendera o feitiço durante seus estudos com Seraphine, mas nunca o colocara em prática.

Ela abriu seu medalhão e pegou os fios do cabelo de Cressida, colocando-os no centro do círculo. Aurelia pegou sua faca de conjuração e abriu um pequeno talho no ombro, aumentando o desenho prateado de seus estigmas de conjuração. Usando o sangue ofertado, Rune desenhou os símbolos.

– E agora? – perguntou Aurelia, depois, examinando as sombras profundas ao redor delas.

Rune ergueu os olhos na direção do céu, para as estrelas brilhantes lá em cima.

– Agora a gente espera.

Podia demorar até doze horas para que a pessoa invocada chegasse. E, como não havia mais nada a fazer além de esperar, elas dormiram.

# TRINTA E OITO

## GIDEON

GIDEON ESTAVA AGACHADO atrás da parede do templo arruinado, tentando não ficar encharcado pela chuva. Dali, tinha uma boa visão do vale abaixo. Ou teria, se a tempestade não tivesse chegado. Agora, para ver qualquer coisa no meio das pedras de invocação, precisava semicerrar os olhos em meio à penumbra.

Yonder, o cão de caça que o levara até aquele lugar profanado, estava deitado ali perto, erguendo a cabeça de vez em quando para olhar na direção das sombras. Gideon torceu para que aquilo não fosse uma emboscada para *ele*.

Yonder havia rastreado Rune até o vale usando o cheiro do sangue dela, que ainda manchava a jaqueta de Gideon por causa do feitiço de proteção que ela conjurara.

Gideon vira Aurelia e Rune conjurarem o feitiço, algumas horas antes, e depois se retirarem até uma pequena caverna para esperar. Desde então, o círculo de invocação permanecera vazio – a não ser pela pequena mariposa escarlate brilhando no centro, indicando que o feitiço de Rune estava ativo.

Uma dor de cabeça começava a se insinuar nas têmporas de Gideon, pela pressão da tempestade ou de tanto forçar a vista. Estava se inclinando para trás, querendo dar um descanso aos olhos, quando um movimento nos limites do círculo o fez chegar para a frente com um solavanco.

Se não fosse o brilho branco, talvez ele não a tivesse visto.

Rune entrou no círculo. A julgar pelos passos lentos e pesados, parecia sonâmbula – ou talvez em algum tipo de transe. E, ao redor dela, em um círculo protetor e iluminado, centenas de luzinhas brancas cintilavam como vaga-lumes.

Gideon franziu a testa, observando Rune subir na pedra plana no meio do círculo de invocação e se deitar na superfície musgosa. Ali, ela se enroscou de lado e ficou imóvel, o cabelo espalhado a seu redor.

Uma a uma, as luzes cintilantes se assentaram por todo o seu corpo, brilhando cada vez mais. Até que ela era mais brilho do que mulher.

Sua assinatura – a mariposa escarlate acima – ardeu como uma brasa incandescente e, de repente, se extinguiu, dando o feitiço por encerrado.

O brilho branco desapareceu, deixando Rune sozinha no escuro e na chuva.

De repente, Gideon, horrorizado, compreendeu tudo.

– Pela misericórdia das Ancestrais – sussurrou ele, o coração apertado.

Rune era a descendente perdida.

# TRINTA E NOVE

## RUNE

RUNE ESTAVA SONHANDO com Gideon de novo.

Só que aquele sonho não podia ser mais diferente do que o primeiro. Em vez de uma sala de caldeiras quente e cheia de vapor, Rune estava na chuva, o frio úmido penetrando em suas roupas.

Diante dela, estava Gideon. A água brilhava em seu cabelo escuro e escorria por seu rosto.

Rune foi dominada por um ímpeto de ir até ele, encostar o rosto em seu peito e ouvir as batidas de seu coração enquanto ele a abraçava.

Antes que pudesse fazer isso, Gideon ergueu sua arma.

Rune congelou, os batimentos acelerados.

Ele não faria aquilo, com certeza. Não depois de tudo o que tinham admitido um para o outro.

Ele engatilhou a arma, mirando no peito dela.

*Desculpe*, seus olhos pareciam dizer. *Eu não queria que tivesse que acabar assim.*

Mas ela não soubera desde sempre que acabaria? Não havia para onde correr. Não havia como fugir. Nada a fazer, a não ser aceitar.

*BANG!*

RUNE ARQUEJOU, ERGUENDO-SE DE SÚBITO. Seu peito arfava enquanto respirava fundo. Olhou para baixo, apertando a mão contra o coração disparado, onde sentira a bala do sonho entrar.

Não havia nada ali.

Nenhum sangue. Nenhuma dor.

Estava bem.

Apenas... encharcada.

Rune olhou ao redor e se viu deitada em uma pedra lisa e plana, no meio do círculo de invocação, com as outras pedras assomando à sua volta. Em algum momento, uma tempestade tinha chegado e molhado tudo, mas já passara, levando a noite com ela.

O sol estava alto no céu.

Os ombros de Rune relaxaram de alívio.

*Foi só um sonho.*

Ainda via o rosto culpado dele, no entanto. O estampido ainda ressoava em seus ouvidos, e um calor estranho queimava em seu peito, onde a bala se alojara.

A sensação era a mesma da visão que tivera de Gideon com as três crianças. Como um vislumbre do futuro.

Rune estremeceu.

Aurelia atravessou o círculo até ela. Apenas a barra de sua saia estava molhada; o resto estava seco. Pelos olhos cheios de sono, ela acabara de acordar.

Antes de adormecer, haviam se protegido em um abrigo sob algumas pedras quebradas fora do círculo de invocação. Então o que Rune estava fazendo ali, *dentro* do círculo?

– Pesadelos? – perguntou Aurelia, analisando os olhos de Rune como se reconhecesse algo neles.

– Mais ou menos.

Rune enxugou a água do rosto e se ajoelhou. Quanto tempo havia se passado? Olhou para cima, procurando a assinatura de seu feitiço.

Só que a mariposa escarlate havia desaparecido.

Rune franziu a testa.

– Parece que seu feitiço se desfez – concluiu Aurelia.

– Será que não conjurei certo?

Será que devia ter coletado um pouco do sangue de Cressida? Será que teria deixado o feitiço mais forte?

– É possível – respondeu Aurelia. – Também é possível que a magia ancestral que protege essa pessoa da minha Visão também a proteja de ser invocada.

Elas esperaram mais algumas horas.

Quando Meadow acordou e começou a chorar, Aurelia tentou acalmá-la, andando de um lado para outro e ninando a menina.

– Ela está com fome.

E não tinham comida para dar a ela.

*Precisamos voltar para a capital.*

Rune olhou ao redor do círculo vazio, tentando engolir a decepção.

Por que ninguém viera?

*Aurelia provavelmente tem razão*, pensou Rune, tentando se consolar. *E, se não posso invocar o descendente Roseblood, Cressida também não pode.*

Ou assim esperava.

Agora, Rune tinha que se concentrar nas tarefas mais urgentes: encontrar comida para Meadow e tirar as três da ilha.

– Gideon acha que vamos fugir a bordo do *Arcadia* – explicou Rune enquanto ia pegar os cavalos. – O que significa que a Guarda Sanguínea vai ficar de olho no porto principal... e no *Arcadia* em particular.

– Qual é o seu plano, então?

– Eles não vão estar vigiando as embarcações menores. Se formos só nós três, um veleiro dará conta.

Aurelia pareceu cética.

– Vai levar uma semana para atravessar o Estreito do Sepulcro em um veleiro.

– Na verdade, cinco dias – corrigiu Rune. – Se o vento estiver a favor.

– E você tem uma embarcação?

– Mais ou menos. – O *Melodia da Aurora* estava parado no porto. – Pertence a... a um amigo meu. Que não vai dar falta dele. – Ela olhou para Meadow, que berrava de fome. – Mas primeiro vamos precisar nos abastecer com provisões.

# QUARENTA

## GIDEON

RUNE É A DESCENDENTE perdida.

A neta adotiva de Kestrel Winters era uma princesa Roseblood. Filha da rainha Winoa. Meia-irmã de Cressida.

Herdeira do trono Roseblood.

E ninguém sabia.

A mente de Gideon estava em turbilhão enquanto os cascos de Comrade retumbavam nas estradas de terra, correndo de volta para a capital.

*Se Cressida souber disso...*

Só que Gideon tinha um problema maior.

*Dou a você dois dias para cumprir suas promessas*, a voz de Noah ecoou em sua cabeça. *Se a Mariposa Escarlate escapar por entre seus dedos outra vez, vou ser obrigado a presumir que é intencional.*

O prazo era no dia seguinte. Gideon prometera entregar Rune *e* o descendente. Se não conseguisse...

*Se fracassar, será acusado de simpatizar com bruxas e colocado em uma cela para aguardar execução.*

Ainda dava tempo de prender Rune antes que ela partisse. Poderia contar a verdade a Noah: Rune e o descendente Roseblood eram a mesma pessoa.

Poderia cumprir todas as promessas.

*Mas, se eu contar a verdade, Noah vai matá-la.*

Era o que o próprio Gideon tinha planejado fazer.

*E se eu não contar a verdade?*

Se ele entregasse Rune para Noah e guardasse para si aquele segredo... será que Noah *o* mataria?

Gideon ainda tinha como se livrar de uma sentença de morte. A prisão de Rune poderia bastar para satisfazer o Comandante. Principalmente se Soren eliminasse Cressida e suas bruxas em troca da entrega de sua noiva a salvo.

Laila o apoiaria nisso, ele tinha certeza.

Só que Rune nunca o perdoaria. Por entregá-la de volta a Soren. Por usá-la como barganha para matar mais bruxas. Era pura e simplesmente uma traição.

*E se eu não a trair?*

Aconteceria o impensável: Cressida travaria uma guerra, reconquistaria o trono e instauraria um novo reinado de terror. Um reinado que Gideon nem mesmo viveria para ver, porque Noah o executaria primeiro.

*E se Cressida um dia descobrir quem Rune é... se ela mesma conjurar o feitiço de invocação...*

Gideon cutucou Comrade com os calcanhares, instigando-o a ir mais rápido.

Só havia uma escolha possível.

Antes de tomar a decisão, havia alguém com quem precisava conversar.

# QUARENTA E UM

## RUNE

QUANDO RUNE E AURELIA chegaram ao pequeno porto onde o veleiro de Alex estava ancorado, o local estava infestado de soldados da Guarda Sanguínea. Por isso, Aurelia e Meadow se esconderam ali perto enquanto Rune ia verificar o barco.

Ela entrou na água gelada, tomando cuidado para não ser vista enquanto nadava até o *Melodia da Aurora*. Depois de se içar pela lateral do barco, Rune se deu conta de que tinha se esquecido da pistola de Gideon e a perdera em algum momento na água.

Jamais a encontraria agora. Jazia no fundo do mar.

Amaldiçoando sua negligência, Rune desceu para debaixo do convés, tomando cuidado para não escorregar no piso de madeira com os pés molhados. Lá dentro, encontrou um barril cheio de água e soltou um suspiro de alívio, agradecendo silenciosamente a Alex por manter o barco abastecido. Se tivessem água suficiente para a viagem, só precisariam de um pouco de comida – especialmente para Meadow.

*Mas onde vou arranjar comida a essa hora?*

Já tinha anoitecido. Não havia mercado ou mercearia aberta.

*Não tenho muita comida.* A voz de Gideon ecoou em sua cabeça. *Só umas maçãs e uns biscoitos duros embaixo da pia.*

A chave do apartamento dele estava no bolso da saia dela.

Rune sentiu uma pontada de medo só de pensar em entrar sorrateiramente no apartamento dele e roubar sua comida. No entanto, se racionassem, as maçãs e os biscoitos seriam o suficiente para sustentá-las durante a viagem de cinco dias.

Rune não tinha opções melhores.

*Mesmo que esteja em casa, ele não vai me entregar. Vai esperar. Vai querer capturar o máximo de bruxas possível.*

Não foi um pensamento muito tranquilizador, mas Rune tinha uma obrigação para com Aurelia e Meadow. Precisava levá-las embora *naquela noite.*

Preparando-se, Rune mergulhou de novo no mar.

*Se eu tiver sorte*, pensou enquanto nadava em direção ao cais, *ele nem vai estar em casa.*

# QUARENTA E DOIS

## GIDEON

**A LUA ESTAVA SUBINDO** enquanto Gideon caminhava pelo cemitério, o luar pálido fazendo as lápides ao redor reluzirem. Havia quatro pedras brancas alinhadas um pouco mais longe das demais, atraindo-o.

*Sun Sharpe. Amada esposa e mãe.*

*Levi Sharpe. Marido e pai dedicado.*

*Tessa Sharpe. Uma luz brilhante extinta cedo demais.*

Seus dedos deslizaram pelas pedras até chegarem à quarta.

*Alexander Sharpe. Querido irmão e amigo.*

Todos que ele tinha amado na vida estavam bem ali. Vários palmos sob a terra.

Caindo de joelhos no solo revirado, Gideon pressionou a mão contra a pedra fria do túmulo de Alex. Apesar de ter cavado aquele túmulo com as próprias mãos havia apenas dois meses, ainda era um choque encontrar o irmão ali.

– Sei que você não está feliz comigo – disse ele. – E sinto muito por isso. Tudo o que fiz foi por achar que era a escolha certa.

Bem, exceto por Rune. Fora completamente egoísta no que dizia respeito a Rune.

E era por isso que estava ali.

Gideon esfregou a mão livre pelo queixo com barba por fazer. Sua respiração saiu trêmula.

– Eu sei que você a amava, Alex.

Gideon fechou os olhos.

– Espero que me perdoe.

Atrás dele, o som de botas esmigalhando as agulhas de pinheiro quebrou o silêncio. Gideon ficou tenso, prestando atenção. Quando pôs a mão na pistola – a última que restava em seu apartamento, depois que Rune e Aurelia roubaram as outras –, uma voz falou atrás dele.

– Desculpe interromper, camarada.

*Harrow.*

Ele se levantou e se virou para encará-la. Luz e sombra tremeluziam por ela com o vento que soprava pelo cemitério, balançando as árvores e espalhando o luar por todo lado.

– Recebi seu telegrama. Laila deu ordens para redobrar a segurança ao longo da orla. Nada vai partir das águas da República esta noite.

Gideon assentiu.

– Bom. E os soldados?

– Estão te esperando no Ninho do Corvo, como você solicitou.

– Perfeito.

Ele esperou Harrow ir embora para poder voltar a prestar suas homenagens, mas ela ficou ali. Já era difícil ler suas expressões no dia a dia, mas, naquela noite, as sombras a tornavam inescrutável.

Gideon arqueou uma sobrancelha.

– Algo mais?

Ela ficou em silêncio por um instante, como se estivesse deliberando.

– O Comandante tem, digamos, uma falta de afeição por você, camarada. Ele vai ter o maior prazer de te matar, se ela escapar de novo.

Gideon estava bem ciente do ressentimento de Noah.

– Eu aceitei esses termos.

Mais silêncio preencheu o espaço entre eles. Ainda assim, ela não se virou para ir embora.

Gideon a observou mais de perto até compreender qual era o problema.

Harrow – que mal falava com ele naqueles dias, a menos que fosse com rispidez ou de cara feia – estava *preocupada* com ele.

– Houve um pequeno contratempo nos meus planos – contou Gideon. – Mas está tudo encaminhado. Vou dar um jeito. Não se preocupe.

Apesar de não parecer tranquilizada, Harrow assentiu de leve e fez menção de ir embora. Quando se virou, o luar incidiu na lateral de sua cabeça, iluminando a cicatriz da orelha perdida.

– Harrow? Você nunca me contou sua história.

Ela olhou para trás e Gideon indicou a orelha que faltava.

– O que aconteceu? Antes da revolução.

– Talvez um dia eu te conte.

– Devia me contar hoje, para caso seus medos se concretizem e Noah tenha o motivo de que precisa para se livrar de mim.

Isso a fez hesitar. Em vez de seguir seu caminho, ela subiu em uma lápide maior, empoleirando-se ali com as pernas balançando, ocultando o nome do falecido.

– Meus pais eram muito pobres – disse ela, segurando-se na beirada da lápide. – Tinham muitas dívidas e muitos filhos para alimentar. Eu era a mais nova e a mais inútil dos sete, então eles me venderam.

Gideon franziu a testa, querendo contradizê-la: Harrow era extremamente engenhosa. Mas ficou em silêncio, se aproximando e se apoiando na lápide ao lado dela.

– Eles me entregaram para servir a uma família rica de bruxas, que me tratava bem, eu acho. Pelo menos, no começo.

A voz de Harrow, sempre cortante e sarcástica, de repente ficou mais branda.

– A filha deles, Juniper, me ensinou a ler e a escrever. Até compartilhava seus livros favoritos comigo: romances, óperas, peças de teatro. Quanto mais fantasiosos, melhor. – Um brilho estranho iluminou seu rosto enquanto ela falava. Gideon nunca a vira assim. – Ela lia para mim à noite, e às vezes de tarde, se o tempo estivesse bom e eu conseguisse adiar meus afazeres sem que percebessem. A gente se sentava nas árvores e recitava poesias e peças uma para a outra.

*Esse não é o propósito da arte? Domar os monstros que nos habitam?*

Era algo que Harrow lhe dissera não fazia muito tempo. Tinha suposto que ela estivesse citando algum livro para zombar dele e não pensara mais no assunto.

– Você a amava – concluiu ele.

Harrow se retraiu, envergonhada por ser descoberta. Como se amar uma bruxa fosse crime.

– Quando a família dela percebeu, fizeram *isso*. – Ela apontou para o local onde deveria haver uma orelha. – A ideia era me tornar repulsiva para ela. Talvez eu devesse ser grata por não terem tido estômago para arrancar meus olhos ou meu nariz. Isso provavelmente teria dado conta do recado.

Ela tensionou a mandíbula, mas continuou.

– Me jogaram no porão e trancaram a porta. Provavelmente esperavam que eu sangrasse até a morte. – Ela remexeu as mãos no colo, cutucando as unhas já roídas até o sabugo. – Achei que Juniper iria me resgatar. Ela nunca tinha falado abertamente sobre o que sentia. Não tinha feito nenhuma declaração de amor. Mas eu *tinha esperanças...*

Ela cerrou os punhos.

– Fiquei esperando por ela, mas a porta nunca se abriu. Sobrevivi captando gotas de água de um cano furado, esperando morrer de fome. – Ela fechou os olhos com força. – Quando a porta finalmente se abriu, achei que estava alucinando. Não era minha senhora; era um soldado de uniforme vermelho. Ele disse que as Rainhas Irmãs estavam mortas e que o Reinado das Bruxas tinha chegado ao fim. Falou que eu estava livre.

Abrindo os punhos, ela olhou para as próprias mãos.

– O estranho foi que eu não me senti livre.

Gideon tocou o ombro dela.

– Harrow. Eu sinto muito.

Ela deu de ombros, e ele baixou a mão.

– Todos temos nossas cicatrizes, camarada. – Erguendo os olhos para ele, Harrow sustentou seu olhar. – Mas você já sabe bem disso, não é?

Ela desceu da lápide e voltou para a trilha.

– Não se esqueça de que lado você está esta noite. – A voz dela ecoou até ele. – Ou cicatrizes piores virão.

# QUARENTA E TRÊS

## RUNE

**GIDEON NÃO ESTAVA EM CASA** quando Rune chegou ao apartamento dele, então ela agiu rápido. Precisava estar bem longe antes que ele retornasse. Quanto antes voltasse para junto de Aurelia e Meadow, melhor.

Rune ainda estava molhada do mar. Suas mãos geladas tremiam enquanto vasculhava os armários da cozinha, só parando depois de encontrar o saco de maçãs e o pacote de biscoitos. Pegou os itens e estava prestes a jogá-los sobre o ombro quando uma tábua no chão rangeu, fazendo-a congelar.

– Primeiro, você rouba minha arma. Agora, te pego invadindo meu apartamento e levando minha comida.

Rune ergueu-se num salto, virando-se para encará-lo.

Gideon estava encostado no batente da porta, ainda de uniforme, observando-a.

– Ia embora sem se despedir?

O coração dela disparou.

*Então é isso?* Ele ia prendê-la agora? Ou esperaria para traí-la, na expectativa de um porão cheio de bruxas, incluindo o descendente Roseblood?

Rune sacou sua faca de conjuração, segurando-a diante de si. O olhar de Gideon foi da lâmina para o rosto dela.

Percebendo que sua arma roubada sumira, ele se moveu como um predador, aproximando-se dela. Rune cortou o ar com a faca em advertência, mas ele apenas agarrou seu pulso, segurando-o longe de si.

– *Você* é muito pior do que um espinho no meu pé – disse ele, os olhos escuros brilhando. – Você é uma faca no meu coração.

Sua voz soou baixa e perigosa, fazendo os pelinhos do braço dela se arrepiarem. No entanto, em desacordo com sua voz, os seus dedos enluvados subiram até a garganta dela. Rune ofegou quando Gideon traçou com delicadeza a curva de seu pescoço.

– E você é um lobo que não consigo despistar – sussurrou ela, fechando os olhos ao toque dele. – Nem mesmo em meus sonhos.

A mão dele parou, fazendo Rune abrir os olhos.

– Sonhou comigo de novo?

Ele arqueou a sobrancelha, como se isso lhe agradasse. Ainda segurando firme o pulso de Rune, Gideon se inclinou, a respiração quente em seus lábios frios, fazendo o coração dela bater em um ritmo descompassado.

– Com que frequência você sonha comigo, Rune?

O olhar dele a fez pulsar de desejo.

*Mais do que eu gostaria.*

Ao ver como ela tremia, Gideon soltou seu pulso. Quando Rune não atacou com a faca, ele tirou a jaqueta e a colocou nos ombros dela.

Rune o encarou com raiva. Como *ousava* ser gentil quando estava prestes a traí-la?

Depois de ajeitar a jaqueta para deixá-la confortável, Gideon a puxou para si, abotoando os primeiros botões. Envolvendo-a ainda mais.

Os dedos dela apertaram com mais força o cabo da faca.

*Será que há reforços a caminho? É por isso que ele está me enrolando?*

O plano dele era seduzi-la até que chegassem?

Rune estava encurralada. Não tinha como passar por ele – não sem que Gideon permitisse. A única maneira de escapar era baixar as defesas dele. E, para isso, precisaria jogar o mesmo jogo que ele estava jogando. Uma última vez.

Rune passou a mão livre pelo peito dele, pousando a palma na cicatriz sob a camisa. Gideon olhou para baixo, observando-a. Para surpresa de Rune, ele pôs a mão enluvada sobre a dela, entrelaçando seus dedos e mantendo a palma dela contra seu coração.

Seus dedos entrelaçados preencheram Rune com um anseio estranho e terrível.

– Vai sentir minha falta, Mariposa Escarlate?

Ela engoliu em seco.

– Como pode me fazer essa pergunta?

– Isso é um sim?

Em geral, Rune sabia dizer quando ele estava tramando alguma coisa. Naquela noite, Gideon estava inescrutável.

– Para onde você vai?

Ele era um tolo se achava que ela ia responder.

– Para algum lugar onde você nunca me encontre.

Gideon chegou mais perto, até restar menos de um centímetro entre eles. Seu calor atraía o corpo frio e trêmulo de Rune. Seria tão fácil cair em seus braços e deixar que ele a aquecesse por inteiro.

Rune se deu uma sacudida mental.

*Não.*

Caso seguisse por esse caminho, não conseguiria voltar atrás. Ia se colocar diretamente em mais uma das armadilhas dele.

– Vou sentir sua falta como uma raposa sente falta das presas do lobo – disse ela.

Os lábios dele se curvaram com a resposta.

– Não sei se está me insultando ou flertando comigo.

Gideon deslizou a mão enluvada para sua nuca, erguendo seu queixo com o polegar para que os lábios dela se virassem para os dele.

Rune sabia o que ele estava prestes a fazer.

E o pior era que *queria* que ele fizesse.

Ergueu a faca em direção à garganta dele, tentando se manter firme contra a emboscada de Gideon.

– Não se atreva.

Gideon se inclinou mesmo assim, pagando para ver enquanto seus lábios desciam até os dela. Sua mão livre deslizou para o cabelo de Rune, puxando-a mais para perto, os lábios fazendo os dela se abrirem.

O beijo de Gideon a fez pulsar em todos os lugares de sempre, mas também de uma forma nova.

*E se isso for mesmo uma despedida?*

Ela largou a faca e correspondeu ao beijo.

A boca de Gideon tornou-se devoradora. Rune puxou a camisa dele de dentro da calça e deslizou as mãos por seu peito nu. Pressionou a palma na cicatriz dele, que já esquentava ao toque. Gideon estremeceu e agarrou as coxas dela, erguendo-a para seu colo, puxando-a com firmeza contra si.

O sangue de Rune latejava.

*Isso é um truque*, lembrou a si mesma, *para me manter aqui até a Guarda Sanguínea aparecer.*

Obrigou-se a pensar em Aurelia e Meadow no porto. As duas pessoas que tinha jurado levar pelo Estreito do Sepulcro em segurança. Elas estavam esperando por Rune. Não podia falhar com as duas. Não quando estava tão perto.

*Ele está tentando me atrasar. Isso é uma distração. O prelúdio de uma armadilha esperando para se fechar.*

Mas nem isso foi o suficiente para despertá-la daquela loucura.

Foi Gideon quem fez isso. Tremendo um pouco pela dor da maldição, ele a colocou de volta no chão. Segurando sua mão, ele sacou a pistola do coldre e a pôs na mão de Rune.

– Prometa que não vai perder essa – sussurrou ele, a bochecha áspera contra a dela.

Rune o encarou.

*O quê?*

Só que Gideon já estava se afastando, deixando sua arma na mão dela.

– E, se alguma pessoa tentar te machucar e não houver outra maneira de detê-la, não pense duas vezes. Apenas atire. Entendeu?

Ela franziu a testa, observando Gideon pegar sua faca de conjuração do chão e colocá-la no próprio cinto. Como se tivessem feito uma troca. Ele não tornou a se aproximar, apenas se pôs de lado, abrindo caminho para ela até a porta escancarada.

Nem ao menos estava tentando impedi-la.

*Porque há soldados a caminho. Provavelmente já chegaram.*

– Vou te dar vinte minutos de vantagem.

A expressão dele era inescrutável, mas as palavras implícitas eram bem claras: *E então vou atrás de você.*

Vinte minutos. Rune nem sequer chegaria ao porto em vinte minutos.

Ainda assim, era alguma coisa.

Pegou a bolsa de comida que havia roubado dos armários da cozinha e foi em direção à porta aberta. Precisava se afastar o máximo possível dele. Precisava recomeçar em algum lugar onde Gideon jamais a encontraria.

Como seria? Uma vida longe dele?

Seus passos desaceleraram e Rune parou na soleira da porta, virando-se para encará-lo.

– Gideon?

A imagem dele estava borrada.

– Eu queria...

– *Não.* – A voz dele soou rouca. – Apenas vá, Rune.

Ela assentiu, engolindo as lágrimas. A única coisa segura a fazer era correr.

E foi o que ela fez.

# QUARENTA E QUATRO

## RUNE

**ELA ESPERAVA UMA LEGIÃO** de soldados saindo das sombras para emboscá-la, mas ninguém a aguardava na escuridão. As nuvens tinham se movido, deixando à mostra as estrelas brilhando intensamente acima.

Rune não parava de olhar para trás, buscando nas ruas qualquer sinal de Gideon em seu encalço, mas não viu nada. Então apertou mais a jaqueta dele contra o corpo e cavalgou ainda mais rápido com o cavalo que roubara.

Ao chegar, viu que soldados da Guarda Sanguínea cercavam a orla. Em silêncio, soltou o animal e entrou no parque arborizado onde deixara Aurelia e Meadow.

– Redobraram a segurança depois que você foi embora – sussurrou Aurelia quando Rune a encontrou no esconderijo entre as árvores. – Tem cães por toda parte.

Os cães iam farejar Rune e Aurelia bem antes que alcançassem o cais, mas esse não era o problema mais urgente: Meadow estava chorando.

– Shhh – sussurrou Aurelia, abraçando a filha. – Shhhh, meu amor. Precisamos ficar bem quietinhas.

Tarde demais. Antes que Rune pudesse pegar uma das maçãs de Gideon para acalmá-la, um grito soou ali perto, seguido de passos. Rune arrastou Aurelia mais para o meio das árvores.

Se houvesse cães caçadores de bruxas, estavam perdidas.

Três soldados adentraram o parque. Rune olhou para Meadow, cujos gritos haviam diminuído, virando um choramingo.

– Aqui – disse um deles, parando sob um facho de luar, a três passos de Rune. – Está ouvindo isso? Parece um…

Algo fez um *clique* ao lado de Rune, que se virou e viu que Aurelia tinha sacado a pistola. Ao ouvir o som, o soldado estreitou os olhos para a escuridão.

Se ela atirasse, o som atrairia todos os soldados da Guarda Sanguínea até o local.

E, se não atirasse, em poucos segundos aquele soldado as encontraria.

Aurelia ergueu a arma.

Rune prendeu a respiração, a mão indo até a pistola de Gideon que enfiara no cinto.

– Wheatley!

Rune deu um passo atrás quando um soldado ofegante entrou em seu campo de visão, parando para recuperar o fôlego.

– Estamos sendo requisitados do outro lado da cidade. Ordens do capitão. Todos. Depressa!

Os soldados se entreolharam e correram.

O silêncio dominou o parque.

Rune olhou para a orla e, mais à frente, para o barco de Alex, que esperava pacientemente na água.

O caminho estava livre.

# QUARENTA E CINCO

## GIDEON

MEIA HORA DEPOIS QUE Rune deixou seu apartamento, Gideon estava na sala de suprimentos do quartel-general da Guarda Sanguínea. Tinha cavalgado direto para lá e dado ordens para que a maior parte dos soldados fosse transferida para o porto principal, por onde a Mariposa Escarlate realizaria sua fuga.

Ou foi o que deu a entender.

Só que Rune não levaria as bruxas a bordo do *Arcadia* aquela noite. Ela tinha abandonado essa ideia assim que Gideon a acusou de ter esse plano. Não, Rune evitaria o porto principal, esperando que Gideon redobrasse a segurança por lá.

Mas os soldados dele não sabiam disso.

E Gideon pretendia dar a Rune o máximo de tempo possível.

Pegando um mapa antigo de Cascadia – anterior à revolução, quando aquele forte havia sido abandonado –, ele o abriu na mesa. Para deixá-lo plano, prendeu uma das pontas com sua lamparina e a outra com a faca de Rune, cravando a ponta na madeira.

– Se eu fosse Cressida – murmurou ele, analisando os contornos sob a luz da lamparina –, onde esconderia minhas irmãs?

Perto da capital, onde ela poderia facilmente reforçar o feitiço que as preservava? Ou o mais longe possível da Guarda Sanguínea?

Era só uma questão de tempo até Cressida descobrir a identidade de Rune. Enquanto os corpos de Elowyn e Analise estivessem a salvo, totalmente preservados, a vida de Rune estaria em perigo. Não importava para onde ela corresse, seria caçada.

Mas se ele encontrasse os corpos e os destruísse... Rune estaria a salvo.

O olhar de Gideon percorreu o mapa, seguindo as estradas que saíam da capital e parando no Palacete do Espinheiro, a antiga casa de verão de Cressida.

*Será que ela as esconderia dentro do Espinheiro?*

Cressida crescera lá, então conhecia a casa e seus arredores nos mínimos detalhes.

Era um bom ponto de partida. Se não encontrasse nenhum vestígio, seguiria adiante.

Deixando o mapa, Gideon foi até a sala de suprimentos, pegou uma mochila vazia e começou a enchê-la com dinamites. Não seria capaz de desativar os feitiços que preservavam as rainhas irmãs, mas, com sorte, eles teriam enfraquecido consideravelmente na ausência de Cressida. Algumas dinamites talvez bastassem para mandar tudo pelos ares.

Ele não fazia ideia se funcionaria, mas precisava tentar.

E, se não fosse capaz de destruí-las, ele as esconderia em algum lugar. Onde Cress nunca as encontrasse.

Gideon olhou pelas janelas, por onde entrava o luar. O mar era uma vastidão escura à distância.

Torcia para que Rune estivesse lá. Torcia para que estivesse longe e a salvo.

Colocando a mochila no ombro, Gideon pegou a lamparina e a faca de Rune – a única lembrança que restava dela – e se virou para a porta.

Uma silhueta estava parada à soleira, bloqueando seu caminho.

Gideon franziu a testa para as sombras, tentando discernir quem era.

– Eu *confiei* em você.

A voz faiscou como um pavio.

*Laila.*

– Você falou que sabia exatamente quais eram os planos dela. Que seria esta noite. Que ela usaria o *Arcadia*!

Ela entrou na sala e foi iluminada pelo brilho laranja da luminária dele.

Gideon recuou um passo.

– Laila, eu...

– Os cães não conseguiram farejar nada – disse ela, encarando-o como se ele fosse um desconhecido. – Conferimos cada porão de carga de cada navio no porto. Não há vestígio de bruxa alguma.

Ali, no fim, aquela era a única coisa que ele lamentava: a expressão de Laila.

Ela era sua amiga, e Gideon traíra sua confiança.

– Por que você mentiu para mim?

Gideon se lembrou da faca de Rune apertada contra sua garganta. Lembrou-se das lágrimas nos olhos dela enquanto fugia.

*Porque eu a amo.*

Gideon largou no chão a mochila cheia de dinamite.

– Laila, escute...

– Não, Gideon. Eu *nunca* mais vou te escutar.

– Se você me deixar explicar...

Vários soldados entraram atrás dela. E, com eles, veio Harrow. Mesmo das sombras, ele sentia a fúria do olhar dela queimando-o.

Nenhuma explicação os convenceria, sabia disso.

Harrow deu um passo, ficando sob a luz.

– Tudo o que Rune fez foi te enganar, camarada. As bruxas são todas iguais. Você já deveria ter aprendido a lição a esta altura.

Olhar para Harrow foi como mirar um espelho. Ambos haviam sido feridos pelas bruxas que amavam e deixaram essas feridas os envenenarem.

– Você não está cansada dessa amargura? – perguntou ele. – Não está farta de tanto ódio? Essas coisas são fáceis, Harrow. Difícil é resistir a deixar seu coração endurecer, mesmo tendo toda razão para isso. Mesmo sabendo que as chances não estão a seu favor.

Rune tinha lhe ensinado isso.

– Quando se vive nas trevas por muito tempo, paramos de reconhecer a luz – argumentou Gideon. – Você se torna os monstros que odeia.

Ela fez uma cara feia. Fechou-se completamente.

– Você está perdido, camarada.

Não. Gideon estava o oposto de perdido.

– Você e eu somos livres, Harrow. Sempre fomos livres. Elas podem nos torturar, nos trancar, nos deixar para morrer... mas nossas almas ainda são nossas. *Nós* decidimos o que nos tornamos. Não elas.

O olhar de Harrow escureceu. Como se não aguentasse ficar na presença de Gideon nem mais um instante, ela se virou e saiu da sala.

Depois que ela partiu, Laila disse:

– Você sabe onde Rune está, não sabe?

Gideon não respondeu.

– Você ainda pode virar o jogo. Pode me contar, e vamos detê-la. Antes que Noah descubra.

Ele examinou a amiga, cujo olhar era suplicante. Laila tinha um coração bom e corajoso. Ele a amava como a uma irmã. Não queria colocá-la em uma situação difícil.

Mas também não ia entregar Rune.

– Sinto muito – disse ele. – Sinto muito mesmo, de verdade.

Ele viu o semblante dela desabar. Viu Laila desviar o olhar e chamar os soldados atrás dela. Segundos depois, meia dúzia de oficiais cercaram Gideon. Quando Laila deu a ordem, os homens se entreolharam, claramente relutantes em prender seu capitão.

– Façam o que ela diz – disse Gideon. – Eu enganei todos vocês de propósito para ajudar uma fugitiva a escapar. Me prendam.

Então, eles o algemaram e o conduziram até o palácio.

A DOR EXPLODIU NA BOCHECHA de Gideon. Era a terceira vez que Noah o atingia no rosto com a coronha de um revólver, e seus ouvidos zumbiam com a dor dos golpes.

Em seu uniforme preto, o Nobre Comandante assomava sobre Gideon, que estava de joelhos diante dele.

– Você enganou seus soldados para ajudar a Mariposa Escarlate a fugir. Eu o condeno por simpatizar com bruxas. – Noah pôs o revólver na mesa. – Como herói da revolução, o mais adequado é executá-lo publicamente. Farei um anúncio oficial amanhã. Vamos usá-lo como exemplo.

Ele baixou o olhar para Gideon, o desdém evidente em seu rosto.

Sempre houvera atrito entre os dois. Gideon achava que era por causa de sua relação próxima com Nicolas Creed, pai de Noah. Sempre desconfiara que Noah sentisse ciúmes, mas nunca tivera confirmação disso.

– Quase sinto pena de você. Abandonado para morrer pela sua amada.

Noah assentiu para que dois soldados o levassem a uma cela. Enquanto conduziam Gideon, a voz do Comandante ecoou atrás dele:

– Ela sempre esteve fora do seu alcance, Sharpe.

– Sei muito bem disso – sussurrou ele.

# QUARENTA E SEIS

## RUNE

**RUNE LAMBEU O SAL** marinho dos lábios enquanto as velas desfraldadas do barco de Alex se inflavam acima. O marcha-fantasma mantinha a embarcação oculta enquanto elas seguiam rumo a alto-mar. O vento não estava a favor no começo, o que as tornava presas fáceis para navios maiores e mais rápidos. Então Rune conjurara o tormenta – um feitiço do repertório de conjurações elementais de Seraphine.

Era um feitiço destinado à navegação e, quando combinado com uma bússola indicando para onde a bruxa queria seguir, ele invocava um vento forte para inflar as velas do barco, impulsionando-o com muito mais rapidez em direção ao seu destino.

Rune continuava na expectativa de ver um navio atrás delas. De encontrar Gideon na popa, dando ordens para que ela fosse subjugada.

No entanto, havia apenas o mar, subindo e descendo, por toda parte à volta.

Aurelia não olhou para trás uma única vez. Sentou-se com o rosto virado para o vento, segurando Meadow junto de si, tremendo no ar frio da noite. Em dado momento, Rune tirou a jaqueta de Gideon e a entregou a Aurelia, que a usou como cobertor para envolver a filha.

A ilha tornou-se pequena atrás delas. À medida que o medo de ser capturada ia minguando, Rune passou as mãos pela madeira polida do *Melodia*, pensando em Alex. Como ele a salvava mais uma vez. Olhou para as estrelas, enviando um agradecimento silencioso, imaginando se o encontraria no além.

Quando saíram de vez das águas da Nova República, Rune finalmente se acomodou, olhando para trás uma última vez, enquanto seu lar desaparecia para sempre.

Se conseguisse chegar ao Continente, a primeira coisa que faria seria encontrar Seraphine e contar a ela que estava fugindo. Para algum lugar onde nem Cressida nem os caçadores de bruxas da República pudessem encontrá-la. Talvez Seraphine a acompanhasse. Se não, Rune lhe enviaria uma mensagem assim que estivesse em segurança.

A bruma salgada umedeceu seu cabelo. O vento pinicava suas bochechas.

*Vai sentir minha falta, Mariposa Escarlate?*

Rune fechou os olhos diante da memória da voz dele.

Deveria estar feliz pelo plano de Gideon ter dado errado. Ela o evadira; deveria estar comemorando.

Em vez disso, um abismo se abrira dentro dela.

*Você é uma faca no meu coração.*

Elas seguiram velejando.

# QUARENTA E SETE

## RUNE

ENTRARAM EM ÁGUAS UMBRIANAS cinco dias depois, com a ajuda do vento encantado de Rune. Enquanto estavam no mar, Rune ensinou Aurelia a navegar, para que pudessem se revezar para dormir. Era manhã quando Rune as guiou pelas águas escuras do fiorde em direção a Larkmont, onde ancorou perto da propriedade de Soren, mantendo-se fora de vista.

O barco de Alex se mostrara uma embarcação resistente para a fuga, e Rune pretendia usá-lo para ir mais ao sul. Porém, naquele momento, precisava se infiltrar em Larkmont, pegar suprimentos para o resto da jornada e encontrar Seraphine.

E esperava fazer tudo isso sem ser avistada.

Cressida não podia saber que ela estava de volta. A rainha bruxa esperaria que Rune cumprisse a promessa de se casar com Soren, e Rune nem queria pensar no que Cressida faria para obrigá-la a isso. Especialmente depois do seu último ato de rebeldia.

Antes de pular na água, Rune tirou as botas para não as deixar encharcadas e pesadas.

– Você vai ficar bem aqui? – perguntou a Aurelia.

Deixando as botas no barco, Rune olhou para trás. O cabelo longo de Aurelia estava duro por causa do sal, ela usava a jaqueta de Gideon para se proteger do frio e parecia não dormir fazia dias.

*Eu fico com o barco*, dissera Aurelia ao entrarem no fiorde. *Não quero encontrar Cressida.*

No fim das contas, Aurelia se lembrava vividamente da crueldade das Roseblood e queria manter Meadow bem longe disso.

– Vamos ficar bem – respondeu ela, a mão na cabeça da filha enquanto a menina brincava com a bússola que encontrara no convés inferior.

Rune a observou com um sorrisinho antes de mergulhar na água escura.

A água gélida a deixou atordoada. Levou alguns instantes para seu corpo se recuperar do choque. Quando isso aconteceu, ela nadou em direção à costa.

Estava quase chegando lá quando o estalo das velas a fez parar.

Para manter o barco escondido, Rune tinha baixado as velas, mas, ao olhar, não só as encontrou içadas, como também viu Aurelia levantando âncora.

– O que está fazendo? – gritou ela, parando de nadar.

Aurelia enfiou a mão no bolso da jaqueta de Gideon.

– Encontrei isso no barco pouco depois que partimos da ilha.

Tirando do bolso um pequeno objeto, ela o atirou na direção de Rune. Ele caiu na água com um ruído.

Uma caixinha de joias.

– Se eu tivesse te mostrado, você teria voltado atrás dele. E eu não podia deixar você fazer isso. – Aurelia puxou a âncora pela lateral, deixando-a cair no interior do barco. – Não posso deixar que nos peguem de novo.

A caixinha flutuou nas ondas antes de começar a afundar.

– Do que você está falando?

Rune pegou a caixinha antes que afundasse demais e não pudesse ser recuperada.

– Desculpe. – Aurelia se sentou ao leme. A julgar pela voz trêmula, parecia pesarosa de verdade. – Tenho uma filha para cuidar. Preciso levar Meadow para algum lugar seguro.

E, antes que Rune pudesse pensar em como detê-la, Aurelia virou o barco e começou a velejar para longe do fiorde, deixando Rune para trás.

Ela observou, perplexa, enquanto o barco de Alex – sua embarcação de fuga – desaparecia ao longe. Arriscara a vida para devolver a liberdade a Aurelia e sua filha, e era *assim* que a sibila a recompensava?

*O que eu vou fazer agora?*

Podia roubar um cavalo e partir para Caelis. Ou talvez confiscar um dos barcos de Soren. Só que os veleiros do príncipe eram embarcações grandes e sofisticadas, que exigiam tripulações inteiras para serem manuseadas. Rune duvidava que fosse conseguir manejar uma delas sozinha.

O frio do mar estava penetrando em seus ossos e ela começou a bater os dentes. Precisava sair dali antes que a hipotermia entrasse em ação. Podia resolver todo o resto em terra firme.

Então, com a caixinha de joias apertada em seu punho, ela se virou e nadou até a costa.

Ao sair da água e subir nas pedras, Rune pôs o cabelo encharcado para trás, ergueu a caixinha e a abriu.

Dentro, havia um bilhete dobrado e encharcado. Quando Rune o desenrolou, uma pequena moeda caiu na areia, refletindo a luz.

Ela a pegou e ergueu contra o sol. Havia buraco na prata, por onde passava uma corrente fina.

Uma moeda. Mas não uma moeda qualquer.

Uma palavra estampada em sua superfície aqueceu o corpo trêmulo de Rune.

*Cascadia.*

Ela virou a moeda. O rosto da rainha Althea a encarava, estampado ali.

Althea havia governado Cascadia por um quarto de século, durante um período de paz e estabilidade. Foi a última rainha a se comunicar diretamente com as Ancestrais – ou assim alguns acreditavam –, e dizia a lenda que Sabedoria costumava ser vista caminhando com ela nos jardins reais.

Após a revolução, todas as moedas como aquela tinham sido derretidas. Assim como os mapas antigos, que precisaram ser queimados, não deveria haver lembretes de que as bruxas um dia tinham reinado na Nova República. O Nobre Comandante queria que a história fosse apagada.

Alguém devia ter guardado aquela moeda através de contrabando ou a encontrado – talvez no fundo de uma gaveta ou entre as rachaduras das tábuas do chão – e a transformado em um colar.

*Mas por quê?*

Olhou para o bilhete em sua outra mão. O papel molhado estava translúcido e Rune precisou estreitar os olhos para conseguir discernir as palavras escritas na tinta desbotada.

Rune,

Espero que encontre a liberdade que está procurando.

Com amor, Gideon

Rune ficou encarando o bilhete. Não conseguia compreendê-lo. Era a letra de Gideon. Mas as palavras... a moeda...

*Encontrei isso no barco pouco depois que partimos da ilha.*

Mas o que um presente de Gideon estava fazendo no barco de Alex?

A menos que...

Rune sentiu o coração afundar.

*Ele deixou o presente para que eu o encontrasse.*

O que significava que sabia que ela usaria o veleiro de Alex para fugir.

*Se ele sabia, por que não me deteve?*

Rune lembrou-se da multidão de guardas cercando a orla, se aproximando do esconderijo onde ela e Aurelia estavam. O único motivo para não terem encontrado e capturado as duas foi porque...

*Ele chamou os guardas.*

Rune pensou naquela noite. No seu coração disparado quando Aurelia engatilhou a arma, pronta para atirar. No alívio que a inundou com a ordem que o soldado gritou.

*Estamos sendo requisitados do outro lado da cidade. Ordens do capitão. Todos. Depressa!*

Gideon tinha atraído a Guarda Sanguínea para longe, permitindo que Rune escapasse.

Ela não o havia enganado.

Não mesmo.

*E agora ele vai ser acusado de simpatizar com bruxas.*

Provavelmente já tinha sido.

Se o Nobre Comandante sabia que Gideon tinha deixado Rune escapar, Gideon era um homem morto.

Ela levantou os olhos do bilhete, fitando o mar, com a sensação de ter cometido um erro terrível. Como se tivesse abandonado metade de sua alma no inferno.

Ele tinha mudado de ideia no último instante ou fazia tempo que vinha enganando todo mundo? E, se fosse esse o caso, quando ele decidira deixá-la partir?

Se Rune tivesse prestado atenção, talvez tivesse percebido, mas agora a vida de Gideon estava perdida, e não havia nada que ela pudesse fazer. Um oceano os separava, e Rune não tinha como atravessá-lo.

Foi tomada por uma vontade de pular no mar e *nadar* de volta.

*Será que ele teria vindo comigo, se eu tivesse pedido?*

No entanto, mesmo que ela tivesse pedido, para onde iriam? Ela e Gideon nunca poderiam ficar juntos.

*Talvez não na Nova República. Mas o mundo é vasto.*

Por que ela não havia perguntado?

Aurelia tinha razão. Rune não podia deixar Gideon morrer. Não depois de ele salvar sua vida.

*E se ele já tiver sido executado?*

Rune tinha que acreditar que ele estava vivo – que encontraria uma forma de driblar a morte por tempo suficiente para que ela o salvasse. Passando o colar pela cabeça, ela se levantou.

*Preciso voltar.*

Rune caminhou descalça pela areia, seguindo a orla até Larkmont aparecer mais adiante. Seu olhar se demorou no cais particular de Soren, onde havia uma porção de veleiros ancorados, todos grandes demais para uma garota administrar sozinha.

Mas uma bruxa?

Com os feitiços certos, uma bruxa forte o suficiente poderia velejar em um deles.

Rune ergueu o olhar até Larkmont. Cressida estava lá. Cressida, que mantinha diversos livros de feitiçaria no quarto onde estava hospedada.

Rune só precisava se esgueirar até lá e encontrar o livro certo.

# QUARENTA E OITO

## RUNE

OS CORREDORES IMACULADOS DE LARKMONT estavam silenciosos e tranquilos. Esgueirando-se por eles sob o feitiço marcha-fantasma, Rune entreouviu dois guardas conversando a respeito da viagem de Soren à capital, dizendo que sua frota estava pronta para zarpar rumo à Nova República.

Será que Cressida e as outras bruxas que ele abrigara tinham se juntado a ele na viagem? Isso explicaria o palácio vazio.

Se Cressida tivesse partido para Caelis, era provável que seus livros de feitiçaria tivessem seguido com ela.

*Será que cheguei tarde demais?*

Rune acelerou o passo. Nos aposentos dos hóspedes, ela se aproximou da suíte da rainha bruxa e encostou o ouvido na porta. Não ouviu vozes nem movimento lá dentro, então abriu a porta e entrou de fininho.

Colunas de mármore sustentavam o teto alto do quarto, e os móveis luxuosos indicavam que apenas convidados abastados dormiam ali.

Não havia nenhuma bandeja de café da manhã na varanda, esperando para ser recolhida. Nenhuma roupa espalhada. Nada fora do lugar.

*Ela já partiu?*

Uma brisa vinda do cômodo ao lado trouxe um leve perfume de magia antiga. Rune seguiu o cheiro, passando apressada pela porta em arco e pelo banheiro privativo e adentrando uma área de descanso.

As janelas abertas deixavam a brisa entrar, agitando as cortinas e fazendo a luz do sol tremeluzir pelo quarto silencioso. O ar tinha um forte cheiro de sangue e rosas – um sinal evidente de que Cressida usara aquele cômodo para conjurar feitiços. Rune pousou o olhar em uma mala feita sobre o sofá, como se estivesse esperando alguém vir buscá-la. Ao lado, havia uma bolsa de couro para livros.

A esperança se acendeu dentro de Rune.

Cressida devia ter deixado seus pertences para serem embalados e levados até a capital.

Rune abriu a bolsa e tirou os livros, procurando feitiços de navegação fortes o suficiente para ajudá-la a guiar um grande barco sozinha. O primeiro era sobre feitiçaria elemental e, embora alguns daqueles feitiços pudessem ser úteis – mudar a correnteza ou a maré; acalmar um vento forte ou mudar sua direção –, não eram o que ela precisava.

Rune pegou o livro seguinte e folheou as páginas, reconhecendo vários feitiços de amor. Tentou passar rápido por eles, só para se deparar com uma seção sobre *maldições* de amor. E nenhuma tinha utilidade para ela.

Estava prestes a jogar o livro de lado quando a lembrança de Gideon a deteve. A marca dele queimando sob sua palma, esquentando a cada segundo. A maneira como ele se afastou dela, trêmulo de dor.

*Acontece quando eu te toco.*

A fúria revolveu como fumaça dentro de Rune.

Ela ficou encarando o livro em seu colo. Em vez de colocá-lo de lado, Rune voltou algumas páginas, buscando o feitiço que Cressida usara para machucar Gideon.

E não demorou a encontrá-lo.

*A MALDIÇÃO DO AMOR VERDADEIRO é um feitiço arcano. Ele impede que a vítima fique com seu verdadeiro amor, causando dor sempre que a vítima toque seu amor pele com pele.*

As palavras deixaram Rune atordoada.

Os dois haviam presumido que o feitiço mantinha Gideon especificamente longe de Rune, mas aquilo ali era outra coisa. Tinha a intenção de manter Gideon longe de seu verdadeiro amor. Isso significava...

*Acontece quando eu te toco.*

Engolindo o estranho nó na garganta, Rune continuou lendo.

*Uma vez conjurado, o efeito da MALDIÇÃO DO AMOR VERDADEIRO não desaparece. Somente o sangue do verdadeiro amor da vítima, derramado em um ato de sacrifício, pode quebrá-la.*

Que tipo de ato de sacrifício?

Rune esquadrinhou a página até o fim e encontrou as marcas do contra-feitiço ali embaixo. Eram três ao todo. Ela as encarou.

Bastariam aquelas três marcas de feitiço para quebrar a maldição?

*O sangue derramado em um ato de sacrifício.*

O som de uma porta rangendo deixou Rune paralisada.

– Depressa. – A voz de Cressida ecoou através da passagem em arco. – Para zarpar amanhã cedo, precisamos chegar a Caelis *hoje à noite.*

Os passos da rainha bruxa foram ficando mais altos. Os batimentos de Rune martelavam descompassados enquanto ela fechava o livro de feitiços e se levantava depressa, indo até as janelas. O marcha-fantasma a ocultava, mas, da última vez que usara seu feitiço de invisibilidade para se esconder de Cressida, tivera certeza de que a rainha bruxa sentira sua presença no local.

Sem querer arriscar, Rune se escondeu atrás das cortinas, abraçada ao livro de feitiçaria.

Os passos pararam.

– O que...

– *Silêncio* – sibilou Cressida, calando a outra pessoa no cômodo.

Provavelmente estava observando a bolsa aberta e os livros de feitiçaria espalhados no sofá. Não houvera tempo de guardá-los.

Rune prendeu o fôlego.

Uma leve brisa às suas costas lhe mostrou que a janela logo atrás estava aberta. Ela podia se virar e sair. Cressida nunca saberia que tinha sido Rune a estar ali, só que alguém tinha revirado suas coisas.

Mas a maldição do amor verdadeiro não saía da mente de Rune.

Nem as instruções para quebrá-la.

Mais especificamente: *o sangue derramado em um ato de sacrifício.*

Os sapatos de Cressida estalaram nos azulejos enquanto ela se aproximava da cortina.

Se Rune quisesse escapar, a hora era *aquela.*

De repente, porém, ela soube o que era necessário para quebrar a maldição. O pensamento aterrorizante fez seu estômago se contorcer.

*E se eu estiver errada? E se não der certo?*

Cressida estava bem na sua frente agora, do outro lado da cortina. Rune ouvia a respiração dela. Sentia o calafrio de sua presença.

Gideon valia o risco?

Rune tocou a moeda que pendia de seu pescoço.

*Sim.*

Gideon tinha suportado coisas inimagináveis sob o Reinado das Bruxas. E, ainda assim, de alguma forma, saíra com a alma intacta. A prova: ele havia sacrificado a própria vida para que Rune – uma *bruxa* – pudesse ficar livre.

Cressida abriu a cortina de supetão. Apertando o livro de feitiçaria roubado junto ao peito, Rune ergueu os olhos, encontrando o olhar furioso da rainha.

– *Você.*

Rune nunca se sentira tão aterrorizada.

Quando os olhos de Cressida recaíram sobre o livro de feitiços de amor, sua boca se retorceu em um sorriso zombeteiro.

– Ah, Rune... Sem sorte no amor?

A raiva de Rune se inflamou. Ela ergueu o queixo.

– Acho que devo te agradecer. Se não fosse pela sua maldição, eu não teria uma prova irrefutável de que ele me ama.

As narinas de Cressida se inflaram.

Agarrando Rune pelo queixo, Cressida bateu a cabeça da jovem com força contra a janela, quebrando o vidro. Uma dor lancinante reverberou pelo crânio de Rune.

Apesar do choque, apesar do aperto feroz de Cressida em sua mandíbula, Rune encarou a rainha com superioridade.

– Se encostar em Gideon de novo, vou fazer você desejar estar morta.

Cressida se inclinou, sussurrando no ouvido dela.

– Sabe o que eu faço com aqueles que me ameaçam?

Ah, Rune sabia.

*Pode vir com tudo.*

# QUARENTA E NOVE

## RUNE

CRESSIDA ARRASTOU RUNE até o quarto. Juniper – a bruxa que a acompanhara até a suíte – ficou segurando Rune enquanto Cressida desenhava um círculo de símbolos sangrentos no chão ao redor dela.

– Afaste-se, Juniper.

A bruxa obedeceu, seu olhar cheio de pena.

As marcas de feitiço se acenderam com um brilho branco intenso e formaram um círculo ao redor de Rune, como uma cela. Só que, em vez de barras de ferro, ela estava cercada por magia. Rune tinha visto Cressida usar aquela contenção antes. Uma vez no meio do círculo, não era possível sair.

Rune ergueu os olhos e viu Cressida rodeá-la, um chicote encantado enrolado a seu lado. Parecia um relâmpago nas mãos dela, branco e crepitante.

Liberando o chicote de sua espiral, Cressida estreitou os olhos.

– Acha que pode protegê-lo de mim?

Cressida estalou o chicote, que atingiu as costas de Rune, rasgando sua pele do ombro ao quadril. A dor a incendiou.

Em choque, ela caiu de joelhos.

– Assim que eu tiver meu trono... – os passos de Cressida ecoaram enquanto ela andava ao redor do círculo – ... a primeira coisa que pretendo fazer é caçar Gideon.

Outra chicotada a atingiu, rasgando tecido e carne. Dilacerando Rune.

Ela gritou – um som visceral e animalesco que não reconheceu. Isso a assustou quase tanto quanto o chicote de Cressida.

Não havia para onde correr. Estava completamente à mercê de uma bruxa perversa que a queria morta.

– Se você me matar, Soren não vai te dar o exército dele – disse Rune, arquejando, querendo desesperadamente lembrar Cressida de por que sua vida era valiosa.

– Soren está em Caelis. Até onde ele sabe, você continua sequestrada na Nova República.

Um pavor gelado se espalhou por Rune.

– Quando descobrir que seus sequestradores mataram você, ele vai ficar furioso e me entregar o resto de seu exército para eu fazer o que bem entender.

Mais uma chicotada acertou Rune no ombro. Ela cerrou os dentes para impedir que grunhidos de agonia escapassem. Enquanto sangue fresco jorrava dos ferimentos, empapando sua camisa, mais duas chicotadas dilaceraram suas costas.

Rune manteve-se de joelhos e pressionou a testa ao chão, lutando para respirar, usando os braços para proteger a cabeça enquanto deixava as costas expostas. Alvo fácil, suas costas recebiam o impacto das chicotadas, poupando suas partes mais delicadas e vulneráveis.

Cressida a chicoteou sem piedade. Sem cessar. Até o sangue de Rune encharcar sua camisa e formar uma poça no chão.

Sua pele estava em chamas. O quarto sangrou até ficar vermelho. Rune já não continha seus gritos.

Cedo demais, o torpor tranquilizante da inconsciência começou a envolvê-la, e Rune foi apagando.

*Não. Ainda não.*

O chicote de Cressida não parava, dilacerando as costas de Rune. O corpo inteiro da jovem bruxa tremia enquanto ela se encolhia em uma poça do próprio sangue.

*Sangue.*

Aquilo que fazia de Rune uma bruxa. A fonte de seu poder.

*Tem algo que ainda preciso fazer.*

Enquanto as chicotadas desciam sem cessar, Rune pensou na maldição de Gideon.

*Somente o sangue do verdadeiro amor da vítima, derramado em um ato de sacrifício, pode quebrá-la.*

Era por isso que ela estivera esperando.

O chicote cessou quando Cressida parou para recuperar o fôlego, reunindo forças antes de acabar de vez com Rune.

Prestes a desmaiar, Rune se lembrou das marcas de feitiço que eram necessárias para quebrar a maldição do amor verdadeiro. Erguendo-se nos antebraços trêmulos, mergulhou um dedo no sangue vermelho viscoso e começou a desenhar.

Não tivera a oportunidade de dizer a Gideon que o amava.

*Talvez isso seja o suficiente.*

Enfraquecida, a tarefa levou mais tempo do que deveria. Antes de terminar o segundo símbolo, Cressida preparou sua arma.

Rune obrigou sua mente a focar e, cerrando os dentes para refrear a dor e permanecer consciente, concluiu o segundo e o terceiro símbolos.

Deveria ter sido um alívio, mas, mesmo diante da onda de magia que fez sua pele formigar e encheu seus ouvidos, Rune soube que ainda não tinha terminado.

– O que está fazendo?

A assinatura de mariposa de Rune devia ter se materializado no ar.

*Se encostar em Gideon de novo, vou fazer você desejar estar morta.*

Ela não podia matar Cressida, mas talvez ainda pudesse fazer alguma coisa.

– Você acha que pode *me* deter com um contrafeitiço? – Cressida jogou a cabeça para trás e riu. – Ah, Rune...

Antes que a rodada final de chicotadas de Cressida começasse, Rune desenhou mais dois símbolos, alterando o primeiro feitiço. Torcendo para que funcionasse. Torcendo para que seu sacrifício bastasse.

A magia brotou mais uma vez, rodopiando ao redor dela. Atando o novo feitiço ao primeiro.

O chicote desceu, pegando-a desprevenida e engolfando-a em dor. Os antebraços de Rune se recusaram a mantê-la erguida e ela desabou, batendo com o rosto no chão. A pouca força que lhe restava sumiu de seu corpo.

Rune ficou caída de lado em uma poça de sangue.

*Levante-se.*

Os contornos do quarto escureceram.

*Levante... agora...*

A sombra de Cressida deslizou sobre ela.

Metal roçou em couro quando Cressida puxou sua faca.

Rune fechou os olhos, esperando o golpe fatal.

– Dói fazer isso, Rune, mas conheço uma rebelde incurável de longe. É uma pena. Você tinha tanto potencial para...

*BANG.*

A porta se abriu com um estrondo.

A visão de Rune ficou turva; a escuridão a arrastava para a inconsciência.

– Já basta!

Alguém se colocou na frente de Rune, protegendo-a de Cressida.

*Seraphine?*

– Você vai me ouvir.

Sua voz era como o estrondo de um trovão.

– Ouvir você? – Cressida soltou uma risada. – Até onde eu sei, você está de conluio com ela.

As vozes pareciam a um mundo de distância.

Pouco antes de a escuridão engolfá-la por completo, Rune ouviu Seraphine dizer:

– Você vai me ouvir, minha rainha, porque Rune é sua irmã.

# CINQUENTA

## RUNE

QUANDO RUNE ACORDOU, o quarto estava balançando, inclinando-se de um lado para outro e rangendo alto com o movimento.

Ela abriu os olhos, mas estava tudo enevoado. Uma cama e lençóis a envolviam. O cheiro de magia pairava no ar, velho e esmaecido, misturando-se com a maresia.

Em algum lugar ali perto, um vidro tilintou. Ela ouvia água sendo derramada. Virando o rosto em direção ao som, Rune encontrou a silhueta de uma figura contra a luz.

– Onde estou? – A rouquidão de sua voz a surpreendeu. Rune engoliu para umedecer a garganta.

– Entrando nas águas da Nova República – respondeu uma voz feminina.

Rune franziu a testa. Impossível. Deveria estar em Larkmont.

– Você ficou inconsciente por vários dias. Perdeu muito sangue.

*Estamos em um navio*, Rune compreendeu à medida que sua visão clareava e as paredes de uma cabine se tornavam mais concretas a seu redor.

A bruxa que cuidava dela era Juniper.

Rune tentou se sentar e se arrependeu na mesma hora: uma dor lancinante queimou suas costas. Ela cerrou os dentes e ficou imóvel.

– Aqui. – Juniper sentou-se em uma cadeira ao lado da cama, segurando um copo d'água. – Beba.

Rune a olhou com cautela, mas, mesmo que estivesse sendo drogada, sua sede venceu, e ela permitiu que a jovem pressionasse o copo em seus lábios.

Rune bebeu avidamente.

– Meus feitiços reduziram o sangramento e repararam os músculos e tendões dilacerados – disse Juniper, levantando-se para encher de novo o copo vazio. – Acelerei a cura, mas vai doer por um tempo.

Rune se lembrou dos golpes; o chicote lacerando suas costas. Lembrou-se do sangue quente e viscoso no chão.

*Eu sou irmã de Cressida.*

O horror daquilo assolou Rune, deixando-a toda arrepiada. Era uma Roseblood. Herdeira de uma dinastia bruxa cruel. Irmã de uma assassina aterrorizante.

Era por isso que Juniper estava ali: para manter Rune viva. Cressida provavelmente ordenara que a jovem – famosa por sua destreza com feitiços de cura – cuidasse de Rune.

Cressida precisava dela viva para conjurar seu feitiço de ressurreição.

*Por que a vovó não me contou?*

Juniper serviu mais água da jarra e voltou para o lado de Rune, estendendo o copo.

Rune balançou a cabeça, recusando.

– Pode me ajudar a me levantar?

Juniper pareceu relutante, mas assentiu, segurando seus braços com cuidado e puxando-a para uma posição sentada.

As costas de Rune urraram em protesto.

Ela cerrou os dentes, suportando a dor, e se sentou. O quarto girou. Não só tinha perdido muito sangue, como fazia dias que não se alimentava. Sua fraqueza deixava isso bem evidente.

Tonta, ela chegou até a beirada da cama e se levantou devagar. A cada centímetro de movimento, a dor se tornava mais suportável, até que finalmente parou diante da escotilha, olhando para fora.

Havia uma frota de navios ao redor, com as chaminés lançando fumaça aos céus. Rune reconheceu a insígnia de Soren estampada nas laterais.

Uma ilha familiar surgia ao longe, sua silhueta contra a luz do sol poente.

*Cascadia.*

Então era isso? As bruxas estavam em guerra com a Nova República?

Rune estava prestes a se afastar da escotilha quando viu seu reflexo no vidro. Seu rosto estava pálido e adoentado, e havia sombras arroxeadas como hematomas sob seus olhos. Parecia um fantasma.

*Se minha frente está assim, como será que estão minhas costas?*

Rune olhou para o espelho manchado pendurado na parede da cabine. Sob o olhar cheio de pena de Juniper, Rune pegou a barra da camisa e a ergueu, passando-a pela cabeça. Uma dor abrasadora queimou suas costas, fazendo lágrimas brotarem em seus olhos. Rune cerrou os dentes, determinada a ver o estrago.

Baixando a camisa ao lado, ela se virou e olhou para o espelho. Dezenas de linhas vermelhas e grossas se destacavam em sua pele branca, cobrindo suas costas como uma teia.

A aparência era repugnante.

Ela fechou os olhos diante da visão de seu corpo arruinado.

O som de passos no corredor fez Rune se atrapalhar com a camisa, tentando passá-la pela cabeça sem desmaiar de dor.

Mal havia se vestido quando a porta se abriu.

– O que está fazendo? – Seraphine entrou, o olhar preocupado voltando-se para Rune. – Você devia estar descansando.

*Me prometa que vai encontrar Seraphine Oakes, meu bem. Ela vai lhe contar tudo o que eu não pude.*

Foi o último bilhete que a avó lhe escrevera.

Durante todo aquele tempo, Seraphine soubera a identidade de Rune. E tinha escolhido esconder a verdade.

– Por quê? – questionou Rune, as emoções a dominando: raiva, traição, pesar.

Seraphine fechou a porta e se aproximou da cama, posicionada entre elas.

– Como pôde esconder um segredo desses de mim?

Rune se sentia à deriva. Tudo o que podia ser tomado dela já estava perdido. A avó. Mar Invernal. Alex. Sua posição na sociedade. E agora isto: tudo o que ela acreditava a respeito da própria história.

Rune era a filha órfã de duas pessoas que tinham morrido em um trágico acidente no mar – foi o que lhe contaram. Só que era mentira. Uma mentira que a própria avó perpetuara.

*Por quê?*

– Kestrel e eu acreditávamos que, quanto menos gente soubesse, mais segura você estaria.

– Sim, mas vocês esconderam o segredo de *mim*! Sou perfeitamente capaz de guardar segredos, e eu merecia saber.

Seraphine olhou para Juniper, que se retirou do quarto discretamente.

– Você tem todo o direito de estar com raiva – disse Seraphine, sentando-se na cama.

Seus movimentos lembravam os de uma pomba se acomodando no ninho: delicada e graciosa.

Ela estendeu a mão para Rune, que ignorou o gesto, cruzando os braços e fazendo uma careta quando a pele sensível do ombro se esticou.

– Eu tenho o direito de saber a verdade.

– Sim. Tem mesmo. – Seraphine baixou a mão. – Você é filha da rainha Winoa com seu segundo consorte. Na noite em que nasceu, a parteira teve dificuldade de virá-la, então me chamou. Consegui virá-la e, menos de uma hora depois, lá estava você, em meus braços. Porém, no momento em que nos tocamos, algo... despertou dentro de mim. – Ela baixou o olhar para a cama. – Conjurei uma ilusão, fazendo as parteiras acreditarem que você tinha nascido morta. Menti para a rainha, dizendo que você tinha morrido. E então entreguei você a Kestrel Winters para que ela a criasse.

– Como assim algo *despertou* dentro de você?

– A família Roseblood era disfuncional e perversa – respondeu Seraphine, mas não encarou Rune ao dizer isso. – Eu não podia deixar uma criança inocente crescer naquele ambiente.

Em tese, Cressida e as irmãs também já haviam sido inocentes um dia. Então por que Seraphine não tirou *todas* de lá?

– Não acredito em você – disse Rune.

Sabia que Seraphine não estava contando a história toda. Sentia isso. E ainda havia a questão da idade dela...

– Minha avó me contou que vocês cresceram juntas. Ela costumava usar um medalhão no pescoço e dentro havia duas imagens: uma dela aos 18 anos, e uma sua, não muito mais velha.

Seraphine assentiu.

– Eu lembro.

– Você tem a mesma aparência daquela pintura feita há quarenta anos. Como é possível? A menos que você esteja sob algum tipo de feitiço. Você está amaldiçoada?

Seraphine respirou fundo e, quando soltou, o ar saiu trêmulo.

– *Parece* uma maldição, suponho. Sem dúvida, a sensação é essa. – Seraphine olhou para a escotilha, que exibia um recorte do céu azul. –

Tenho uma tarefa a cumprir e, até que ela seja concluída, não posso... seguir em frente.

Rune franziu ainda mais a testa. *Seguir em frente?*

Ela era uma espécie de espírito? Aprisionada depois da morte por causa de assuntos inacabados?

Havia histórias sobre esse tipo de coisa, mas Rune nunca acreditara nelas. E era evidente que a mulher ali na cama era feita de carne e osso. Tão sólida quanto Rune.

Seraphine deu tapinhas a seu lado no colchão, convidando Rune a se juntar a ela.

Relutante, ela se sentou.

– Parece que foi ainda ontem que você era uma criaturinha encolhida contra o meu peito enquanto eu cavalgava até a Casa do Mar Invernal. E aqui está você, toda crescida. – A expressão de Seraphine ficou mais branda ao olhar para Rune. – Não paro de procurar por ela em você... o que é absurdo, eu sei. Vocês não compartilham do mesmo sangue. Ainda assim, às vezes, tenho uns vislumbres dela. Como se você a carregasse em si.

Seraphine tocou a cicatriz em forma de pássaro em seu pescoço.

– Na noite em que levei você para Kestrel, ela ficou muito brava comigo. Nunca quis ter filhos e, a princípio, se recusou a te aceitar. Falou que, se eu ia roubar um bebê real, o mínimo que podia fazer era criá-lo eu mesma, e não dar para ela.

"Mas eu não podia manter você na capital e criá-la debaixo do nariz de Winoa. Era perigoso demais. Àquela altura, a rainha já desconfiava de mim. Eu era a única bruxa em seu conselho que não escondia meu desgosto pela crueldade dela. Eu não a odiava em particular e a bajulava em público, como os outros. Ela sabia exatamente o que eu achava: que ela era uma praga em Cascadia.

"Três dias depois de levar você para a Casa do Mar Invernal, como se pressentisse meu engodo, Winoa me exilou. Não ia mais tolerar que eu minasse sua autoridade e me avisou que, se eu não fosse embora, estaria morta pela manhã. Cavalguei até Mar Invernal, onde convenci Kestrel a manter você até que fosse seguro eu retornar. Tinha suspeitas de que a rainha fosse mandar seus espiões atrás de mim.

"Anos depois, após a morte de Winoa, voltei para te buscar, mas, àquela altura, Kestrel já te amava. Você foi a melhor coisa que já tinha acontecido a ela."

Seraphine sorriu com a lembrança.

– Ela me disse que, se eu tentasse te levar, me esfaquearia com um abridor de cartas.

As lágrimas formaram um nó na garganta de Rune. Ela as engoliu.

– Sinto falta dela – sussurram as duas, em uníssono.

Seraphine parecia prestes a dizer algo mais, a estender a mão para Rune, quando um súbito *BUM* ecoou do lado de fora do navio. Elas olharam pela escotilha.

*Disparos de canhão?*

Seraphine se ergueu e foi olhar. Rune se moveu bem mais devagar, juntando-se a ela diante da escotilha.

Os navios lá fora disparavam contra o porto.

Rune espalmou a mão na parede da cabine, observando as explosões ao longe. As tábuas de pinheiro eram ásperas sob sua palma.

Era o *lar* dela que estavam sitiando.

– Começou – murmurou Seraphine.

# CINQUENTA E UM

## GIDEON

**AQUELE ERA O DIA** em que Gideon ia morrer.

Foi o que lhe disseram quando foram acordá-lo.

Gideon estava sentado no chão, recostado na parede de pedra fria, a cela da prisão um breu completo ao seu redor. Não sabia quanto tempo havia se passado desde que o guarda aparecera ao amanhecer para dizer que ele seria executado em poucas horas. Era difícil medir a passagem do tempo naquele lugar. Gideon estava ali havia uma semana e aprendera a contar os dias pela abertura da porta da cela, quando os guardas traziam água e pão – primeiro ao amanhecer, depois ao anoitecer. Mas minutos? Horas? Era impossível acompanhar.

A única coisa que ele sabia era que não ficaria ali muito mais. Um pelotão de fuzilamento o aguardava.

Gideon era aquela coisa abominável que a República não podia tolerar: um simpatizante de bruxas. Não, pior ainda: era um *amante* de bruxas.

Em breve, pagaria por isso.

Quando a chave girou na fechadura, Gideon sentiu o coração na garganta.

*É agora.*

A porta se abriu e a luz inundou o espaço, cegando-o temporariamente. Antes que ele pudesse ver quem era o guarda, um capuz foi enfiado em sua cabeça.

– Hora de ir.

Gideon lembrou-se de que sua família toda estava morta e de que só estava indo se juntar a eles.

*Não tenho medo de morrer.*

Mas, se era verdade, por que seu coração retumbava como um tambor de guerra?

Ele não ofereceu resistência. Não lutou contra o guarda. Apenas surgiriam mais dez para substituir aquele. Iam subjugá-lo de um jeito ou de outro.

Gideon permitiu que o erguessem até ficar de pé.

O guarda o conduziu para fora da cela algemado. Com o capuz na cabeça, Gideon não via nada. O medo aumentava a cada passo e fazia seu estômago se contorcer.

Quando os portões da prisão se abriram, rangendo, ele tentou se distrair dos pensamentos sobre sua morte iminente. A multidão lá fora... seria muito grande? Será que a cidade toda tinha ido testemunhar a execução de um herói da revolução? Quantas pessoas aplaudiriam enquanto Gideon Sharpe, defensor da República, morria nas mãos da mesma República?

E o principal: valia a pena?

*Rune* valia a pena?

Pensar nela só o deixou mais determinado.

*Rune vale tudo.*

*BUM!*

O chão sob os pés de Gideon tremeu.

Ele parou, se equilibrando.

*BUM!*

*BUM!*

*BUM!*

*Mas o que...*

A prisão toda estremeceu ao redor dele.

– O que foi isso?

Ninguém respondeu. O guarda acelerou o passo, arrastando-o em meio a gritos de alarme e correria.

Do lado de fora, o guarda entrou com ele no que parecia ser um beco tranquilo e o empurrou contra a parede. Quando as costas de Gideon bateram nos tijolos, ele percebeu que não haveria qualquer exibição pública.

Seria uma execução rápida em um beco.

Seu pulso martelava nos ouvidos enquanto ele esperava o disparo.

Só que nenhum tiro foi disparado. Em vez disso, retiraram seu capuz e a luz do sol invadiu seus olhos. Gideon piscou, tentando clarear a visão.

– *Laila?*

Ela estava de uniforme e parecia não dormir havia dias... nem trocar de roupa. Na mão, segurava um chaveiro de ferro.

– O que está acontecendo?

– Você me deve uma.

Ela se aproximou e enfiou uma das chaves na fechadura das algemas de Gideon. Depois de um rápido giro e um *clique*, as correntes caíram no chão.

*BUM!*

Os dois pularam e olharam para a rua. Laila os havia levado para longe do palácio, onde uma multidão agora se dispersava em meio ao caos. Soldados corriam de um lado para outro, em pânico, enquanto as explosões continuavam.

– *O que* é isso?

– Disparos de canhão. – Laila botou uma pistola em sua mão. – Estamos sendo atacados.

– Por quem? – Gideon conferiu a arma e viu que estava carregada. – Soren?

Laila olhou por cima do ombro, na direção da confusão.

– Não sabemos. Acabou de começar.

Rune não desfizera a aliança. Se Soren estava ali e aqueles canhões que disparavam contra a cidade eram dele, significava que Rune não cumprira seu papel na barganha.

Ela mantivera o noivado com o príncipe.

Enquanto mais tremores sacudiam os prédios ao redor, Gideon seguiu em direção ao disparo dos canhões, apertando com força a pistola que Laila lhe dera.

– Vamos descobrir.

Os canhões retumbavam, mais altos à medida que se aproximavam do porto. Logo, disparos de armas se juntaram a eles. Quando Gideon e Laila chegaram perto o suficiente para ver o confronto, encontraram o cais em chamas, a fumaça sufocando o céu e prédios destruídos por balas de canhão.

Em vez de seguirem até a frente do porto, os soldados da República corriam para longe dele.

Gideon agarrou um deles.

– O que está fazendo? – Ele puxou o homem pela jaqueta. – Sua obrigação é defender a cidade.

– É-É um exército fantasma, senhor. – O rosto do homem estava lívido de choque enquanto ele se contorcia contra o aperto de Gideon. – E-Eles estão nos massacrando!

O homem se desvencilhou e continuou correndo.

Laila parou outro homem de uniforme.

– O que está acontecendo? Quanto estamos em desvantagem numérica?

O soldado segurava o braço no ponto onde sangue empapava sua jaqueta. Tinha sido atingido.

– Difícil dizer. – A respiração dele saía em arquejos curtos. – Não dá para vê-los. Só sentir as balas. Eles estão encobertos pelos feitiços das bruxas. Nem sabemos para onde atirar.

Ele também se afastou cambaleando, gritando para eles:

– Vocês deviam correr. Todos nós recebemos ordens para bater em retirada.

Laila olhou para Gideon.

Bater em retirada para onde, se o inimigo era invisível?

– Precisamos contar para Noah.

Gideon fez uma carranca.

– *Você* avisa seu irmão. Eu vou dar uma olhada mais de perto.

Precisava ver com os próprios olhos.

– Gideon, não acho que...

Uma nova rajada de tiros abafou a voz de Laila. Relutante, ela o seguiu.

Logo, estavam no meio do tumulto, ziguezagueando por entre becos onde a periferia da cidade encontrava o porto. O ar estava cheio de fumaça, e o cheiro de cinzas se misturava com o de magia e pólvora. Alguns soldados tinham ficado para trás e ainda atiravam, mas pareciam atirar no vazio.

E o vazio atirava de volta, derrubando um por um.

*Recuem, seus idiotas.*

Usando a parede de uma peixaria como cobertura, Gideon se deslocou para olhar mais adiante. Ao seu lado, Laila sacou a pistola.

Conseguiu uma visão mais ampla do cais em chamas. Através da fumaça, uma imensa frota de navios surgiu no litoral, cada um ostentando o emblema de Soren Nord. Entre aqueles navios e a frente do porto, havia centenas de botes cheios de soldados, cada um levando uma bruxa.

Com o exército da República recuando, parecia já não ser necessário mantê-los ocultos sob feitiços de invisibilidade. Em vez disso, escudos mágicos os protegiam, repelindo as balas do inimigo.

O olhar de Gideon se fixou em um bote em particular. Cressida parecia ser o centro das atenções até mesmo ali, naquele pequeno bote gasto. Usava um vestido de renda preta, e uma coroa de rosas adornava sua cabeça loira, fitando a cidade com olhos famintos, como se estivesse prestes a engoli-la inteira.

*Como isso é possível?*

Rune deveria ter acabado com a aliança ao romper com o príncipe.

– Gideon... precisamos ir.

Laila segurou Gideon pelo braço e o puxou, mas ele não conseguia desviar os olhos do avanço do exército de Soren sob o comando de Cressida.

Rune deveria ter impedido que aquilo acontecesse. *Prometera* isso a ele. A base daquela aliança era o casamento dela com Soren; se o exército de Soren estava ali, atacando a Nova República com tudo, significava que Rune não havia cancelado o casamento, afinal.

*Ou pior: ela já se casou com ele.*

Isso foi um golpe no coração de Gideon.

Será que ele era um idiota? Aquele sempre fora o plano de Rune?

*Não.* Gideon espantou as dúvidas. *Ela não faria isso.*

E ele acreditava nisso.

No entanto, se Rune tivesse cumprido sua parte no acordo – ou pior, se tivesse sido *obrigada* a cumpri-la...

– *Gideon!* – sussurrou Laila. – Precisamos ir *agora*.

Ela tinha razão. Depois que o exército de Soren tomasse a frente do porto – o que estava prestes a acontecer –, avançariam para a cidade.

Gideon deixou que Laila o puxasse dali. Juntos, os dois correram.

Atrás deles, a fumaça sufocava o céu enquanto o porto queimava.

# CINQUENTA E DOIS

## RUNE

CRESSIDA DEIXAVA UM RASTRO de destruição em seu encalço.

O exército recuara. A Guarda Sanguínea tinha abandonado suas posições. A aristocracia fugira para seus chalés e casas de veraneio fora da cidade.

O Nobre Comandante não estava em lugar algum.

O que restou foi o povo. Aqueles que não tinham para onde ir. Eles se escondiam atrás de portas trancadas e lojas fechadas. Rune os via espiar por trás das cortinas enquanto passava, apenas para se esconderem quando seus olhares se cruzavam.

As bruxas tomaram o palácio sem dificuldade; o local já havia sido abandonado antes da chegada delas, os corredores de mármore silenciosos como um túmulo. Como se estivessem esperando o retorno da verdadeira mestra. A única coisa que Cressida precisou fazer foi entrar e reivindicá-lo.

Na sala do trono, Rune estava entre Seraphine e Juniper, perto da parede dos fundos. Bruxas preenchiam o grande espaço, observando Cressida Roseblood caminhar pela passarela colunada. As janelas escureciam com o anoitecer. A cauda de renda preta do vestido de Cressida se arrastava atrás dela, e pétalas de sua coroa de rosas flutuavam até o chão.

Lágrimas cintilaram em seus olhos quando ela fitou os tronos vazios à frente.

Cressida subiu os degraus do palanque e se aproximou do trono do meio, acariciando a ônix preta antes de se voltar para elas.

– Esta noite, vamos terminar de tomar a cidade. – Sua voz atravessou o grande salão. – Qualquer pessoa que jurar fidelidade a mim será perdoada de todas as transgressões anteriores... a não ser membros da Guarda Sanguínea e oficiais da República. Esses, junto com qualquer um que se recusar a fazer um juramento de lealdade à sua rainha, serão aniquilados.

Cressida sentou-se em seu trono.

– As execuções começam ao amanhecer.

Após suas palavras, o salão foi dominado pelo silêncio, quebrado apenas por um grito:

– Salve a rainha Cressida!

Ao redor de Rune, outras começaram a entoar:

– Que seu reinado seja duradouro!

Uma a uma, as bruxas se ajoelharam como um mar escuro e ondulante. A seu lado, Juniper se ajoelhou. Seraphine fez o mesmo.

*Eu ajudei isso a acontecer*, pensou Rune.

Logo, ela era a única de pé.

*Se eu não tivesse enganado Soren, nada disso estaria acontecendo.*

Os olhos de Cressida se estreitaram, seu olhar perfurando o de Rune do outro lado da sala, aquele olhar letal que tentava obrigá-la a se ajoelhar por pura força de vontade.

Lembranças vieram à mente de Rune.

Cressida puxando o chicote. O calor das chibatadas. Sua pele sendo dilacerada. A poça de sangue sob suas palmas.

O coração de Rune batia forte, aprisionado àquele momento. O medo a transformou em um animal paralisado.

Isso a lembrou da revolução. Da noite em que a Guarda Sanguínea fora atrás de sua avó.

Ela também tinha ficado apavorada naquela época.

Sustentando o olhar de Cressida, Rune se ajoelhou.

– Que seu reinado seja duradouro.

# PARTE TRÊS

*Nós a enterramos hoje: nossa bela rainha, nossa amada irmã.*

*Ela merecia uma grande procissão, como as poderosas rainhas que a antecederam. Seu povo deveria ter enchido as ruas, acendido velas em sua homenagem e lançado flores a seus pés. Ter se despedido.*

*Mas a Usurpadora proibiu.*

*Então levamos Althea, a Bondosa, para o templo e construímos uma pira. Sob um céu lamentoso, proferimos as palavras de despedida e demos beijos sagrados em sua testa. Untamos seu corpo ensanguentado, o envolvemos em mortalhas brancas e a entregamos às Ancestrais.*

*E, quando tudo que restou dela foram cinzas, nos preparamos para o pior.*

– A MORTE E O FUNERAL DA RAINHA ALTHEA,
REGISTRADO PELAS ACÓLITAS

# OS CINCO DECRETOS DE CRESSIDA, A CRUEL

1. Há um toque de recolher em vigor. Os cidadãos devem estar em casa ao anoitecer e permanecer lá até o amanhecer. Qualquer um que desafie esta ordem será alvejado na hora.

2. Oficiais do Exército Real estão autorizados a invadir qualquer residência e prender qualquer pessoa que não coopere com suas buscas. Se um traidor for encontrado, todos os membros da família serão presos e levados a interrogatório.

3. Títulos e propriedades que pertençam a traidores, mortos ou foragidos serão confiscados e redistribuídos entre os cidadãos que tiverem demonstrado devoção à rainha Cressida.

4. Todos os cidadãos que entregarem patriotas voluntariamente serão bem recompensados.

5. Todos que se recusarem a prestar um Juramento de Lealdade serão executados.

Vida longa à rainha.

# CINQUENTA E TRÊS

## RUNE

**O EXÉRCITO DE SOREN** dominou a capital. Soldados se aglomeravam como formigas em todas as ruas, arrombando portas que não lhes eram abertas e arrastando seus moradores para fora. Aqueles que fizeram juramentos de lealdade à rainha de Cascadia foram poupados; os que se recusaram foram alvejados na frente de sua família.

A maioria fez o juramento.

Qualquer pessoa ligada ao antigo regime que não tinha escapado da cidade havia sido presa e interrogada. As que se recusaram a falar foram torturadas. Se insistissem na recusa, eram executadas. As que falavam eram poupadas por mais uma ou duas noites, mas, quando não havia mais informação a extrair, também eram executadas.

Muitas bruxas ficaram satisfeitas por caçar as mesmas pessoas que um dia as caçaram, mas, por baixo dos panos, Rune detectou um desconforto crescente.

– Elas estão com medo – disse Seraphine certa noite, a voz encoberta por um feitiço de silenciamento para que as duas bruxas postadas do lado de fora do quarto de Rune não escutassem a conversa.

Rune estava presa ali. Todas as portas e janelas tinham sido seladas com a magia de Cressida, e suas mãos estavam aprisionadas por contenções de bruxa, que eram retiradas apenas para que ela pudesse comer ou ir ao banheiro.

Dia e noite, duas bruxas ficavam de vigia do lado de fora da porta, e, quando Rune *tinha* permissão de sair – por uma única hora, durante o jantar –, as guardas a acompanhavam e reportavam cada palavra e ação dela para Cressida.

Rune era como uma joia valiosa, trancada a sete chaves. Se algo acontecesse a ela, Cressida perderia sua única chance de ressuscitar Elowyn e Analise.

A única razão por que Cressida permitia que Seraphine a visitasse era ela não ter como ajudar Rune. Ninguém tinha.

– Há um número cada vez maior de bruxas que não a apoiam, mas nunca vão se opor a ela enquanto Cressida tiver um exército à disposição.

Rune não podia culpá-las. *Ela* mesma morria de medo de Cressida.

– Enquanto ela tiver o exército de Soren, e se conseguir ressuscitar as irmãs, ninguém vai se opor a ela.

– Então, não há nada a fazer – concluiu Rune.

Suas palmas coçavam sob as contenções de ferro que as envolviam por completo.

– Há, sim – disse Seraphine, os olhos cintilando à luz tênue. – Se a posição de Cressida fosse abalada... se ela perdesse o apoio de Soren ou fosse enfraquecida de alguma outra forma... seria mais fácil instigar os dissidentes.

Rune se lembrou do plano de Gideon: caçar e matar a última Roseblood viva. Isso seria um tremendo golpe para Cressida.

– Você poderia se livrar de mim.

Seraphine fez uma careta.

– Não foi isso que eu quis dizer.

Mas daria certo.

– Posso contar a verdade para Soren: Cressida planeja me matar, portanto não tem a menor intenção de permitir que eu me torne esposa dele.

O problema era que não vira Soren desde que ela e Gideon tinham escapado a bordo do *Arcadia*. Sabia que ele estava na ilha. Cressida pedira que ele levasse seus soldados para fazer uma varredura na área rural no entorno da cidade e montasse acampamentos lá para garantir que a Guarda Sanguínea não atacasse de surpresa.

Rune desconfiava de que ele não sabia que sua noiva estava ali, aprisionada. Cressida o fizera acreditar que Rune ainda estava sob o domínio dos caçadores de bruxas.

– Isso só faria Cressida retaliar – disse Seraphine, obrigando Rune a se lembrar do chicote. Dos golpes. Do sangue.

O suor brotou em sua testa. As correntes tilintaram em seu colo quando ela se remexeu, desconfortável.

– Um plano melhor seria destruir os corpos de Elowyn e Analise.

– Só que ninguém sabe onde estão – argumentou Rune.

Era um dos segredos mais bem guardados de Cressida.

– Um feitiço desses precisa ser renovado com frequência. Cressida passou meses longe da ilha; precisa reforçá-lo ou ressuscitá-las. Acredito que em breve ela deve ir até as irmãs. E, quando fizer isso, vai levar você junto.

Rune assentiu. Sabia que seus dias estavam contados. Cressida queria as irmãs ao seu lado, e Rune era a chave para trazê-las de volta à vida.

Àquela altura, ela já teria tentado escapar, mas as contenções, os feitiços e a constante vigilância de suas guardas tornavam isso impossível.

– Soren deve retornar a qualquer momento. Quando ele voltar, vou lhe contar a verdade.

*Se eu ainda estiver viva.*

Assim que o príncipe descobrisse que Cressida pretendia matar Rune, ele a colocaria em segurança.

– E se ela estiver mantendo Soren longe para evitar justamente isso? – perguntou Seraphine.

Rune olhou pelas janelas, escuras pela noite. Sentia-se à beira do desespero. Era óbvio que era por isso que Cressida o mandara para longe.

– Não podemos esperar por Soren – falou Seraphine.

– Você tem um plano melhor? – Rune ergueu as contenções para exibir seu status de prisioneira. – Estou sempre exatamente onde ela quer que eu esteja. Cressida botou duas bruxas para vigiar cada movimento meu, sem falar nos feitiços que me prendem no meu quarto.

– Na verdade – disse Seraphine –, eu *tenho*, sim, um plano melhor.

OS LUSTRES CINTILAVAM no alto enquanto os criados abriam garrafas de vinho e o serviam em taças. O salão de banquetes estava imerso em luz dourada enquanto a corte de Cressida ria e fofocava às mesas, esperando o espetáculo dos julgamentos começarem.

Toda noite, durante o jantar, os inimigos de Cressida eram levados até ela para implorar por suas vidas.

Olhando ao redor da sala luxuosa, Rune via bruxas com trajes finos, comendo em pratos de borda dourada. Como se Cressida já tivesse vencido. Como se nunca tivesse *deixado* de ser rainha.

*Será que foi mesmo tão fácil assim? Ou isso tudo é um espetáculo elaborado?*

Se a Guarda Sanguínea se reerguesse e invadisse a cidade no dia seguinte, elas teriam alguma chance? Ou seriam derrotadas?

Rune não queria descobrir. Contorceu as mãos no colo enquanto esperava o sinal de Seraphine, pronta para colocar o plano delas em ação. Tentou não pensar no preço de ser pega. Bastava tocar as cicatrizes que desfiguravam suas costas.

Não demorou para que os soldados trouxessem os prisioneiros do dia: membros do Tribunal, soldados da Guarda Sanguínea, qualquer um que tivesse trabalhado para o Nobre Comandante ou para um de seus ministérios. Cada pessoa era obrigada a se ajoelhar diante da mesa de Cressida, aguardando sua sentença.

Algumas bruxas baixaram os talheres para assistir; outras continuaram suas conversas. Estavam ali havia menos de uma semana e muitas já estavam entediadas com o entretenimento noturno.

Isso fez Rune se lembrar dos expurgos privados, eventos raros em que bruxas eram levadas para jantares e assassinadas enquanto os convidados saboreavam o cafezinho depois da refeição.

*Ainda estamos no inferno*, pensou. *Só que com uma decoração diferente.*

Enquanto os prisioneiros imploravam por suas vidas ou pelas vidas de cônjuges e filhos, as bruxas bebericavam o vinho e comiam a sobremesa. Impassíveis.

Ou, pelo menos, era o que parecia.

Assim como Seraphine, Rune desconfiava que algumas, talvez a maioria, *estavam* incomodadas... mas apavoradas demais para demonstrar.

A teoria delas foi confirmada quando a prisioneira seguinte foi trazida.

A mestra de espionagem do Comandante.

Enquanto a arrastavam até a mesa de Cressida, as mãos de Juniper agarraram a toalha de mesa. Rune olhou da mão de Juniper para seu rosto, que estava mais branco que osso, o olhar fixo na garota que havia sido obrigada a se ajoelhar.

Ela parecia reconhecer a prisioneira, cujo cabelo escuro estava preso em um coque alto, mostrando que lhe faltava a orelha esquerda. A cadeira de Juniper arranhou o chão quando ela a empurrou para trás.

– Com licença – disse ela, se afastando aos tropeços da mesa e fugindo da sala.

Rune a observou até que um suave ronco chamou sua atenção para as guardas sentadas do outro lado da mesa. Ambas dormiam. Uma com a cabeça sobre os braços, a outra com o queixo apoiado na mão.

Seraphine pigarreou.

– Juniper parece chateada, Rune. Talvez você devesse ir ver como ela está.

Rune olhou para a bruxa ao seu lado.

*Deixe suas guardas comigo*, dissera Seraphine mais cedo.

Será que ela tinha enfeitiçado a bebida das duas?

Juniper também fazia parte do plano?

Seu coração deu um salto.

Dobrando o guardanapo com uma calma que não sentia, Rune olhou para o outro lado da sala, onde Cressida estava sentada a uma mesa com seu círculo íntimo de bruxas. A rainha usava um vestido azul-marinho que brilhava como a meia-noite, e seu cabelo branco ostentava uma trança apertada. Sua atenção estava fixa na mestra de espionagem ajoelhada à sua frente, que encarava a rainha bruxa, recusando-se a se humilhar ou a implorar.

Havia algo de familiar nela.

Rune espantou o pensamento, levantou-se da mesa e se esgueirou até o corredor.

Sem sua faca de conjuração, precisava de algo para obter sangue e conjurar o marcha-fantasma. Seu plano era escapar pela cozinha, pegar uma faca afiada e depois roubar um cavalo no estábulo. De lá, tomaria um trem para o noroeste da ilha, onde era menos provável que fosse reconhecida e ninguém estaria atrás de bruxas. Pouquíssimo habitada devido aos ventos fortes e às paisagens áridas, aquela parte da ilha consistia principalmente de pequenas vilas de pescadores. Encontraria alguém para levá-la para longe ou roubaria um barco e navegaria por conta própria. E, durante todo o tempo, estaria oculta pelo feitiço de Seraphine, incapaz de ser Vista por qualquer sibila.

Seu plano foi interrompido por Juniper.

A garota tinha uma das mãos na parede e a outra na barriga. Pela maneira como seu peito arfava, parecia prestes a vomitar.

– Juniper?

A bruxa pulou, virando-se para encará-la. Seu cabelo preto estava trançado em uma coroa firme no topo da cabeça, e os olhos castanhos estavam arregalados.

Parecia que tinha visto um fantasma.

– Você está bem? – perguntou Rune.

– Eu... Eu conheço aquela garota. A que estão chamando de mestra de espionagem.

Rune franziu a testa. Talvez Juniper *não* fizesse parte dos planos de Seraphine.

Juniper olhou para as portas do salão de banquete.

– Meus pais disseram que a tinham vendido. Disseram que ela estava no Continente e que eu nunca a encontraria. Eu fui atrás de cada pista. Procurei em *todos os lugares.*

Rune seguiu o olhar dela até as portas pelas quais acabara de passar, ainda fechadas. Não podia estar parada ali quando aquelas portas voltassem a se abrir.

Precisava ir embora.

Agora.

Ela se virava na direção da cozinha quando Juniper sussurrou:

– Pensei que Harrow estivesse morta.

*Harrow.*

O nome fez Rune ter um sobressalto. Não era um nome comum. Qual era a probabilidade de que a Harrow ajoelhada diante de Cressida fosse a amiga de Gideon?

– Então os soldados a trouxeram, e eu... Rune, eu preciso salvá-la.

Se Harrow *fosse* a mestra de espionagem do Comandante, com certeza seria enviada para as salas de interrogatório. Tentariam subjugá-la. Ela era valiosa demais para que não fizessem isso.

*Vá! Agora! Cada segundo que você passa aqui é um risco!*

Rune fechou e abriu as mãos, ainda olhando para o corredor em direção à cozinha.

– Eu queria poder te ajudar, Juniper, mas não posso.

Rune não estava disposta a arriscar sua vida para tentar resgatar uma inimiga que não faria o mesmo em seu lugar. Além disso, Harrow já estava fadada à morte. Não havia nada que Rune pudesse fazer para mudar isso.

Um velho medo despertara nela. Como uma serpente, enrodilhara-se em seu coração, sufocando qualquer coisa que pudesse impedir sua sobrevivência.

Ela se virou e começou a se afastar, indo na direção de uma porta que a levaria aos aposentos dos criados.

– Você é a Mariposa Escarlate – disse Juniper atrás dela. – Salvar pessoas é o que você *faz*.

*Não mais.*

– Ela é amiga do capitão da Guarda Sanguínea – insistiu Juniper, mais baixo. – Vai saber onde Gideon está. Se Cressida descobrir a localização dele...

*Isso* fez Rune hesitar.

Porque era óbvio que era para isso que Cressida usaria Harrow.

*Acha que pode protegê-lo de mim?*, perguntara Cressida. *Assim que eu tiver meu trono, a primeira coisa que pretendo fazer é caçar Gideon.*

Rune sabia o que aconteceria se Gideon caísse nas mãos de Cressida.

*Se ele ainda estiver vivo.*

Rune sentiu um aperto no peito só de pensar nisso.

*E se ele estiver vivo?*

– Tudo bem – grunhiu ela, virando-se para encarar Juniper.

Um plano – um plano estúpido e perigoso – estava se formando em sua mente. Seria seu último resgate. Depois desse, nunca mais.

– Vou salvar essa garota por você. – E por Gideon. – Mas preciso que faça algo por mim em troca.

Juniper secou as lágrimas do rosto.

– Qualquer coisa.

– Quando te perguntarem onde estou, você vai dizer que não me viu. Que não tem ideia de para onde eu fui. Entendeu?

Juniper assentiu.

– Sim – disse ela, ofegante. – É claro.

Rune deu um passo para trás.

– Deixe o resto comigo.

# CINQUENTA E QUATRO

## RUNE

AS SALAS DE INTERROGATÓRIO ficavam dentro da prisão do palácio. Por sorte, Rune vira um mapa da prisão dois meses antes, com a ajuda de Alex, na época em que planejavam resgatar Seraphine. O plano nunca se concretizara, mas o mapa ainda estava em sua mente, e agora viria a calhar.

Ela não podia conjurar o marcha-fantasma. Sem sua faca de conjuração ou algo afiado, não tinha como obter o sangue necessário. Estava prestes a fazer um desvio até a cozinha quando alguém se colocou diretamente na sua frente.

– Rune?

O príncipe hesitou, como se estivesse surpreso por encontrá-la ali. Ele parecia desgrenhado e exausto.

– Soren?

Ele tinha cavalgado diretamente das linhas de frente?

Rune, que torcia pelo retorno dele, de repente se viu irritada. Agora que já havia se safado, ele aparecia e se plantava diretamente em seu caminho.

– Graças às marés, você está a salvo. – A voz de Soren soou baixa e cansada. – Eu temia o pior... como conseguiu se livrar daquele brutamontes?

Enquanto ele se aproximava, ela percebeu que não se viam desde que Gideon a "sequestrara" na loja de noivas.

– Soren, eu...

Antes que pudesse explicar e revelar a ele os planos de Cressida, Soren a puxou para si e colou os lábios nos seus.

Todos os sentidos de Rune se retraíram de uma vez.

*Não.*

Espalmando as mãos no peito dele, ela o empurrou para longe.

– Soren. – Ela arquejou. – Há algo que você precisa saber.

– Vamos, querida. – Ele limpou a boca com as costas da mão. – Coloquei metade do meu exército atrás de você. Estava morrendo de preocupação...

Ele tentou segurá-la outra vez, os dedos roçando sua bochecha.

Rune se contraiu e virou o rosto.

– Pare.

Soren franziu a testa.

– O que houve?

– Isso – disse Rune, gesticulando entre os dois – acabou.

A expressão dele ficou sombria.

– Devo lembrá-la do acordo que fizemos? – Ele foi na direção dela. Rune recuou. – *Você* em troca de tudo isso. – Soren gesticulou para as paredes do palácio ao redor. – Cressida tem seu trono, o que significa que agora você pertence a mim.

A raiva brotou na barriga de Rune.

Por que acreditara que aquele homem a livraria de qualquer situação?

– Cressida não tem a menor intenção de deixar que você fique comigo – explicou Rune. – Ela está te usando. Ela usa todo mundo. Você e eu somos apenas peões no jogo dela. Lembra a noite em que nos conhecemos? Nós não nos esbarramos sem querer. Eu me plantei do lado de fora do seu camarote. Eu *planejei* o nosso encontro, meu senhor. Porque Cressida precisava do seu exército e sabia que você não conseguiria resistir a mim.

As narinas de Soren se inflaram.

– Sua dissimulada...

Mais uma vez, ele partiu na direção dela. Mais uma vez, Rune recuou, mantendo-se fora de alcance.

Soren a estava encurralando. Ela se abaixou, tentando passar por ele, mas o príncipe a agarrou pelo pescoço e a empurrou com força contra a parede. As costas de Rune se incendiaram de dor quando seus ferimentos reabriram; sua vista virou um clarão.

Rune sentiu a mão livre de Soren enfiar-se por seu corpete. Sentiu o tecido rasgar e o vestido se afrouxar na altura do peito.

– Eu sempre consigo o que me é devido – grunhiu ele.

O cheiro pungente dele dominou tudo. Seu toque fazia Rune querer se encolher em posição fetal. Sentiu-se enjoada, sabendo o que ele estava prestes a fazer.

*Detenha-o.*

Mas como? Soren era muito maior e mais forte. Ela não tinha como conjurar um feitiço.

*Ele é um soldado. Vai estar armado.*

Olhou de relance para o quadril dele. De fato, ali havia um coldre com uma pistola.

Soren rasgou mais tecido, perdido em sua luxúria e raiva, e Rune alcançou sua pistola.

Tirou a trava de segurança e engatilhou a arma.

A voz de Gideon a invadiu, tranquilizando-a e a ajudando a se concentrar: *E, se uma pessoa tentar te machucar e não houver outra maneira de detê-la, não pense duas vezes. Apenas atire. Entendeu?*

Erguendo a arma até a cabeça de Soren, Rune disparou.

# CINQUENTA E CINCO

## RUNE

O FILHO DO REI de Umbria caiu morto a seus pés.

Rune o encarou, seu corpo todo trêmulo pelo choque.

*Boa garota*, quase podia ouvir Gideon dizer.

Estava prestes a se virar e ir embora quando a visão do sangue de Soren a deteve.

Agachando-se, mergulhou dois dedos no sangue que brotava da cabeça dele e o usou para desenhar os símbolos do marcha-fantasma em seu antebraço. Normalmente, ficaria preocupada com a questão de se corromper, mas ela não matara Soren para conjurar um feitiço arcano; ela o matara em legítima defesa, e sua magia sabia a diferença.

Seu poder acendeu dentro dela. A sensação, que a percorreu feito estática, confortou Rune. Sua respiração se acalmou, mesmo que as mãos ainda tremessem.

Quando soldados enfim correram na direção deles, Rune já estava passando pela entrada da prisão, indetectável sob o disfarce de seu feitiço. Acima, imagens das sete Ancestrais tinham sido estampadas na arcada de aço.

À frente, estava Harrow, algemada e acompanhada por duas bruxas.

Um portão de ferro bloqueava o acesso à primeira parte da prisão; suas barras pretas e grossas tinham sido forjadas para parecerem pombas em pleno voo rumo ao topo da entrada, onde as palavras *Portões da Misericórdia* tinham sido entalhadas, assomando logo acima. Com a aproximação delas, o portão abriu-se lentamente com um tilintar.

Reparando em uma faca de conjuração embainhada no quadril de cada bruxa, Rune se aproximou o máximo que ousou e puxou com todo o cuidado uma delas. A bruxa inclinou a cabeça, como se sentisse a presença de Rune – ou talvez o cheiro de sua magia –, mas o portão se abriu e ela na mesma hora voltou sua atenção para dentro, avançando com Harrow e a outra bruxa.

Rune segurou com mais força a faca roubada enquanto se esgueirava atrás delas, invisível sob seu feitiço.

O cheiro azedo foi a primeira coisa a atingi-la. *Suor*. E mofo. Provavelmente de décadas. A umidade impregnava o ar frio.

Os interrogatórios costumavam ser realizados no quartel-general da Guarda Sanguínea, mas Cressida explodira o lugar meses antes. Agora, os prisioneiros trazidos para serem interrogados eram mantidos ali, na primeira seção da prisão.

Dois vãos amplos se estendiam a partir daquele corredor, curvando-se como asas, a perder de vista. Um guarda da prisão as conduziu pelo vão mais próximo, onde portas se alinhavam em cada parede.

Rune os seguiu, seus passos silenciosos na pedra.

Ao final do corredor, o guarda destrancou uma porta e a manteve aberta. As bruxas empurraram Harrow lá para dentro, onde ela ficaria até que a inquiridora terminasse os outros interrogatórios.

Antes que o guarda fechasse a porta, Rune se esgueirou para dentro da cela. A porta se fechou atrás dela, mergulhando-as na escuridão, que as envolveu como um túmulo, pesada e sufocante, fazendo Rune pensar em sua avó aguardando a morte em uma cela como aquela. Prisioneira na completa escuridão.

- *Merda* - murmurou Harrow.

A palavra foi seguida pelo som da mulher deslizando pela parede até o chão.

A ausência de Rune provavelmente já havia sido notada. Era uma questão de minutos até que a notícia do assassinato de Soren chegasse a Cressida. Quando isso acontecesse, ela entenderia tudo.

Logo, bruxas e soldados do palácio estariam caçando Rune.

Ela precisava tirar Harrow dali depressa.

Rune borrou a marca do feitiço em seu braço e em seguida usou a faca de conjuração roubada para obter sangue suficiente para conjurar o feitiço tocha. Uma chama branca surgiu acima de sua palma aberta, fazendo Harrow erguer o olhar.

Um lampejo de surpresa cruzou seu rosto, mas ela o escondeu quase de imediato, abrandando sua expressão até ficar tão inescrutável quanto uma pedra.

– Parece que alguém tentou se dar bem com você.

Rune olhou para baixo e viu seu corpete rasgado quase até a cintura, deixando à mostra a camisola por baixo.

– Ele tentou – disse Rune. – Agora está morto.

Harrow inclinou a cabeça, analisando Rune. Como se estivesse impressionada e tentasse não demonstrar. As correntes de suas algemas tilintaram quando ela se espreguiçou como um gato, como se aquela conversa totalmente normal ocorresse em circunstâncias normais, e não fosse uma conversa travada enquanto ela estava presa em uma cela escura.

– Imagino que queira algo de mim. Caso contrário, não estaria aqui.

Rune deu um passo à frente.

Harrow se encolheu.

– Não vou te machucar. – Rune se agachou, umedecendo os dedos no sangue do corte que fizera. Segurando as algemas de Harrow, desenhou a marca do feitiço rompe-tranca. – Vou tirar você daqui, mas temos que ser rápidas. Você não vai me atrasar, vai?

– Não, senhora – respondeu Harrow, observando-a sob a luz daquela chama inquietante.

– Ótimo – disse Rune enquanto a magia fluía dela, vibrando no ar.

As algemas se abriram, caindo com estrépito no chão de pedra.

Harrow esfregou os pulsos.

Rune se levantou.

– Vamos.

# CINQUENTA E SEIS

## RUNE

OS FEITIÇOS DE RUNE mantiveram as duas ocultas enquanto escapavam da prisão e se esquivavam de guardas correndo de modo frenético pelos corredores do palácio, procurando alguém. Quando chegaram aos estábulos, o caos já tinha ficado para trás. Entre as baias, a poeira espiralava em raios dourados de luz, e o relincho ocasional de um cavalo quebrava o silêncio.

– Eles estão atrás de quem? – perguntou Harrow.

– O príncipe está morto – sussurrou Rune enquanto uma égua castanho-avermelhada enfiava a cabeça para fora de uma baia para esfregar o focinho no ombro nela. O marcha-fantasma não a tornava invisível para animais, cujos sentidos eram mais aguçados. – Estão procurando quem o matou.

Harrow ficou em silêncio, juntando as peças.

– Onde está Gideon? – perguntou Rune.

– Da última vez que soube, a Guarda Sanguínea tinha ido para o oeste. Imagino que o tenham levado junto.

– Oeste? Sabe para onde estão indo?

Harrow a observou, tentando determinar se podia confiar em Rune.

– Tem um forte abandonado no litoral chamado Colônia. O plano é se reagrupar lá.

Se tivessem levado Gideon, significava que não planejavam executá-lo. Com a capital tomada pelo exército de Soren e com Cressida em seu trono, a Guarda Sanguínea precisava de toda ajuda possível. Talvez Gideon fosse valioso demais para ser descartado.

Rune abriu a porta da baia e selou a égua depressa, ocultando-a com o marcha-fantasma, antes de estender a rédea para Harrow.

– Leve-a e saia da cidade.

– Para onde você vai? – perguntou ela, pegando a rédea.

– Se Cressida me encontrar, sou uma mulher morta. – Rune entrou na baia ao lado e começou a desenhar as marcas do marcha-fantasma no traseiro do cavalo. – Preciso sair desta ilha.

Antes, porém, Rune tinha que fazer uma última parada: a Casa do Mar Invernal.

Se seu lar estava prestes a ser destruído pela guerra, também precisava se armar. Com Soren morto, não havia mais certeza da vitória de Cressida. Se ela vencesse, mataria Rune. Se não, o Nobre Comandante recuperaria o poder e *ele* mataria Rune.

A única coisa a fazer era fugir.

E, já que ia fugir, Rune queria levar alguns livros de feitiço da avó. Sabia feitiços suficientes para se virar, mas não tinha como aprender mais. Estaria completamente por conta própria.

Mais importante: os livros eram seu último vínculo com a avó. Já que ia deixar tudo para trás, para sempre, queria uma lembrança da mulher que a amara tanto a ponto de se sacrificar para que Rune pudesse viver.

– Eu me enganei sobre você – disse Harrow, observando Rune selar o outro cavalo.

Soou quase como um pedido de desculpas.

QUANDO RUNE CHEGOU à Casa do Mar Invernal, o local estava escuro e cheio de soldados da Guarda Sanguínea. Quatro estavam de uniforme, diante dos portões, as armas ao lado, enquanto outros patrulhavam o entorno.

*A Casa do Mar Invernal agora é a residência de Noah Creed*, Gideon lhe dissera.

O Nobre Comandante teria deixado soldados para trás a fim de garantir que sua propriedade não fosse saqueada?

Rune instigou seu cavalo a passar pelos guardas na entrada. Muito em breve o marcha-fantasma começaria a desvanecer. Já tinham se passado várias horas desde que o conjurara. Precisava se apressar.

Rune estava passando pelos estábulos quando um relincho familiar a fez parar de repente o cavalo roubado.

*Lady.* A antiga égua de competição de sua avó.

Rune tinha sido obrigada a deixá-la para trás.

Desmontando, ela se esgueirou para o estábulo de pedra. Não demorou muito para que a cabeça branca e reluzente de Lady surgisse por cima da porta da baia, encarando Rune como quem dizia: *Por que demorou tanto?*

O coração de Rune inflou de alegria ao vê-la.

Passou os braços ao redor do pescoço de Lady, dando-lhe um abraço apertado, e então trocou o cavalo roubado por ela. Rune saiu com Lady do estábulo e foi em direção aos fundos da casa, parando junto do labirinto da avó, que formava uma das três entradas para os jardins. O labirinto estava tomado pelo mato e as roseiras precisavam de uma poda urgente. Deixando Lady à espera na entrada, Rune se virou para encarar os fundos da Casa do Mar Invernal. Seu olhar subiu pela parede, parando na janela dois andares acima: seu conjuratório.

Grossas vinhas de hera serpenteavam pelas paredes de pedra, contornando as vidraças. Rune agarrou as vinhas antigas e começou a escalar, torcendo para que aguentassem seu peso, e para que o marcha-fantasma durasse até ela encontrar os livros de feitiçaria de que precisava e partir.

Quando enfim alcançou a janela e a destrancou, três patrulhas já tinham passado abaixo dela. Abrindo o vidro sem fazer barulho, Rune se esgueirou para o interior do quarto, tomando cuidado ao pisar lá dentro, para o caso de ter alguém nos aposentos abaixo.

Temera encontrar seu conjuratório vazio, seu conteúdo ilegal todo queimado, mas o cômodo estava intacto, exatamente como ela o deixara: caixas cheias de livros de feitiçaria que embalara antes de seu mundo virar de cabeça para baixo.

A parede secreta estava bem fechada, sugerindo que Noah não a encontrara.

Rune andou lentamente pelo quarto, permitindo que seus olhos se acostumassem à escuridão, então pegou a caixa de fósforos em cima de sua mesa, riscou um deles e acendeu uma vela.

Esquadrinhou rapidamente o quarto e encontrou uma pequena bolsa cheia de moedas, assim como o apito de Lady em cima da mesa, e colocou ambos no bolso. Em seguida, virou-se para os livros de feitiço embalados em caixas de madeira.

Havia livros demais para levar. Teria que escolher três ou quatro, uma quantidade viável.

Tomando cuidado para seus passos não serem ouvidos, Rune pegou meia dúzia de livros e os levou até a mesa. Lá, ela os separou em duas pilhas: *levar* e *deixar*.

Puxou um livro particularmente pesado da pilha, o que fez outro escorregar e cair no chão.

O impacto causou um baque.

Rune congelou. Inclinou a cabeça, buscando ouvir vozes... ou passos. Qualquer indício de que os guardas na casa estavam alertas para sua presença.

Mas a Casa do Mar Invernal continuava em silêncio.

Engolindo em seco, Rune sentou-se no chão com o livro nas mãos, folheando suas páginas à luz bruxuleante da vela. Era antigo, talvez tivesse centenas de anos, e suas páginas amareladas estavam quebradiças.

Ela se voltou para o primeiro feitiço. Um feitiço de invocação. Capaz de chamar uma Ancestral do além.

*Para fazer o quê?* Rune franziu a testa, olhando para a página.

Parecia uma tolice. Se as Ancestrais existiam, já tinham abandonado aquele mundo havia séculos. Só poderiam ser invocadas em histórias que os pais contavam aos filhos na hora de dormir.

Uma tábua do assoalho rangeu do lado de fora do quarto.

Rune endireitou a postura e virou a cabeça para ouvir.

*Talvez seja a casa.*

Mar Invernal tinha mais de 100 anos. A mais leve brisa fazia seus ossos rangerem e guincharem.

O som se repetiu. Mais perto desta vez. Logo além da parede falsa.

O coração de Rune começou a martelar. Ela fechou o livro.

O trinco fez um *clique*.

Rune apagou a vela, mergulhando o cômodo na escuridão.

A parede se abriu enquanto ela se levantava.

Alguém entrou na sala.

# CINQUENTA E SETE

## GIDEON

– TODAS AS BRUXAS devem ser alvejadas de imediato.

Gideon estava encostado na parede, observando soldados novatos correrem de um lado para outro, empacotando caixas com os pertences de Noah, que deveriam ser transportados da Casa do Mar Invernal até Colônia, para onde o exército estava indo.

– Não hesitem. Não deem a elas o benefício da dúvida.

Gideon observava a reunião de Noah com o pequeno conselho de ministros que tinha conseguido fugir da capital, todos ao redor da mesa de jantar do Comandante.

*A mesa de jantar de Rune*, corrigiu-se.

Ele esfregou as algemas que irritavam seus pulsos, fazendo os soldados, um de cada lado, olharem em sua direção.

Um deles – um jovem chamado Felix – havia se alistado quando tinha apenas 16 anos. Era um rapaz magro de cabelo ruivo-flamejante. Ninguém acreditava que ele fosse sobreviver à primeira semana de treinamento. Gideon se lembrava de Laila e dos outros fazendo apostas sobre quando ele ia desistir e voltar para casa.

Gideon tinha observado outros recrutas baterem no garoto até nocauteá-lo repetidas vezes, mas Felix sempre se reerguia, machucado e cambaleante, determinado a provar que estavam errados.

Então, Gideon o chamou num canto e o treinou pessoalmente.

Isso fazia um ano.

*Agora, ele é meu carcereiro.*

Pensou que podia ser pior. Podiam ter deixado Gideon naquela cela para ser encontrado por Cressida. Podiam tê-lo matado no meio do caminho por seus crimes.

Em vez disso, mantiveram Gideon vivo. Com Cressida no trono, ele era valioso. Ele conhecia a rainha bruxa intimamente, podia prever seu comportamento - ou pelo menos era o que esperavam.

Só que Gideon *também* se mostrara simpático às bruxas. Então não podiam confiar muito nele.

Por isso as correntes.

E os guardas.

- O senhor precisa sair em, no máximo, uma hora - avisou Aila Woods.

A ex-ministra de Segurança Pública parecia esgotada por conta de tantas noites tentando organizar suas forças dispersas e levá-las a um local mais seguro. Tinham decidido seguir para Colônia, uma antiga cidadela na costa oeste da ilha, que fora abandonada meio século antes, mas ainda era pesadamente fortificada.

- O exército do príncipe Nord saqueou as propriedades mais próximas da capital. Eles virão para Mar Invernal a qualquer momento.

- Sim, sim, estou ciente.

Noah parecia igualmente cansado, seu rosto iluminado pela luz suave de um lampião.

Todo dia chegavam relatos de execuções, e o moral estava mais baixo do que nunca. Tinham perdido muitos soldados, e as únicas armas e munições que possuíam eram as que haviam conseguido carregar. Para terem ainda alguma esperança de impedir o que estava por vir, precisavam se reorganizar, adquirir mais armamentos e lançar um contra-ataque.

E era por isso que estavam batendo em retirada para o litoral.

- Vou garantir que meu irmão parta a tempo - disse Laila, que estava ao lado, de braços cruzados, olhando o mapa de Colônia aberto na mesa.
- Todos vocês devem partir *agora*. Peguem as estradas secundárias. Os soldados de Soren foram avistados a trinta quilômetros na estrada principal.

*Tum!*

Gideon olhou para o teto, de onde viera o som. Pelas visitas anteriores a Mar Invernal, sabia que os quartos ficavam logo acima deles.

- Ouviu isso? - perguntou ele a seus guardas.

Os dois se entreolharam.

- Ouviu o quê, senhor? - indagou Felix.

Ambos eram mais novos do que Gideon e estavam claramente nervosos. Afinal, ele era *Gideon Sharpe*. Ex-capitão da Guarda Sanguínea, sem contar que era um herói da República, que matara duas rainhas bruxas na revolta.

Gideon olhou para a reunião de emergência que acontecia ao redor da mesa, mas a conversa prosseguia sem interrupções. Nem Noah nem os ministros tinham ouvido o barulho.

Laila, no entanto, olhou na direção dele.

*Então não estou ouvindo coisas.*

Ele ergueu uma sobrancelha, virando o queixo na direção do teto.

*Vamos dar uma olhada?*

Talvez fosse um soldado desastrado embalando os pertences de Noah.

Ou talvez fosse algo mais pérfido.

Pegando um lampião, Laila cruzou a sala até ele.

– Esse barulho... você também ouviu?

Ela olhou para o teto, mas não vinha nenhum som de lá.

Ele assentiu.

– Pode ser um bandido.

Logo após o ataque de Cressida, diversas propriedades foram saqueadas, não apenas pelo exército de Soren, mas também por ladrões tentando encher os bolsos com itens valiosos. Porém, pela carranca de Laila, sua preocupação não era com bandidos. Era com coisa pior.

– Conheço essa casa melhor do que você – disse ele. – Me leve junto lá para cima.

Laila analisou Gideon sob a luz do lampião. Podia confiar mais nele do que os outros soldados, mas não muito.

– Não vou sair correndo para me juntar a Cressida – afirmou Gideon. – Prefiro me afogar no mar.

Laila respirou fundo.

– Está bem. – Ela se virou para Felix e estendeu a mão. – Vou pegar o prisioneiro. Me dê as chaves dele.

Como Laila estava na posição de capitão, Felix obedeceu, parecendo sinceramente aliviado em entregar Gideon.

Depois que Laila removeu suas algemas, Gideon a seguiu para fora da sala e subiu a escada até o segundo andar. Os lampiões a gás estavam apagados, deixando o corredor principal em completo breu.

– Eu começo pela outra ponta do corredor – disse Gideon. – Se você começar daqui, nos encontramos no meio.

Laila assentiu, entrando no primeiro quarto e levando seu lampião.

Gideon caminhou silenciosamente pelo corredor escuro. Em seu caminho até a outra ponta, passou pela porta do quarto de Rune.

Fizera o cálculo lá embaixo. O barulho tinha vindo daquela área. Só que, ainda mais forte do que seu conhecimento sobre a planta da casa, havia uma sensação no fundo de sua alma.

Uma *certeza.*

Gideon entrou no quarto de Rune.

Ainda tinha o cheiro dela. De vento, mar e chuva. De algo selvagem e indomável. Ele respirou fundo.

Ao luar que entrava pelas janelas, ele vasculhou o quarto rapidamente. As tábuas do chão rangiam sob seu peso enquanto ele verificava os armários e o espaço debaixo da cama, mas não havia ninguém ali.

Gideon estava prestes a sair quando se lembrou da parede falsa.

Virou-se para ela.

Atrás, ficava o conjuratório de Rune. Descobrir aquele cômodo foi o que levou Gideon a perceber que ela era a Mariposa Escarlate.

Gideon apoiou as mãos no papel de parede, procurando a fenda. Quando a encontrou, empurrou, e a tranca fez um *clique.*

A parede se abriu.

A fumaça de uma vela recém-apagada flutuava no ar.

*Peguei você.*

Gideon entrou no quarto...

... onde um objeto duro atingiu sua cabeça.

# CINQUENTA E OITO

## RUNE

RUNE LARGOU O CASTIÇAL e correu. O soldado praguejou e então se lançou na direção dela. Suas mãos se fecharam ao redor do tornozelo de Rune, que caiu, batendo com os cotovelos no chão e sentindo a dor reverberar por seus braços.

Eles se engalfinharam no escuro: ele tentando prendê-la no chão, Rune lutando para escapar.

Ela o chutou na canela. Ele xingou e a soltou. No momento em que o soldado perdeu a vantagem, Rune sentou-se em cima dele, apertando a faca roubada no pescoço do homem, ofegante pelo esforço.

Na mesma hora, ele ficou imóvel sob ela.

A única maneira de escapar agora era matá-lo. Antes que ele pedisse ajuda.

*Já matei um homem esta noite. Um a mais, um a menos...*

Só que não conseguiu se obrigar a mover a faca e cortar a garganta dele.

– E então? – grunhiu ele. – O que está esperando? Me mate e acabe logo com isso.

Rune congelou.

*Essa voz.*

Foi como música para seus ouvidos.

– *Gideon?* – sussurrou ela, quase caindo no choro com a possibilidade.

Ele ficou rígido sob ela.

*Ele está vivo.*

– Sou eu. Rune.

Ela afastou a faca do pescoço dele. Assim que fez isso, Gideon agarrou o objeto e virou Rune de costas no chão. Ela estremeceu quando seus ferimentos se abriram, a dor a invadindo mais uma vez.

– Prove. – Ele apertou a ponta fria da faca no coração dela, pronto para fincá-la. – Prove que é ela, e não uma bruxa qualquer usando sua voz.

O corpo dele estava tenso como uma mola contraída.

Mas era *Gideon*. Rune não tinha medo dele. Pelo contrário: queria envolvê-lo em seus braços e nunca mais soltar.

Parecia impossível que o tivesse encontrado. Que ele sequer estivesse vivo.

*O que ele está fazendo em Mar Invernal?*

– Da última vez que me viu – sussurrou ela –, eu estava roubando maçãs do seu armário. Você me perguntou se eu ia sentir sua falta. Eu disse que não.

A respiração dele saiu trêmula.

– Mentirosa. – Ele deixou a lâmina cair e abaixou a testa até a dela. – Você disse que sentiria minha falta como uma raposa sente falta das presas de um lobo.

– O que significa nem um pouco.

Quase deu para sentir o sorriso dele na escuridão. Gideon deslizou as mãos pela mandíbula dela, tomando seu rosto nas mãos. Seu toque era um bálsamo. Rune queria jogar os braços ao redor dos ombros dele e puxá-lo para mais perto, mas as feridas em suas costas haviam reaberto, e quanto mais ele a apertava contra o chão, mais machucava.

A dor a fez enrijecer.

Gideon sentiu o movimento e se afastou na mesma hora, interpretando mal sua reação.

Rune quis explicar – só que seria preciso contar a ele o que Cressida fizera. Gideon ia querer que ela lhe mostrasse as cicatrizes. E *isso* Rune nunca faria.

Queria que ele se lembrasse dela como fora: bela, não... açoitada.

Não *repulsiva.*

O peso de Gideon sumiu quando ele se pôs de pé e reacendeu a vela. À luz bruxuleante, Rune lembrou-se de seu estado desgrenhado e do que Soren fizera. Sentou-se e se arrastou às pressas até a parede, mas era tarde demais. Gideon viu seu corpete rasgado e a camisola despedaçada por baixo.

Os olhos dele escureceram.

– Quem fez isso com você?

Rune olhou para o chão, sentindo vergonha sem saber o motivo. Apertou o tecido rasgado, segurando-o com força sobre o peito.

Gideon se ajoelhou na frente dela, o calor de sua raiva emanando dele, mas sua voz se tornando mais baixa que um rosnado. Ele estava se controlando, ela percebeu. Por causa dela.

– Rune. Me diga o nome dele.

Os olhos de Rune arderam com lágrimas ao lembrar o momento com Soren, naquele corredor. Queria contar a Gideon, mas sua garganta travara. As palavras não saíam.

– Não importa – conseguiu responder. – Eu o matei. Segui seu conselho e não hesitei.

Gideon analisou Rune sob a luz castiçal, os olhos ferozes, as sobrancelhas franzidas. Ele ergueu a mão para colocar uma mecha de cabelo desgrenhado atrás da orelha dela, manteve a mão ali por um instante e depois a baixou. Como se não tivesse certeza se ela queria ser tocada.

– Acho que isso me poupa o esforço de ter que matá-lo com minhas próprias mãos.

– Achei que tinham matado *você* – sussurrou ela enquanto se encaravam. Seus dedos coçavam para desenhar os contornos do rosto dele, a ponte do nariz, a linha firme de suas sobrancelhas. – Achei que nunca mais fosse te ver. – A voz dela vacilou.

Gideon amoleceu.

– Achei que você tinha ido embora.

– Eu fui.

– Então o que está fazendo aqui?

Um barulho vindo do corredor fez os dois terem um sobressalto. Gideon olhou para a parede aberta do conjuratório.

– Tem dezenas de soldados da Guarda Sanguínea nesta casa. – Ele se levantou. – Que receberam ordens de atirar no ato. Você precisa se esconder...

Ele fez menção de atravessar o aposento quando passos ecoaram no quarto mais além. Antes que Gideon pudesse fechar a parede, trancando os dois lá dentro, Noah passou pela abertura, com vários soldados em seu flanco.

Deviam ter ouvido o barulho da briga entre Rune e Gideon. Laila entrou cambaleando atrás deles.

Ao ver Rune, todos sacaram as armas.

Gideon se colocou na frente dela.

– Leve a Srta. Winters para os fundos e atire nela – ordenou Noah à irmã. – Eu lido com esse capacho de bruxa.

Algo se incendiou dentro de Rune.

Como ele *ousava* chamar Gideon assim?

Ela pegou sua faca roubada do chão, onde Gideon a soltara, e saiu de trás dele, encarando o cano da arma de Noah.

– Um dedo de Gideon tem mais valor do que você inteiro, seu mer...

– *Rune.*

A voz de Gideon era um alerta, mas o que Noah podia fazer? Atirar nela? Laila ia fazer isso de qualquer maneira.

– Largue a faca – disse Laila, empunhando a pistola ao chegar mais perto.

Rune ergueu as mãos, como se fosse se render, mas, em vez de soltar a faca, ela a atirou.

Direto em Noah.

Ele se abaixou, mas não rápido o suficiente. A lâmina cravou em seu ombro e ele berrou.

A arma de Noah disparou. O tiro passou longe. Rune se jogou em cima dele, feroz. Como se toda a sua raiva, tristeza e medo de repente tivessem um alvo; como se, ao *atingi*-lo, talvez se sentisse melhor. Talvez se sentisse ela mesma de novo.

Laila a agarrou pela cintura enquanto os outros soldados caíam em cima de Gideon.

Rune arranhou e se debateu como um gato selvagem, mas de nada adiantou. Laila pediu reforços e, de repente, a jogaram no chão e a prenderam ali. Laila pôs um joelho em suas costas açoitadas.

A dor explodiu por todo o corpo de Rune, que ficou imóvel.

Seus pulsos foram amarrados e a puxaram para ficar de pé.

– Não – disse Gideon. – Não!

Enquanto a arrastavam para fora da sala, Rune olhou para trás e viu que soldados o seguravam. Uma expressão selvagem ardia nos olhos de Gideon enquanto seus músculos se contraíam, lutando contra quatro captores.

– Laila, não!

Laila hesitou.

– Ela colocou Cressida no trono, Gideon. *Cressida*, que está executando pessoas enquanto conversamos. – Ela olhou para trás. – Aquele monstro matou meu pai.

Rune lembrava. A maneira como Cressida metera uma bala na cabeça de Nicolas Creed sem a menor cerimônia. A maneira como ele caíra nas pedras, silencioso e imóvel.

– Assim como seu pai matou Kestrel Winters?

Laila se empertigou.

– Rune foi obrigada a ver a avó morrer – comentou Gideon. – Assim como você teve que ver seu pai morrer.

As narinas de Laila se inflaram, mas ela não disse mais nada, apenas apertou mais o braço de Rune e continuou andando, levando-a para o corredor e pela escada abaixo, até saírem pela porta dos fundos e encararem a noite gélida.

– Deixem-nos – ordenou Laila aos outros soldados. – Eu assumo daqui.

Sozinha, ela conduziu Rune até os jardins.

– De joelhos.

Rune obedeceu. A terra estava dura e fria sob ela, e o céu cintilava com estrelas.

Com as mãos atadas à frente do corpo, Rune respirou o perfume das rosas de sua avó.

*Aqui é um bom lugar para morrer.*

Os jardins de Mar Invernal eram melhores do que uma plataforma cercada por uma multidão cruel. Talvez a enterrassem ali, entre as rosas.

Rune ouviu um clique suave quando Laila engatilhou a arma.

*Pelo menos consegui ver Gideon*, pensou, lembrando-se da mão calejada dele em seu rosto. *Uma última vez.*

Ela fechou os olhos, respirou fundo e esperou o disparo.

# CINQUENTA E NOVE

## GIDEON

– **VOCÊ TERIA ENTRADO** para a história como um herói – disse Noah enquanto Felix e os outros soldados lutavam para algemar Gideon outra vez. – Em vez disso, se apaixonou por uma bruxa.

*Ela sempre esteve fora do seu alcance, Sharpe.*

De repente, Gideon se lembrou de como Noah costumava olhar para Rune – do outro lado do salão de baile ou de um camarote. O jeito como seus olhos a seguiam.

*Ele a desejava,* Gideon se deu conta.

Lembrou-se das coisas que Noah dissera a respeito de Rune no jogo de cartas de Alex, meses antes. Coisas horríveis, na intenção de manchar a reputação dela.

*Para puni-la por rejeitá-lo.*

De repente, tudo fez sentido.

– É isso mesmo que te incomoda? Que eu tenha me apaixonado por ela? – rosnou Gideon, enquanto tentavam travar a algema ao redor dos pulsos dele. – Ou é o fato de que ela me ama também?

A boca de Noah se retorceu em uma careta.

– Você não quer Rune morta por ela ser uma bruxa – concluiu Gideon. – Você a quer morta porque ela não quis *você.*

Noah se aproximou, erguendo a arma. Ordenando, sem proferir uma palavra, que Gideon colaborasse com seus carcereiros.

– Em breve, ela não vai querer você também, já que vai estar a sete palmos de terra.

Só de pensar em Rune morta, o coração de Gideon virou pedra. Só que ele não ouvira nenhum disparo. O que significava que ela ainda estava viva – por enquanto.

Rebelou-se ainda mais contra os soldados que tentavam dominá-lo, mas eram quatro contra um e, apesar de seus esforços, as algemas se fecharam, prendendo seus pulsos às costas.

Como ia conseguir chegar até ela, acorrentado do jeito que estava, com tantos soldados armados decididos a impedi-lo?

*Rune é resiliente. Vai encontrar uma maneira de sobreviver.*

Tinha que encontrar.

Gideon não queria viver em um mundo sem ela.

Ele olhou com fúria para Noah.

– O problema do amor é que, quanto mais você tenta destruí-lo, mais forte ele se torna.

Noah riu com escárnio.

Porém, não muito tempo antes, Gideon acreditava na mesma coisa que o Comandante: que amar Rune o tornava fraco, que confiar nela fazia dele um tolo.

Nada poderia estar mais distante da verdade.

– Pode parecer fraqueza, num primeiro momento, mas, na verdade, é mais forte que aço. O amor não pode ser controlado. O amor não obedece a leis injustas. O amor sempre vai se opor aos tiranos.

Gideon sentiu o olhar de Felix nele.

– O amor é o verdadeiro inimigo do regime, e é por isso que você o despreza. É por isso que Cressida tenta destruí-lo. Porque vocês dois, no fundo, sabem que ele tem o poder de derrubá-los.

– Estou tentado a atirar em você bem aqui, se for para dar fim a essa ladainha – respondeu Noah, chegando mais perto. – Mas tenho planos melhores.

Acorrentado, Gideon não passava de um cachorro com focinheira. Não oferecia ameaça alguma. E era exatamente por isso que Noah tinha se aproximado tanto. Ele não ousaria ameaçar Gideon se estivessem em pé de igualdade.

Os dois jovens se encararam.

Olhar para Noah era como olhar para uma versão mais jovem de Nicolas – um homem que havia acolhido Gideon sob sua proteção e o tratado como filho. Noah e Nicolas não eram nada parecidos, e Gideon se perguntou como um filho podia ser tão inferior ao seu pai.

Nicolas lutara arduamente por tudo o que tinha; Noah recebera tudo de mão beijada. Nicolas era valente e corajoso, um líder nato; Noah era um covarde e oportunista, que havia se apoderado do cargo de Nobre Comandante antes mesmo de o corpo de seu pai ter sido enterrado.

– Vou propor uma troca – disse Noah a Gideon. – *Você* no lugar dos prisioneiros que Cressida está executando.

A ideia de ser entregue a Cressida fez gelar o sangue de Gideon.

– Tenho a sensação de que a rainha bruxa vai me dar o que eu quiser para ter o capacho dela de volta. – Noah deu um sorriso torto e então se virou para Felix. – Leve-o lá para baixo e coloque-o em um cavalo. Vamos partir para Colônia assim que a bruxa estiver morta.

– Sim, Comandante.

Felix e seu companheiro agarraram os braços de Gideon enquanto Noah saía do quarto para o corredor escuro. Porém, antes de segui-lo, Felix colocou um pequeno objeto nas mãos de Gideon. Algo frio, sólido e fino.

A chave das algemas.

Gideon olhou para Felix, que olhava direto para a frente enquanto ele e o outro soldado o arrastavam pela escuridão.

Seu peito se encheu de gratidão pelo presente.

Então se pôs a trabalhar.

No escuro, Gideon deslizou a chave na trava. As correntes tilintavam conforme se moviam, disfarçando o som das algemas se abrindo.

Gideon se livrou delas e as correntes caíram no chão com um baque.

Ao ouvir o barulho, o companheiro de Felix se virou. Gideon pegou a arma do garoto, o empurrou para o lado e saiu em disparada pelo corredor.

– Ei! Detenham-no!

Gideon ouviu os soldados à frente se virando, mas o corredor estava escuro e eles não conseguiam enxergar bem. Gideon tinha a vantagem.

Passou por eles a toda, alcançando Noah na escada. O Nobre Comandante se virou, os olhos se arregalando ao ver Gideon, que agarrou seu casaco.

Empurrando-o contra a parede, Gideon desferiu um soco na cara de Noah.

E mais um.

E mais outro.

A dor que irradiava dos nós de seus dedos não era nada comparada à catarse do momento. Ele sacudiu a mão que ardia enquanto Noah deslizava até o chão, atordoado. Por mais que Gideon quisesse acabar com ele, Rune estava em perigo. Precisava chegar até ela.

O luar se infiltrava pelas janelas naquela área, oferecendo uma visão melhor aos soldados que vinham atrás de Gideon. Dispararam contra ele enquanto o ex-capitão descia as escadas a toda. Gideon pulou por cima do corrimão e as balas erraram o alvo.

Ele abriu a porta da frente com o ombro e saiu em disparada, torcendo para não ser tarde demais. Para que Rune ainda estivesse viva.

Gritos ecoaram lá de dentro quando Noah soou o alarme. Àquela altura, Gideon já estava dando a volta na casa.

Parou de repente ao ver Rune de joelhos e Laila erguendo a arma, prestes a atirar.

– Laila! Não!

Surpresa com o grito dele, Laila estremeceu. O estampido de sua pistola varou a noite. Gideon olhou para Rune, que parecia assustada, mas ilesa.

O tiro tinha passado longe.

Laila sacou uma segunda arma e apontou as duas direto para Gideon.

– Você perdeu a cabeça de vez? – berrou ela, a fúria nítida em seu rosto.

Gideon ergueu as mãos para mostrar a ela que não era uma ameaça.

– Não é assim que vamos vencer.

O peito de Laila subia e descia com a respiração arfante, mas sua mira permanecia firme.

– Laila...

– Cala a boca, Gideon.

Gritos ecoaram da casa. Não ia demorar até que fossem cercados por soldados, então tudo estaria acabado. Com as mãos de Rune amarradas, ela não podia conjurar nenhum feitiço. E Gideon era um homem contra dezenas de soldados – muitos que ele mesmo havia treinado.

Laila olhou por cima do ombro em direção à casa.

– Laila...

– Eu falei para *calar a boca*. Estou tentando pensar. – Ela baixou os braços, bufando de raiva. – Vou te dar quinze segundos, ok? – Ela indicou Rune. – É melhor torcer para que ela corra rápido.

Gideon quis abraçá-la. Em vez disso, agarrou o braço de Rune e a puxou para ficar em pé.

– Obrigado.

– Agora você está me devendo duas! – gritou ela enquanto eles corriam.

Rune os guiou por entre cercas bem cuidadas e bosques até a parte mais selvagem dos jardins. Já estavam quase no portão do jardim quando as balas começaram a zunir.

Gideon passou Rune por cima do portão, depois o pulou, tomando cuidado para que seu corpo ficasse entre ela e os soldados, protegendo-a dos tiros.

Correram pela campina. Com as mãos amarradas, Rune estava mais lenta do que o normal. Na primeira vez em que ela tropeçou, Gideon a ajudou a se levantar, e uma bala se alojou em seu ombro. Ele conteve um rosnado enquanto a dor ardente o dominava.

Continuaram correndo.

Na segunda vez em que Rune tropeçou, mais uma bala encontrou seu alvo: dessa vez, o quadril de Gideon. Então, ele a pegou nos braços e seguiu em frente, os olhos fixos na floresta adiante. Rune não ofereceu resistência – e isso, por si só, já deveria ter sido o primeiro indício de que algo estava errado. Ela apenas se entregou, pressionando o rosto no seu peito enquanto amolecia em seus braços.

Não demorou para que o ombro e o quadril de Gideon estivessem latejando de ardência e dor. Ele sentiu seu corpo desacelerar.

Estava perdendo sangue. Muito sangue.

*Alcance a floresta.*

Era a melhor opção que tinham para despistar seus perseguidores.

Quando o prado descampado deu lugar ao abrigo das árvores, Gideon avançou com dificuldade pela vegetação rasteira, levando-os ainda mais para dentro da floresta, onde ficava mais densa. As costas de sua jaqueta estavam quentes e úmidas, empapadas de sangue. Seu corpo estava pesado, a mente, anuviada, e mais de uma vez suas pernas se recusaram a obedecer, e ele cambaleou.

Com tanta perda de sangue, ele estava fadado a perder a consciência em breve. Não conseguiria ir muito mais adiante.

Porém, se dissesse isso a Rune, talvez ela ficasse com ele e fosse recapturada.

– Vamos ter mais chance se nos separarmos – disse ele. – Você vai em frente. Eu vou dar a volta.

Ele ouvia os soldados na floresta: vozes, tiros, relinchos de cavalos.

Rune virou-se de repente para encará-lo.

– Como vamos nos encontrar? Não há nenhum lugar seguro.

Ela se tornou um borrão diante dele. Gideon pressionou a mão contra o tronco de uma árvore, se firmando diante da floresta que rodopiava lentamente.

– Rune... se eu não conseguir...

– Por que você não conseguiria?

A voz dela parecia distante, como se Gideon estivesse debaixo d'água.

– Gideon?

As pernas dele tentavam decidir se o mantinham ou não de pé.

Decidiram que não.

A terra veio ao encontro dele.

– *Gideon!*

# SESSENTA

## RUNE

**QUANDO GIDEON DESABOU** de quatro no chão, Rune teve um vislumbre de sua jaqueta, que tinha um brilho escuro.

Franziu a testa, olhando mais de perto. *Mas o que...*

Ao ver o sangue, ela sentiu o coração afundar.

– Seu imbecil. – Rune se ajoelhou, seus pulsos ainda atados por uma corda. – Por que não me disse que tinham te acertado?

Gideon apenas balançou a cabeça, os olhos ficando desfocados.

– Me deixe aqui. Eu sou um peso morto agora.

Rune queria agarrá-lo pelos ombros e enfiar juízo aos berros na cabeça dele.

– Se acha que vou abandonar você à morte nos bosques de Mar Invernal, é mais burro que uma porta.

Um cavalo relinchou ali perto.

Rune congelou, aguçando os ouvidos.

Havia soldados a cavalo por toda parte. Precisava tirar Gideon dali.

No entanto, primeiro precisava estancar o sangramento dele.

Lembrando-se das marcas de feitiço que Juniper havia desenhado em seus braços para estancar seu sangramento, ela tocou a jaqueta encharcada dele.

– Gideon? Preciso da sua permissão.

Ele a encarou e, mesmo no escuro, ela percebeu sua confusão.

– Preciso do seu sangue.

– Ah. – Ele assentiu. – Vá em frente.

Outro cavalo relinchou e Rune parou para ouvir antes de voltar a se concentrar em Gideon. Torcendo para estar lembrando com precisão as marcas de feitiço, ela as desenhou na pele dele – uma tarefa complexa com as mãos atadas. Quando nada aconteceu, presumiu que o feitiço havia falhado.

Mas então a magia entrou em ação, fluindo através dela como luz do sol, e rodopiou ao redor deles, impregnando o ar.

Gideon respirou fundo, como se estivesse sentindo um aroma delicioso, então se esforçou para se pôr de pé.

Rune parou ao seu lado, ajudando-o a se levantar. Porém, quando o braço dele se apoiou nos ombros dela, fazendo peso, foi demais para suas costas castigadas, e ela cerrou os dentes de dor.

Gideon recolheu o braço.

– O que aconteceu?

Ela balançou a cabeça.

– Não é nada. – Ao ouvir vozes em meio às árvores, mais próximas do que antes, ela acrescentou: – Consegue andar sem ajuda?

Aquele feitiço se desfaria em algumas horas. Precisavam chegar a um lugar seguro antes disso, para que Rune pudesse remover as balas e suturá-lo.

– Eu... acho que sim. – Ele se levantou, cambaleando.

De repente, um bufar suave veio da escuridão. Perto demais.

Ao lado dela, Gideon ficou tenso.

Mas Rune sorriu, reconhecendo o som.

– Está tudo bem – disse ela conforme a silhueta de uma égua enorme surgia entre as árvores ali perto. – É Lady.

Rune tinha se lembrado do apito no bolso de seu vestido enquanto Gideon a carregava pela campina. Ela o pegara e soprara uma nota forte e resoluta – inaudível para ouvidos humanos. Nem Gideon nem seus perseguidores teriam ouvido.

Mas Lady ouviu.

– Ela nos encontrou.

A égua ergueu a cabeça e relinchou suavemente.

Rune ajudou Gideon a montar, e ele, por sua vez, agarrou a mão dela e a içou, colocando-a à sua frente.

# SESSENTA E UM

## RUNE

**ELES INVADIRAM A CASA** de veraneio da família Wentholt.

Bem, tecnicamente, só *entraram*. A porta dos fundos estava destrancada.

Depois de escapar de Mar Invernal, Rune concordou com Gideon que aquele era o lugar mais seguro no momento: o chalé ficava escondido na floresta, longe das estradas principais, e provavelmente a família já havia fugido. Com sorte, conseguiriam pegar alguns suprimentos e cuidar dos ferimentos dele antes de seguirem em frente.

Gideon estava estranhamente quieto enquanto Rune o ajudava a avançar pela casa dos Wentholt em busca de equipamentos de primeiros socorros. O tom meio cinzento do rosto dele a preocupava, pois sabia que seu feitiço logo se desfaria. Poderia conjurá-lo de novo, mas Gideon realmente precisava que alguém removesse as balas, higienizasse os ferimentos e então os suturasse.

No quarto vazio dos criados, Rune botou Gideon sentado em uma cadeira para descansar e começou a vasculhar os armários, tentando encontrar o que precisava. O feitiço tocha brilhava acima dela, a chama branca a seguindo enquanto ela remexia em gavetas e caixas.

Seu corpo vibrava de pânico. Não havia nada ali. Estava quase indo procurar na cozinha, onde talvez encontrasse uma faca mais limpa e afiada para remover as balas. Mas e depois? Precisava higienizar os ferimentos de algum modo. Precisava de agulha e linha para suturá-los.

Rune se amaldiçoou por não ter aprendido mais feitiços de cura. Se tivesse a chance, corrigiria isso.

Estava indo na direção de Gideon quando o som de vozes a fez estacar. Rune borrou a marca de feitiço em sua mão, apagando a tocha e mergulhando os dois na escuridão.

Um homem riu... um som baixo e rouco.

– Não me importo – disse a outra voz. – Que os desgraçados nos encontrem. Enfrento todos eles. Por você, eu...

Um gemido baixo o interrompeu, seguido pelo som de uma fivela de cinto caindo no chão.

Rune olhou para Gideon na escuridão, o rosto corando.

Eles estavam...?

Aquilo era...?

Os lampiões a gás tremeluziram e se acenderam.

Dois rapazes entraram no quarto – ambos no meio do ato de se despirem, os cabelos bagunçados e os lábios intumescidos pelos beijos – e congelaram ao ver os invasores.

– *Bart?* – chamou Rune, encarando o garoto ruivo cuja camisa desabotoada proporcionava uma visão completa de seu peito.

– *Rune?* – devolveu Bart, boquiaberto ao olhar dela para Gideon.

Rune puxou a arma do quadril de Gideon e a empunhou.

– Grite por socorro e atiro em vocês dois.

O jovem ao lado de Bart ergueu as mãos em rendição. Era mais baixo e mais robusto que o herdeiro Wentholt, tinha a pele mais escura, e, ao contrário de Bart – que usava um terno de três peças todo desalinhado –, vestia roupas simples.

– Achei que vocês estivessem mortos – disse Bart, erguendo as mãos. – Os dois.

Bartholomew Wentholt sempre fora o garoto mais bobalhão das festas. Gostava de chamar atenção e vivia ostentando suas novas aquisições – fossem sapatos, carruagens ou conjuntos de chá –, então ninguém o levava muito a sério. Bart era herdeiro de uma enorme propriedade, um excelente partido para qualquer jovem que quisesse melhorar sua posição social, mas sua personalidade irritante afastava a maioria das famílias.

Rune analisou Bart do outro lado do cômodo. Talvez fosse seu estado desgrenhado, mas ela viu alguém bem diferente daquele aristocrata fútil a encarando de volta.

– Quem mais está em casa? – perguntou Gideon, que não havia se levantado da cadeira, porque, se o fizesse, provavelmente acabaria desabando no chão.

– Minha criada, Bess – respondeu Bart. – Mais ninguém.

– E quem sabe que você está aqui?

Bart balançou a cabeça.

– Ninguém.

Rune olhou para o jovem ao lado de Bart, que não dera um pio desde que entrara no quarto.

– Quem é esse aí?

– É...

– Antonio Bastille – o garoto interrompeu Bart. – Cozinheiro contratado pelos Wentholt. O que há de errado com ele?

Antonio se referia a Gideon, que parecia estar se esforçando muito para não cair da cadeira.

– Ele foi baleado. A gente esperava encontrar materiais de primeiros socorros aqui.

Antonio baixou as mãos ao lado do corpo.

– Sou treinado nas artes de cura. Posso ajudá-lo.

Seu jeito de falar era formal demais para um cozinheiro, e um pouco estranho. Rune não conseguia identificar o motivo. Apertou a arma com mais força, sem saber se deveria confiar nele, mas Gideon precisava de ajuda – desesperadamente –, e até o momento ela não tinha conseguido fornecê-la. Hesitante, abaixou a pistola e deu um passo para o lado, assentindo para Antonio se aproximar.

Ela manteve o dedo no gatilho.

– Se você o machucar...

– Fiz um juramento diante das Ancestrais – respondeu Antonio, arregaçando as mangas ao se aproximar. – Não posso machucar nenhum ser vivo. Pode me ajudar a tirar a jaqueta dele?

– Antonio era um acólito – contou Bart enquanto o rapaz desabotoava a jaqueta de Gideon. – Do Templo das Ancestrais.

Fora lá que Rune tinha tentado invocar o descendente Roseblood. Era o mesmo templo que havia sido destruído durante a revolução, e seus acólitos tinham sido mortos ou obrigados a se esconder.

Será que Antonio estivera lá no dia em que a Guarda Sanguínea invadira o templo? Será que vira o massacre com os próprios olhos?

– Sinto muito – disse ela. – Foi horrível o que fizeram.

Antonio apenas assentiu, em silêncio, enquanto terminava de desabotoar a jaqueta de Gideon. Rune o ajudou a inclinar Gideon para a frente e juntos, com cuidado, tiraram a jaqueta encharcada de sangue. A camisa branca por baixo estava manchada de vermelho.

– O que é isso? – Antonio tocou o pescoço de Gideon no lugar onde Rune havia desenhado marcas de feitiço para estancar o sangramento. Ele ergueu o rosto, encarando-a. – Você é bruxa?

– Algum problema com isso? – rosnou Gideon.

Como se ele pudesse fazer qualquer coisa a respeito, debilitado do jeito que estava.

Antonio apenas assentiu em aprovação.

– Ele teria sangrado até a morte se você não tivesse conjurado isso. Você salvou a vida dele.

O rapaz soou genuinamente feliz. Essa satisfação – pela habilidade dela e por Gideon estar vivo – tranquilizou Rune. Ela tirou o dedo do gatilho e pôs a arma na mesa.

– Como posso ajudar?

– Você pode me ajudar a tirar a camisa dele. Bart, pode ferver um pouco de água? E pegue uma garrafa do destilado mais forte que tiver na casa.

Rune se moveu para pegar a arma de novo e mandar Bart ficar onde estava, pois o que o impediria de enviar uma mensagem para o Comandante? Ou, pior ainda, para Cressida? O que o impediria de simplesmente pegar uma arma e matar os dois?

Antonio, porém, tocou seu braço, e o gesto foi tão delicado que atraiu a atenção de Rune de volta a ele.

– Nós precisamos confiar uns nos outros. – Ele indicou a porta vazia, onde Bart estivera um momento antes. – Você pode arruiná-lo tanto quanto ele pode arruinar você.

Rune presumiu que ele se referia ao relacionamento dos dois, que obviamente ia muito além de patrão e cozinheiro.

– Ele se esforçou muito para afastar todo mundo... especialmente jovens pretendentes... para manter nossa relação em segredo – explicou Antonio.

Rune observou o acólito, que obviamente não tinha as duas coisas que aristocratas como Bart Wentholt exigiam de um parceiro: a capacidade de lhe dar herdeiros e a de melhorar sua posição social. Por esse motivo, Bart e Antonio nunca poderiam se casar. E, se fossem descobertos, os Wentholt provavelmente obrigariam o filho a se casar com alguma jovem contra sua vontade. Caso ele se recusasse, poderiam deserdá-lo em definitivo.

– Você acabou de descobrir o que ele conseguiu manter em segredo por anos – disse Antonio.

– Entendo – respondeu Rune.

Então tudo não tinha passado de encenação? Será que Bart Wentholt apenas fingia ser um cabeça-oca fútil e narcisista para repelir tentativas de cortejo?

Se sim, Rune o aplaudia. Sem dúvida ele a enganara – e ela era especialista em fingimentos.

Bart voltou alguns minutos depois, não só com água fervida e uma bebida destilada, mas também com materiais de primeiros socorros; pinças, ataduras, agulha e linha: tudo o que Rune havia procurado e não conseguira encontrar.

Gideon cruzou os braços sobre a mesa e apoiou a cabeça neles enquanto Antonio trabalhava. Ele cerrou os dentes conforme o acólito removia as balas e higienizava os ferimentos com álcool. Rune se agachou ao lado de Gideon, segurando sua mão e deixando que ele a apertasse o quanto precisasse quando a dor era demais.

Por fim, ele estava limpo, suturado e enfaixado. Seu rosto até recuperara um pouco de cor. Enquanto Antonio limpava os instrumentos e Rune lavava as mãos ensanguentadas, Bart serviu para todos uma dose do uísque.

Gideon recusou. Rune seguiu o exemplo, lembrando o que acontecera da última vez que havia bebido.

Antonio puxou uma cadeira, e Rune se virou para Bart.

– Onde está o resto da sua família?

– No Continente. Eles embarcaram duas semanas atrás para se juntarem à minha irmã em Umbria. Ela é casada com um homem de Caelis e implorou que eles fossem para lá assim que ouviu boatos da guerra iminente.

Rune assentiu. A mãe de Bart era uma caçadora de bruxas aposentada; teria sido executada.

– Por que não foi com eles?

– Não acreditei nos boatos. – Ele olhou para Antonio, os olhos cintilando sob o lampião a gás. – Ou talvez eu tenha acreditado e não tenha me importado.

– Eu me recusei a partir – contou Antonio, completando o que Bart havia deixado de fora. – Esta ilha é meu lar.

*E, se Antonio não ia embora, Bart também não iria*, era o que estava implícito.

Um silêncio suave se acomodou entre eles. Os lampiões a gás zumbiam nas paredes, mas não eram fortes o suficiente para iluminar o quarto por completo, deixando os quatro na penumbra.

– É só uma questão de tempo até Cressida assumir o controle da área rural – disse Rune, quebrando o silêncio. – Ela vai encontrar este lugar. Vai encontrar vocês dois.

Bart deu de ombros.

– E aonde mais devemos ir? Os soldados dela já saquearam a propriedade da minha família. Isso aqui é tudo o que restou. – Ele girou o uísque, depois colocou o copo na mesa. – Nunca gostei da República, nem das Roseblood. Não me importa quem vai vencer, no final. Estou cansado de me esconder, de fingir. – Ele olhou para o rapaz sentado ao seu lado. – Antonio e eu decidimos viver o resto dos nossos dias... mesmo que estejam contados... do jeito que sempre quisemos: lado a lado. Chega de nos escondermos.

Antonio o encarou, os cantos da boca se curvando em um sorriso triste.

– E se não precisarem estar contados? – disse Gideon, quebrando o silêncio.

Todos se viraram para olhá-lo.

– E se vocês pudessem viver uma vida plena, *do jeito que vocês são*, sem consequências?

Bart desviou o olhar.

– Parece um conto de fadas.

Rune teve que concordar, mas Antonio colocou o copo na mesa e falou:

– Sou todo ouvidos.

Esse pequeno incentivo era tudo de que Gideon precisava.

– Esta ilha vive sob tirania há tempo demais. É hora de tentar algo novo. Um mundo onde todos nós possamos viver como iguais.

– Você está sendo ingênuo – acusou Rune.

Gideon se virou para encará-la.

– Como assim?

– Como pretende fazer desse novo mundo uma realidade? Você não tem exército. Não tem apoio. Enquanto isso, Cressida tomou a capital, e a Guarda Sanguínea está se reagrupando para poder retomá-la. Nenhum dos lados quer um mundo onde pessoas como você e eu vivam como iguais. Ou vence Cressida ou vence a Guarda Sanguínea. Se for Cressida, você vai ser morto... ou coisa pior. – Ao pensar o que *coisa pior* implicaria, ela desviou o olhar. – Se for a Guarda Sanguínea, eu vou ser morta. Esses são os únicos resultados possíveis.

E era exatamente por isso que Rune pretendia pegar um trem e viajar para o mais longe que pudesse, depois pagar alguém para levá-la em um veleiro, ou velejar por conta própria, para longe dali.

Gideon ficou em silêncio por um longo tempo, observando-a à luz do lampião.

– Você está errada.

Ela franziu o cenho. *O quê?*

– Há um terceiro resultado possível.

Ele olhou através da mesa para a única pessoa na sala que estava engolindo suas palavras: Antonio.

– A maioria de nós está farta das opções que nos foram dadas. Não queremos voltar a ser governados por uma dinastia corrupta de bruxas, mas também não estamos satisfeitos com o controle autoritário da República. No fundo, estamos sedentos por algo diferente. – Ele olhou para Rune. – Existem pessoas com coragem para imaginar que um mundo assim seja possível. Se pudermos convencê-las, teremos uma chance.

Rune, porém, se lembrou da multidão sanguinária aplaudindo a morte cruel de sua avó. Lembrou-se das bruxas na sala do trono, todas mais do que dispostas a jurar lealdade a Cressida, sabendo muito bem o que o reinado dela implicaria.

Rune não conseguia mais pensar em Cressida sem sentir o chicote dilacerando a carne de suas costas ou sem se lembrar do cheiro de seu sangue no ar. Ou daquele momento horrível quando percebeu que Cressida não pararia de chicoteá-la até que estivesse morta.

Uma onda de medo lhe subiu à garganta, ameaçando puxá-la para um mar escuro e arrastá-la até suas profundezas.

Rune só havia sentido aquele tipo de medo uma vez antes: na noite em que ela e a avó perceberam que não poderiam escapar do novo regime e que a única maneira de Rune sobreviver seria entregando sua amada avó.

Ela empurrou a cadeira para trás e saiu do quarto, respirando fundo. Lembrando-se de que já fazia dois anos, e de que Kestrel desejara ser entregue. Que ela já havia se perdoado pelas decisões tomadas no passado.

Além disso, Cressida estava longe. Rune estava em segurança ali.

*Mas por quanto tempo?*

– Rune.

Ao ouvir a voz dele, ela apertou os olhos com força. Não queria que Gideon a visse assim: tão assustada que mal conseguia respirar.

Reunindo suas forças, ela se virou para encará-lo.

Gideon a seguira até o corredor e apoiara a mão na parede, escorando-se ali. Seu rosto estava abatido à luz fraca.

Ela não podia deixá-lo ainda. Era culpa sua que Gideon tivesse sido baleado. Então esperaria. E depois faria a coisa mais segura para os dois: desapareceria.

– Conhece alguma bruxa que talvez esteja disposta a desafiar Cressida? – perguntou ele.

Ela e Seraphine haviam conversado exatamente sobre aquilo antes de sua fuga do palácio. Agora que Soren estava morto, quantos de seus soldados ficariam e lutariam por Cressida? Não todos. E os que ficassem iam querer pagamento, não promessas.

Sem Soren, a posição de Cressida não era tão firme quanto alguns dias atrás.

– Eu poderia convocar Seraphine. – Ela, ao menos, talvez tivesse interesse em ouvir Gideon. Quanto às outras... – Duvido que o resto vá se arriscar.

*Assim como eu não vou me arriscar.*

Se Gideon queria colocar a si mesmo e às pessoas ao seu redor em perigo, era problema dele. Rune não se envolveria.

Gideon assentiu.

– Uma é melhor do que nada.

*Uma?* Contra uma legião de bruxas? Contra um exército de soldados?

Será que ele estava sofrendo algum tipo de intoxicação por causa daquelas balas, que afetava sua capacidade de pensar com clareza?

Ela se virou totalmente para encará-lo. Talvez conseguisse convencê-lo a desistir daquela ideia.

– Gideon. Você e eu sabemos que só há dois caminhos possíveis. Um leva a uma rainha bruxa maligna; o outro, a um regime autoritário. Alex tinha razão: se a gente quiser ser livre, a única opção é ir embora sem olhar para trás.

– Não – rebateu Gideon, se afastando da parede.

Rune viu o quanto aquilo lhe custava: o jeito como ele oscilou, a forma como sua mandíbula se contraiu.

– Existe um terceiro caminho. Você só está se recusando a cogitá-lo.

Rune balançou a cabeça.

– Acredite, eu cogitei todas as opções.

– Esse caminho ainda não existe – esclareceu ele, chegando mais perto. – Precisa ser construído.

As palavras dele fizeram-na trincar os dentes.

– Por quem? Você e eu? Encarando não um, mas dois exércitos? Você enlouqueceu de vez?

– Talvez.

Aquela maré de medo subiu outra vez, chegando para afogá-la.

– Sei que está tentando ser nobre, mas não é hora para isso. É uma insensatez, e vai fazer com que todos que você ama acabem mortos.

– E você – respondeu ele, observando-a em meio à escuridão – está deixando o medo te dominar.

As mãos de Rune se cerraram em punhos.

– Medo é a única reação possível nessa situação! Se você não tivesse perdido o juízo em algum momento no caminho até aqui, também estaria com medo!

Ela se virou.

– Covardia não combina com você, Mariposa Escarlate.

A raiva de Rune ardeu como brasas incandescentes. *Então eu sou covarde?*

– Prefiro ser covarde a ser tola – respondeu ela.

**DEPOIS DE SAIR INTEMPESTIVAMENTE,** Rune continuou furiosa enquanto andava de um lado para outro pelos jardins no terraço da casa de veraneio de Bart, murmurando com raiva.

No fundo, sabia que Gideon tinha razão: ela *estava* sendo covarde. Porém, se ser covarde era a única forma de continuar viva, era exatamente isso que Rune pretendia fazer.

Além do mais, ela também tinha razão: a ideia de Gideon *era* insensata.

Só que ter razão não diminuía em nada sua culpa. E, como seu orgulho não permitiria que pedisse desculpas, Rune fez a segunda melhor coisa que podia: conjurou um feitiço mensageiro para contar a Seraphine onde estava. Usou a faca que havia roubado do kit de primeiros socorros para fazer outra marca na parte de trás da panturrilha, reunindo-a às dezenas de mariposas prateadas em voo entalhadas em sua pele.

*Eu não devia tê-lo chamado de insensato.*

A forma de um corvo luminoso surgiu diante dela, pousando na balaustrada. O animal reluzia, radiante como a luz das estrelas.

Cem anos antes, a rainha Callidora usava corvos mágicos para enviar suas mensagens. Ou assim diziam os livros de história.

Segundo relatos, aquele era um dos feitiços dela.

No momento em que Rune sussurrou o nome *Seraphine Oakes* junto ao feitiço, o corvo abriu as asas e decolou, rumando para leste. Ele voaria até o palácio e daria a localização de Rune a Seraphine, e então se desintegraria.

Seraphine poderia decidir se queria vir ou não.

– Srta. Winters?

Rune se virou. Uma mulher idosa, vestida com um uniforme de criada, estava entre duas treliças tomadas por hera.

– O Sr. Wentholt pediu que eu preparasse um quarto para a senhorita.

Aquela devia ser Bess.

A criada levou Rune até um quarto na ala dos hóspedes, onde alisou a camisola branca estendida sobre a cama.

– Era da Srta. Celia – disse ela. – A senhorita vai encontrar mais roupas dela no armário. Fique à vontade para usá-las. Ela não vai se importar. Minha senhora não põe os pés aqui desde seu casamento, há três anos.

– Obrigada – disse Rune, esfregando os braços para espantar o frio.

Sem fogo na lareira, o quarto estava mais frio do que Rune estava acostumada, mas ninguém queria arriscar produzir cheiro de fumaça, o que poderia levar visitantes indesejados direto ao local.

– Normalmente, eu convidaria a senhorita para se aquecer na casa de banho, que é aquecida por fontes termais subterrâneas, mas o Sr. Wentholt só chegou hoje à noite, e não tive tempo de aprontá-la. Porém, há uma fonte termal aqui perto, onde a senhorita pode se banhar. Posso ensinar o caminho amanhã.

– Obrigada – repetiu Rune, que não via a hora de poder se limpar direito. – Eu gostaria muito.

– Se não precisa de mais nada, Srta. Winters, vou me retirar.

Rune estava prestes a lhe desejar boa-noite quando se deteve.

– Há mais uma coisa. – Ela se virou para olhar para Bess. – Por acaso sabe os horários da estação de trem mais próxima?

– Posso buscar para a senhorita, mas...

– Mas?

– Há rumores. O povo anda dizendo que a Estação Portoeste logo será fechada. A rainha não quer que mais ninguém fuja.

Rune estreitou os olhos. *Claro que não quer.*

– Nesse caso... – Rune enfiou a mão no bolso do vestido e retirou o saquinho cheio de moedas que havia pegado no conjuratório. – Poderia comprar para mim uma passagem no trem com o destino mais a noroeste, enquanto a estação ainda está operando?

Bess hesitou quando Rune colocou o saquinho em sua mão.

– É claro, senhorita. Com todo prazer.

# SESSENTA E DOIS

## GIDEON

GIDEON VOLTOU PARA A MESA onde Antonio e Bart conversavam aos sussurros, com semblantes sérios. Bart não estava convencido daquele plano incipiente, mas, com o incentivo de Antonio, começou a elaborar uma lista de aliados em potencial, anotando nomes de aristocratas que talvez fossem simpáticos à causa deles.

Gideon se sentou em silêncio, incapaz de se concentrar na tarefa em questão. Seu coração ainda estava no corredor, observando Rune se afastar com passos duros.

Havia algo de errado com ela, e isso o estava consumindo. Ela não queria falar sobre o assunto: deixara isso bem claro pela distância que mantinha. Encolhia-se ao toque dele. Evitava seu olhar. Tinha ido embora no meio da conversa, como se estivesse cansada de suas ideias.

Cansada *dele*.

Gideon vira seu corpete rasgado, deixando a camisola de renda exposta para qualquer um ver. Soren havia feito aquilo, ele tinha certeza. Mas até onde fora? Quão gravemente a machucara?

A mente de Gideon viajou a lugares sombrios – já estivera naquela situação. Conhecia aqueles lugares intimamente. A ideia de Rune à mercê de alguém fez seu corpo ficar rígido de raiva.

*Eu o matei*, dissera Rune. *Segui seu conselho e não hesitei.*

Só que isso não servia de consolo, porque Rune ainda carregava o fardo. Ele o via nos olhos dela sempre que a encarava: angústia, dor e uma fúria mal contida. Parecia prestes a desabar a qualquer momento só pelo esforço de conter tudo aquilo em si.

Estavam em território desconhecido, e Gideon não tinha mapa para seguir pelo terreno instável.

Antonio estendeu a mão, tocando-o com delicadeza no pulso. Gideon ergueu a cabeça e percebeu que Bart tinha saído, levando a lista de nomes junto.

– Aonde ele foi?

– Para a cama. Também vou em um instante, mas queria perguntar se está tudo bem.

Gideon baixou o olhar, fitando uma mancha úmida deixada na mesa pelo copo de uísque de Bart.

– Fui duro demais com ela esta noite.

Antonio afastou a mão, esperando que ele continuasse.

– Acho que alguém arrasou com ela.

– Ah – disse Antonio, recostando-se e entrelaçando as mãos em cima da mesa. – Algo mais?

Gideon ergueu os olhos.

– Tenho medo de não conseguir juntar os pedaços.

– Você não tem como juntar os pedaços dela. Só ela pode fazer isso.

Não era bem o que Gideon queria ouvir. Ele franziu a testa para Antonio na penumbra.

– E se eu a perder nesse meio-tempo?

O olhar de Antonio ficou mais gentil.

– O amor é paciente, Gideon.

Ele cerrou os punhos.

– Então devo manter distância e não fazer nada?

Pegando a garrafa de uísque, Antonio desenroscou a tampa e serviu um pouco no copo vazio à sua frente.

– Nada, não. – Dando um gole, ele prosseguiu: – Você pode começar sendo menos medroso.

Era disso que Gideon havia acusado Rune: de estar com medo.

– Em vez disso, poderia tentar *confiar*. Não só nela, mas em si mesmo.

Gideon encarou o ex-acólito.

– Essa conversa não está fazendo eu me sentir melhor.

Antonio riu.

– Que tal uma poção para dormir? Temos os ingredientes na cozinha. Posso preparar para você. Vai ajudar a aliviar a dor, pelo menos esta noite.

Antonio se referia à dor dos ferimentos, mas aquilo poderia muito bem servir à dor no coração de Gideon.

– Uma boa noite de sono sempre me deixa mais lúcido pela manhã.

Gideon suspirou e empurrou a cadeira para trás. Seu corpo cansado gemeu em protesto enquanto ele se obrigava a se levantar.

– Tudo bem. Vou aceitar sua poção para dormir.

Se ia encarar dois exércitos – o de Cressida *e* o do Nobre Comandante –, precisaria de toda a clareza que conseguisse obter.

NA MANHÃ SEGUINTE, GIDEON acordou com o sol quente no rosto e o cheiro de Rune nos travesseiros. Abriu os olhos, esticando a mão para ela.

Mas a cama estava vazia.

E *fria*.

Ele olhou para a poltrona puxada para perto da cama, mas ela também estava vazia.

*Foi só um sonho.*

A poção de Antonio funcionara bem até demais. Gideon tinha dormido como uma pedra, mas, durante toda a noite, seus sonhos foram dominados por Rune.

E foram tão vívidos que Gideon tivera certeza de que haviam sido reais: Rune se esgueirando para seu quarto no escuro e fechando a porta. Rune se acomodando na poltrona e se inclinando para tirar o cabelo de Gideon do rosto. Ele acordara com o toque dela – ao menos no sonho – e segurara seu pulso, puxando-a para debaixo das cobertas e enroscando-se ao redor dela como uma concha protetora, passando as mãos por sua pele fria para aquecê-la.

Ele se lembrava da suavidade da coxa de Rune sob sua palma. Do gosto salgado da pele dela em seus lábios.

Mas não. Não podia. Não tinha passado de um sonho.

Gideon não podia tocar Rune. A maldição de Cressida o impedia.

Ele baniu as imagens de sua mente e levantou-se da cama. Depois de se vestir, desceu a escada até o salão. No meio da descida, ouviu uma voz familiar grunhir:

– Sei que ele está aqui.

*Harrow?*

– Diga que preciso falar com ele.

Gideon continuou a descer, parando na base da escada. Harrow estava na entrada do salão – um amplo espaço pontuado por pilares e uma lareira imensa. Diante de Harrow estava Antonio.

– Se você não for chamá-lo, eu vou... – Os olhos dourados de Harrow avistaram Gideon. – *Até que enfim.*

– Veio me entregar? – Ele se apoiou no corrimão com o lado do quadril que não estava ferido e cruzou os braços. – Devo esperar um pelotão de oficiais arrombando portas a qualquer momento?

Harrow se retraiu com a pergunta e abriu a boca como se fosse responder, mas mudou de ideia.

– A Guarda Sanguínea está à deriva – respondeu ela, por fim. – Com sua deserção, não há chance de oferecerem resistência forte contra as forças de Cressida. Somos presas fáceis.

Gideon franziu a testa.

– Então você quer que eu faça... o quê, exatamente?

– Volte comigo.

Ao dar um passo em direção a ele, Gideon reparou em seus pulsos machucados e no vergão em sua bochecha, e estreitou os olhos.

– Soldados precisam de um capitão.

– Se eu voltar, Noah vai me matar dessa vez. E mesmo que ele não mate... – Gideon balançou a cabeça. – Não estou mais no ramo de assassinar bruxas.

Os olhos dela faiscaram.

– Se você não retornar, *nós* é que vamos ser assassinados por essas mesmas bruxas das quais você de repente gosta tanto.

Houve uma súbita agitação no corredor, vindo da entrada principal. Harrow ficou tensa, olhando na direção do barulho.

Será que os soldados a tinham seguido até ali? Seria uma armadilha?

Passando por ela, Gideon levou a mão à arma presa à cintura, pronto para usá-la, se necessário.

– O feitiço dela me disse para vir até aqui – falou uma voz feminina. – Para esta casa. Ela está bem?

Gideon observou Seraphine Oakes entrar no salão. Ao se verem, tanto a bruxa quanto o caçador congelaram.

*Rune fez o que eu pedi.*

Ela tinha convocado Seraphine.

Ele tirou a mão da arma.

– Você. – Harrow cuspiu a palavra, logo atrás dele.

Antes que Gideon percebesse o que estava acontecendo, ela tomou a arma dele e a apontou para Seraphine.

*Não.* Não para Seraphine.

Havia outra garota atrás dela, na qual ele não tinha reparado até aquele momento.

– Espere...

Ele deu um passo na direção de Harrow. Aquilo era a última coisa de que precisava ali, onde havia planejado intermediar a paz entre inimigos, não desencadear um banho de sangue.

– Sabe quem é essa? – sibilou Harrow, saindo do alcance de Gideon e falando sem tirar os olhos da garota. – *Juniper Huynh.* Os pais dela me trancaram no porão e me deixaram para morrer de fome. Juniper permitiu que eles fizessem isso. Ela me abandonou à *morte*.

Gideon olhou de Harrow para a bruxa ao lado de Seraphine, cujo longo cabelo escuro estava trançado por cima de um ombro e os olhos castanhos cintilavam para Harrow.

Juniper. A garota que Harrow amava.

– Me dê uma boa razão para eu não atirar em você aqui mesmo – exigiu Harrow.

Juniper nem tentou se defender.

– Harrow.

Gideon se aproximou, esticando a mão para a arma.

Harrow sacou uma faca do cinto e golpeou na direção dele, obrigando-o a recuar, sem abaixar a arma ou desviar os olhos da bruxa calada do outro lado do salão.

– Se Cressida Roseblood estivesse nesta sala, você atiraria. Não me diga que não.

Ela tinha razão. Ele faria isso. Mas...

Alguém se colocou na frente de Juniper, bloqueando-a da linha de fogo de Harrow. Ela usava um traje de montaria bronze e as bochechas estavam coradas por causa do frio. Seu cabelo loiro-acobreado estava desgrenhado, solto da trança bagunçada, como se ela tivesse galopado direto contra o vento.

*Rune.*

Harrow estreitou os olhos.

– Saia da frente, Mariposa Escarlate.

Mas Rune permaneceu firme, o queixo erguido, mantendo Juniper atrás de si.

Vê-la na ponta errada de uma arma fez os batimentos de Gideon dispararem. Ele se moveu para intervir.

Rune, porém, ergueu a mão, dizendo silenciosamente a ele que não se metesse enquanto encarava Harrow.

– Se não fosse por Juniper, você estaria morta agora. Ela praticamente me obrigou a tirar você daquela cela de prisão.

Gideon ergueu uma sobrancelha, olhando para a amiga. Harrow tinha sido capturada? E Rune a resgatara?

Que reviravolta interessante.

– Você deve sua vida a Juniper.

– É mentira – disse Harrow, ainda segurando a faca erguida e apontada para Gideon com uma das mãos, enquanto a outra mantinha a mira nas bruxas.

– Quem dera. – Rune estreitou os olhos. – Claramente você não merecia.

Para a surpresa de Gideon, Harrow abaixou as duas armas, embora não estivesse claro se foi por acreditar em Rune ou por estar em dívida com ela.

– Ora, mas que prazer – disse Bart, que devia ter entrado no cômodo durante a conversa tensa, vestindo um roupão azul-bebê, com o brasão de sua família bordado em prata no bolso do peito.

– Por que não se juntam a nós para o café da manhã? Antonio, podemos acomodar mais alguns convidados hoje?

Antonio observava calmamente o salão, analisando cada pessoa – todos inimigos naturais –, quando seu olhar parou em Seraphine. Ao vê-la, ele franziu a testa e inclinou ligeiramente a cabeça, como se fizesse uma pergunta silenciosa.

Em resposta, Seraphine assentiu. Quase imperceptivelmente.

– Não será problema – respondeu Antonio, desviando os olhos de Seraphine e lançando um olhar para Bart. – Por que não mostra a todos o caminho até o terraço enquanto Bess e eu preparamos a comida?

Ele parou na frente de Harrow e estendeu as mãos.

– Receio que armas não sejam permitidas no café da manhã.

Harrow o olhou, então largou tanto a arma quanto a faca nas mãos espalmadas dele antes de seguir Bart em direção aos jardins, sem olhar para Juniper.

Gideon ficou para trás, tentando chamar a atenção de Rune enquanto as bruxas passavam, mas ela já estava conversando com Seraphine e, se o notou, não demonstrou. Quando assumiu seu lugar atrás dela, seguindo aquele estranho séquito até os jardins, reparou em uma marca vermelha despontando na nuca de Rune, aparecendo acima da gola de couro. Como uma ferida recém-cicatrizada.

Ele franziu a testa, se perguntando como ela teria arrumado aquilo.

# SESSENTA E TRÊS

## RUNE

TINHA SIDO UMA TOTAL estupidez ir para a cama de Gideon, na noite anterior.

Rune tinha certeza de que ele estava tão drogado que não se lembraria dela se enfiando sob os cobertores e se aninhando contra ele. Esse não era o problema.

O problema era que *ela* lembrava.

Ela se lembrava de tudo.

Do calor dele espantando o frio do corpo dela. Da sensação deliciosa da pele nua dele contra a sua. Dos braços fortes dele a segurando com firmeza, bem apertado. Como se ela fosse *dele*. Como se nada pudesse machucá-la enquanto ele estivesse lá.

*Poderia ser assim todas as noites, se você quisesse.*

E ela queria.

Esse era o problema.

Rune tinha acordado de um pesadelo e se visto sozinha no escuro. Nos últimos dias, seus pesadelos em geral eram com Cressida, mas, naquela noite, tinha sido sua avó a vagar por seus sonhos. Soldados da Guarda Sanguínea a arrastavam pela escada da plataforma de expurgo enquanto ela pedia socorro a Rune. Só que a multidão pressionava de todos os lados e, quanto mais Rune tentava chegar até ela, mais a empurravam para trás.

Até que os gritos da avó silenciaram.

Rune não conseguiu mais dormir depois disso. Cada sombra ocultava um pesadelo. E, ainda que fosse irracional, queria Gideon. Em um momento de fraqueza, fora atrás dele.

Ela o encontrara dormindo no quarto do outro lado do corredor e vira a infusão em sua mesa de cabeceira. Cheirando-a, Rune reconheceu o aroma de uma poção para dormir.

Tinha sido um erro, e estava arrependida. Não podia permitir que aquilo se repetisse. Precisava se afastar antes que Cressida os encontrasse. Era só uma questão de tempo.

Havia duas opções: ver Gideon ser arrancado dela ou ir embora antes que isso acontecesse.

*Não, há uma terceira opção. Você pode perguntar se ele quer ir junto.*

Espantou o pensamento.

– Açúcar?

Rune ergueu o olhar e viu Bart Wentholt estender uma xícara de café em uma das mãos e um pote de açúcar na outra.

Rune aceitou o café, aninhando seu calor nas mãos.

– Por favor.

Era engraçado como, agora que prestava atenção, via uma perspicácia nos olhos castanhos e cálidos do jovem que não tinha percebido antes. Bart Wentholt a enganara, fazendo-a pensar que era um palerma, e Rune o admirava por isso – como um farsante admirava outro.

Bart colocou um cubo de açúcar na caneca dela antes de passar para Seraphine, que já ocupava seu lugar à mesa no terraço. Ao redor deles, abelhas zumbiam nas flores, pássaros cantavam nas árvores, e a luz do sol dominava o ambiente.

Era uma paz estranha para uma ilha em guerra.

Harrow tinha se sentado em oposição a Juniper, que estava ao lado de Rune. Gideon ocupava o assento entre Harrow e Bart.

Uma linha invisível havia sido traçada pela mesa, separando bruxas de patriotas. Os patriotas não tinham motivo para acreditar que aquelas bruxas não eram secretamente leais a Cressida ou a sua causa. E as bruxas não tinham como saber se aquilo era ou não uma armadilha, com soldados da Guarda Sanguínea a caminho para prendê-las a qualquer momento.

Para aquilo funcionar, todos teriam que confiar uns nos outros, mas ninguém tinha motivo para isso.

*Talvez, quando vir como essa missão é impossível, Gideon desista e vá comigo.*

– Seraphine, Juniper... – Gideon olhou das bruxas para os patriotas. – Este é Bart. E parece que vocês já conhecem Harrow.

Juniper se remexeu no assento, mas não disse nada. Harrow cruzou os braços e fechou o semblante.

– E então? – perguntou ela a Gideon. – Qual é o seu plano, camarada? A Guarda Sanguínea está atrás de você. Cressida está atrás de você. Não pode se esconder aqui para sempre.

– Ele não tem um plano – respondeu Rune.

– *Ainda.* – Gideon lançou a ela um olhar fulminante. – Não tenho um plano *ainda.*

– Não é tarde demais para entregá-las.

Harrow assentiu na direção de Rune, Seraphine e Juniper.

– O que tenho é uma proposta – disse Gideon, ignorando-a.

Ele se levantou da cadeira e parou entre a mesa e os jardins mais além. Rune olhou para seu café, preparando-se para ouvir mais uma vez as baboseiras dele.

– Você mesma disse que a Guarda Sanguínea está à deriva, Harrow. E Noah Creed não é igual ao pai. Se for verdade que o exército dele está perdendo soldados, podemos atraí-los para o nosso lado. Conheço aqueles homens e mulheres. Sei o que querem, pelo que vão lutar, e estou disposto a apostar que há pessoas do *seu* lado – ele olhou para Seraphine e Juniper – que querem a mesma coisa: um mundo onde elas e seus entes queridos possam ser felizes e viver em segurança. Um mundo sem tirania, violência ou ódio. Um mundo onde possamos viver como iguais.

Harrow soltou um suspiro cético e se afundou ainda mais na cadeira.

– *Vocês* nos caçam há anos – comentou Juniper de repente. – Que motivo temos para confiar em vocês? – Ela olhou para Harrow. – Em *qualquer um* de vocês?

– Acabei de te contar a fraqueza do seu inimigo – respondeu Gideon. – A Guarda Sanguínea está afundando sem um líder forte. Essa é uma razão para confiar em mim.

– Mas ela tem razão – interveio Bart. – Mesmo que fosse possível roubar o exército do Nobre Comandante e depois destruir o de Cressida, por que alguém acreditaria que não voltaríamos a nos odiar?

Gideon parecia prestes a responder quando a voz de Seraphine foi direto ao ponto.

– O exército de Cressida também está em desordem – disse ela, unindo as mãos sobre a mesa. – Metade dos soldados de Soren culpam Cressida pelo assassinato do príncipe e foi embora, levando seus navios. A outra metade, ela paga para manter a seu serviço... mas, em algum momento, o dinheiro vai acabar.

Isso pareceu surpreender Gideon, que olhou para Harrow como se tentasse confirmar a informação.

– Mesmo agora – continuou Seraphine –, muitas bruxas estão profundamente perturbadas pelas táticas de Cressida, mas têm medo de se opor a ela, pois a deslealdade vai custar suas vidas. Elas sabem que Cressida é a única coisa que as protege dos caçadores de bruxas e, por esse único motivo, a maioria vai se manter leal. Dos males, ela é o menor. Contudo, com o exército de Soren reduzido e sem as irmãs de que ela tanto precisa para governar ao seu lado, Cressida terá dificuldade de manter o poder. Se alguém oferecesse uma proposta melhor às bruxas, elas talvez fossem persuadidas a abandonar sua rainha. Ou, melhor ainda, a se virar contra ela.

Isso, Rune sabia, era exatamente o que Gideon queria: pontos de discórdia nos dois lados.

No entanto, será que Seraphine estava mesmo cogitando a ideia? Aliar-se à causa imprudente de Gideon? Pouquíssimas bruxas ousariam se opor a Cressida, sabendo o quanto sua vingança podia ser dolorosa. Rune tinha as cicatrizes nas costas para provar. Mesmo as bruxas que não tinham visto Cressida açoitá-la quase até a morte provavelmente tinham ouvido a história. Serviria de aviso.

Gideon apoiou as mãos na mesa, inclinando-se enquanto seu olhar se fixava no de Seraphine.

– E se garantíssemos de maneira permanente que ela não possa ressuscitar Elowyn e Analise, ajudaria?

– Seria um começo.

– Tem um descendente por aí, não tem? – indagou Harrow, inclinando a cadeira para trás e equilibrando-a apenas em duas pernas. – Um irmão ou irmã que Cressida precisa para fazer a ressurreição, certo? Se a gente encontrar e matar essa pessoa, isso daria um fim aos planos dela.

Seraphine ficou tensa. Juniper segurou a mão de Rune sob a mesa.

Rune fitou seu café, sentindo um calafrio ao se lembrar dos planos de Gideon para caçar o Roseblood desaparecido.

Não houvera tempo suficiente para lhe contar a verdade. E, mesmo que houvesse, Rune não tinha muita certeza se queria que ele soubesse.

*Se ele soubesse quem eu sou, o que acharia?*

Não apenas sua família biológica tinha destruído a de Gideon, como Rune era a irmã da garota que abusara dele.

Será que ele faria como Harrow tinha sugerido? Será que se livraria dela antes que Cressida pudesse usá-la?

Seria a coisa mais inteligente a fazer, qualquer um concordaria. A morte de Rune poderia impedir a ressurreição e lançar por terra os planos de tirania absoluta de Cressida.

Ela observou Gideon passar a mão pelo rosto com barba malfeita, como se contemplasse a pergunta de Harrow. Antes que ele pudesse responder, Juniper se intrometeu, ainda apertando a mão de Rune.

– Em vez de assassinar inocentes – disse ela, a voz mais cortante quando desviou o olhar para Harrow –, eu vou retornar à capital e descobrir onde Cressida está mantendo os corpos das irmãs. Se os destruirmos, elas não poderão ser ressuscitadas. – Juniper olhou para Gideon. – Enquanto eu estiver lá, posso recrutar mais bruxas para nossa causa.

*Nossa* causa. Rune não pôde deixar de notar a escolha de palavras.

– E por que deveríamos confiar em *você*? – As pernas da cadeira de Harrow bateram no chão com um baque quando ela se inclinou sobre a mesa, encarando Juniper com olhos ferinos. – Você poderia facilmente entregar todos nós.

Lá estava de novo: *nós*.

Juniper a encarou.

– Pode-se dizer o mesmo de você.

*Nosso. Nós.* Apesar das discussões, elas falavam como se estivessem do mesmo lado, mesmo que ainda não soubessem disso.

– Nunca dei a Cressida motivos para acreditar que sou desleal. Ela confia em mim. – Juniper dirigiu-se a Gideon, ignorando Harrow. – Assim que eu souber onde Elowyn e Analise estão, volto para relatar.

– Eu vou com ela – intrometeu-se Harrow. – Para garantir que ela não vai nos trair.

Juniper arqueou as sobrancelhas.

– Você? Você vai ser reconhecida e condenada à morte no momento em que pisar na capital.

– E você se importa com isso?

Juniper desviou o olhar. De onde estava, Harrow não conseguia ver o brilho das lágrimas nos olhos da bruxa. Rune apertou a mão dela.

– E se o plano todo falhar? – questionou Rune, interrompendo-os.

Ela olhou de Harrow e Juniper para Gideon e Seraphine.

– Vocês vão ser responsáveis pelo massacre daqueles a quem deram falsas esperanças. Se sua barganha não der certo e Cressida sair vitoriosa, ela vai torturar e matar todos que se opuseram a ela. Vocês sabem disso.

Seraphine estudou Rune com seus olhos de ônix.

– Você tem razão, mas se houver uma chance...

– Era para você ter ido embora – disse Gideon, do outro lado da mesa, prendendo Rune com seu olhar intenso. – Ainda assim, aqui está você.

A raiva ardeu no peito dela. Rune queria dizer que não teve escolha. Cressida a havia torturado e a arrastara de volta. Mas pensar em Cressida trouxe a ferroada do chicote e aquele medo profundo.

– Quer fugir? – perguntou ele. – *Vá.* Ninguém está te impedindo.

As palavras doeram. Ele a fulminou com o olhar, como se não se importasse mais se Rune estava ali ou não. Como se a dúvida dela o incomodasse.

Como se *ela* o incomodasse.

Bess e Antonio quebraram a tensão ao entrarem no terraço, cada um carregando uma grande travessa com tampa.

– O café da manhã está pronto – cantarolou Antonio, colocando a sua travessa na mesa.

– Você tem mais visitas, capitão Sharpe – avisou Bess, pousando a dela também.

Convocada por suas palavras, uma mixórdia de pessoas apareceu na varanda. Ao vê-los, Gideon se levantou.

– Ash? *Abbie?* O que estão fazendo aqui?

Não eram apenas Ash e Abbie, mas todo o grupo do *Arcadia.*

Os antigos companheiros de Gideon.

– Recebi um telegrama estranho de Laila – disse Ash, contornando a mesa para dar um abraço apertado em Gideon. – Só dizia que você estava em apuros e para a gente vir, se pudesse. Preciso dizer que as coisas estão bem feias por aí.

Eles se afastaram. Gideon olhou o velho amigo com olhos cheios de espanto.

– E vocês vieram até aqui para...?

– Para ajudar, claro – falou Abbie.

A mulher deu um passo à frente e Ash se afastou, até que ficaram só ela e Gideon se encarando.

– Estamos aqui para te apoiar.

Rune não pôde deixar de notar o jeito como Abbie olhava para Gideon. Como se acreditasse nele. Como se fosse segui-lo até o inferno, se Gideon pedisse.

E foi *isso* que fez Rune empurrar a cadeira para trás e fugir.

ELA QUERIA OLHAR PARA GIDEON daquele jeito. Queria acreditar nele daquele jeito. Confiar que ele podia livrá-los daquela situação.

Só que não acreditava. Não *conseguia.*

Só conseguia acreditar na crueldade, no poder e na vingança de Cressida. Ela acreditava que a rainha bruxa ia triunfar e executar todos eles. Acreditava que Gideon levaria todos à morte.

*Não posso ficar e ver isso acontecer.*

Ela queria colocar a distância do mundo inteiro entre ela e a cena no terraço.

Bess lhe dera naquela manhã as instruções de como chegar à fonte termal. Não ficava do outro lado do mundo, mas proporcionaria privacidade a Rune. Não só não tomava banho havia dias, mas havia poucas chances de alguém encontrá-la lá e ver seu corpo desfigurado.

Levou apenas dez minutos a cavalo até a fonte termal, situada no topo de um promontório coberto de musgo. Quando ela e Lady chegaram, Rune já estava um pouco menos abalada. A água quente jorrava da nascente, formando uma cascata enquanto fluía para as pedras planas abaixo.

Deixou Lady pastando mais distante, pegou a toalha e o sabonete que tinha colocado no alforje e seguiu em direção à cascata. Colocando a toalha em uma pedra seca, ela tirou as roupas e entrou em meio ao vapor que deixava o ar enevoado. O calor acariciou sua pele.

Chegou mais perto da cascata, seus pés batendo na pedra molhada. Já se sentia melhor. Mais ela mesma.

Agora via como era ridículo o jeito como seu peito se apertara ao ver

Abbie. E como tinha sido humilhante que o olhar entre Abbie e Gideon a tivesse feito correr como um animalzinho assustado.

Ela não era *esse tipo* de garota. Não ficava abalada por sentimentos bobos.

Rune *sobrevivia.*

Ela entrou na cachoeira, deixando que o calor da água encharcasse sua pele. *Isso é tudo de que eu precisava. Uma chance de clarear a mente.*

Virando o rosto para a água corrente, ela fechou os olhos contra as gotas quentes...

... e caiu no choro.

# SESSENTA E QUATRO

## GIDEON

**DEPOIS DA COMOÇÃO CAUSADA** pelos velhos amigos de Gideon, mais cadeiras foram trazidas para a mesa, e Abbie, Ash e os outros se apertaram ali. Quando Antonio e Bess se retiraram para a cozinha no intuito de preparar mais comida para os convidados inesperados, Gideon enfim voltou a se sentar.

Foi quando reparou no assento vazio do outro lado da mesa.

– Onde está Rune?

Bess, que vinha trazendo mais café, serviu um pouco na xícara de Ash e disse:

– Eu a vi cavalgando para o promontório. Tem uma fonte termal lá. Eu falei que o calor faria bem para suas feridas.

Gideon franziu a testa, lembrando-se da cicatriz que vira no pescoço dela.

– Que feridas?

Bess se sobressaltou, errando a xícara de Ash e derramando café na toalha de mesa.

– Ah! Imaginei que o senhor soubesse. – Ela balançou a cabeça. – Perdão. Eu não devia ter falado nada.

Gideon estava prestes a pressioná-la quando Juniper disse baixinho:

– As costas de Rune foram flageladas até os ossos.

Gideon começou a ferver.

– *O quê?*

Bess assentiu, claramente aliviada por não ser mais a única a revelar o segredo de Rune.

– Vi as marcas hoje de manhã, quando ela me pediu ajuda para se vestir.

*Flagelada até os ossos?*

– Quem...

– Cressida a açoitou quase até a morte – contou Juniper.

Todos se viraram para encará-la.

– Precisei de toda a minha habilidade para fazer parar o sangramento – acrescentou ela. – Rune passou dias alternando entre consciência e inconsciência. Passou a viagem toda de volta à ilha acamada. Ela... ela não te contou nada?

Os punhos de Gideon estavam cerrados sob a mesa.

Seraphine franziu a testa.

– Rune desafiou Cressida sabendo o que aconteceria. Fez isso para quebrar sua maldição.

*Para quebrar minha...*

Ele pensou em seu sonho, Rune subindo em sua cama. Sua maciez e seu calor, aninhada a ele.

*Não foi um sonho.*

– Cressida ia matá-la – narrou Seraphine. – A única coisa que a impediu foi porque eu dei a ela o que queria: o nome da descendente Roseblood desaparecida.

A cabeça de Gideon girou.

*Cressida sabe que Rune é irmã dela.*

Quem mais sabia?

Seraphine não ia expor aquilo abertamente, não ali, porque colocaria a vida de Rune em risco. Mas se Rune acabasse nas mãos de Cress outra vez...

Ele empurrou a cadeira para trás e se levantou.

– Onde fica essa fonte termal?

# SESSENTA E CINCO

## GIDEON

**ELE A ENCONTROU NA CACHOEIRA**, de costas, com os olhos fechados enquanto deixava o rosto virado para a água. Sua figura pálida e nua se destacava drasticamente contra a rocha cinza e escura.

Com o cabelo molhado dela puxado sobre um ombro, Gideon teve uma visão completa do mal que lhe fora feito.

Linhas vermelhas brutais riscavam suas costas, dos ombros até os quadris. Cicatrizes profundas e recentes. Gideon sentiu o estômago afundar com aquela visão.

Ao pensar em Rune sob um chicote, sua raiva aumentou.

Faria Cressida pagar por aquilo.

Desmontando do cavalo de Bart, ele avançou pela rocha plana e reluzente.

– É por isso que você tem me evitado?

Rune pulou de susto e se virou para encará-lo. Seus olhos estavam vermelhos de chorar.

– O-O que você está fazendo aqui?

Ela pegou uma toalha em cima de uma pedra próxima e se enrolou rapidamente, escondendo-se dele. Então começou a caminhar em direção a Lady, que estava pastando por perto.

– Você não deveria estar aqui.

Gideon se moveu para interceptá-la, ficando em seu caminho.

– E onde eu deveria estar?

Não havia a menor chance de deixar que ela fugisse daquela conversa.

Sem resposta, Rune recuou, seus pés descalços chapinhando de volta para a água, que logo encharcou sua toalha.

– *Rune*. Por que não me *contou*?

Diante da pergunta, o rosto dela se contraiu.

De repente, o medo dela fez sentido. Rune agora sabia em primeira mão o que significava estar à mercê de Cressida.

*Ela está aterrorizada.*

Gideon se aproximou dela sob a cascata. Em segundos, estava tão molhado quanto Rune.

– Eu sou irmã dela – anunciou Rune, como se isso fosse repeli-lo.

– Não me importo.

Ou melhor, a única razão para se importar era porque isso a colocava em risco.

Ela ergueu os olhos, surpresa.

– Você... não se importa?

Gideon pegou o pulso dela para que não fugisse, correndo o polegar com delicadeza pelo pequenino osso que havia ali.

– Me deixe ver suas costas.

Rune pareceu prestes a recusar, então ele tomou o rosto dela em suas mãos.

– Me deixe ver. Por favor.

Os ombros dela murcharam e Rune se virou, deixando a toalha encharcada cair sobre a pedra diante deles, expondo suas costas.

Gideon sibilou ao ver as cicatrizes que riscavam suas costas, as linhas vermelhas dos açoites cortando a pele pálida e macia. Algumas já tinham cicatrizado; outras ainda estavam em carne viva. Ele sentiu vontade de chorar.

– Ah, Rune...

– Eu sei. – A voz dela falhou, e ela levou as mãos ao rosto. – Estou monstruosa.

– Não. – A palavra escapou dele com raiva. Como ela podia achar isso? Gideon se aproximou e envolveu sua cintura com os braços. – Isso não é possível.

Ele baixou os lábios até uma cicatriz no ombro dela, beijando a pele elevada. Rune deixou um suspiro escapar. Ele beijou outra cicatriz, e a tensão abandonou o corpo dela.

– Você é a mulher mais gentil, mais inteligente e mais corajosa que já conheci. – Ele beijou mais e mais cicatrizes, traçando-as delicadamente com os lábios. – Essas cicatrizes são só mais uma prova disso.

Nenhuma dor surgiu. Ele estava tocando Rune sem consequência alguma.

Sua maldição tinha sido quebrada – e ali estava o custo: Rune com dor, sua coragem em frangalhos.

– Ela podia ter te matado. – Puxando-a mais para perto, Gideon apoiou a bochecha no topo da cabeça dela. – Por que você se arriscou assim?

– Porque eu não suportava a ideia dela fazendo você sofrer. – Rune tocou o braço de Gideon, deslizando a mão até entrelaçar seus dedos. – E porque...

Ainda sem encará-lo, ela virou a cabeça para que sua têmpora roçasse o queixo dele em um carinho.

– Porque fui tola o suficiente para me apaixonar por um caçador de bruxas. Tola o suficiente para torcer para que ele me amasse também. E, se ele me amava, eu não ia deixar que nada ficasse entre nós de novo.

Rune se virou para ele, obrigando seu abraço a afrouxar. Ela observou seu rosto enquanto gotas de água desciam pelas próprias bochechas e pingavam de seu queixo.

As mãos dela subiram até os botões da camisa dele, seus olhos fazendo uma pergunta silenciosa. Gideon assentiu e deixou que ela os desabotoasse. Deixou que Rune tirasse sua roupa encharcada e a jogasse ao lado de sua toalha.

Rune olhou para a marca no peito dele, levando a mão até a cicatriz como se não acreditasse que seu sacrifício tinha dado certo. Como se estivesse esperando que a dor irrompesse; que as linhas da cicatriz se tornassem vermelhas como brasas.

Mas nada aconteceu.

A única coisa que Gideon sentia era prazer pelo calor dela, por sua delicadeza.

Rune encostou o rosto na cicatriz.

– Eu faria tudo de novo – sussurrou ela. – Só por isso.

*Eu não mereço essa garota.* Ele deslizou as mãos pelo rosto dela e inclinou sua cabeça para trás. *Mas quero merecer. Quero ser o homem que merece Rune Winters.*

Deixou os olhos percorrem as feições do rosto dela antes de baixar os lábios para beijá-la.

A respiração de Rune ficou trêmula e ela passou os dedos pelo cabelo dele.

– Você esteve na minha cama ontem à noite? – perguntou ele contra os lábios dela.

– Eu? Na sua cama? Você devia estar sonhando.

– Humm.

Eles estavam se tocando, pele com pele, enquanto a água escorria. Nada mais os separava. Nenhum segredo. Nenhuma maldição. Não havia nada os impedindo...

Os braços de Rune envolveram seu pescoço enquanto ela se arqueava contra ele. Gideon segurou com mais força os quadris dela.

– Venha comigo – sussurrou Rune, passando as mãos pelo corpo dele.

Gideon sorriu contra sua boca.

– Para onde gostaria de ir?

– Qualquer lugar – respondeu ela, deixando um rastro de beijos em seu pescoço, mordiscando de leve. – Qualquer lugar que não seja aqui. A gente pode navegar até o outro lado do mundo. A gente pode *viver*, Gideon.

*Ah.*

Estavam de volta ao começo.

Ele baixou as mãos.

– Rune.

Ela devia ter ouvido a resposta em seu tom, porque deu um passo atrás, o semblante murchando.

– Se formos embora, Cressida vence – disse ele. – Laila, Harrow, Bart, Antonio... todos eles vão morrer. Está me pedindo para abandoná-los? Abandonar meu *lar*?

– Sim – respondeu ela, os olhos suplicantes. – Para ficar *comigo*.

Ele a encarou, sentindo-se rasgado em dois.

Claro que estava tentado. Uma vida com Rune? Valia qualquer coisa. E era exatamente por isso que precisava ficar e lutar. Aquele era o lugar a que os dois pertenciam. Queria salvá-lo – para ela, para *eles*, mais do que qualquer pessoa. Qualquer coisa menos que isso e ele nunca seria o homem que ela merecia.

Gideon ficaria ao lado dela, lutaria ao lado dela, *morreria* ao lado dela, mas não fugiria com ela. Fugir não resolveria nada.

*Acredite em mim*, ele queria dizer. *Confie em mim.*

– Não posso ficar – disse Rune, na defensiva, erguendo o queixo e cruzando os braços. – Não tenho escolha. Você precisa enxergar isso.

O que ele enxergava era a garota que amava arrasada de tanto medo.

– Aqui é o nosso lar, Rune. Seu, meu. Não acha que vale a pena lutar por ele?

Algo cintilou nos olhos dela, mas, fosse o que fosse, ela sufocou.

– Nosso lar é onde você fica em segurança. Esta ilha não é segura há muito tempo.

– Então fique comigo e lute por um lugar melhor.

Ela apenas balançou a cabeça, triste, e se virou, indo até suas roupas. Rune as vestiu no corpo encharcado antes de seguir até Lady.

Gideon, porém, não ia desistir dela. Não ainda. Em algum lugar sob o medo, estava a garota que ele amava. Uma garota que encarava o perigo com um sorriso e uma faca. Sua corajosa e astuta Mariposa Escarlate.

Ele a seguiu e bloqueou o caminho até onde a égua pastava.

– Sei que você está com medo – disse ele, andando de costas. – Sei que é difícil. Mas eu preciso de você. Quem mais pode dar o exemplo a todo mundo senão uma bruxa e um caçador de bruxas lutando lado a lado?

Ele parou e estendeu as mãos para os braços dela, fazendo-a parar.

– Há um mundo melhor esperando para nascer, Rune. Um mundo que pertence a todos nós. Mas ele nunca vai chegar se a gente não lutar por ele.

– E se você estiver errado? – questionou ela. – E se tudo o que está quebrado *não puder* ser restaurado?

– E se *puder*?

Ela se livrou do toque dele.

– Ela vai matar nós dois.

Gideon a encarou.

– Então vai ser uma honra morrer ao seu lado.

Rune soltou um som de frustração e balançou a cabeça.

– Você está me ouvindo? Não vou aguentar ver você cair nas garras dela de novo! – Ela apertou os olhos com as palmas, como se tentasse destruir as visões aterrorizantes em sua mente. – Consegui me recuperar da morte da minha avó e da de Alex, mas não vou me recuperar da sua. – Ela o encarou. – Isso vai me destruir.

– Não vai – disse ele, reduzindo a distância e encostando a testa na dela. – Você é mais forte do que isso.

– Talvez um dia eu tenha sido – sussurrou ela. – Mas não mais.

Gideon correu as mãos pelos braços e ombros de Rune, envolvendo seu pescoço. Ela começou a relaxar ao toque dele, mas, quando ele tentou puxá-la mais para perto, Rune enrijeceu.

– Já tomei minha decisão. – Ela se afastou. – Essa é a sua resposta? Você não vem comigo?

Ele balançou a cabeça, infeliz.

– Não posso. Há muitas vidas em jogo.

Rune assentiu de forma tensa e concisa. Ela entendia, mas ele estava partindo seu coração. O rosto dela dizia tudo.

– Então isso é uma despedida.

Rune se virou e continuou a caminhar em direção a Lady, então montou nela e cavalgou para longe.

Gideon quase morreu ao deixá-la partir.

Mas deixou.

# SESSENTA E SEIS

## RUNE

ERA COMO SE O CORAÇÃO de Rune fosse feito de argila e alguém o tivesse espatifado em mil pedaços.

Entendia por que Gideon a havia rejeitado. Claro que entendia. Mas isso não a fazia se sentir menos arrasada.

*Esqueça tudo isso*, disse a si mesma enquanto cavalgava com Lady para longe da fonte termal. *Você está indo embora. Ele vai ficar. Acabou.*

Seu trem partiria naquela noite. Bess tinha comprado a passagem. Ao pôr do sol, Rune já teria ido embora.

Se quisesse chegar à estação a tempo, tinha que sair logo.

Precisava trocar de roupa e pegar sua passagem de trem, então correu até seu quarto, passando por Abbie na escada. Reconhecendo Rune, a garota parou e se virou, como se fosse dizer algo.

Rune passou direto. Não queria encarar a ex-namorada de Gideon – uma jovem que agora tinha o caminho totalmente livre para reconquistá-lo.

Ela subiu mais rápido as escadas.

Não suportava ficar ali nem mais um instante.

# SESSENTA E SETE

## GIDEON

**GIDEON ESTAVA NA JANELA** do segundo andar, observando os portões da casa dos Wentholt. Suas roupas ainda estavam úmidas da cascata, e água escorria pelo pescoço enquanto via Rune cavalgar com Lady portões afora.

Naquele momento, soube, de alguma forma, que ela não ia voltar.

Gideon a observou até Rune desaparecer na floresta do entorno e ali ficou até muito tempo depois, com a têmpora pressionada no vidro frio, ponderando se tinha feito a escolha certa.

– Não foi com ela?

Despertando, Gideon se virou e deparou com Harrow atrás dele, encostada na parede, de braços cruzados.

Estava tão acostumado a ver Harrow com o cabelo castanho-escuro preso em um coque alto que quase não a reconheceu. Estava de cabelo solto; era longo e liso, e reluzia à luz do sol, suavizando seus contornos duros.

– A garota que eu amo jamais respeitaria um homem que abandonasse inocentes para serem massacrados.

– Talvez ela já não seja mais essa garota.

*Ela é.*

Sob a dor, o medo e a raiva, ela era a mesma Rune por quem ele se apaixonara. Acreditava nisso. Ela apenas se esquecera de si mesma – assim como ele um dia havia se esquecido de si mesmo.

– Se eu fosse junto, ela acabaria me desprezando pela minha covardia – concluiu Gideon. E, mesmo que não fosse o caso, ele se desprezaria. Balançou a cabeça. – Essa não é a vida que eu quero com ela. Nem a vida que *ela* quer, no fundo. – Ele olhou pela janela. – Rune só está com medo demais para se lembrar disso agora.

Harrow se aproximou dele, olhando pela mesma janela.

– Você deveria ir atrás dela, ao menos para garantir que ela esteja bem.

Ele olhou para a amiga com uma sobrancelha arqueada.

– Desde quando você se preocupa com a segurança de Rune?

Harrow o ignorou.

– A Estação Portoeste está infestada de soldados e espiões de Cressida. Estão usando cães caçadores de bruxas para farejar a Mariposa Escarlate.

O estômago de Gideon afundou.

– O quê?

– Bess esteve lá cedinho para comprar a passagem de Rune.

Como Harrow soubera disso? Ela estava ali fazia só duas horas.

– Você deveria pelo menos garantir que sua garota embarque com segurança no trem. – Harrow virou os olhos dourados para os dele. – Não acha?

– Essa sua bruxa tem algo a ver com você ter mudado de ideia?

– Juniper *não é* minha bruxa – respondeu ela, estreitando os olhos de modo ameaçador.

Só que era tarde demais. Gideon tinha vislumbrado a fenda em sua armadura. Ela podia não ter perdoado Juniper – aliás, nem ele –, mas algo estava mudando em Harrow.

Eles se avaliaram.

– Isso significa que você está do meu lado? – perguntou ele.

Ela bufou, virando-se para sair.

– Estou com quem pagar mais pelos meus serviços.

– Que engraçado, você nunca me cobrou antes – respondeu Gideon.

E era verdade. Toda informação que Harrow lhe dera tinha sido de graça. Sem compromisso.

– Existem outros tipos de pagamento – retrucou ela, o cabelo esvoaçando pelos ombros.

Gideon não soube o que responder. Nos anos em que trabalhara com ela, desenterrando pistas para ajudá-lo a caçar e expurgar bruxas, será que pagara Harrow de algum outro jeito?

*Talvez o expurgo das bruxas fosse o pagamento.*

Mas, se fosse assim, com que tipo de moeda Harrow estaria negociando agora?

A ESTAÇÃO PORTOESTE ESTAVA um caos quando Gideon chegou.

Ele usava um terno de viagem marrom, emprestado por Bart, que argumentara que isso o ajudaria a se misturar.

Ninguém estaria procurando pelo capitão Gideon Sharpe de terno.

Com a pistola de Ash enfiada no cinto e munição extra no bolso, Gideon se posicionou contra a parede de tijolos da estação, certificando-se de que a aba da boina de lã de Bart mantivesse seu rosto nas sombras enquanto esquadrinhava a multidão caótica que se aglomerava em direção ao único trem nos trilhos.

Logo descobriu a fonte do caos: a estação seria fechada ao pôr do sol, por ordem da rainha, que estava caçando uma bruxa rebelde, que diziam ser a Mariposa Escarlate. Ao fechar todas as estações próximas, Cressida esperava impedir que sua presa chegasse ainda mais longe.

O trem parado nos trilhos seria o último a partir. Talvez para sempre, se aquela guerra destruísse seu país. O que significava que Rune precisava estar naquele trem, se quisesse escapar naquela noite.

Ele a avistou quase de imediato.

Ou melhor: avistou uma *versão* dela. Rune havia alterado sua aparência, como fizera no *Arcadia*. Em vez do loiro-acobreado, seu cabelo assumira o tom dourado-pálido do trigo, trançado nas costas. E, quando ela olhou ao redor, atenta a qualquer perigo, Gideon percebeu que seu queixo estava mais afilado e os olhos eram azuis, em vez de cinzentos.

Se não tivesse reconhecido a ilusão que ela usara no navio, provavelmente não a teria encontrado.

Gideon a observou passar aos empurrões pela multidão desesperada para embarcar no último trem – que já estava quase lotado – enquanto os carregadores tentavam manter a ordem.

Assim que Rune estivesse a bordo em segurança, ele daria meia-volta e iria embora. Com tantos soldados de Cressida patrulhando a estação – muitos com cães de caça ao lado –, não podia se dar ao luxo de ficar ali muito tempo.

Finalmente, quando o chefe de estação anunciou a última chamada, Rune abriu caminho até o fiscal de passagens. Gideon já estava relaxando, preparando-se para ir embora assim que ela entrasse no trem, quando um latido alto o fez congelar.

Olhou de relance e viu um cachorro arrastando um soldado pela multidão na direção de Rune, atraindo a atenção de vários outros soldados próximos.

Mesmo que Rune conseguisse embarcar no trem, o cachorro a seguiria. E ela ficaria encurralada.

Gideon se afastou da parede e se enfiou no meio da massa de corpos, usando ombros e cotovelos para abrir caminho. A poucos metros de onde Rune estava, com o fiscal, ele se pôs diretamente na frente do cachorro.

Fingindo tropeçar, ele lançou seu peso contra o soldado e deu um jeito de ficar enroscado na coleira.

– Pelo amor da Misericórdia – murmurou ele. – Controle seu cachorro, faça o favor.

O animal latiu, tentando arrastar os dois na direção do trem, mas a coleira agora estava enrolada ao redor da panturrilha de Gideon, e ele não se movia. Com a altura e a largura de Gideon bloqueando Rune de vista, o soldado já não conseguia ver para onde o cachorro estava indo.

– Saia da frente, senhor, ou vou prendê-lo por interferência.

Gideon arqueou as sobrancelhas.

– Interferência? *Você* é quem está no *meu* caminho.

Atrás deles, o trem apitou, avisando a todos para se afastarem dos trilhos. Gideon olhou rapidamente por cima do ombro e viu Rune desaparecer dentro do vagão enquanto o carregador puxava as escadas do trem.

– Senhor, é sua última advertência.

O cachorro rosnou e puxou. A coleira apertou-se ainda mais ao redor da perna de Gideon.

– Saia da frente ou vou prendê-lo.

Enquanto o trem estivesse na estação, os soldados ainda poderiam embarcar. Gideon se recusava a deixar que isso acontecesse.

– Como posso sair – indagou ele, encarando o jovem soldado uniformizado –, se o seu cachorro me enroscou na coleira dele?

Mais dois soldados apareceram.

– Qual é o problema aqui?

Querendo manter a atenção deles em si, Gideon disse:

– O problema – ele empurrou o soldado à sua frente com força suficiente para arrumar confusão – são esses *moleques* que não conseguem controlar seus vira-latas.

– Calma aí.

Gideon viu um soldado levar a mão a um par de algemas.

– Isso é agressão contra um oficial.

Gideon estava prestes a se virar para desafiá-lo também quando uma terceira voz entrou na conversa.

– Capitão Sharpe?

Gideon olhou para a recém-chegada e viu uma mulher com estigmas de conjuração prateados nas bochechas. Seu cabelo negro estava solto ao redor dos ombros, e seus olhos eram felinos e penetrantes.

Gideon não reconheceu a bruxa, mas ela claramente o reconhecia.

Ele olhou de relance para o trem, que guinchava ao começar a se mover lentamente pelos trilhos.

*Pelo menos Rune está a salvo.*

– Deixem esse homem comigo – disse a bruxa, erguendo sua faca de conjuração até o pescoço de Gideon, para garantir que ele não tentasse fazer nada.

Ela parecia ter uma posição superior à dos homens, porque o soldado soltou a coleira emaranhada, afrouxando o aperto ao redor da perna de Gideon. O cão de caça disparou atrás do trem.

Mas já era tarde demais. O trem estava deixando a estação. Se quisessem pegá-la, teriam que chegar primeiro à estação seguinte, o que era uma impossibilidade a pé ou a cavalo.

Enquanto os soldados perseguiam o cachorro, a bruxa encontrou a arma enfiada no cinto de Gideon e a puxou, pressionando o cano no meio das costas dele.

– Minhas ordens são para levá-lo, vivo ou morto. – Ela o instigou na direção dos trilhos. – Agora *ande.*

# SESSENTA E OITO

## RUNE

**RUNE ABRIU CAMINHO** pelo corredor lotado, procurando por um assento vazio.

As pessoas se apinhavam no vagão. Crianças com bochechas rosadas estavam no colo dos pais – às vezes duas ou três em cada colo –, enquanto outros adultos ficavam de pé no corredor, saindo da frente apenas para deixar Rune passar. Ou os fiscais de passagem tinham ficado com pena de metade daquelas pessoas ou sido subornados para deixar entrar mais gente do que a capacidade do trem.

De qualquer forma, Rune não se importava.

Ela tinha conseguido.

Ao encontrar seu assento, a tensão em seu corpo se esvaiu. Sentou-se e virou o rosto para a janela, soltando um suspiro pesado. Do outro lado do vidro, as pessoas balançavam dinheiro para os carregadores, desesperadas para entrar no trem mesmo enquanto os degraus eram removidos das portas, e outras choravam ao se despedirem de seus entes queridos nos vagões.

– Achei que não fôssemos conseguir – disse uma passageira do outro lado do corredor: uma mulher com uma criança pequena no colo. – O que vai acontecer agora?

Seu marido se inclinou e beijou sua cabeça.

– Eu não sei – respondeu ele, pegando a mão dela e apertando-a com força. – Mas estamos juntos. Isso é o mais importante.

Rune desviou o olhar, piscando para conter as lágrimas.

O trem apitou outra vez.

A multidão desesperada do outro lado da janela se tornou indistinta quando ela viu seu reflexo no vidro. Não era a garota que a ilusão conjurada a fazia parecer: era seu verdadeiro eu. Afinal, a magia não funcionava em janelas.

Enquanto examinava o rosto no vidro, aquela pergunta enervante voltou à tona.

*Quem sou eu?*

*Quem é a verdadeira Rune Winters?*

Não importava o quanto procurasse um traço da avó em suas feições, não havia nada de Kestrel Winters em Rune. O que fazia sentido, já que ela e a avó adotiva não eram parentes de sangue. Só que Rune também não conseguia encontrar nenhum vestígio de suas meias-irmãs. Não havia nada de Cressida, nem de Elowyn, nem de Analise.

No entanto, enquanto examinava seu reflexo, Rune percebeu que tinha visto o tom de seu cabelo em outro lugar. E a cor de seus olhos. E o formato do queixo.

Vira isso em outras três pessoas, na verdade. Fazia pouquíssimo tempo.

Algo selvagem e brilhante cintilou dentro dela, como uma vela recém-acesa.

*Não.*

Tentou apagar aquele pensamento. Não podia seguir por aquele caminho. Já tinha decidido: *esse* era o seu caminho.

*Estou indo embora.*

O motor rugiu, puxando-os lentamente para a frente. Rune encostou a têmpora no vidro frio. Logo, estaria fora do alcance de Cressida. Logo, teria escapado da Guarda Sanguínea de vez.

*Logo*, pensou enquanto o trem deixava a plataforma lotada para trás, *vou estar livre.*

Nada poderia fazê-la voltar agora.

# SESSENTA E NOVE

## GIDEON

**GIDEON TROPEÇOU NOS TRILHOS** vazios, empurrado pela bruxa às suas costas. Atrás deles estava a plataforma da estação.

O trem tinha ido embora.

*Rune* tinha ido embora.

Ele tentou não pensar nisso. Tentou, em vez disso, pensar em por que estava sendo conduzido por aquela bruxa para o pátio ferroviário em vez de para um cavalo que o mandaria direto para Cressida.

Talvez devesse ficar grato.

– Cressida manda lembranças, capitão Sharpe.

– Cressida que vá se danar.

– Passo a mensagem quando eu entregar a ela seu coração ensanguentado.

Ela apertou o cano da arma carregada de Gideon com mais força entre suas costas.

Gideon não fazia ideia da força dela ou de quais feitiços tinha na manga, mas de uma coisa tinha certeza: se tentasse qualquer coisa, ela atiraria para matar.

– É um pouco triste, não acha? – disse Gideon, tentando protelar. Tentando elaborar uma fuga enquanto passava por cima dos trilhos de ferro. Mas ele tinha só uma caixa de munição no bolso. *Ela* tinha a arma. – Cressida não conseguiu manter meu coração com sua personalidade cativante, então mandou *você* para removê-lo do meu cadáver. Será que ela vai colocá-lo em uma caixa? Vai mantê-lo debaixo do travesseiro?

A bruxa pressionou a arma com mais força nas costas dele.

– Continue blasfemando contra a rainha e vou amarrá-lo nesses trilhos para que você veja a morte chegar a um quilômetro de distância.

Ela poderia fazer isso, se quisesse. Haveria outros trens ainda em funcionamento. Trens de suprimentos com comida, carvão e itens necessários para a capital. Cressida precisaria deles, se quisesse vencer a guerra.

O desafio ardeu dentro dele.

– Cressida Roseblood nunca será minha rainha.

– Você vai sufocar com essas palavras.

– Que assim seja. Me mate. Outros cem vão se insurgir no meu lugar.

– E também vão ser massacrados – rosnou ela. – Fique de joelhos.

À distância, um trem apitou.

Gideon olhou na direção do som ao se ajoelhar, mas não havia trem à vista.

Esperou que ela recuasse e desse preferência a um tiro na cabeça de Gideon, mas ela sacou sua faca de conjuração e apertou a lâmina no pescoço dele.

O aço estava frio. Ele estremeceu, esperando pela morte.

– Pena que você não vai viver para ver sua preciosa República esmagada – sussurrou ela em seu ouvido. – Bons sonhos, querid...

*BANG!*

Gideon se encolheu, os ouvidos zumbindo com o tiro.

Mas nenhuma dor explodiu em seu corpo. Nenhuma bala o perfurou.

A bruxa largou a faca. Um segundo depois, a mulher tombou, desabando no chão a seu lado com um baque.

*BANG!*

Ainda de joelhos, Gideon girou, caindo de costas nas próprias mãos.

*BANG! BANG! BANG!*

Alguém estava atrás dele, apontando a arma para a bruxa morta, atirando até a pistola fazer clique, clique, clique. Sem balas.

Seu olhar se ergueu para Gideon.

A ilusão de Rune já desaparecera. Sob a luz do sol poente, seu cabelo loiro-acobreado esvoaçava, livre da trança, e seus olhos estavam tempestuosos quando ela abaixou a pistola ainda fumegante. As bochechas estavam coradas, a pele brilhava de suor e o peito arfava, como se tivesse corrido todo o caminho até ali. Desesperada para chegar até ele a tempo.

Ele nunca tinha visto imagem mais bela.

Ou mais furiosa.

– Mas que *inferno*, Gideon!

# SETENTA

## RUNE

**FOI QUANDO O TREM** começava a se afastar da plataforma que Rune o viu lá fora, no pátio ferroviário: Gideon, vestido com um traje elegante, a aba de uma boina de lã sombreando seu rosto...

E uma arma pressionada no meio das costas.

Algo feroz rugiu dentro dela.

Mas o trem estava partindo da estação e, com ele, sua última chance de fugir. Rune sabia o que lhe custaria descer. E, de repente, não importava.

Nada mais importava, exceto aquilo.

Precisou empurrar as pessoas que bloqueavam seu caminho no corredor para passar e depois gritou como uma lunática até a equipe abrir a porta para ela.

E então ela pulou.

De um trem em movimento.

Para a plataforma.

Sentiu seu mundo implodir enquanto o trem deixava a estação e ela corria pelo pátio ferroviário sem saber se chegaria até ele a tempo. Correu mais rápido do que nunca na vida. Correu até os pulmões arderem e as pernas protestarem, e então correu ainda mais rápido.

Agora ele estava ali: esparramado nos trilhos, as mãos na terra, aquela boina de lã ridícula caída no chão.

*Vivo.*

Rune quis se ajoelhar e chorar de alívio.

Se não tivesse olhado pela janela do trem mais uma vez antes de a plataforma desaparecer, ele estaria morto. E ela estaria partindo da estação, sem nem saber.

Um punho apertou seu coração.

– O que você está fazendo aqui? – questionou ela, segurando a pistola, a raiva fervendo. Roubara a arma de um soldado na estação.

– Eu? – disse ele, se pondo de pé. – O que *você* está fazendo aqui?

Rune apontou para a bruxa morta a seus pés.

– Salvando sua *vida*!

Ela olhou para o trem ao longe. O trem no qual deveria estar.

– Você estragou tudo! – Ela largou a pistola. Com a câmara vazia, a arma era inútil. – Aquela era minha última chance de fugir!

O semblante dele se fechou.

– Então você deveria tê-la aproveitado!

– E deixar que ela te matasse?

– Foi por isso que eu vim: para garantir que você estivesse a bordo quando o trem partisse.

Um cachorro latiu à distância, interrompendo-os. Gideon olhou por cima do ombro de Rune e algo que viu fez seu rosto empalidecer. Ele pegou a pistola que ela havia jogado no chão e a enfiou no cinto.

– Precisamos ir. *Agora.*

Rune olhou para trás e viu um grupo de soldados e vários cães de caça atravessando o pátio ferroviário, correndo em direção a eles. Armas em punho.

*Droga.*

Gideon segurou a mão dela e a puxou atrás de si, avançando pelo pátio, mas não havia para onde ir. Só havia trilhos por quilômetros e, aqui e ali, vagões estacionados.

Latidos e tiros abafaram o som longínquo de um trem. Para a sorte de Rune e de Gideon, os soldados estavam bem mais atrás e atiravam enquanto corriam, o que tornava a mira deles instável.

Outro estrondo – como um trovão – seguido de um apito alto fez Rune olhar para os trilhos.

Não era o trem *dela* que fazia aquele som, era outro chegando, vindo pelo conjunto de trilhos mais distante do pátio.

E Gideon estava indo direto naquela direção.

– Você só pode estar brincando. – Rune ofegou, forçando as pernas ao máximo.

– Ele precisa diminuir a velocidade – falou Gideon entre arquejos pesados. – Quando entrar no pátio, não vai parar... mas vai reduzir.

Rune olhou para trás. Os cães estavam se aproximando.

Não havia escolha. Eles teriam que saltar.

Muito antes de ela estar pronta, o trem emparelhou com eles, seu motor rugindo. As rodas guincharam nos trilhos enquanto ele freava, reduzindo minimamente a velocidade. O som era tão alto que abafava os latidos dos cães e os tiros.

Rune e Gideon correram ainda mais.

A maioria dos vagões tinha janelas, o que significava que não era um trem de carga, mas também não havia ninguém a bordo. Pelo menos ela não viu ninguém.

A mão de Gideon apertou a sua com força, como se perguntasse: *Pronta?*

Rune não estava pronta. O trem passava rápido demais. E se ela saltasse e errasse? E se caísse debaixo das rodas?

Mas os cães estavam bem ali, rosnando atrás deles. E as pernas de Rune já ficavam cansadas. *Lentas.*

Logo o trem estava passando por eles. Só mais três vagões e teria ido embora.

– Você não disse que ele ia reduzir?!

Gideon não respondeu. Apenas soltou a mão dela, preparando-se para pular. Ele acelerou ao lado dela. Rune o observou calcular o momento exato: Gideon esperou até que o penúltimo vagão estivesse emparelhado com ele e então se lançou na grade da plataforma.

Ele segurou firme, o bico das botas tocando a beirada da plataforma, e se içou para cima.

– Exibido – resmungou ela.

Gideon se virou para esperar por ela.

Mas era tarde demais – o vagão já a deixara para trás. Rune perdeu Gideon de vista quando o vagão seguinte – o último – emparelhou com ela.

Era isso.

Sua última chance.

Ela tinha que pular ou seria deixada para trás.

Os cães ladravam em seus calcanhares. Balas zuniam rente à sua cabeça. Devia se entregar. Desistir. Era inútil tentar.

*Não.*

Algo se acendeu dentro dela. Uma sensação antiga. Uma sensação familiar. Como se estivesse no meio de um roubo, enganando certo capitão da Guarda Sanguínea, arriscando tudo pela possibilidade de salvar mais uma bruxa do expurgo.

Tinha se esquecido daquela emoção. De como a fazia se sentir intocável. Invencível.

*Eu sou a Mariposa Escarlate.*

Era a resposta para sua pergunta mais antiga.

*Você é a mulher mais gentil, mais inteligente e mais corajosa que já conheci.*

*Aquela* era Rune Winters. Aquela garota. Naquele momento.

Rune fixou o olhar na plataforma do último vagão, sabendo que era agora ou nunca.

Então saltou, voando em direção ao trem.

Segundos antes de o trem sair de seu alcance, os dedos de Rune alcançaram a grade e se fecharam ao redor dela. Seus joelhos bateram contra o aço frio, irradiando dor por todo o seu corpo.

Rune se segurou.

Ignorando as balas ricocheteando no vagão e os cães rosnando logo atrás, ela se içou e passou por cima da grade.

*É disso que eu venho fugindo.* Não de Cressida. Não da Guarda Sanguínea.

Rune estava fugindo de si mesma. Do que ela mais desejava e temia não poder ter.

A porta do vagão se abriu e Gideon passou, a pistola em punho, disparando contra os soldados. Atirou até ficar sem balas, então recarregou a arma e voltou a disparar. Ele não baixou a arma até que o trem deixasse o pátio ferroviário para trás, ganhando velocidade e levando os dois para fora de alcance.

# SETENTA E UM

## RUNE

**JUNTOS, ELES ENTRARAM** aos tropeços no vagão escuro, desgrenhados pelo vento e ofegantes. O trem sacudia e tilintava. Rune espalmou a mão na parede do corredor apertado, que balançava sobre os trilhos, para tentar se equilibrar e recuperar o fôlego.

Quando olhou para Gideon, se deparou com ele encostado na parede oposta, encarando-a. Através das janelas, o sol já quase se punha totalmente no horizonte.

Rune olhou para aquele rapaz imenso, que arriscara a vida a seu lado. Um rapaz que provara diversas vezes que eles eram melhores juntos do que separados.

Por que cargas-d'água ela o deixara?

*Porque tenho medo de perdê-lo.*

Mas fugir *significava* perdê-lo. Voluntariamente.

Onde ela estava com a cabeça?

Rune nunca deveria ter pedido para ele ir embora com ela. Ao fazer isso, tinha pedido que Gideon fosse contra sua consciência. Sua *bondade.* Ela sabia muito bem o que teria custado a ele aceitar sua oferta. E pedira mesmo assim.

Era como se Rune tivesse trocado de lugar com Alex, que implorara a ela para fugir e, ao fazer isso, provara que não a conhecia nem um pouco.

– Você está bem? – perguntou ele, quebrando o silêncio.

Rune mal ouviu a pergunta. Estava se lembrando do outro trem saindo da estação, lembrando-se de seu reflexo no vidro.

– Uma vez você me perguntou se eu quero ter filhos – disse ela.

Gideon inclinou a cabeça, como se aquela fosse a última coisa que esperava que ela dissesse.

– Quero três.

Rune os vira naquele dia, na casa amarela, enquanto balas zuniam acima dela e de Gideon: três crianças rindo enquanto corriam por um campo de flores silvestres.

Soubera na hora que eram filhos de Gideon, mas naquela tarde, enquanto analisava o próprio reflexo na janela do trem, percebeu que as crianças também eram *dela*. Tinha visto as feições das três no próprio rosto.

Rune sentia medo até de ter essa esperança: a própria família. Pessoas a quem pertencer. Não sabia se era uma visão real ou um pensamento fantasioso; só o que ela sabia era que desejava aquilo. Desejava *eles*.

Porém, para tê-los, precisava ficar.

Gideon passou a mão pelo cabelo escuro, olhando para a janela.

– Este trem está indo para o sul – disse ele. – Isso significa que a próxima estação fica a algumas horas daqui. Podemos descer nela e eu te ajudo a pegar outro trem. Ou podemos encontrar um porto que ainda não tenha sido infiltrado e te colocar em um barco.

Ela franziu a testa.

Não era bem a resposta que esperava.

– Gideon, eu acabei de dizer...

– Você quer uma família, um dia. – Ele desviou a atenção da janela e a encarou. Seu semblante parecia... triste. – Eu entendo. É por isso que você quer fugir.

– Não. – Rune deu um passo em direção a ele, balançando a cabeça. – Quero dizer, *sim*. Mas... – Ela tocou as lapelas dele, agarrando-as e se ancorando a ele para se firmar contra o solavanco do trem. – Estou te fazendo uma proposta, Gideon.

Ele franziu a testa, confuso.

– Ainda quer que eu fique?

Erguendo uma das mãos, ele colocou uma mecha de cabelo rebelde atrás de sua orelha.

– Mais do que tudo.

– Há algo que eu também quero. Algo que me faria ficar.

Ele a observava com toda a atenção.

– Sou todo ouvidos.

Rune desceu os olhos até o pescoço dele, de repente insegura. E se ele não quisesse a mesma coisa?

– Às vezes – começou ela, olhando fixamente para a gola de seu terno –, eu fantasio que sou sua esposa.

Gideon arqueou as sobrancelhas.

– É mesmo? – Ele deu um sorrisinho, claramente satisfeito. – Suas fantasias são *muito* mais puras do que... – Então o sorriso sumiu. – Espere aí. O que você está querendo dizer?

Ele segurou o queixo dela, obrigando Rune a encará-lo.

– Quero ser sua esposa, Gideon.

A veia no pescoço dele latejou.

– E esses filhos que você também quer... são *nossos* filhos?

– Tenho quase certeza de que é assim que funciona, sim. – Mais baixinho, ela acrescentou: – Tudo bem por você?

Gideon mergulhou os dedos em seu cabelo.

– Tudo bem? – Ele encostou a testa na dela. – Rune... casar com você seria a maior honra da minha vida. Está dizendo que vai ficar e lutar se eu me casar com você?

– Mais ou menos. – Ela subiu a mão pelo peito dele e a repousou em seu coração. – Isso é chantagem?

Os lábios dele se curvaram.

– Não me importaria de ser chantageado por você.

Tirando as luvas de montaria, Gideon as deixou cair no chão e ergueu as mãos nuas até o rosto dela, deslizando-as pelo maxilar, com delicadeza, mas firme. A sensação da pele dele contra a dela encheu Rune de um desejo tão poderoso que ela temeu que fosse morrer com sua ausência.

Os olhos dele estavam baixos, fixos na boca de Rune.

– Você se lembra do *Arcadia*, quando eu te acordei daquele sonho?

Um rubor subiu pelo pescoço dela.

*Ancestrais misericordiosas.* Ele não podia simplesmente esquecer aquilo?

– Você nunca me contou o que era.

O corpo inteiro de Rune se arrepiou de vergonha.

– Você não vai mesmo esquecer esse assunto?

Ele balançou a cabeça e se curvou para roçar os lábios no pescoço dela.

– Talvez a gente possa falar sobre isso mais tarde? – perguntou ela.

– Vai demorar horas até chegar à próxima estação – murmurou ele, seus lábios roçando nos dela.

Rune cerrou os punhos enquanto Gideon beijava todo seu pescoço, lembrando-se do sonho com muita clareza. O vapor das caldeiras. O calor da raiva crescente deles. A pressão de seu...

– Nós estávamos...

Ela engoliu seco.

– Você estava... me tocando.

– Tocando? – Gideon ergueu o olhar com um sorriso malicioso. – Assim?

Ele deslizou a mão lentamente pelo braço dela, deixando-a arrepiada. Rune estremeceu, mas balançou a cabeça.

– Me mostre.

– Por que você faz tanta questão disso?

– O jeito que você disse meu nome naquela noite... – Ele roçou os dedos pelos botões da blusa dela. Rune sentiu um aperto de desejo no ventre quando ele parou para desabotoar o primeiro. – Quero ouvir você me chamar daquele jeito de novo.

As palavras a fizeram corar.

– Gideon...

Os dedos dele abriram o botão seguinte enquanto seus olhos escuros se fixavam nos dela, como um desafio. Rune sabia do que aquelas mãos eram capazes, e também aquela boca. Ele já tinha lhe mostrado.

E, por não conseguir resistir a ele – ou a um desafio –, Rune o encarou enquanto puxava sua camisa de dentro da calça.

Sentiu os batimentos de Gideon acelerarem ao pegar a mão dele e deslizá-la por baixo da seda, pressionando a palma calejada contra sua barriga. As pupilas dele dilataram quando Rune lhe mostrou exatamente o que queria: guiando a mão dele até seu seio e fazendo-o segurá-lo, do jeito que ele fizera no sonho.

O polegar dele a acariciou, fazendo-a murmurar de prazer.

– O que mais?

A voz dele soou baixa enquanto Gideon roçava a têmpora na dela.

Rune olhou à volta, mas não havia ninguém no trem, exceto eles – e, certamente, o condutor, na outra ponta.

Ela desabotoou a própria calça e pegou a outra mão dele. Guiando-a para baixo, levou os dedos dele até entre suas coxas. A respiração de Gideon estremeceu. O ar crepitava entre os dois enquanto a mão dele pressionava aquele ponto macio e quente.

Rune não desviou os olhos do rosto dele.

Gideon não precisou de mais instruções. Ficaram se encarando enquanto a mão dele se movia contra ela, os dedos acariciando, aquecendo. Ele deslizou um para dentro dela e Rune se contraiu ao redor dele, ofegante.

– Foi com isso que você sonhou naquela noite? — perguntou ele, sem fôlego.

– Isso?

Ela assentiu, sua temperatura corporal aumentando junto com o prazer que ele atiçava. As mãos de Rune deslizaram pelo peitoral firme dele e, passando os braços em volta de seu pescoço, ela se pôs na ponta dos pés e enfiou os dedos pelo cabelo de Gideon, alcançando seus lábios.

Beijar Gideon era como voltar para casa. Uma força estabilizante, lembrando-a de quem ela era e de onde era seu lugar.

– Rune...

A maneira como ele sussurrou o nome dela fez seu sangue pegar fogo.

Os dedos de Gideon mergulharam dentro dela, de modo fundo e insistente. Como se ele soubesse exatamente o que estava fazendo.

Rune se arqueou contra sua mão.

– *Gideon.*

No entanto, em vez de ir até o fim, ele se afastou.

Isso desequilibrou Rune.

– O q-que você está fazendo?

Olhando para as portas naquele corredor, Gideon deu um passo em direção a uma delas e a abriu, revelando um depósito vazio.

– Este é um trem de passageiros.

– E daí?

Irritada pela falta de atenção – de *devoção* – dele, Rune tentou atrair seus olhos de volta para si tirando a camisa e jogando-a no chão.

O olhar de Gideon foi direto para a alça de seu sutiã.

– Então... – disse ele, caminhando até ela. – Trens de passageiros têm vagões-leitos.

Ele passou os braços em volta da cintura dela e a puxou para si. Rune atraiu os lábios dele de volta, beijando-o enquanto Gideon a fazia andar de costas em direção à porta entre aquele vagão e o próximo. Ele a abriu, ainda beijando Rune, e uma rajada de vento gelado entrou uivando.

Rune gritou de surpresa. Gideon tentou aquecê-la passando as mãos por seus braços nus, que tinham ficado arrepiados.

O vento açoitava seus cabelos e roupas. Estava na hora do crepúsculo, e as estrelas salpicavam o céu negro.

– Pronta? – gritou ele por cima do uivo do vento e do barulho do trem, estendendo a mão para ela.

– Isso é loucura! – Rune riu, agarrando a mão dele e seguindo-o de uma plataforma para a outra.

Quando Gideon abriu a porta seguinte, Rune se viu em mais um vagão de depósito.

– Vamos ficar aqui mesmo – pediu ela, empurrando-o contra a parede e tirando seu terno.

– Tentador – disse ele enquanto o trem sacudia –, mas não.

Gideon partiu para a porta seguinte, beijando, acariciando e instigando-a a acompanhá-lo. Rune desabotoou a camisa dele enquanto andavam, abrindo-a e levando a boca à cicatriz no peito dele. Explorando-o com os lábios, saboreando-o com a língua.

Gideon espalmou uma das mãos na parede, a respiração vacilando. Por um instante, ele pareceu prestes a ceder, mas se recompôs e abriu a porta, arrastando-a até o próximo vagão.

Vários vagões depois, pontilhados por peças de roupa largadas, eles encontraram o que estavam procurando: o vagão-leito.

Já era noite e apenas o luar entrava pelas janelas. Gideon escolheu um quarto e a puxou para dentro, tirando as roupas íntimas de ambos enquanto a guiava até a cama.

– Me fala do que você gosta – sussurrou Rune na escuridão, as mãos vagando pelo corpo dele enquanto Gideon a deitava nos lençóis limpos.

– Eu gosto de você – murmurou ele em seu cabelo, ajoelhando-se entre suas pernas. Prestes a terminar o que começara vários vagões antes.

Ela balançou a cabeça. Aquilo não era o suficiente.

Da última vez que tinham feito aquilo, Gideon soubera exatamente como agradar a ela. Como se Rune fosse uma porta trancada e ele tivesse a única chave para abri-la.

Rune queria fazer o mesmo por ele.

Gideon se deitou sobre ela – com delicadeza, para não machucar as feridas recém-cicatrizadas em suas costas – e começou a traçar uma linha por seu corpo com a boca.

– Quando você está sozinho – disse ela, resoluta, apoiando-se nos cotovelos – e pensa em nós dois juntos, o que estamos fazendo?

Ele, que tinha os lábios pressionados na coxa dela, levantou a cabeça.

– *Você* pensa nisso?

Rune desviou o olhar, sorrindo.

– Responda à pergunta, Gideon.

Ele pareceu prestes a protestar, mas, em vez disso, estendeu a mão até o cabelo dela, ainda preso em uma trança bagunçada.

– Eu penso em fazer isso.

Ele soltou a trança, e o cabelo caiu pelo ombro dela.

– E isso.

Gideon rolou de costas e a puxou para cima dele. Rune riu enquanto montava em seus quadris.

– E... isso.

Sentando-se, ele segurou seu pescoço com delicadeza, guiando sua boca até a dele. Rune murmurou baixinho enquanto Gideon a beijava avidamente. O braço dele contornou sua cintura, unindo-os enquanto ele se balançava devagar contra ela. Mostrando a Rune o que queria.

O fogo no ventre de Rune ficava mais quente e vibrante a cada estocada.

Agarrando-se ao estrado da cama de cima, ela balançou os quadris contra os dele, atenta à respiração de Gideon, ao pulso dele, à maneira como gemia quando ela fazia algo de que realmente gostava, e então ela fazia mais. Até encontrarem o ritmo perfeito.

Ela se maravilhou com a magia daquilo. Como se houvesse algo muito maior do que os dois unindo-os, atuando como um feitiço ardente.

– Rune. – Ele pronunciou seu nome como se fosse um encantamento. – *Rune.* – Os dedos dele mergulharam no cabelo dela. – Se você não for mais devagar, eu vou...

Ela segurou o rosto dele com as duas mãos.

– É isso que eu quero, meu amor.

Os olhos dele a encararam, ternos e desafiadores. Tentando resistir, se segurar e esperar por ela.

Rune estreitou os olhos, determinada a vencer, até que ele riu. Foi a risada dele que acabou com ela: o som de seu amor e prazer. Ela se perdeu nisso. Encostando a testa na dele, deixou o fogo dominá-la também.

Fizeram amor como se fosse a última vez. Como se não fossem sobreviver ao dia seguinte.

Só para o caso de não sobreviverem mesmo.

# SETENTA E DOIS

## GIDEON

**QUANDO O TREM REDUZIU** de velocidade no pátio ferroviário seguinte, eles pegaram suas roupas, se vestiram e pularam. O pátio ficava bem no interior de uma área rural, com campos de trigo de um lado e de centeio do outro. Encontraram dois cavalos pastando em um prado ali perto e os pegaram emprestados. Rune deixou sua bolsa cheia de moedas para compensar os donos até que os devolvessem.

Cavalgaram em direção à casa dos Wentholt, seguindo por florestas e margeando rios o máximo possível, para evitar as estradas principais. Quando Mar Invernal surgiu à vista, eles se aproximaram para ver se estava abandonada. Os cavalos tinham sumido. Não havia nenhum guarda na patrulha. A casa parecia vazia.

Com cuidado, arriscaram-se a entrar para que Rune pudesse pegar os livros de feitiçaria que não conseguira roubar da última vez e que poderiam ser úteis em sua luta contra Cressida e o Nobre Comandante. Os salões de mármore vazios ecoavam seus passos. Quadros haviam sido destruídos, e mesas, viradas, mas eles não sabiam dizer se fora obra da Guarda Sanguínea, de bandidos ou de soldados contratados por Cressida.

Enquanto caminhavam pelos salões depredados, Gideon foi transportado para a primeira vez que pusera os pés naquela casa: a noite em que os soldados da Guarda Sanguínea arrastaram Kestrel Winters para o expurgo, enquanto ele ficava atento à neta da velha bruxa.

Ele se lembrava de Rune parada ali, deixando tudo acontecer, o rosto estoico como o de uma estátua. Gideon segurou a mão dela e a apertou com força, odiando ter participado da noite mais horrível de sua vida.

*Não posso mudar o passado*, pensou ele enquanto caminhavam, observando os danos. *Mas, juntos, talvez possamos mudar o futuro.*

Quando começaram a subir a escada, Rune apoiou a mão livre no corrimão de mogno. Sua voz soou convicta ao dizer:

– Um dia, aqui será meu lar novamente.

Gideon ficou de vigia do lado de fora do quarto enquanto Rune pegava as coisas de que precisava. Ele andava de um lado para outro em silêncio, atento a qualquer sinal de perigo, parando na janela ao final do corredor e examinando os terrenos à procura de sinais de invasores.

Porém, estava tudo quieto em Mar Invernal. Não havia ninguém lá fora.

Estava prestes a se afastar da janela quando ouviu um ruído. Como metal batendo em metal.

Foi tão fraco que ele presumiu que tivesse vindo lá de fora.

Mas então tornou a escutar.

*Clang!*

Gideon olhou para o chão sob seus pés.

*Clang! Clang!*

Franziu a testa.

*Está vindo de baixo de nós.*

– Está ouvindo isso? – sussurrou Rune, colocando a cabeça para fora.

Tinha nas mãos um livro de feitiços encadernado em couro e todo empoeirado, e seu cabelo era um caos vermelho-dourado à luz das velas.

Sacando a arma, Gideon foi na direção da escada.

– Tranque-se no conjuratório e não saia até eu voltar.

Gideon não esperou para ver se Rune obedeceria, sabendo que ela só lhe daria ouvidos se quisesse. Em vez disso, desceu até o andar principal. Quando chegou à área de aposentos dos criados, o som tinha parado. Rune não o seguira. Ele ficou esperando, ouvindo.

O som se repetiu.

*Clang! Clang!*

Não era algo mecânico, e o silêncio entre um "clang" e outro parecia esporádico. Às vezes, o som parecia mais agressivo, em outras, ficava mais suave, como se alguém batesse em algo com raiva e depois com desespero.

Agora estava mais alto, vindo diretamente de baixo dele.

*O porão.*

Gideon vasculhou os aposentos dos criados até encontrar uma escada estreita na cozinha, que levava até lá embaixo. Desceu.

O porão era úmido como uma adega. As paredes e o piso eram feitos de pedras rústicas e, sem janelas para deixar a luz entrar, estava escuro demais para enxergar ali. Ele teve que voltar e pegar um lampião.

*CLANG! CLANG! CLANG!*

Seus passos aceleraram até chegar a uma porta, certo de que o som vinha dali de dentro.

*CLANG!*

Gideon soltou a trava de segurança de sua pistola.

*CLANG!*

Girou a maçaneta.

*CLANG!*

Abriu a porta.

O cômodo estava um completo breu. No momento em que a porta se abriu, o barulho parou. Erguendo o lampião, Gideon iluminou o interior.

Era a sala da caldeira. Mais quente do que o corredor além, o espaço era tomado por canos de ferro que bombeavam água para os andares de cima.

Dentro da sala, usando seu uniforme vermelho, estava Laila.

Seus pulsos tinham sido acorrentados ao cano, e ela segurava uma chave-inglesa – com a qual batia no cano.

– Gideon?

O cabelo escuro de Laila ondulara com a umidade, e seus olhos estavam sombrios.

– *Laila?* – Ele entrou no cômodo, encarando-a. – Você devia estar em Colônia. O que está fazendo... aqui?

Ele perscrutou a sala da caldeira.

– Estou sendo punida por ter deixado você e Rune escaparem.

Ele a encarou, sem compreender. Uma coisa era Noah ficar furioso com a rebeldia da irmã, mas deixá-la para morrer?

– Noah exigiu que eu caçasse você e o trouxesse de volta... para provar minha lealdade. Quando me recusei, ele me trancou aqui para que os mercenários de Cressida me encontrassem.

Uma onda de raiva assolou Gideon.

– Ele não sabe o que soldados fazem com mulheres em tempos de guerra? – indagou ele, entre os dentes.

– Pelo contrário – disse Laila, desviando o olhar. – Foi por isso que ele me deixou aqui. – Ela encarou a chave-inglesa nas mãos. – Eu precisei decidir: morrer de fome ou ser descoberta pelo tipo errado de soldado. – Ela ergueu o olhar para Gideon. – Por sorte, apareceu o tipo certo.

Ele ouviu o alívio na voz dela. Laila esperava um destino bem diferente.

Gideon cruzou a sala e a abraçou. Ela apoiou a cabeça no ombro dele e soltou um suspiro trêmulo.

– Você não tem ideia de como estou feliz em te ver.

Por um brevíssimo instante, ele ficou grato por estarem em guerra. Na guerra, as regras de civilidade se alteram. Se em algum momento ficasse cara a cara com Noah, daria um tiro nele com a consciência tranquila.

– E os outros soldados? Deixaram você aqui assim?

Ela balançou a cabeça.

– Eles não sabiam. Noah os mandou na frente antes de ordenar que seus guardas me trancassem. Eles provavelmente chegaram a Colônia achando que eu estava um dia de viagem atrás deles.

Gideon estendeu a mão para a corrente das algemas, procurando a fechadura.

– Noah levou a chave.

Ele largou a corrente e analisou os canos. Tinham sido soldados. Duvidava que um machado – caso conseguisse encontrar um – fosse causar algum estrago.

Como ia tirar Laila dali?

– Eu posso ajudar.

A voz veio de trás deles. Gideon se virou quando o olhar de Laila disparou em direção à porta aberta, onde Rune se encontrava nas sombras. Uma pálida chama branca bruxuleava no ar acima da mão dela. Em seu ombro, ela tinha pendurado uma bolsa de couro cheia de livros.

– Tenho certeza de que você se lembra – o canto de sua boca se curvou em um meio sorriso – que eu tenho um feitiço para romper trancas.

# SETENTA E TRÊS

## RUNE

**DEPOIS DE LIBERTAREM LAILA,** cavalgaram para a casa dos Wentholt e chegaram pouco antes do pôr do sol. Precisaram dividir dois cavalos entre os três, então Rune cavalgou com Gideon.

Foi ela que avistou os uniformes vermelhos através das árvores – oficiais da Guarda Sanguínea. Uns dez mais ou menos, fazendo a patrulha do terreno.

Eles pararam os cavalos.

Quantos mais estavam lá dentro?

*Não importa*, pensou Rune estreitando os olhos para as jaquetas vermelhas. Ela já saíra de situações mais perigosas. E seus amigos estavam dentro daquela casa.

Ela desmontou do cavalo, deixando Gideon na sela, e foi direto até lá.

– *Rune* – sussurrou Gideon.

No entanto, antes que ele pudesse detê-la, seis soldados surgiram entre as árvores com as armas apontadas direto para eles.

Gideon e Laila ergueram as mãos na mesma hora, enquanto Rune contemplava a ideia de pegar a arma de Gideon no coldre – ou a faca embainhada em sua panturrilha. Mas uma voz que soava surpresa gritou:

– Esperem!

Um soldado mais jovem, com cabelo acobreado, baixou seu rifle, gesticulando para que os outros fizessem o mesmo.

– São Sharpe e Creed.

Rune franziu o cenho, olhando de Gideon para Laila, que pareciam aliviados ao desmontar dos cavalos.

– *Felix?* O que está fazendo aqui? – Gideon foi até o soldado ruivo a passos largos e eles trocaram um aperto de mão.

– O Comandante mandou a gente caçar vocês – respondeu Felix.

Gideon congelou, a mão pendendo ao lado do corpo.

– Estão aqui para nos prender?

– Não, senhor. – Felix olhou para seus camaradas, todos em posição de sentido. – Estamos aqui esperando suas ordens.

Gideon ergueu uma sobrancelha.

– Ordens?

– Sim, senhor.

Gideon olhou para Laila, como se esperasse uma explicação.

– ENTÃO, CAPITÃO? – Ela cruzou os braços. – Quais *são* suas ordens?

Enquanto Gideon, Laila, Ash, Abbie e um pelotão de soldados da Guarda Sanguínea ocupavam a sala de estar de Bart Wentholt, traçando estratégias para seu próximo passo, uma mensagem de Harrow chegou. Ela e Juniper haviam conseguido as informações de que precisavam.

Gideon,
Os corpos de Analise e Elowyn estão escondidos na Encruzilhada. Cressida planeja ir até lá antes da lua nova. O feitiço que os preserva está enfraquecendo, e, se desaparecer por completo, os corpos vão se decompor. Ela precisa reforçá-lo antes que isso aconteça.

Harrow

A Encruzilhada era o ponto de encontro de três grandes rios, todos colidindo em um desfiladeiro perigoso. A força das correntezas que se chocavam ali criava um redemoinho mortal.

– Não diz mais nada? – perguntou Gideon, tomando o bilhete das mãos de Rune e o revirando em busca de algo mais.

Não havia nada sobre a tentativa de Juniper de recrutar bruxas para a causa deles. Harrow também não falou se elas planejavam ficar na capital ou voltar.

– É um feitiço de renovação – disse Seraphine, que lera por cima do ombro de Rune. – Deve ser realizado na lua nova, senão ela vai ter que esperar até a próxima.

– Parece que aí já vai ser tarde demais – comentou Rune.

Cressida não se permitiria atrasar.

– Você tem um mapa da ilha?

Bart encontrou um e eles o abriram em cima da mesa, medindo a distância de sua localização até a Encruzilhada.

– Parece que é uma viagem de três dias daqui até lá – comentou Gideon.

– A lua nova é em quatro dias – falou Seraphine.

– Se chegarmos lá antes dela, podemos encontrar e destruir os corpos, eliminando qualquer chance de ressuscitá-las – disse Rune.

Isso – *com sorte* – incentivaria mais bruxas a se voltarem contra a rainha.

Rune encontrou o olhar de Gideon. Tinham que tentar.

Ficou decidido que Rune, Gideon e Seraphine partiriam para a Encruzilhada. Bart e Antonio ficariam ali para esperar Harrow e Juniper, com quantas bruxas mais elas tivessem conseguido recrutar. Enquanto isso, Laila, Ash, Abbie e os outros soldados iriam até Colônia para tomarem a cidadela de Noah à força, com a ajuda de aliados internos.

No entanto, mesmo que Rune localizasse os corpos das meias-irmãs, ainda precisava do contrafeitiço para quebrar o encantamento que as protegia. A magia que preservava Analise e Elowyn podia estar enfraquecida, mas isso não significava que não tinha força suficiente para repelir as tentativas de Rune de queimar os corpos.

Decidida, ela foi pesquisar nos livros de feitiço que trouxera de Mar Invernal, torcendo para que houvesse no meio daquelas páginas uma resposta para seu problema.

**RUNE ESTAVA SENTADA** no chão do escritório, cercada por velas, as chamas bruxuleando na escuridão. Havia livros de feitiços espalhados pelo chão à sua volta.

Pesquisara em cada um deles e não tinha encontrado um contrafeitiço.

Quando as tábuas do piso rangeram, Rune ergueu os olhos. Antonio estava emoldurado pela soleira da porta, segurando um lampião.

– Tudo bem? – perguntou ele, iluminando o ambiente.

Rune suspirou, encolhendo as pernas e abraçando os joelhos contra o peito.

– Preciso de um feitiço para quebrar o que está protegendo Analise e Elowyn – disse ela, encarando as marcas de feitiço nas páginas diante de si. – Mas não encontrei em nenhum desses livros.

Talvez ela pudesse criar o tal feitiço. Já fizera isso. O marcha-fantasma era invenção dela.

*Mas demorei meses para acertar a conjuração.*

Não tinha meses agora.

Com sorte, o feitiço de preservação de Cressida teria enfraquecido o suficiente para que conseguissem destruir os corpos sem problemas – era por isso que a rainha bruxa estava viajando até a Encruzilhada. A magia desvanecida deixava os corpos de suas irmãs vulneráveis.

E se não fosse o caso...

*A gente pode levá-los e destruí-los depois.*

A ideia de sequestrar cadáveres a deixava nauseada, mas Rune faria o que fosse necessário para prejudicar Cressida.

Antonio entrou no quarto e se agachou ao lado dela, sentando-se de pernas cruzadas dentro do círculo de velas. O cheiro de açúcar e canela o acompanhou, provavelmente impregnado em seu cabelo e nas suas roupas por ter passado o dia com Bess na cozinha.

Ele abriu um livro de feitiços e, enquanto se curvava sobre ele, analisando as marcas nas páginas, um pequeno medalhão escapou de dentro de sua gola e captou a luz. Entalhada na superfície estava uma mulher de óculos com uma coruja empoleirada no ombro.

*Sabedoria.*

A Ancestral.

– Você é devoto dela? – perguntou Rune, esticando a mão para tocar a peça oval prateada que pendia no ar. Não era maior do que a ponta de seu polegar.

Vendo o que ela queria, Antonio tirou o cordão pela cabeça e entregou a Rune o medalhão.

– Sabedoria. Sim.

Estudando o rosto entalhado na prata, Rune se lembrou do feitiço que havia encontrado enquanto recolhia os livros em seu conjuratório: um que servia para invocar uma Ancestral.

De modo casual, ela perguntou:

– Você não acha que é mesmo possível invocar uma, acha?

Antonio ficou quieto.

– A rainha Althea invocava.

Rune ergueu os olhos para o rosto dele.

– Você acredita nisso?

Era uma das histórias que a avó costumava contar quando Rune era pequena: Sabedoria era a conselheira mais próxima da rainha Althea, e por isso Cascadia tinha prosperado por décadas sob seu governo.

– É um fato – afirmou ele, pegando o cordão e o medalhão de volta e passando-os pela cabeça. – Perto do final do reinado de Althea, a prima dela, Winoa Roseblood, ganhou grande apoio por causa de lealdades instáveis. Althea se recusava a pôr em prática a crença de Winoa e seus seguidores, de que os não bruxos eram inferiores aos bruxos devido à falta de magia em seu sangue. Só que a propaganda de Winoa já havia contaminado a corte, e uma conspiração para destronar Althea começou a ganhar força.

Rune nunca tivera aquela aula de história. Ela ouviu com toda a atenção.

– Althea chamou as Ancestrais para aconselhá-la – continuou Antonio. – Isso se deu séculos depois das Guerras da Ressurreição, quando as Sete Irmãs haviam jurado nunca mais intervir em assuntos mortais. Mas Sabedoria teve pena de Althea e se deixou invocar.

Althea queria denunciar a ideologia perigosa de Winoa, declará-la uma traidora de Cascadia, revogar seus títulos e exilá-la. Isso, Sabedoria sabia, levaria a uma guerra civil que destruiria o país e deixaria muitos mortos. Ela aconselhou Althea a reunir uma assembleia que pudesse tirar das sombras os apoiadores de Winoa e sua ideia de supremacia bruxa, expondo-os à luz, onde todos os enxergariam pelo que eram: uma heresia.

Rune franziu a testa.

– E deu certo?

Ele balançou a cabeça.

– Não. Com apoio dos conselheiros de Althea, Winoa traiu a prima na mesma câmara onde Althea esperava extirpar a corrupção de sua corte. Em vez de uma assembleia, houve um massacre: Althea e seus apoiadores foram esfaqueados até a morte e, com o sangue deles, Winoa forjou um novo governo, a dinastia Roseblood, inaugurando um reinado de tirania e derramamento de sangue que duraria décadas.

As chamas das velas tremeluziram quando Antonio se calou. Rune o encarava, atordoada.

Aquilo não tinha sido mencionado em nenhuma das histórias que a avó lhe contara, embora Rune pudesse compreender o motivo: teria lhe causado pesadelos.

– E Sabedoria não fez nada para impedir?

– A Ancestral encontrou Althea em uma poça do próprio sangue, o corpo gélido como as pedras do chão. Percebendo que seu conselho havia causado uma tragédia terrível, Sabedoria se vinculou a Cascadia em uma forma humana até poder corrigir seu erro. Só então ela voltaria a se juntar às irmãs no mundo além.

Rune observou Antonio, que obviamente acreditava naquele relato. Era uma ideia agradável: Sabedoria como uma espécie de vigia, aguardando o momento certo para pôr o mundo nos eixos. Só que obviamente era um mito.

*Se fosse verdade, significaria que ela ainda está por aqui. Entre nós.*

Fazia mais sentido Althea ter tido a ideia de reunir uma assembleia por conta própria, e os historiadores terem incluído Sabedoria depois.

Antonio assentiu para o livro aberto no próprio colo.

– Feitiços arcanos foram banidos. Por que sua avó tinha um livro de feitiços repleto deles?

– Não sei – respondeu Rune, olhando para o feitiço em questão.

*RESSURREIÇÃO*, dizia a inscrição.

Rune o encontrara durante sua busca e o guardara para estudar depois, mas Antonio o examinava à luz de seu lampião.

*RESSURREIÇÃO*
*CLASSIFICAÇÃO: ARCANO*

*Um parente próximo deve ser sacrificado na conjuração deste feitiço. Nada menos que um pai, um filho ou um irmão servirá. Para ressuscitar o falecido, os seguintes passos devem ser seguidos:*

*Para começar, corte o sacrifício e use seu sangue fresco para desenhar as marcas de feitiço exigidas nos corpos dos mortos. Quando todas as marcas de feitiço estiverem concluídas, use sua faca de conjuração para perfurar o coração do sacrifício. A magia nas marcas vai extrair a força vital da vítima e infundi-la no finado, resultando em sua ressurreição. Por esse motivo, o sacrifício deve estar vivo quando o feitiço começar e só depois que as marcas de feitiço forem desenhadas é que pode ser morto. Um sacrifício sem vida não vai funcionar, mesmo que o sangue esteja fresco. A vida do sacrifício deve ser tirada no meio do processo de conjuração do feitiço, senão ele não funcionará.*

Um adendo fora escrito perto do pé da página:

*Este feitiço é proibido pelas leis de Cascadia. Se, por algum terrível motivo, for necessário utilizá-lo, esteja ciente: o sacrifício vai morrer e a bruxa que o executar estará corrompida para além da redenção. Prossiga por sua conta e risco.*

Rune estremeceu.

Se as pessoas soubessem que ela era a irmã de Analise e Elowyn, seria do interesse de todos matá-la, impedindo permanentemente que Cressida a usasse para trazer as irmãs de volta.

Antonio fechou o livro e o empurrou para longe.

– O que fez você mudar de ideia? Você parecia bem decidida a ir embora.

Rune pensou na crença de Gideon em um mundo melhor e em sua disposição de morrer por isso. Pensou em seus futuros filhos correndo por um campo, cheios de risadas e alegria.

– Percebi que ele tinha razão – respondeu ela. – Nós temos o mundo pelo qual estamos dispostos a lutar.

Olhou de relance para o medalhão pendurado no pescoço de Antonio.

– Acólitos podem oficiar casamentos?

– Em certas circunstâncias, sim. – Antonio inclinou a cabeça, curioso. – Por que a pergunta?

– Você poderia nos casar quando isso tudo acabar?

Se ele percebeu que ela tinha dito *quando* e não *se*, não demonstrou, apenas sorriu.

– Seria uma honra.

Instrumentos de corda vibraram sob as tábuas do piso, interrompendo a concentração dela. Rune e Antonio se entreolharam de cenhos franzidos, a confusão estampada em suas testas ao ouvirem som.

*Música?*

Eles foram investigar, e a música foi ficando mais alta à medida que se aproximavam do térreo. Na sala onde haviam deixado Gideon, Laila e os outros para terminar de elaborar estratégias, encontraram o que só podia ser descrito como uma festa.

Os móveis haviam sido empurrados contra as paredes e dois violinistas, ainda usando uniformes da Guarda Sanguínea, estavam no meio da sala, tocando furiosamente suas cordas com os arcos. Todos os outros dançavam ao redor deles, como se não estivessem no meio de uma guerra, mas sim em uma festança.

Várias pessoas haviam chegado enquanto Rune estava no andar de cima vasculhando os livros de feitiçaria. Ela reconheceu boa parte: aristocratas que frequentavam seus círculos sociais quando ela ainda fingia ser uma socialite fútil, escondendo sua verdadeira natureza bruxa.

Bart veio dançando até os dois, suas bochechas coradas.

– Aquela é Charlotte Gong? – perguntou Rune, avistando a garota. Charlotte conversava com um grupo de soldados no entorno da pista de dança enquanto seu noivo abraçava Laila. – E... Elias Creed?

Irmão de Noah e Laila, o rapaz trabalhava no Ministério da Segurança Pública – o escritório responsável por gerenciar os expurgos das bruxas, entre outras coisas.

Rune sempre desconfiara que Charlotte fosse secretamente uma simpatizante de bruxas. Talvez isso explicasse a mudança de ideia dele?

Ou talvez Elias sempre tivesse sido um simpatizante.

– Eles não tinham mais para onde ir – falou Bart, virando-se para observar a festa. – Os soldados de Cressida confiscaram ou saquearam todas as casas num raio de oitenta quilômetros da capital. Aqueles que não fugiram foram capturados. *Esses aí* – ele apontou com a cabeça na direção do grupo – tiveram sorte de escapar com vida.

Antonio fez um gesto indicando a dança, seus olhos brilhando.

– E o que é isso?

Bart sorriu de um jeito astuto à luz das luminárias.

– Uma última festa – respondeu ele, pegando as mãos de Antonio e puxando-o em direção aos dançarinos. – Se é para morrer, meu bem, que a gente morra feliz.

Rune sorriu, observando-os desaparecer na agitação. Encostando-se na parede, ela esquadrinhou a sala, reparando que nem Harrow nem Juniper estavam presentes. Teriam permanecido na capital? Ou será que estavam viajando de volta naquele exato momento, enquanto a música soava em seus ouvidos? O que pensariam ao chegar para uma festa tão barulhenta?

Seu olhar atravessou os dançarinos e encontrou Gideon. Ele estava no mesmo grupo de Charlotte, ouvindo algo que ela lhe dizia. No momento em que Rune o avistou, ele ergueu os olhos, como se sentisse sua atenção.

Pedindo licença para sair da conversa, Gideon começou a caminhar na direção dela. Sua mandíbula estava sombreada pela barba que não fazia havia dias, e as mangas de sua camisa estavam enroladas até os cotovelos. Ele parecia cansado mas decidido.

Rune engoliu em seco enquanto ele se aproximava, lembrando-se do que haviam feito no trem. O olhar de Gideon perfurava o dela, como se também estivesse lembrando.

– Você me deve uma dança – disse ele, alto o bastante para que ela ouvisse acima da música.

Rune arqueou as sobrancelhas.

– Como é?

– Uma vez desafiei você a me acompanhar a uma festa *de verdade*, ou não lembra?

*Sem vestidos chiques. Sem músicos contratados. Sem canções com passos ridículos*, ele lhe dissera uma vida antes, nos salões da Casa do Mar Invernal, descrevendo exatamente *aquele* tipo de festa.

*É só dizer quando.*

*Cuidado, Srta. Winters, ou pode ser que eu coloque esse seu blefe à prova.*

Ele parou bem na frente dela. Rune se apoiou ainda mais na parede, o olhar subindo pelo peitoral de Gideon até pender a cabeça para trás e encontrar os olhos dele. A diversão mais além – a música, o riso, a dança – silenciou. Como se eles fossem as duas únicas pessoas na sala.

– Você me acusou de... do que foi mesmo? – disse ela, sentindo-se estranhamente sem ar. – De que nunca ia querer ser vista "com a plebe em locais duvidosos"?

– Prove que eu estava errado, então.

Ele roçou os dedos pelo rosto dela.

Rune queria entrelaçar seus dedos, puxá-lo lá para cima, para uma cama, mas manteve-se firme, deixando seu olhar vagar por ele, avaliando-o.

– Não sei se você é tão duvidoso assim, Gideon Sharpe. Acho melhor esperar um plebeu mais indecoroso.

Ele grunhiu baixo. Tomando-a pela cintura, enfiou o rosto no pescoço dela, mordiscando-o com delicadeza.

– Eu sei ser indecoroso.

Rune riu e deixou que ele a arrastasse para o agito.

Gideon a conduziu em uma dança à qual não estava acostumada e, enquanto seu coração batia descontrolado no ritmo da música, o rosto corado e o cabelo grudando na pele suada, Rune olhou para as pessoas ao redor, girando e batendo os pés no chão como se fosse a última música que ouviriam.

*Mesmo que a gente não consiga derrotar Cressida, o mundo que queremos construir já existe*, percebeu Rune. Estava bem ali, naquela sala.

Era um mundo onde inimigos podiam não apenas ser aliados, mas também amantes e amigos, e, acima de tudo, iguais. Era um mundo onde ninguém precisava esconder quem era de verdade.

Queria que Alex estivesse ali para ver isso.

Quando a música terminou e os aplausos ecoaram, Gideon sorriu para ela, suado e ofegante. Tomando o rosto de Rune nas mãos, ele a beijou intensamente.

Rune ficou maravilhada. Uma bruxa sendo adorada por um capitão da Guarda Sanguínea bem na frente de todo mundo? Uma semana antes, teria sido absurdo. *Impossível.*

Mas eles estavam à beira de algo novo. Frágil e cintilante, como uma borboleta saindo de um casulo. Quem podia dizer se aquilo sobreviveria para além daquela noite?

Rune beijou Gideon de volta, determinada a se lembrar daquele momento caso não sobrevivesse. Porque, pela primeira vez na vida, Rune era completamente ela mesma.

E isso valia tudo.

Até mesmo morrer.

# SETENTA E QUATRO

## RUNE

FORAM TRÊS DIAS DE CAVALGADA árdua para chegar à Encruzilhada.

No meio do caminho, o grupo se dividiu. Laila seguiu com os soldados para Colônia, na esperança de tomá-la à força com a ajuda de um número considerável de membros da Guarda Sanguínea que estavam lá no aguardo do comando de Laila. Se Rune e Gideon tivessem sucesso na Encruzilhada, logo se juntariam a ela.

Bart permaneceu na casa dos Wentholt, para o caso de Harrow e Juniper voltarem com mais bruxas para integrar suas fileiras. Charlotte Gong, Elias Creed e os outros aristocratas exilados ficaram com Bart, organizando grupos de busca pelas casas e cidades invadidas pelo exército de Cressida, na esperança de encontrar sobreviventes.

Gideon e Rune seguiram para a Encruzilhada, acompanhados por Seraphine e Antonio, que se oferecera para ir no último instante, surpreendendo Rune.

– Bart não se importa de se separar de você? – perguntou ela.

– Às vezes, nossos caminhos precisam divergir daqueles que amamos – respondeu ele enquanto cavalgavam lado a lado, esquadrinhando as montanhas ao redor. – Mas, se o amor é a força mais poderosa que há, nossos caminhos vão convergir outra vez... Se não neste mundo, no próximo.

As palavras soaram como uma premonição, fazendo-a estremecer.

– Você acredita nisso? – perguntou ela. – Que o amor é a força mais poderosa?

Ele olhou para Rune como se ela tivesse perguntado se a água era molhada.

– E você não?

Ao pôr do sol, eles ouviram o rugido ensurdecedor da Encruzilhada antes mesmo de vê-la: o desfiladeiro que se abria e o redemoinho branco e faminto abaixo. As correntezas giravam com raiva, como água descendo pelo ralo de um gigante.

No centro, havia uma ilha rochosa a talvez vinte passos. Uma instável ponte de corda ligava a ilha à margem do desfiladeiro, sacudindo e oscilando, sujeita aos ventos fortes à volta.

Rune soube em seu íntimo que aquela pequena ilha era aonde precisava ir. Era exatamente onde Cressida esconderia as meias-irmãs: no meio de um redemoinho.

Ela encarou Seraphine, encontrando seus olhos igualmente focados naquele ponto, como se pressentisse a mesma coisa.

– Gideon e eu vamos dar uma olhada – avisou Rune, ajustando a alça de sua bolsa onde estava o livro de feitiçaria necessário. – Se eu precisar de você, Seraphine, vou acenar.

Seraphine assentiu enquanto Antonio continuava a analisar as montanhas ao redor. A lua era uma lasca fina e pálida no céu avermelhado, lembrando-os de que Cressida chegaria em breve. A lua nova aconteceria na noite seguinte. Era melhor que encontrassem as meias-irmãs de Rune e dessem logo o fora dali.

Gideon foi o primeiro a atravessar, testando a ponte. Ele tinha amarrado uma pá nas costas – caso precisassem desenterrar os corpos – e colocado uma pistola na cintura. A ponte balançou sob seu peso, fazendo o coração de Rune subir à garganta, mas a pegada de Gideon na corda não vacilou, e ele logo conseguiu avançar. Quando enfim chegou ao outro lado, acenou para ela.

Rune subiu na ponte.

Esguichos de água molharam suas roupas e seu cabelo. As cordas – escorregadias – esfolaram suas mãos rígidas até ralar a pele. Mais de uma vez, seu pé escorregou e ela quase caiu.

Não sobreviveria a uma queda naquelas correntezas. O redemoinho a dragaria e, mesmo que conseguisse emergir para respirar, a água esmagaria seu corpo contra as rochas, tirando sua vida.

Rune se endireitou, verificou se a bolsa estava em segurança e seguiu em frente.

O olhar de Gideon não a deixou nem por um instante. Sentia que ele observava cada movimento seu, ficava tenso toda vez que ela cambaleava. Quando já estava ao alcance dele, Gideon estendeu a mão.

Rune a agarrou com firmeza.

Ele a puxou para a segurança.

Os dois se separaram, procurando evidências: terra revolvida ou algum padrão estranho nas rochas. Cressida devia ter enterrado os corpos ali dois anos atrás, voltando pelo menos algumas vezes para renovar o feitiço.

Mas Rune não os encontrou no chão.

Ela os encontrou em um lago parado, escondido por juncos. Foi o brilho que a alertou. Quando a grama alta se moveu e a luz pálida brilhou, Rune avistou uma assinatura de conjuração branca: uma rosa e uma lua crescente.

Vagou por entre os juncos até parar à beira do lago. A água era cristalina. Sob o brilho pálido da assinatura de Cressida, ela as viu: duas jovens deitadas pacificamente sob a superfície, como se estivessem dormindo.

Cabelos de um prateado quase branco emolduravam os rostos de Elowyn e Analise. Cílios claros e longos repousavam sobre as bochechas alvas. E havia um buraco na testa de cada uma, onde uma bala havia entrado, desferindo o golpe fatal.

A respiração de Rune congelou em seus pulmões.

*Minhas irmãs.*

Ela engoliu em seco, sem querer pôr os pés onde elas jaziam esperando Cressida trazê-las de volta à vida. Porém, para verificar a força da magia que as preservava, para *destruí-las*, teria que arrastá-las para fora.

Respirando fundo, Rune entrou no lago raso. Assim que sua bota tocou a água, o lago escureceu. Uma força semelhante à de um raio explodiu, atingindo Rune. Sua visão ficou completamente branca e ela foi lançada para trás sobre os juncos.

Caiu sentada e sentiu a dor irradiar por seu corpo.

Rune estremeceu e se aprumou, olhando para o lago, a água escura ainda ondulando devido à perturbação.

O feitiço estava obviamente intacto.

*Então por que o bilhete de Harrow dizia que ele estava enfraquecendo?*

Sem o contrafeitiço, não tinham como quebrá-lo. E se ela não podia entrar no lago para tirá-las dali...

– O que aconteceu? – Correndo até ela, Gideon se agachou ao seu lado. – Você está bem?

Ao avistar Elowyn e Analise debaixo da água, os olhos dele ficaram sombrios.

– O feitiço não me deixa chegar perto delas – disse Rune. – Talvez Seraphine tenha uma solução.

No entanto, quando ele a ajudou a se levantar e os dois se viraram em direção à ponte, Rune percebeu que um feitiço inquebrável era o menor dos seus problemas.

Do outro lado do redemoinho estrondoso, Seraphine e Antonio estavam ajoelhados, uma arma pressionada na cabeça de cada um. Além deles, cem ou mais soldados cercavam o desfiladeiro.

Entre eles, havia bruxas. Dezenas de bruxas. Suas facas de conjuração brilhavam à luz do sol poente.

Juniper estava com elas, seus olhos vermelhos de chorar, as mãos amarradas à sua frente. E, atrás dela, Cressida – com uma faca no pescoço da jovem.

Harrow também tinha sido contida. Um soldado segurava a mestra de espionagem pelo cabelo enquanto a obrigava a permanecer de joelhos.

*Fracassamos*, pensou Rune.

– Sinto muito, camarada! – A voz angustiada de Harrow ecoou sobre a água. – Ela me obrigou a escolher!

Rune se lembrou do bilhete de Harrow de três noites antes, dizendo que Cressida estava indo para a Encruzilhada.

*Foi uma armadilha.*

Os pensamentos de Rune giravam mais rápido que o redemoinho.

Por isso a dupla não retornara. Por isso Gideon havia recebido apenas uma breve mensagem de Harrow. Juniper tinha ido recrutar bruxas para a causa deles, mas alguém a dedurara para a rainha e depois ainda a usaram para comprometer Harrow.

– Ela teve que escolher entre trair você ou ver Juniper ser assassinada – concluiu Rune. Ela olhou para Gideon, cuja expressão era um misto de choque e raiva. – Cressida deve ter ameaçado matar Juniper, a menos que Harrow nos atraísse para uma armadilha.

*No fundo, ela ainda a ama*, pensou Rune.

– Cress vai matar as duas assim que seus objetivos aqui forem alcançados – rosnou Gideon.

– Então vamos garantir que não sejam – disse Rune.

Em algum momento, Gideon tinha sacado a arma, apontando-a para os soldados do outro lado. Mas ele só tinha algumas balas, e cada soldado *também* tinha uma arma – a maioria apontada para os dois.

Cressida devia ter dado ordens para que Rune não fosse ferida; precisava dela viva.

Teria dado as mesmas ordens a respeito de Gideon?

*Não*, pensou Rune, lembrando-se da bruxa que quase o matara nos trilhos do trem. Lembrando-se de Cressida apontando a arma para o peito de Gideon e atirando – só para ser impedida por Alex.

Gideon era descartável.

Rune segurou a mão livre dele, entrelaçando seus dedos com força enquanto observava o desfiladeiro.

*Estamos completamente cercados.*

Laila e seus soldados estavam a quilômetros de distância, rumando para Colônia. Seus aliados ali – Seraphine, Antonio, Juniper, Harrow – eram reféns. Restavam apenas Gideon e Rune, cercados por um redemoinho letal, e, do outro lado, soldados inimigos, todos com as armas apontadas diretamente para eles.

A respiração de Rune ficou entrecortada. Cressida estava cruzando a ponte, seguida por várias bruxas.

– Obrigada por terem me poupado o trabalho! – A rainha bruxa se movia com confiança ao longo das cordas. Tinha se livrado da capa de viagem, e sua faca de conjuração reluzia em seu quadril. – Vocês não podiam ter facilitado mais as coisas para mim.

*BANG!*

Gideon atirou em Cressida e nas bruxas que a acompanhavam. A bala ricocheteou em algum escudo invisível ao redor delas e se perdeu na noite.

*BANG! BANG!*

Mais balas zuniram, apenas para ricochetear outra vez.

– *Gideon* – disse Rune em tom de alerta, vendo os soldados ao redor deles erguerem as armas, mirando diretamente nele. Esperando o comando de Cressida.

Gideon não lhe deu ouvidos. Rune sentia o desespero dele a cada tiro que disparava; via-o na instabilidade de sua mão ao recarregar a arma. Ele não cairia sem lutar.

*Só que a luta acabou*, percebeu Rune quando Cressida e as bruxas desceram da ponte.

Todos os seus aliados tinham sido feitos reféns. As únicas armas que tinham eram a pistola de Gideon – claramente inútil contra Cressida – e o livro de feitiços de Rune. Só que qualquer feitiço que Rune tentasse conjurar seria repelido por aqueles escudos mágicos. Não havia nem sentido em tentar conjurar um: quando terminasse de desenhar as marcas, Cressida e suas bruxas já estariam em cima deles.

E Gideon seria morto por uma centena de balas.

*BANG!*

Cressida estava a dez passos de distância, e os alcançaria em segundos. As outras bruxas se espalhavam, preparando-se para cercar Gideon e Rune. Atrás delas, os soldados engatilharam as armas.

Cressida ergueu o braço, prestes a dar o comando para atirar. Para acabar com Gideon.

Então, de repente, Rune soube que só restava uma forma de derrotá-la.

Pensou no feitiço perpétuo. Um feitiço sem fim.

Poderia manter Gideon em segurança para sempre com aquele feitiço.

Pensou em todos aqueles que chamavam aquela ilha de lar. Pessoas que mereciam viver em segurança.

Rune podia mantê-las a salvo com sua vida: abrindo mão dela antes que Cressida pudesse roubá-la.

Ela se lembrou do sonho que tivera nas pedras de invocação: ela e Gideon, cara a cara, no escuro e na chuva. *Não era chuva*, concluiu ela enquanto os borrifos do redemoinho os encharcavam.

*Não foi um sonho.*

Seus olhos arderam com aquela compreensão.

*BANG!*

O tiro a trouxe de volta ao desfiladeiro. Rune se virou para Gideon, cujos olhos estavam sombrios de medo.

– Tente chegar à ponte – disse ele, ainda atirando. – Se eu continuar atirando nelas, talvez...

Ele estava em negação. Recusando-se a ver o que estava bem na sua frente. Rune nem chegaria à ponte. E se por algum milagre chegasse, mais bruxas estariam esperando do outro lado, sem falar nos soldados.

– Gideon.

Ele não pareceu ouvi-la.

Cressida estava a segundos de distância. A qualquer momento, os soldados o matariam a tiros, obrigando Rune a vê-lo morrer. E então Cressida a mataria também, ressuscitando suas irmãs e consolidando seu reinado de terror.

Se Rune não agisse agora, o mundo que ela tinha vislumbrado na noite anterior seria extinto em um piscar de olhos.

Ela não podia deixar isso acontecer.

*BANG!*

– Se você conseguir chegar até Seraphine – disse Gideon –, talvez possa...

Antes que ele desperdiçasse a última bala, Rune agarrou o cano quente da pistola e a forçou para baixo.

– *Gideon.*

Ele virou a cabeça para ela bruscamente, estudando-a por um momento. Gotas de espuma brilhavam em seu cabelo, fazendo-o parecer mais escuro do que o normal.

– Solte a arma.

Ele franziu a testa, seus olhos selvagens e confusos.

Engolindo o medo, ela disse:

– Você confia em mim?

Ele pareceu precisar reunir toda a sua força, mas permitiu que ela pegasse a pistola.

*O sacrifício deve estar vivo quando o feitiço começar.*

Rune ia morrer. Isso era certo. E, à luz dessa certeza, havia apenas uma escolha diante dela. Apenas uma jogada restante.

*Um sacrifício sem vida não vai funcionar, mesmo que o sangue esteja fresco.*

Com mãos trêmulas, Rune virou Gideon para si. Desviando-o do horror a poucos passos de distância.

*A vida do sacrifício deve ser tirada no meio do processo de conjuração do feitiço, senão ele não funcionará.*

– Olhe para mim.

Ela se certificou de que a pistola estava engatilhada. Assim como Gideon lhe ensinara.

Suas mãos tremeram ainda mais, fazendo-a perceber que não daria conta daquilo sozinha. Precisaria da ajuda dele.

Desviando os olhos de Cressida, Gideon os fixou em Rune. Colocando a mão sobre o coração dele, ela disse:

– Quero que saiba que me sinto muito grata e muito *sortuda* por ter amado você. – A voz dela falhou. – Mesmo que tenha sido por tão pouco tempo.

Gideon contraiu o maxilar.

– Do que é que...

Rune balançou a cabeça. As lágrimas em seus olhos deixavam o rosto dele turvo.

– Se tenho que morrer, quero morrer assim. – Rune pegou a mão dele e a envolveu ao redor da pistola enquanto pressionava o cano contra o próprio coração. – Bem aqui. Com você.

Gideon olhou horrorizado para a arma. Para seu dedo no gatilho.

– Não – disse ele, tentando recuar. – *Rune.* Você não pode me pedir is...

– Você *precisa* fazer isso. – Ela agarrou a camisa dele, mantendo Gideon próximo. Sua garganta esquentou. Lágrimas escorriam por seu rosto. – É a única saída agora. Você sabe o que vai acontecer se não fizer isso.

Ele desviou o olhar com desgosto, seus dedos frouxos na arma que ela segurava apontada para o próprio peito.

– Se você não fizer, ela vai fazer.

Rune olhou por cima do ombro e viu Cressida sorrindo. Como um monstro. Tão perto. Quase ali. Prestes a separá-los um do outro para sempre.

– Não há terceira opção. Ela vai me matar e usar minha morte para materializar um pesadelo muito maior.

Quando olhou de novo para o rosto de Gideon, os olhos dele brilhavam com lágrimas.

– É você ou ela – disse Rune. – Não deixe que seja ela. Se você me ama, não vai deixar que seja ela. Gideon, *por favor.*

Sua voz falhou naquele apelo.

Ele firmou a arma na mão, então Rune a soltou. Tomando o rosto de Gideon nas mãos, ela se pôs na ponta dos pés e o beijou.

Lágrimas quentes escorriam pelas bochechas dos dois.

– Foi uma honra, capitão – sussurrou ela contra seus lábios.

Gideon soltou um lamento baixinho, mas não a decepcionou.

Puxando o gatilho, ele cravou uma bala direto no coração dela.

# SETENTA E CINCO

## RUNE

O ESTRONDO A ENSURDECEU.

A pólvora fez seu nariz arder. Dor e calor inundaram seu peito. Pouco antes de as pernas de Rune cederem, o grito enfurecido de Cressida estilhaçou o ar.

Os braços de Gideon envolveram Rune quando ele a segurou, baixando os dois até o chão. A força dele a envolveu inteira, como um cobertor aconchegante, enquanto o sangue jorrava da cavidade em seu peito.

Ela ficou surpresa, até mesmo naquele momento, com a forma como gentileza e força podiam estar unidas em um só homem. Estava no colo dele, parte de Rune percebeu, e o calor em sua bochecha fria era o peito de Gideon, os batimentos constantes abaixo, o coração dele.

*Vou sentir falta do som do seu coração*, pensou ela.

– O que eu fiz? – gritou Gideon, o corpo inteiro tremendo. – *O que eu fiz?*

– Você me poupou – sussurrou Rune, tocando o rosto dele com os dedos encharcados de sangue e desenhando uma marca de cada lado. Ele estava tão consumido pela dor que nem percebeu. – Você poupou todos nós.

Cressida precisava da vida de Rune para ressuscitar suas irmãs, e Gideon tirara isso dela.

O frio começou pelos dedos das mãos e dos pés, espalhando-se lentamente por dentro, em seu âmago, até Rune saber que nunca mais se aqueceria.

Ela fechou os olhos, dando um adeus silencioso a ele e à vida que poderiam ter tido juntos. Dando adeus àquelas três crianças alegres que nunca conheceria.

Em poucos passos, Cressida os alcançaria. Rune sorriu, lembrando-se do último símbolo que desenhara no chão de Larkmont, depois de ser açoitada, enquanto desabava em uma poça do próprio sangue.

*Eu não apenas quebrei sua maldição*, ela queria contar a ele. *Eu a inverti. Para sempre. Cressida não pode tocar em você.*

Só que ela estava esvaecendo rápido demais e as palavras não saíam.

Sentindo a proximidade de Cressida, os braços de Gideon apertaram Rune. As lágrimas dele caíam em seu rosto.

– Eu te amo – sussurrou ele em seu cabelo. – Eu devia ter dito isso muito antes. *Eu te amo, Rune Winters.*

A morte estava se aproximando. Enquanto sua sombra encobria Rune, as palavras de Antonio ecoaram dentro dela:

*Às vezes, nossos caminhos precisam divergir daqueles que amamos. Mas, se o amor é a força mais poderosa que há, nossos caminhos vão convergir outra vez... Se não neste mundo, no próximo.*

Pressionando a mão no coração de Gideon, Rune sussurrou:

– Venha me encontrar no próximo mundo.

E então a Morte a encontrou.

# SETENTA E SEIS

## GIDEON

GIDEON ACHOU QUE JÁ tivesse conhecido o fundo do poço.

Ledo engano.

No momento em que ela parou de respirar, ele soube. Quando o corpo dela ficou mole em suas mãos ensanguentadas, tudo o que ele pôde fazer foi encará-la, incrédulo.

*Ela se foi.*

Os soluços subiram por sua garganta e Gideon encostou a testa na dela.

Cressida berrava em algum lugar atrás dele, amaldiçoando seu nome. A presença dela era como um furacão iminente.

Não se importava. O mundo além dele não passava de um borrão.

*Ela que venha.*

Gideon ainda embalava Rune nos braços quando a sombra da rainha bruxa assomou sobre ele.

– Você não tem ideia de todas as formas como vou fazer você sofrer por isso.

Ele desviou o olhar do rosto de Rune e ergueu os olhos para ela.

Marcas de feitiço estavam pintadas com sangue nos braços nus de Cressida e a raiva contorcia seu rosto. Seu cabelo ondulava ao vento, como se ela fosse a personificação de uma tempestade.

Sua presença era um trovão ensurdecedor.

Enquanto falava, ela espalhava mais sangue pelos braços, formando símbolos. O ar faiscou com a magia. Os dedos dela zumbiam com relâmpagos.

Cressida estendeu as mãos à frente, arremessando o raio em Gideon.

O ar sibilou e crepitou. O imenso poder deveria tê-lo derrubado de costas, estatelado – em vez disso, o feitiço ricocheteou nele, como se tivesse batido em uma armadura invisível, e atingiu Cressida.

*Ela* caiu de costas, estatelada.

*Mas o que foi isso?*

Ainda embalando Rune, Gideon observou Cressida rolar, gemendo de dor. Ela sacudiu a cabeça e se levantou. Atrás dela, as bruxas que tinham cruzado a ponte permaneceram recuadas, olhando inquietas de sua rainha para Gideon.

Virando-se para encará-lo, os olhos de Cressida se tornaram duas fendas. Ela puxou a arma do coldre em seu quadril, ergueu-a e atirou.

A bala deveria ter sido um tiro certeiro: ela estava a apenas alguns passos dele. Porém, mais uma vez, Gideon sentiu a bala ricochetear e voar na direção de Cressida, errando seu rosto por um fio de cabelo.

Ele se lembrou do encantamento que Rune uma vez conjurara em sua jaqueta.

*É para repelir qualquer mal*, dissera ela. *Como uma couraça, as marcas de feitiço vão desviar uma faca atirada contra seu peito ou fazer balas ricochetearem.*

Ele olhou para a garota em seus braços, os olhos dela fechados para sempre.

Rune tinha feito aquilo? Tinha conjurado um último feitiço de proteção, de alguma forma?

Uma coisa era certa: Cressida não conseguia machucá-lo.

Colocando sua amada no chão com toda a delicadeza, Gideon se levantou.

Cressida disparou mais quatro vezes. Cada uma das balas ricocheteou.

A bruxa cambaleou para trás.

Cressida gritou, cortando o próprio braço e fazendo mais marcas de feitiço com o sangue que jorrava. O vento aumentou, uivando nos ouvidos de Gideon. O redemoinho ficou mais agitado e mais rápido, a água subindo como um furacão, rodopiando ao redor deles. Cressida ergueu a mão, balançando o braço na direção de Gideon e arremessando o redemoinho nele.

Toneladas de água caíram sobre ele. Gideon se preparou para o impacto, pronto para ser arrastado em um vórtice aquoso e esmagado contra as pedras.

Só que não foi atingido.

A água caiu, batendo contra o escudo invisível de Rune, que formou um domo, e escorreu ao redor dele e de Rune como uma cachoeira antes de voltar para o redemoinho, quase levando Cressida junto.

Deixando-o completamente seco.

Quando a rainha bruxa recuperou o equilíbrio e viu que ele ainda estava de pé, intacto, seus olhos reluziram de fúria. Ela desenhou mais marcas, preparando um novo feitiço.

As facas de conjuração de cada bruxa na praia foram erguidas, deixando suas bainhas. Como flechas, elas dispararam de uma só vez na direção de Gideon, brilhando à luz do sol poente, as lâminas letais apontadas para o pescoço dele.

Mas elas também falharam em atingir seu alvo.

Uma a uma, as lâminas se depararam com o feitiço de Rune, as pontas envergando, lascando e então tilintando ao caírem nas pedras ao redor dele.

Daquela vez, os olhos de Cressida se arregalaram de medo.

– Atirem, seus imbecis! – gritou ela para os soldados na margem. – Atirem nele!

As balas zuniram como cometas, indo direto para Gideon.

Cada tiro foi rechaçado.

Gideon pensou em sua Mariposa Escarlate e sorriu em meio à tristeza.

*Mesmo na morte, meu amor, você é fascinante.*

Os tiros pararam de súbito quando os soldados tiveram que se proteger das balas ricocheteadas. Em meio ao caos, Gideon viu Juniper derrubar seu captor no chão e roubar a arma dele, e sentiu o coração vibrar quando Harrow passou suas amarras em volta do pescoço de um soldado inimigo até ele desmaiar ao lado dela. Ela pegou a arma do sujeito e começou a atirar.

*BANG! BANG! BANG!*

As bruxas que tinham cruzado a ponte estavam recuando, voltando por onde tinham vindo, tentando escapar da linha de fogo.

Gideon encarou Cressida.

O vento os açoitava. Agora estavam só os dois ali.

– Meu irmão teve misericórdia de você uma vez! – gritou Gideon acima do rugido do redemoinho. – Não vou cometer o mesmo erro. – Ele reduziu o espaço entre os dois. – Ajoelhe-se.

Cressida golpeou na direção de Gideon com sua faca de conjuração.

– Nunca.

Gideon soltou uma risada pelo nariz.

– Você não pode mais me machucar, Cress. Você nunca mais vai me machucar.

Rune tinha feito aquilo: reduzira aquela poderosa rainha a uma criatura patética diante de Gideon Sharpe.

Ele agarrou o pulso dela – o que empunhava a faca – enquanto Cressida tentava esfaqueá-lo. Apertou com força, esmagando, até ela afrouxar a pegada.

A faca caiu no chão.

Gideon segurou o pescoço dela com as duas mãos e apertou, obrigando Cressida a se ajoelhar na lama.

– Se existe um inferno, espero que você queime lá.

– Vá em frente, então. – Os olhos dela cintilaram sombriamente enquanto o encaravam. – Me mande para o inferno.

As mãos dele apertaram ainda mais.

– Nunca vou parar de te caçar, Gideon. Eu sempre vou...

– Espere!

Seraphine estava descendo da ponte, caminhando depressa até eles, com Antonio logo atrás. Uma chama branca encantada flutuava sobre os dois, iluminando o caminho ao crepúsculo. Do outro lado do redemoinho, Juniper e Harrow bloqueavam o acesso à ponte. Ao lado delas, havia uma porção de bruxas, formando uma muralha de defesa.

*Seraphine tinha razão*, ele percebeu.

Mais e mais bruxas estavam desertando. Sem ter como ressuscitar Elowyn e Analise, e com Cressida completamente à mercê de Gideon, elas tinham muito menos a perder e estavam se juntando à linha que se formava entre a rainha bruxa e os que tentavam ajudá-la.

Seraphine se agachou ao lado de Cressida, e Antonio a alcançou alguns segundos depois, trazendo Rune nos braços e a bolsa de couro da jovem nas costas. Ele a deitou com cuidado do outro lado de Seraphine, depois abriu a bolsa e tirou dali um livro de feitiçaria.

A chama branca pairando no ar lançava um brilho sinistro em todos eles.

– A qualquer momento, as bruxas vão passar por aquela barricada – avisou Gideon para Seraphine, as mãos apertando com mais força o pescoço de Cressida, sufocando-a. – Preciso dar um fim nessa miserável.

– Ainda não. – Seraphine tocou no braço dele. – Confie em mim.

Então Gideon afrouxou o aperto no pescoço da rainha bruxa.

Seraphine puxou a faca embainhada na perna de Rune enquanto Antonio abria o livro de feitiços em uma página marcada com uma fita, erguendo-o para que Seraphine pudesse ler.

Ao ter um vislumbre do feitiço, Cressida gargalhou.

– Um arcano? Nós duas sabemos que você não vai arriscar se corromper, Seraphine.

Gideon notou o movimento tarde demais: Cressida pegando sua faca de conjuração em forma de lua crescente e avançando em direção à bruxa a seu lado.

Foi Antonio quem segurou o pulso dela, detendo-a.

– Pequena rainha – Seraphine riu –, eu sou incorruptível.

Cressida franziu a testa, seu olhar dardejando pelo rosto de Seraphine.

– Meu nome é *Sabedoria*. – A voz dela soou como uma lâmina desembainhada. – E esperei muito tempo por isso.

O rosto da rainha bruxa empalideceu e ela tentou se levantar. Gideon a derrubou com força, prendendo-a sob seus joelhos, as mãos apertando seu pescoço.

*Seraphine... é Sabedoria? A Ancestral?*

Ela não tinha a aparência de um ser que criara o mundo. Parecia uma mortal que mal passava dos 20 anos.

Os olhos escuros de Sabedoria cintilaram, e então reluziram em um branco brilhante enquanto ela cortava o braço de Cressida, que Antonio segurava com firmeza. O sangue jorrou, espesso e vermelho, e Sabedoria mergulhou os dedos no fluxo. Ela o usou para desenhar sete marcas de feitiço no corpo sem vida de Rune: nas mãos abertas, na base do pescoço, nos lábios e na testa, e então, depois de instruir Antonio a tirar as botas da jovem, ela desenhou mais duas nas solas de seus pés.

Quando terminou, um cheiro de cobre espalhou-se pelo ar, misturando-se com outra coisa. Algo mais antigo do que aquelas montanhas. Bem mais primitivo do que as correntezas assassinas que colidiam ao redor deles.

*Magia.*

Ancestral e poderosa.

Sabedoria se virou para a rainha bruxa presa sob Gideon, sem esperança de escapar. Antonio segurou os braços de Cressida no chão, acima da cabeça, permitindo que Gideon soltasse o pescoço dela e se inclinasse para trás, contendo apenas a parte inferior do corpo dela. Cressida se contorcia e se debatia, mas eles a seguraram firme.

Com a faca de Rune em mãos, a Ancestral ergueu a lâmina bem alto.

– As rainhas e os comandantes deste mundo podem achar que sabem alguma coisa sobre poder – disse ela. – Mas o verdadeiro poder é divino, e seu julgamento é soberano.

Ela cravou a faca bem no coração de Cressida.

A rainha bruxa arquejou, e os símbolos na pele de Rune reluziram em um tom branco como a lua, como se estivessem se unindo ao arquejo dela, ganhando vida enquanto a magia de Sabedoria roubava a força vital de Cressida e a transferia para Rune.

A magia irrompeu, deixando Gideon desnorteado e fazendo-o trincar os dentes, e foi crescendo e crescendo, até causar uma pressão tão dolorosa em sua cabeça que parecia que ia explodir.

E, então, Cressida ficou imóvel.

A tensão se dissipou.

Rune respirou fundo.

# SETENTA E SETE

## RUNE

**VOLTAR À VIDA** era como acordar para as maravilhas do mundo.

Quando Rune abriu os olhos, estava tudo escuro, mas não era a escuridão da morte. Era uma escuridão diferente. Presos na teia preta acima dela havia pequenos pontos de luz.

*Estrelas*, ela se deu conta.

Por toda a vida, Rune nunca dera valor a elas. Por que não parara para admirar sua beleza mais vezes? Devia ter passado todas as noites olhando para o céu, em admiração. Sabendo que um dia as estrelas não brilhariam mais.

Rune inspirou. O ar encheu seus pulmões, expandindo seu peito. Aquilo também era maravilhoso. Ela soltou o ar outra vez para o mundo e o puxou de volta.

Por que nunca percebera que presente precioso era aquilo, aquele fôlego, fluindo para dentro e para fora, sem parar, todos os dias?

– Rune?

Ela perdeu o fôlego.

*Gideon.*

A voz dele lhe trouxe o calor de volta, derretendo o último vestígio do domínio gélido da Morte. Rune se sentou e o encontrou observando-a.

Seu Gideon. Ela queria traçar cada linha austera do rosto dele. Queria passar os dedos por seu cabelo emaranhado. Queria sentir a aspereza do rosto dele sob suas mãos.

Os símbolos feitos com sangue – um para o couraça da bruxa e outro para o perpétuo – permaneciam em suas bochechas.

– Alex te ama – disse ela de repente, se perguntando de onde tinham vindo aquelas palavras. – No dia em que ele morreu, me fez prometer que eu te diria. Mas eu... eu nunca disse.

Ela sentia Alex naquele momento, ao seu redor, da mesma forma que um sonho às vezes se estendia por momentos depois de acordarmos. Gideon se inclinou para a frente, de joelhos, e segurou Rune pela nuca com uma das mãos. Quando sua testa tocou a dela, ele deixou escapar uma risada trêmula.

– Ele te lembrou disso agora há pouco? – Dava para ouvir o sorriso na voz dele.

– Eu... eu não sei – sussurrou ela, passando os braços ao redor do pescoço dele, sentindo seu cheiro, apertando-o contra si. – Talvez.

Por cima do ombro de Gideon, ela viu Seraphine e Antonio ajoelharem-se ao lado do corpo de Cressida. Seraphine sussurrava algo enquanto Antonio segurava o livro de feitiços de Rune para que ela pudesse ler.

O corpo de Cressida irrompeu em chamas negras. Rune observou-as devorarem a rainha bruxa. Sua *irmã*.

Os braços de Gideon a envolveram quando ela o abraçou mais forte.

Quando o fogo se extinguiu, só restava um montinho de cinzas. Em seguida, Seraphine invocou um vento, espalhando as cinzas no redemoinho. Varrendo de vez qualquer resquício de Cressida Roseblood.

– E as outras duas? – perguntou Antonio, olhando na direção do lago onde jaziam os corpos de Elowyn e de Analise, abaixo da superfície. Com Cressida morta, sua assinatura de conjuração tinha desaparecido.

O feitiço que as protegia fora desfeito.

– Vamos queimá-las também – disse Seraphine, pondo-se de pé para ajudar a tirar as irmãs da água. – Só para garantir.

Gideon apertou Rune antes de soltá-la e se levantar para ajudar os dois.

Depois de feito, todas as três ex-rainhas bruxas não passavam de cinzas ao vento e Seraphine olhava para alguma coisa ao longe.

Rune se levantou e se virou para ver. Gideon e Antonio se aproximaram dela, vendo seis figuras surgirem à beira da água. Todas tinham forma de mulher, brilhando suavemente, como se fossem feitas de luar.

Rune as encarou, boquiaberta.

– São as...?

Seraphine caminhou lentamente em direção a elas, sua humanidade esmaecendo a cada passo, até que ela também se tornou tão brilhante quanto a lua.

No entanto, Seraphine não se juntou a elas. Ainda não. Parando, ela se virou para encarar Rune. As feições de seu rosto eram as mesmas, e o cabelo ainda ondulava como uma nuvem ao redor de sua cabeça, mas ela não era mais de carne e osso; era outra coisa.

– Adeus, Rune Winters.

A voz ainda era de Seraphine, mas não era. Era como o vento, uivando por um túnel em meio à rocha. Era o mar em um vendaval. Forte, poderosa.

Ela tocou o rosto de Rune, as pontas dos dedos tão suaves quanto a asa de uma borboleta.

– Kestrel ficaria orgulhosa.

E então ela se foi, virando-se para se reunir às suas irmãs ancestrais.

Quando se juntaram novamente, elas desapareceram como estrelas ao alvorecer, retirando-se para o mundo além.

# SETENTA E OITO

**LAILA CREED CAMINHAVA** pelos corredores de pedra de Colônia. Os sons lá dentro despertavam com o amanhecer – a luz do sol entrava pelas janelas enquanto o céu reluzia em um tom rosado sobre o mar. Os soldados atrás dela arrastavam o refém até o refeitório, onde um pelotão de oficiais da Guarda Sanguínea tomava café da manhã.

O Exército Cascadiano – como Laila e seus soldados tinham se nomeado, durante a jornada até ali – havia se infiltrado na cidadela pesadamente fortificada na noite anterior, através dos aposentos dos criados. Oficiais da Guarda Sanguínea leais a Gideon Sharpe tinham deixado que entrassem, fornecido armas, e agora engrossavam suas fileiras.

– Laila... Laila, *por favor*.

– Faça-o calar a boca – bradou ela, abrindo as portas duplas que davam no refeitório.

O Exército Cascadiano entrou atrás dela, alinhando-se às paredes e marchando pelos corredores entre as mesas, segurando as armas que pertenciam aos homens e mulheres comendo naquele momento.

Laila parou. Todas as cabeças se ergueram para encará-la.

– Escutem aqui! – gritou ela para que sua voz fosse ouvida por todo o refeitório. – A partir de agora, vocês têm novas ordens.

Os dois soldados atrás dela avançaram com o refém, forçando-o a se ajoelhar. Além dos pulsos amarrados às costas, a boca de Noah Creed agora estava amordaçada. Todos os soldados no salão observaram em choque seu Nobre Comandante, que olhava para o chão.

– A partir deste momento, ninguém deve ser caçado ou ferido por ser bruxa, e todos os expurgos estão banidos.

– Quem disse? – gritou um espertinho, três mesas adiante.

Laila olhou de relance e viu que quatro de seus soldados já lidavam com ele.

– O comandante Gideon Sharpe – rosnou ela.

Ao ouvir o nome de Gideon, o silêncio dominou o salão.

– Vocês têm três opções. – Ela ergueu o indicador. – Podem se alistar no Exército Cascadiano e começar a se reportar ao comandante Sharpe. – Ela levantou outro dedo. – Podem entregar seu uniforme e ir para casa. – E ergueu um terceiro. – Podem ser mandados para a prisão, onde vão passar o resto dos dias apodrecendo em uma cela ao lado deste merdinha. – Ela indicou o irmão, encolhido no chão, e o empurrou com o pé. – Alguém tem alguma dúvida?

Ninguém levantou a mão.

– Perfeito. Aproveitem o café da manhã. Depois, cada um de vocês vai se apresentar no pátio, onde vai receber novas instruções ou ser dispensado.

Em meio a sussurros nervosos, os ex-oficiais da Guarda Sanguínea voltaram a comer, sob o olhar atento do batalhão armado de Laila.

# EPÍLOGO

## TRÊS MESES DEPOIS

RUNE OLHAVA PELAS JANELAS, a atenção fixa nas carruagens estacionadas diante da Casa do Mar Invernal. A lua cheia brilhava no céu azul-escuro enquanto os convidados em seus trajes brilhantes e chiques entravam pela porta da frente.

Apertou as mãos para evitar que tremessem.

*Não consigo fazer isso.*

Erguendo a barra de seu vestido de festa, ela girou e passou direto pela escada que levava ao salão – decorado para a celebração da noite, e cheio de convidados tagarelando. Avistou o cabelo ruivo de Bart Wentholt e ouviu a risada contagiante de Juniper. Mas ver os amigos só reforçou sua convicção.

*Não consigo descer até lá.*

Rune se escondeu em seu quarto, que estava tranquilo e em silêncio. As luzes estavam apagadas e a porta de seu conjuratório, entreaberta.

Ela a abriu e entrou, indo direto até a janela, onde destravou a tranca e abriu o vidro.

Uma brisa cálida entrou.

Rune parou um instante para fechar os olhos e respirar, lembrando-se de como era sortuda. De como nunca mais deixaria de dar valor a nada. Nem à brisa em seu rosto. Nem à lua nem ao céu. E, com certeza, nem àquela ilha que chamava de lar.

Estavam naquela época de transição entre o verão e o outono. As árvores começavam a mudar de cor, e os ventos ficavam mais fortes. Podia fazer mais calor do que no auge do verão ou tanto frio que era capaz de nevar.

Aquela noite estava mais próxima do primeiro caso. Quente e com uma brisa.

Rune levantou a saia do vestido e subiu na janela, planejando escalar a hera e escapar pelos jardins.

– Onde é que você pensa que vai?

A voz a fez congelar.

Rune olhou para os campos, onde uma trilha fora aberta em meio às flores silvestres, dando na floresta e no mar lá embaixo.

– Só... hum... dando uma olhada nos jardins.

Ela se curvou e voltou para dentro, irritada com o rubor que surgia em seu rosto, e se virou para encarar o intruso. Gideon Sharpe estava encostado no batente da porta, os braços cruzados, olhando para ela com uma expressão de divertimento.

– Pedi a Lizbeth para garantir que os caminhos estivessem iluminados. – Ela evitou encará-lo, deixando os olhos percorrerem as prateleiras cheias de livros de feitiçaria. – Isso para que os convidados possam passear por lá. Queria confirmar que ela não tinha esquecido.

– Você não pode sair pela porta dos fundos, como uma pessoa normal?

Rune olhou pesarosa para a janela. Para o caminho iluminado pelo luar em meio aos campos.

Gideon se afastou do batente da porta e foi até ela.

– O que você estava fazendo de verdade?

O olhar de Rune se fixou no fraque de estilo militar de Gideon, cujo tom vermelho-ferrugem complementava o vestido turquesa dela. Gideon seria a imagem perfeita de estilo para um cavalheiro, não fosse a gravata – que ele arruinara impiedosamente.

Ele não podia descer daquele jeito.

– Está uma noite perfeita para um mergulho, não acha? – sugeriu ela, aproximando-se dele, os dedos formigando para ajeitar a gravata.

– Um *mergulho*?

– Humm. – Rune estendeu a mão para a seda branca no pescoço dele e começou a desatá-la. – Imagine só... você e eu. *Nus*. No mar. Ninguém sequer vai perceber que sumimos.

Ele arqueou a sobrancelha.

– Acho que as pessoas vão perceber que a nova parlamentar... a pessoa que eles vieram celebrar esta noite e na casa de quem estão todos reunidos... desapareceu.

Rune fez uma careta enquanto puxava a seda branca do pescoço dele, levantava a gola da camisa e então tornava a amarrá-la.

– Podemos chegar educadamente atrasados.

*E com isso quero dizer tão atrasados que, quando chegarmos, todos já estarão bêbados e indo embora.*

Desde que o resultado da eleição fora anunciado, Rune parecia um cavalo agitado em um estábulo apertado. Tinha sido escolhida para representar seu distrito na Câmara dos Comuns, o coração do novo governo de Cascadia. Treze oficiais haviam sido eleitos, e cada um ocupava uma cadeira no parlamento. Seis cadeiras tinham ficado com as bruxas; sete, com não bruxos.

Rune cruzou a gravata de Gideon duas vezes, depois a passou por dentro, apertando o nó e a enfiando por dentro do colete.

*Perfeito.*

– Antonio passou uma semana preparando o bolo.

– É o que ele diz – murmurou ela, subindo as mãos pelo peito de Gideon e passando os braços ao redor do pescoço dele. Se não conseguisse convencê-lo com palavras, havia outras maneiras de conquistá-lo...

– Tem cem pessoas lá embaixo esperando para...

Rune pressionou os lábios em seu pescoço.

Ele se calou. Ela continuou beijando, avançando lentamente para cima. Rune sentiu a postura dele mudar... a tensão do desejo. Gideon pôs a mão no quadril dela e a deslizou até a base das costas, puxando-a para mais perto.

– O que está fazendo?

– Beijando meu marido?

Ela enfiou os dedos no cabelo dele e se pôs na ponta dos pés, apenas para encontrar a boca de Gideon esperando pela dela.

Seus quadris se chocaram quando ele a puxou contra si.

Rune de repente se arrependeu de ter refeito a gravata dele. Devia tê-la deixado aberta. Devia ter desabotoado o casaco dele e depois passado para a camisa...

Quando Gideon mordeu e puxou o lábio inferior dela, os dedos de Rune foram até os botões do fraque dele, abrindo-os. Quando ele percebeu, segurou os pulsos dela, detendo-a.

– *Rune.* – O nome saiu como um rosnado frustrado. – Você não vai me seduzir para me convencer a fugir da sua festa.

Ela fez biquinho enquanto Gideon dava um passo atrás.

– Essas pessoas querem *celebrar* você.

Rune sentiu uma pontada de culpa ao ouvir isso e desviou o olhar.

– O que está havendo de verdade? – Gideon alcançou a mão dela, passando o polegar pelo estigma delicado na base do seu dedo anelar. – Não há mais nada a temer. Só precisa ser você mesma.

*É disso que eu tenho medo.*

– E se eu decepcionar todo mundo? – sussurrou ela, evitando o olhar dele. – E se não gostarem da verdadeira Rune Winters?

Ele riu.

– Meu amor. – Ele segurou o queixo dela, tentando atrair seu olhar até ele. – Isso é impossível.

Rune se desvencilhou e começou a recuar, mas Gideon a pegou pela cintura e a puxou de volta, mordiscando seu ombro nu e depois beijando a ponta de uma cicatriz que aparecia acima do vestido.

– Você é o oposto de decepcionante.

– E se eu falhar com eles? – Ela passou os dedos pelo cabelo dele. – E se nada disso der certo?

– Então a gente continua tentando e consertando até *dar* certo. – Tirando a mão da cintura dela, ele voltou a segurar sua mão, erguendo-a e beijando o estigma que fazia as vezes de anel em seu dedo. – Assim como com todo o resto.

Rune olhou para o estigma correspondente no dedo dele.

Eram estigmas de conjuração formados pelos feitiços que ela conjurara durante o casamento deles, que Antonio tinha celebrado, cumprindo sua promessa. Enquanto proferiam seus votos diante dos amigos, Rune conjurara dois feitiços: um para dizer a verdade, e outro para atá-los às suas palavras.

Então, em vez de alianças de casamento, eles usavam estigmas de casamento.

– Você tem que começar de algum lugar – disse ele. – E estamos começando *daqui.*

Entrelaçando os dedos nos dela, Gideon a puxou para fora do conjuratório. Ela resistiu um pouco, mas acabou cedendo, permitindo que ele a levasse até a escada que dava para o salão, onde os convidados aguardavam.

Rune parou ali no topo. O candelabro cintilava acima deles. Seu coração acelerou à medida que mais e mais pessoas se viravam para olhar a Mariposa Escarlate e seu comandante do Exército.

Ela olhou pesarosa na direção de seu conjuratório e da janela aberta.

Percebendo, Gideon se inclinou e sussurrou em seu ouvido:

– Que tal o seguinte: quando esses aristocratas forem embora, você e eu vamos nos reunir. *Nus*. No mar. Combinado?

Rune mordeu os lábios para disfarçar um sorriso.

– Combinado.

Gideon passou o braço pelo dela enquanto encaravam os amigos.

– É hora de construir um novo mundo, Rune. Está pronta?

# AGRADECIMENTOS

Agradeço a Danielle Burby, por tudo que você fez, mas principalmente por acreditar em mim. Sou muito feliz por termos nos encontrado.

Agradeço a Vicki Lame, por me deixar escrever os livros que mais me fazem sentir viva. Amo poder continuar a trabalhar com você!

Obrigada a todos na Wednesday Books por colocar minhas histórias no mundo em grande estilo: Vanessa Aguirre, Sara Goodman, Eileen Rothschild, Alexis Neuville, Brant Janeway, Alyssa Gammello, Kerri Resnick, Olga Grlic, Eric Meyer, Chris Leonowicz, Cassie Gutman e Martha Cipolla.

Obrigada a Taryn Fagerness e a meus editores estrangeiros, tradutores e equipes editoriais. Ver minhas histórias em idiomas diferentes do meu nunca deixa de me surpreender.

Obrigada às livrarias independentes e aos livreiros que apoiaram esta história e a recomendaram aos leitores. (Um agradecimento especial à Thistle Bookshop e à Words Worth Books!)

Agradeço ao Canada Council for the Arts, por me ajudar a manter as contas em dia e o teto sobre a cabeça da minha família enquanto eu trabalhava nesta duologia.

Obrigada à minha família, por cuidar da minha princesinha cintilante para que eu pudesse escrever um pouco mais.

Obrigada, Joe, por nunca duvidar de mim. Não sei bem como dei tanta sorte, mas todos os dias agradeço por isso.

Por último, agradeço a vocês, *leitores*. Àqueles que estão aqui desde *The Last Namsara* e aos que estão conhecendo meus livros agora. Por favor, acreditem quando digo que é um tremendo privilégio divertir vocês. (A menos que vocês *não* estejam se divertindo e estejam lendo estes agradecimentos *só de raiva*. Nesse caso: continuem.) Poder ganhar a vida escrevendo histórias é um pequeno milagre, e não deixo de valorizar isso nem por um segundo. Eu não estaria aqui sem vocês.

Um detalhe: *Caçador sem coração* era o meu projeto "dane-se". Quando comecei a escrever a história, tinha acabado de dar à luz e entrado em modo sobrevivência. Eu não estava nem aí para o que iam achar daquele livro que estava louco para ser escrito, porque eu não tinha espaço para me importar. *Só tinha espaço para escrever, e, como o tempo urgia, eu não podia desperdiçá-lo com nada além da história que eu queria*. Se meu agente ou editor precisassem me resgatar de uma tragédia depois que o livro estivesse escrito, tudo bem. Mas eu não ia me conter. Nem poderia, mesmo que quisesse. Eu estava em modo primitivo, mãe de primeira viagem: "abra mão de tudo que não for essencial."

E então *Caçador sem coração* foi publicado... e esgotou nas lojas nas primeiras semanas.

E estreou na lista de mais vendidos do *New York Times*.

Fiquei chocada. Com certeza meu foco não tinha sido escrever uma história para virar um best-seller; eu só queria escrever *esta* história. Acho que, se dá para tirar uma lição disso, é algo do tipo: dê ouvidos àquele sentimento de *dane-se*.

É isso que desejo para você, querido leitor. É o mesmo que desejei para Rune no começo da história dela. (E para mim, de certa forma.) Espero que você pare de se importar tanto com a opinião dos outros e se permita *viver*. Espero que encontre coragem para ser incondicionalmente quem você é de verdade e comece a fazer da sua vida – e quem sabe até do mundo – o que você e as pessoas que você ama precisam que ela seja.

CONHEÇA A SÉRIE MARIPOSA ESCARLATE

Caçador sem coração
Bruxa rebelde